我们阅读
WOMENYUEDU
魅丽文化 花火工作室

我见尤甜

哑树
著

江苏凤凰文艺出版社
JIANGSU PHOENIX LITERATURE AND ART PUBLISHING, LTD

图书在版编目（CIP）数据

我见尤甜 / 哑树著. -- 南京 : 江苏凤凰文艺出版社, 2018.9
ISBN 978-7-5594-2655-0

Ⅰ. ①我… Ⅱ. ①哑… Ⅲ. ①长篇小说－中国－当代 Ⅳ. ①I247.5

中国版本图书馆 CIP 数据核字（2018）第 177065 号

书　　名	我见尤甜
作　　者	哑　树
出版统筹	汪修荣　邹立勋
选题策划	朵　爷
责任编辑	胡小河　姚　丽
文字编辑	肖云梦
封面设计	丹青客
责任监制	刘　巍江伟明
出版发行	江苏凤凰文艺出版社
出版社网址	http://www.jswenyi.com
印　　刷	湖南关山美印有限公司
开　　本	880 × 1230 毫米　1/32
字　　数	234 千字
印　　张	9
版　　次	2018 年 9 月第 1 版，2018 年 9 月第 1 次印刷
标准书号	ISBN 978-7-5594-2655-0
定　　价	36.80 元

春风再美
也不及你的笑

CONTENTS

目录

掌声响起来，
我的爱与你同在

CONTENTS

目录

001

你离开之后，从此没人和我说话

十二月，霜降。枫城呈大面积的银白色，街边的草木上结了一层晶莹剔透的霜花，零星的枯黄树叶在冷空气中摇摇欲坠。冷风呼呼地吹，刮在脸上生疼，路人低头裹紧衣领匆匆逃离街边。

C大体育馆内却恰恰相反，一片热腾，时不时地爆发出一阵阵欢呼声和口哨声。体育馆内约五百平方米，即使是白天，室内也亮起了明亮的白炽灯。场馆中央摆着几盆绿色的佛手，上面沾着凉沁沁的水珠，映着台下一张张青春的脸庞。兴许是头次碰上这样大型的竞技比赛，每每看到关键处，底下的观众都忍不住大声欢呼。

中场休息的时候，一群运动员围在一个男人身边，耐心听他指导。那男人简单明了地说了句："佩剑讲究快和稳，你们在反攻的时候一定要保持身体的平衡。"

这时，裁判一声口哨令下，运动员重新上场。相较于前半场的劲头，他们在后半场比赛中明显是求稳。以点数数量为准，五分钟后，中方代表的击剑队在这次中西击剑联赛中拔得头筹。

一时间，台下的掌声和欢呼声响亮得快要掀翻屋顶，其中以女生更甚。

虽说这是一场中国与西班牙的友谊联赛，但还是可以窥见中方的实力的。台下的媒体记者纷纷上前采访，场上的那群年轻人双手互相搭肩，一个个露出真挚的笑容。

陈烬坐在嘉宾席上看着台上的一幕扯了扯嘴角，放下原本交叠的长腿，在一片欢呼声中悄然离去。

铅灰色的云层把天空压得很低，与远处的素白连成一片，陈烬随意地倚靠在窗台前，开窗打算点根烟。冷风沿着风口大面积灌进来，吹得裸露在外的肌肤忍不住战栗起来，陈烬却不为所动，神情冷淡地从裤袋里掏出烟盒。

"快点捋一下你这个狗毛造型，不然等下怎么见女神？"张意推搡了队友一把。

一群年轻人顺势推门，打破了室内的宁静。

推门而入的众人看见立在窗口的陈烬，你推我搡的动作收敛了一点，纷纷主动打招呼："烬哥好。"

陈烬站在风口，嗓音带了点沙哑："这次表现不错，下次加油。"

"嘿嘿。"众人难得听到冷面寡言的烬哥的夸奖，摸着后脑勺害羞地表示下次会努力。之前被推搡的那位队员一脸惊恐地摸着自己的脸："我的发型真这么砢碜吗？谁带了镜子，好不容易撞上女神采访我们，那可是《体坛周刊》，影响力巨大的一线杂志啊！"

"自己去洗手间照去。"张意又推了他一把，清了清喉咙，"我详细地给你们科普下这位女神啊。据说，她从全美最好的传媒大学密苏里毕业，毕业后在美国工作过两年，刚回国。她见证过大小赛事，采访了无数名人，言辞犀利，专业素养高，敢问别人不敢问的，也知道克制自己的表达欲……可惜啊，听说她是一朵沙漠玫瑰。"

一向不爱出声的陈克然说道："好像叫什么池姜……"

张意左手抱着自己的帽子抵在腰间，脱口而出："我觉得叫'小甜姜'比较好听。"

陈烬从口袋里摸出烟盒往窗台磕出一根烟来，随后弹开打火机，青蓝的火焰燃起随即又被风扑灭。如此反复，他干脆直接把打火机扔到沙发上，引得张意侧目。

张意狗腿地跑上前来，替陈烬点火。陈烬发现自己的手在微微颤抖，干脆把右手揣进裤兜里，低着头凑上前去将烟点燃，吸了一口又狠狠地吐出一口烟圈。

陈烬的嗓音比之前更为沙哑了，气场颇冷："叫什么，小甜姜？"

张意发现此刻的气氛有些不对劲，又恨自己多嘴在这儿八卦，只得低低地应了一声。

池姜。

陈烬轻轻默念这个名字，随即那人的相貌清晰地浮现在他眼前。

末了，陈烬掐灭了烟，拎着黑色外套离开了休息室。

“烬哥咋了？等下的采访，他又要溜吗？”张意一头雾水。

陈烬正打算离开体育馆的时候，主办方负责人跟上来不停地跟他道谢，大意是如果没有他这次的技术指导，中国队不会这么顺利地拔得头筹。陈烬只得停下来耐心应酬，简单地说了下最近的赛事安排。

两人正站在大厅的旋转门前低声讲话，男人身形高大，加上长得一副好皮囊，惹得女生纷纷侧目。

池姜这会儿正推着旋转门进来，她穿一件灰色的长款风衣，里面是一件复古的紧身毛衣，胸前的曲线诱人，下半身富有垂感的通勤烟管裤衬得她双腿笔直，妆容精致，独特又不失风情。

池姜这边正拿着录音笔，看到陈烬，顿时怔在原地。

世上最难的是什么？是近情情怯，日日夜夜思念的人突然出现在你面前，让人不敢靠近，生怕一眨眼他就会消失。

陈烬的头发更短了，接近板寸头，眼神清湛，衬得五官越发凌厉。唯一没变的是他还是习惯穿款式简单的衣服，一件黑色的羽绒服套在身上，出于尊敬，因为身高原因他会微微俯下身子听别人讲话。

“陈烬。”池姜还是没忍住，站在不远处叫出声。

男人的眉头轻轻蹙起，很快又舒展开来，站在原地也没回头，耐心地听着主办方讲话。池姜咬了咬嘴唇，她放下自尊去喊他，得到的却是视而不见。换作五年前那个脸皮薄又傲气的池姜，早扬着下巴走人了。

池姜不死心，上前两步，声音带了几分颤抖：“陈烬。”

对方还是没回头。

池姜死死地盯着他，看着陈烬紧绷的下颌线以及半分不移的眼神有些灰心。

这时，主办方也注意到了池姜，讪讪地笑了几声："感觉你们好像认识，就不用我介绍了吧。"

陈烬终于肯回头，平静无波的眼睛扫了她一眼，声音冷冽："你好，初次见面。"

"你好，初次见面。"池姜平复了心情，伸出了手。两人的手虚握在一起，肌肤轻微触碰，让她忍不住战栗。没停留几秒，陈烬便放下手了。

"我还有点事，稍后再过来采访室。"陈烬冲他们微微颔首，接着两手揣进衣兜里，带着一股淡淡的烟草味，目不斜视地从她身边擦肩而过。

池姜将想要掉下来的眼泪逼回去，低垂着眼皮不知道在思索什么。五年未见，池姜回国后谁也没有通知，第一件事就是让自己尽快工作，她只是本能地逃避，害怕见到那个人，可也该料想到就两人的工作性质见面是迟早的，只是她没想到这一刻来得这么快，快得让人猝不及防。

池姜曾经因为思念一个人长夜痛哭，设想过无数个两人重逢的场景，也做过许多缠绵悱恻的梦，挣扎着醒来想要去见他。

这些都是关乎一个人，关乎陈烬。

可真正见到的时候，反而放大了自己心里的那份思念和煎熬。

陈烬是掐着时间过去的，他到的时候，那群队友刚好接受完采访，一个个笑得春风满面。

采访室内，摄影师摆好镜头，点头示意可以开始了。池姜坐在陈烬面前，两人不过方寸之隔，安静得仿佛可以听到彼此的呼吸声。

“陈烬，你好，作为这次中西击剑比赛的技术指导，你给了一些建设性的意见让中国队更有成功的胜算，请问你有什么想对张意他们说的吗？”

陈烬盯着镜头，大脑思考了两秒：“下次也要加油。”

池姜轻微咬了下嘴唇，继续问道：“请问你还是在役运动员吗？”

陈烬快速地瞥了她一眼，漫不经心地回答：“是。”

“据我所知，一年后会迎来一场盛大的击剑世界杯比赛，你会参加吗？”

空气静默，陈烬看着眼前这个女人极为紧张和渴望的表情，扯了扯嘴角：“不会。”

“为什么……”

“我只回答关于这次中西友谊联赛的问题。”陈烬面无表情地说道。

……

采访结束，池姜抬头望了下窗外的景色，点点灯火悬在树上，她匆忙收拾好东西，将采访稿塞进包里，打算回家整理出来，赶着出明天的版面。

这时，赞助商过来邀请池姜参加一场小型的晚宴，身后还站着C大的领导。池姜看着母校的领导在一旁，本该要拒绝的话却怎么也说不出口，于是半推半就被拉去吃饭了。

池姜和同事一起坐上了领导的车，车子随即驶入拥挤的车流中。C大这两位教授并没有教过池姜，只是简单地询问了她在美国留学的情况，便把话题转向了枫城这几年的变化。

池姜有礼貌地应着，大部分时候都是心不在焉地看向窗外。枫城这几年的变化很大，高楼林立，比以前更具有现代化的气息，年轻鲜活的面孔也多了起来。高架桥拆了又重建，C大后面的小吃街也换了新的地方。

五年，一切都好像在快速变化着，让人惶恐得想要抓住什么。

晚宴定在市中心一家口碑极好的饭店，带着中西合璧的建筑风格，里面装修贵气，洁净的地板铺上了厚厚的手工地毯，服务员正在大厅里热情地迎接他们。

到达饭店的时候，池姜走在最后面尽量降低自己的存在感，还故意放慢脚步。推门进去时，她一眼就看到了那个熟悉的身影侧对着她。

陈烬将外套搭在椅子上，只穿着一件干净的白衬衫，却依然能看见他身上有力漂亮的肌肉线条。陈烬大部分时候都在静静听着，偶尔点评一两句，极少发言。

原来的他毒舌且高冷，经常一句话能噎死队友，而不是像现在这样，习惯性沉默。

池姜被拉下就座，与陈烬一座之隔，她紧张到心怦怦怦直跳，尽量让自己眼观鼻，鼻观心。

推杯换盏之际，陈烬慢条斯理地挽起衬衫的袖子，手腕处那对熟悉的袖扣几乎要灼伤人的眼睛，可是他连半分眼神都吝于分给她。池姜埋头夹菜，食不甘味。

虽说在座的都是文化人，可人嘛，大多是肉食动物，一上了饭桌就得劝酒喝酒。池姜作为仅有的女性，免不了被一群人灌酒。

赞助商举杯笑道：“听说小池刚回来，这就当作我们给你办的简单的接风宴，希望不要嫌弃。来，我敬你一杯。”

池姜向来酒量不好，她将求助的眼神投向身侧的男人，却未得到回应。陈烬这会儿正在听一旁的领导扯新闻，嘴角淡淡地噙着笑，似乎不太关心她那边的局面。

池姜有些出神。

以前他们刚恋爱时，两人还没腻歪够就被众人拉去参加聚会，以庆祝两人在一起。说是庆祝，其实有几个人是不服气的，想要给池姜一个下马威。

聊得尽兴时，有个队员大概是把陈烬当作偶像，一听闻烬哥被人收了，心里憋着一股气，也不管陈烬飞过来的眼刀，直接倒了三杯啤酒给池姜，扬言："你喝了，我就认你这个嫂子。"

换作平时，池姜是不会去喝这酒的，不是酒量问题，而是她觉得，一个女生在饭桌上醉酒十分难看。她皱眉，但还是打算端起酒杯。这时，一只手臂直接挡了过来，拿起她面前的酒杯，陈烬淡声道："我替她喝。"在场的无一不起哄鼓掌。

酒过三巡，池姜凑到陈烬的身旁，拉着他的手低声询问他好不好，陈烬眼里只有她，两人低声不知道在说些什么。

那人有些后悔，挠着头发大骂："呸，我这是给自己喂狗粮。"

"傻孩子，你知道就好。"汤启鸣坏笑道。

赞助商看到池姜愣神，笑眯眯地喊了句"池小姐"，将她的思绪拉回来。

"谢谢，该是我敬您。"池姜接过酒杯一口喝下。众人见她豪爽的样子纷纷拍手叫好，除了陈烬，他冷着一张脸，看不出喜怒。

池姜也不矫情，心里憋着一股劲，遇上劝酒的，一边谈笑风生，一边爽快地把酒喝了。暖黄色的灯光斜斜地打在她仰头时修长白皙的脖颈上，脱了外套的她里面穿着一件复古针织衫，更为撩人。

在场男士的眼神几乎都已变了味，饶有兴致地看着她。陈烬言语冷淡，一副事不关己的态度，只是握着酒杯的手青筋暴起。

池姜本身酒量就不行，被灌了几杯后一阵反胃，捂着嘴急急离开说自己要去洗手间。陈烬随意地靠在椅子上，手里不断地把玩着打火机，嘴唇抿成一条线，不知道在想些什么。方才灌池姜酒的那位赞助商还咧着嘴想上前敬他酒，陈烬投去冷冷的一记眼刀，那人被他的气场震住，一时间僵在原地。

陈烬冷声说了句抱歉，拿起桌上的打火机走了出去。

池姜在洗手间里干呕了几下，用冷水抹了一下嘴唇。透过一层薄薄的水汽看见镜子里自己苍白的脸色，想起刚刚陈烬的态度，真的如一把钝刀，将她的心脏来回地割，她不由得苦笑了一下，接着对着镜子细细地补起了妆。

池姜踩着八厘米的高跟鞋，扶着墙壁有些摇晃地往包间走，走到一半却看见那个高大的身影倚着墙在抽烟，指间的火光明明灭灭。

她看着男人冷峻的脸庞，心里莫名地泛起了几丝委屈，特地挺直背脊，眼睛直视前方打算与他擦肩而过。

意外地，池姜经过他身边时，男人一把攥紧她的手臂，低沉的嗓音透着性感："还能走吗？"池姜心里那股矫情劲上来了，一双盈盈的大眼瞪着他，上面还蒙了一层雾气："不用你管。"

"你不是不认识我吗？"末了，池姜又添上一句。

陈烬舔了下后槽牙，声音听不出喜怒："现在认识了。"

池姜差点没留几分眼白给他，作势自己摸索着回去，她都不明白自己为什么要和行走的冷空气讨没趣。

陈烬也不生气，嘴角扬起好看的弧度，声音却带着强硬："我送你回去。"池姜本想坚持几分钟的，可在他冷淡的眼神中还是败下阵来。陈烬依然穿着那件黑色的羽绒服，敞开拉链，大步向前走，穿过曲折的回廊。他有所感觉，发现身后那只乌龟行动缓慢，于是在无形中放慢了脚步。

忽地，身后那条小尾巴拉住了他羽绒服的一角，声音可怜兮兮的："我的外套落包厢里了。"

陈烬闭了闭眼："我给你回去拿。"

他几乎是硬着头皮进去拿池姜的外套，解释自己还有事需要先行离开，在一群人意味不明的眼神中拿着池姜的外套离开了包厢。

陈烬信步走出饭店，看见池姜正站在门口，眼睛出神地望着远处，有风吹来的时候，她紧紧抱着自己的手臂，整个人看起来十分瘦弱。陈烬敛下心神，三两步走过去直接把外套扔她头上，瘫着一张脸："穿上。"

外面冷风瑟瑟，寒星嵌在莹蓝的天幕上，发出微弱的光芒。池姜坐在陈烬车子里，背靠在椅子上，感到一阵头疼。

"你住哪儿？"陈烬问。池姜轻声报了个地址，陈烬一听，语气嘲讽，"换地址了？"

池姜轻"嗯"了一声，陈烬不再说话，认真开车。气氛一阵尴尬，池姜伸手点开车载播放器，一道温柔缱绻的女声响起：

Your fingertips across my skin（你的指尖轻滑过我的肌肤）

The palm trees swaying in the wind（棕榈树在风中翩翩摇摆）

You sang me Spanish lullabies（你为我吟唱那西班牙摇篮曲）

The sweetest sadness in your eyes（你的眼中映出甜蜜的忧伤）

I never want to see you unhappy（我不愿看到你的哀伤）

I thought you want the same for me（我以为你也一样）

Goodbye, my almost lover（再见了，我无缘的爱人）

Goodbye, my hopeless dream（再见了，我无望的梦想）

I'm trying not to think about you（我尽力不再想你）

Can't you just let me be？（请放过我让我独自离去？）

……

这歌词讲述的是一段无缘感情，也表明了对另一方的思念和无可奈何，池姜听得心烦意乱，直接把音乐关了。

车窗外霓虹灯在飞速倒退，像老电影里零碎的片段，池姜干脆靠着座椅假寐。半睡半醒间，恍惚感觉陈烬把车停下了，他的手敲了敲方向盘，声音清冷：“到了。”

“谢谢你送我回来。”池姜侧身想解下安全带，却发现怎么也解不开，原来是一绺头发缠进带扣里了。陈烬冷眼看着也不上前来帮忙，像是要揭穿她故意而为之的把戏似的。

池姜干脆从包里掏出裁纸的美工刀，毫不留情地直接剪掉那绺黑发，也终于解开了安全带。她气息不稳，气得整个人都在发抖：“谢谢，天太晚了，我就不邀请你上去坐坐了。”

眼看着池姜毫不留恋地就要摔门离去，陈烬忽地两手扣回她的腰，让她重新坐回位置上，声音带了点疲倦：“抱歉。”

半晌，他又问：“好久不见，过得好吗？”

这句话真的适用于所有分手又重逢的恋人，以前她觉得俗，现在听到这句话，池姜不由得鼻头泛酸，但她还是打开了车门，酒劲还没散去，说话也大胆起来：“不好，因为你没有来找过我，一次也没有。”

车窗外的冷风如一头困兽呜呜地叫着，似声声控诉，又像上帝的叹息。有些事情，不要轻易去触碰，往事如潮汐，风一吹，就漫无边际地涌上心头，久久不能散去，让人疼痛不已。

五年前发生的事仿佛就在昨天。

002

我的凡·高先生

二〇一二年，是个意义非凡的年份，传说中的世界末日。有人幻想着在最后的时间里能到月球上去，而有人争分夺秒地想着告白。这一年，罗纳尔多退役，许多粉丝开了一瓶又一瓶的啤酒，抱在一起彻夜痛哭。

这一年，池姜几乎是零距离地接触到了自己喜欢的职业和人。地球悄悄转动，不知道转到哪个点，怦然心动的心情就发生了。

池姜坐在寝室对着镜子认真地化妆，眼线有一丁点画歪了，她都要拿笔重新来过。她手法娴熟，动作利索，化出的妆容精致又妥帖。

池姜今天给自己化了个稍微素雅点的妆，可是降不住她长了一双勾人的桃花眼，细细长长的眉毛，简直就是老电影里走出来的香港女明星。

“姜妹，你这化妆技术太厉害了，人都变美了。”室友不停地感叹，“照我说，你还面试什么实习小记者啊，直接直播化妆啊，日进斗金。”

另一位室友施施盘腿坐在椅子里，她体形庞大，肩膀上的肉一层层的，架不住她还在不停地吃薯片：“你以为每个人都像你这么没追求吗？还有，她是因为底子好，不是因为化了妆才这样的。”

宋佳佳被她噎个半死，只得冲过去抢她的薯片吃，明明吃得很急呛到了，宋佳佳还挑衅似的看了施施两眼。

施施不说话，用一种看傻子的眼神回看了一眼，转身去拿桌上的手撕牛肉干。池姜收拾好自己的东西，笑着说：“我要走了，等我告捷归来请你们吃大餐。”

“我要吃东门那家的火锅。”

“加五斤大闸蟹！”

“没问题。”池姜朝身后挥了挥手，步伐轻快地离开了寝室。

池姜还在读大四，正是出去锻炼的好机会。当收到FNC（枫市广播电视台）的面试邀请时，她激动了好一阵子。

池姜站在校门口拿出手机点开打车软件叫了辆车，刚好今天周末，进市区的人比较多，叫车也费了好长一段时间。

一辆银白色大众缓缓开来，池姜坐上车的第一句话就是："到市区的广播电视中心，麻烦您快点。"

开车的是个中年司机，他一边掉头一边应下来："放心，我一定不会让你迟到的。"

事实证明，有些东西不是人为可以控制的，比如堵车。他们从高架桥下来之后就一直堵在新约站，池姜亮起手机屏幕看了看时间，急得手心冒汗。

面试最重要的一点是什么？就是守信，这个是给面试官留下的第一印象，十分重要。

好在只堵了十五分钟左右，道路开始畅通。车子开到三叉花园那段路时又堵得不行，池姜心里焦急，不停地催促司机。

司机一看路况，立即打了方向盘抄了近路。偏偏池姜就是这么背，眼看快要到达广播电视中心的时候，车却撞上了一辆银灰色的布加迪，直接追尾，蹭掉了对方的一块漆。司机猛地一刹车，池姜的脑袋随着惯性撞回椅背，顿时一阵头晕目眩。

池姜看着司机第一时间下车跑过去跟那辆布加迪的主人道歉，掏出手帕不停地擦汗，一脸的诚惶诚恐。

池姜低头思忖，事情因她而起，司机要不是为了不让她迟到也不会抄近路，说来说去这都是她该担的责任。

池姜解开安全带，捋了一下稍微有些乱的发型，推门下车。她走过去对还在解释的司机说道："叔叔，谢谢您送我来，这事我来负责吧。"

这会儿司机大叔的电话又振个不停，他从裤袋里掏出一张名片塞到池姜手里，喘着粗气说："行，姑娘，我这会儿有点急事先走了，有什么解决不了的可以打我电话。"

池姜接过名片笑了一下，正思忖着，那辆布加迪鸣了几下喇叭，显示主人的不耐烦。最后，对方直接打开车门走下来，身姿挺拔地站在车旁盯着池姜的方向。车主穿着一件烟灰色连帽衫，高挺的鼻梁上架着一副茶色墨镜，神色冷峻，看不出喜怒，却给池姜一种莫名的熟悉感。

刚下过雨，地上还是湿漉漉的，池姜快步走上前，岂料不小心踩中了一个泥水坑，几个泥点溅到了面前这个男人的身上。

干净没有一丝褶皱的裤管和衣服立刻被溅上了几个泥点，对方的脸色顿时沉了下来，没等池姜说句对不起，他从牙缝里吐出几个字："你先在这儿等着。"

说完，他就回到车上，并从车上赶下一个和池姜年龄相仿的年轻姑娘。女生嘟囔道："有洁癖又龟毛，难怪没有女朋友。"

女生梳着一个可爱的花苞头，嚼着口香糖，露出一个善意的笑容："嗨。"

池姜还没来得及应声，旁边就发出甩车门的声音，刚才那个年轻男人以为自己在走时装秀吗？他已经脱下了刚被弄脏的衣服，套上了一件黑色的 T 恤。

隔着一副墨镜，池姜好像看到了一种类似于讥讽的笑容挂在他脸上。只见那男人从鼻孔里发出轻哼："弄脏我的衣服怎么办？"

"不好意思，要不我拿去干洗或者赔给你。"池姜看他这副模样也懒得客气，态度不卑不亢。

墨镜男一副懒得计较的样子，直接把装在袋子里的衣服扔进垃圾桶里，在空中留下一个利落的抛物线。只听他用一种施舍的语气说："算了，也就二百五十块而已。"

池姜轻呼了几口气，强忍住回骂的冲动，转过头对那个女生说："你好，非常抱歉，我刚好像看到你们车后面被蹭掉了一块漆，因为我有急事要处理，先打保险公司电话报案，我负全责，到时定损。还有那件衣服的钱。”

池姜态度诚恳，说出了她能想到的解决办法。她以为对方至少会刁难和骂两句难听的话，没想到花苞妹妹扬起笑容：“好啊，刚好我手机没电了，麻烦你加下我大哥的微信。”

“陈思渺，是不是皮痒了？”年轻男人侧过头扬了扬嘴唇，给了她冷冷的一记眼刀。

花苞妹妹立马怂了，摸了摸自己的脖子：“姐姐，我手机又有电了，我加你微信之后联系你吧。”

“……”

池姜忙点头，拿出手机扫了花苞妹妹的微信后，再次向他们道歉鞠了一躬才离开。陈思渺看着她急促的步伐，扭过头一脸的认真：“大哥，我觉得她长得像我未来的嫂子。”

被称作大哥的男人双手扣在方向盘上，透过茶色的墨镜看着池姜离去。她穿了一件简单的衬衫搭了一条长裙，孔雀蓝的裙子随风飞扬，在他的视线里渐渐消失变成一个点。

“呵，上次看见在街边高喊着‘洪湖水浪打浪’卖袜子的女生，你也说长得像我女朋友。”陈烬一脸的讥诮。

陈思渺讪笑了两声：“我这次是认真的。”

对方冷笑了一声没再理她。

FNC 大楼，池姜站在楼下仰望，几个烫金大字嵌在高楼大厦里。她仰头看着，心里升起了一种肃穆之感，池姜给自己做了一番心理建设才推门而入。

广播电视大楼整洁如新，员工们穿着职业套装、戴着蓝色工作证，个个行色匆匆，扛设备的一边连线一边往外走，演播厅负责采访的主持人也是手握着一杯咖啡匆匆上楼。前台小姐则礼貌地询问池姜是否有预约。

池姜感觉这栋大楼里的每一个人都像是一颗小小的螺丝钉，在共同维持新闻中心的运转。

池姜被人事小姐领进一间空办公室做了约三十分钟的试题，主要是考核她的新闻知识技能和专业素质。池姜这会儿刚做完试题还没缓过神来就被喊话说要面试，以至于她进去的时候手心出了一层汗。

面试区依次坐了三个面试官，室内过于安静，弄得气氛有些紧张。池姜灵机一动，用英文做了个自我介绍来博取面试官的好感。

一位正对着池姜的女面试官低头看了下她的简历，毫不留情地批评："听说你迟到了，知不知道新闻工作者最注重的就是时间观念，很可能迟到一秒你就错失一条价值极大的新闻。"

池姜只得鞠躬道歉，也不能去辩解什么，因为迟到就是迟到，这是一个既定的结果。

女面试官板着脸提出了第一个问题："如果调派你去一线采访，要做什么准备？"

"一是订酒店和机票，确认线路；二是领设备，信息确认；最后是做功课。"池姜思索了一会儿说出口。

一位长相严肃的男面试官接着提问："在新闻媒体工作者中，包括但不限于体育行业，你最崇敬的是谁？"

池姜目光坚定，毫不犹豫地说道："法拉奇。"

"最后一个问题，你为什么选择当一名体育记者？"另一个男面试官抛出这个问题。

池姜愣了愣，虽说这是一个很常见的面试问题，她却不想隐瞒自己的真实想法，直接用一种十分认真的语气说道："因为很喜欢一名职业运动员，想亲眼看他亲吻国旗，共同见证他的荣光。"

空气静默，面试官也没想到她会这样回答，气氛僵持。忽地，面试区传来一道漫不经心的嗤笑声，带着几分嘲讽。明明这笑声不大，但在这过于安静的氛围中就显得有些刺耳了。

池姜循着声音的来源处看过去，先前那个一副我谁都不关心的布加迪面瘫脸居然出现在这里，还悠闲地坐在角落里用 iPad 录她！

池姜脸涨得通红，这种做法简直就是在凌迟她，被人堂而皇之地知晓了少女心事，再联想到之前还被这个面瘫男变着法儿骂二百五。她盯着眼前这位戴着过于夸张的茶色墨镜以至于把脸盖住了大半的男人，冷声问道："你为什么拍我？"

男人挑了挑英俊的眉毛，嘲讽似的"啧"了声，起身把 iPad 递给其中一个面试官，一脸的嫌弃："老季，录好了，以后要我来给你打杂也不是不可以，按分钟收费。我还有事先走了。"

池姜看着眼前这个人伸出长臂将连帽衫后面的帽子扣在脑袋上，板着一张漂亮的棺材脸从她身边擦过离开了面试区。

池姜气得一句话都说不出来。

那位被称作老季的面试官一脸的尴尬，他咳嗽了几声道："池小姐，这次面试就到这儿了，之后我会以电子邮件的形式通知你面试结果。"

池姜勉强挤出一个笑容："好。"

人事小姐说面试结果要三到五天才能出来，池姜忙点头并表示感谢。她走出 FNC 大门的时候，忍不住回头恋恋不舍地看了下这栋大楼。这次面试，池姜连及格分都不敢给自己打，再加上遇到个面瘫脸，更是破坏了她的好心情。

池姜回到寝室的时候，刚坐下没两分钟，还没从失落的情绪中缓过来，门口就风风火火闯进一个女生。一米七二的个子，一头短发，英气十足，杏眼长腿，用北京话来说就是飒蜜儿。这位飒蜜儿的长相可以用俊俏来形容，加上性格豪爽，在校从来不乏追求者，她却一一拒绝。

因为她是永远的单身主义。

廖靖希一屁股坐下来，直呼了句：“水。”

“姜妹，面试得怎么样了？”廖靖希问。

池姜倒了一杯水给她，叹气：“别提了，估计没戏。”

廖靖希刚想安慰她两句，就听到池姜发出一声惊呼：“靖希，最新消息，击剑神话三天后去新约市参加击剑赛，资料显示烬哥和我们是活在同一座城市，我想去为他加一下油，所以……”

廖靖希还没来得及冷笑出声就被来电铃声打断，她打了个抱歉的手势，接起电话。不出三秒钟，她的眉毛便皱在一起：“你去跟那个小子说，那天不把演出场地空出来就等着被揍吧。”

对，廖靖希不仅是个单身主义者，还是个小有名气的当红乐队的主唱，但她为人低调，校内只有小部分人知道。这也是池姜喜欢她的一点，不仅如此，两人气场还相同，什么都能聊到一起。

“去机场堵人这种花痴行为我可干不来，”廖靖希冲她挑了挑眉，“要花痴也是别人花痴我。”

“但是为了我家宝贝，哪有不去的理儿。”廖靖希话锋一转，还朝池姜抛了个媚眼。

池姜配合地给了个飞吻。我们廖大小姐可是个坐不住的主，在寝室待了没两个小时又风风火火地走了。

之前，池姜都是通过电视媒体、杂志接触到陈烬，他也会直播，但是次数较少，不是直播他的击剑比赛就是平时的运动训练，极少看到他直播日常的生活，也从来没近距离接触过他本人。

除了多年前的那次相遇，陈烬居高临下地摸了摸她的头，语气是难得的温柔，叫她“小孩”。

陈烬他们去新约市那天，池姜和廖靖希混入粉丝中为他们送机。廖靖希对此嗤之以鼻，笑了一声：“我对他没兴趣，粉丝不是你吗？是谁老熬夜看他打比赛的，校门口那卖杂志的老头一见到你眼睛就眯成一条缝……”

“……”

池姜她们准备得仓促，应援服也没来得及买。池姜穿了一件湖绿色掐腰连衣裙，混在人群中实在打眼，不过粉丝们无心关注她们，一直站在原地等待陈烬的到来。

约一刻钟后，人群中不知道谁发出一声激动的尖叫：“烬神来了！”池姜顺着那女生的手势望过去，一群身形高大的男人正往前走，旁边还跟着几名工作人员。

“快点啊，赶快去要签名。”粉丝惊呼。

池姜凭借之前在视频看过的人像记忆，在一群年龄相仿的年轻人中辨认哪个是陈烬，她又有点近视，只得眯着眼来辨别。她发现里面有个身高约一米八七的年轻男子，一件简单的白T恤松垮地套在身上，露出的精致锁骨与下颌连成了一个漂亮的弧度，下身搭的是磨得有些发白的浅蓝色破洞牛仔裤，像极了老旧的信笺，整个人散发出的干净清冷的气息让人不自觉地被吸引。

池姜在不远处目测了下陈烬的身高，拿站在她前面的廖靖希，还有她自己的身高来比，三人活脱脱地组成了一组最强Wi-Fi信号啊。你说这人没事长那么高干吗？这么多女生都往陈烬身上凑，怕是她们自己的手机信号不强吧。

池姜这会儿忽略了自己也是去寻找信号的事实。

这边的一个正太脸击剑运动员搭着同伴的肩膀，叹了一口气：“看到没，人群中应援横幅最小的就是我的粉丝。”

同伴一把甩开他的手，有些痛心地说：“你又不是不知道烬哥的魅力，上次比赛完有粉丝过来找老大要签名，发现他不在后退而求其次要了我的签名。因为是我，她居然拿了张草稿纸出来让我签，背面还印着《中学生守则》，而我很没骨气地签了。”

陈烬本是低着头在玩手机，他回头看了同伴一眼，用一种很平淡的语气问：“你们很喜欢签名？”

“不喜欢。”两位队友立刻摇头。他们太了解陈烬了，只要他以一种平和的语气提问，多半没什么好差事让他们干。

而他们的另一个同伴，明知道这是重要场合，还穿着一双拖鞋颇为自得地站在一群收拾得无比鲜亮的队员中间。此人叫张加鹤，也是风之光队的成员之一，为人散漫，身上散发着一种愤世嫉俗的气质。

比如现在，他看着一大群冲过来的女生，即使其中也有自己的粉丝，却依旧冷哼了一句：“花痴。”

这边，一大群粉丝疯狂地朝陈烬他们所在的方向追去，池姜还没反应过来就被一群姑娘推搡着往前走，瞬间就和廖靖希冲散了，被人群带到了最前边。

池姜感觉自己有些喘不过气，偏偏今天又穿了中跟凉鞋，不知道谁还猛地推了她一把。池姜一个踉跄朝前扑去，混乱中，有人上前来及时攥住了她的手臂。

虽然没有像预想中那样与地面来个亲密接触，但她因为惯性撞上了某个硬邦邦的胸膛，太硬了，池姜被撞得眼冒金星，痛得眼泪直掉。

对方的胸膛坚硬又滚烫，身上散发着带点涩意的佛手柑与冬日薄雪的味道，清冽极了。空气忽然变得静默，隐约中，她好像听到了女生倒吸一口凉气的声音。

对方一把将她拎正，声音干净得如黄昏里的琴弦，询问道：“没事吧？”

池姜捂着撞得发酸的鼻子，泪眼汪汪地抬头看他。

四目相对中，池姜大吃一惊，眼睛瞬间瞪圆，呆呆地看着刚刚救了她一命的男生。

陈烬也怔了两秒才反应过来，扯了扯嘴角，低头看着眼前身高只到自己胸前的女生，巴掌大的脸上满是不可置信的表情，眼神惶恐，卷曲的眼睫毛还衔着一颗晶莹剔透的泪珠。

陈烬极快地扫了她一眼，发现她白皙的右脸颊上画着一颗红色的爱心，手里还拿着他的橙色应援横幅。

池姜被盯得不知所措，橙色应援横幅是出发前廖靖希塞给她的，廖靖希还煞有介事地说："你得有个真爱粉的样子，不能被那群花痴给比下去了。"而脸颊上那颗红色爱心则是池姜用唇线笔一笔一画地画上去的。

陈烬轻轻地笑了一声，听得池姜耳朵发痒，只见他薄唇一张一合，还故意咬重了那两个字："粉丝，嗯？"

"不是故意碰瓷的吗？"男人一副冷嘲的语气。

旁边的正太脸队员还不明情况地哇哇大叫："老大，你多了个粉丝有什么稀奇的，全天下都遍布你的粉丝。"

陈烬并不理会她，从口袋里掏出根棒棒糖，利落地将包装纸撕开，将糖含在嘴里。一米八几的大高个，看起来高冷无比的人，却叼着根棒棒糖随意地站在粉丝面前。

池姜有些欲哭无泪，追星是没什么稀奇的啊。稀奇的是，这个她追了那么多年的精神偶像竟然是前几天害她出糗的男人，也是她吐槽了无数遍的面瘫男！

一个身高一米八几的大高个嘴里叼着根棒棒糖，这和网上报道的人设不符啊。

但没人觉得怪异，粉丝还用激动到不行的声音说："原来这是烬神的最爱啊，看起来好萌。学到了新技能，以后我要为他开间糖果店。”

池姜觉得自己的世界观碎了一地。

这时，陈烬身旁的工作人员在他耳边低语了几句，大概是催促他要登机了。陈烬敛了神色，用一副平常的语气对粉丝说：“谢谢你们来看我们，放心，比赛会赢给你们看的。”

剩下的队员给就近的粉丝签了名安抚好他们的情绪后，由工作人员维持秩序送他们去登机了。陈烬走的时候依旧板着一张脸，朝后潇洒地扬了扬手。

留在原地的粉丝摸着胸口说：“烬神好温柔好温柔，我的心跳得好快好快。”

“是啊，长得帅就算了，性格还这么好。”一个高个子的女生痴痴地望着他离开的背影。

池姜呆立在原地，心情不亚于坐了过山车般忽高忽低，直到被人扯着往外走她才回过神来。走出机场，廖靖希才放开她的手。池姜揉了揉发酸的手臂：“靖希，你干吗急着拉我出来？”

“要不说聪明的姜妹遇上男人脑子就不够用了，”廖靖希轻弹了一下她脑袋，一副看破世事的语气，“你刚才可是在众目睽睽下对烬神‘投怀送抱’，那些女粉丝肯定想快点扒了你的皮。”

“都怪那些花痴女害得我摔了一跤，刚才有个臭小子扶了我，”廖靖希气得龇牙咧嘴，“一想到被男人碰了我就浑身不舒坦，等会儿回去我要洗十遍澡。”

池姜有些失笑，廖靖希的厌男症就是这么恐怖，虽说乐队里有男成员，但也是相识已久的。廖靖希喜欢把自己圈定在一个熟悉的圈子里，如果中途有陌生人闯进来，她便会习惯性地抵触。池姜大概知道一点原因，好像是她被前男友抛弃过，对男人彻底丧失了信心，加上自身性格如此。

幸好廖靖希还沉浸在对刚发生的事情的骂骂咧咧中，没有注意到池姜早已红透的耳根。

快到学校时，廖靖希才发现池姜的不对劲，侧头拉了一下池姜，直接问：“姜妹，你怎么一脸心不在焉的样子？该不会是一眼定终身了吧，我跟你说男人就是坟墓，我不希望你早亡。”

池姜露出一个意味不明的笑容：“说不上。毕竟粉丝第一次见到偶像真人吗，你想想，要是艾玛·沃森站你面前，你什么反应？”

“哪会像你这么淡定，我会当场心跳加速，然后晕过去吧。”廖靖希设想了一下，“不过你怎么拿我女神和那些凡夫俗子相比？”

这周恰逢五一，因为连着周末，池姜学校连续放了四天假。池姜的室友大部分都是本市或者邻市的，有的选择回家，有的出去陪男朋友了。廖靖希有询问过池姜的假期安排。

池姜看着手边的书头也没抬：“待寝室呗，还有图书馆。”

“要不去我那儿凑合一下，”廖靖希知道她家里的一些情况，建议道，“晚上带你看我演出，嗨个三天三夜。”

池姜把手边的单词书折了一个小角，打趣道：“得了吧，太闹腾，下次吧。”

廖靖希也不勉强她，比了个 OK 的手势。

待真正放假那天，室友都走了之后，偌大的寝室显得空荡荡的，池姜也不觉得落寞。这么多年，她早就习惯了独自一个人生活，再说假期也没哪儿好去的，还不如待在学校多看两本书。

窗外沾着湿气的风吹得树叶沙沙作响，阳光透过缝隙洒下来，一片斑驳。池姜把窗帘拉开，让日光铺进来，卷起了细小的尘埃。

她把床单、被套拿去洗衣房清洗，放进去的时候还加上了青柑味的洗衣液，一时间，青柑淡淡的麝香味飘浮在空气中。忽地，池姜不知怎么就想起了陈烬的那张脸。其实，她已经不是第一次想起他了，只是每次都故意忽略脑海里的那张脸而已。

池姜想起那天在机场见到的那双漆黑的眸子，他下巴处还挂着黑色的口罩，一脸痞笑地看着她："粉丝，嗯？"

那是一张让人难以忘记的脸，只可惜，他看起来好像不记得她了。从前几天遇见他发生了一系列倒霉事后，到后面暗自吐槽这张高冷的面瘫脸，可换了是陈烬的脸之后，好像就没那么讨厌了。

甚至只要一想起他的脸，还会有一种心痒痒的感觉。

池姜打开水龙头冲了下满是泡沫的手，决定做点什么冲淡心里的这种感觉。

池姜回到寝室，拿出手机登上微信。

她点开花苞妹妹的对话框，对方的头像是一只黄色的可达鸭。

池姜在心里想了一下措辞，才开始编辑短信：你好，我是池姜，上次不小心蹭了你车的那个。因为之前有事情在忙，就没有和你商量赔偿的事，这两天你看是否有时间约出来见一下面？

池姜在点击发送前还添了个笑脸上去。

可能是对方正在玩手机，迅速回复响起的提示音差点吓了池姜一跳。池姜点开一看，对方好像很激动的样子：好呀好呀，下午我们可以约。还附加了一个可爱的表情，接着又发来一条见面地址的信息。

下午出门的时候，池姜稍微打扮了下，挑了件复古纯色裙，用卷发棒烫了下发尾。见面的地点选在一家较偏的咖啡厅，但胜在安静，环境舒适，只有潺潺如流水的钢琴声和客人低声交谈的声音。

花苞妹妹提前到了，正百无聊赖地坐在咖啡厅，看见池姜到来时眼睛立刻亮了起来。

池姜看见花苞妹妹招手便走了过去拉开椅子坐下，她把菜单递给花苞妹妹，笑着问："你喝什么？我请你。"

花苞妹妹点了杯摩卡，而池姜只点了一杯白开水。

花苞妹妹瞪大眼睛："哇，果然仙女是只喝露水的吗？难怪池姜姐姐身材这么好。"确实，池姜的身段很好，明明是一条没有抽绳的裙子却显得腰肢纤细，还长了一双大长腿。

"没有，是我习惯了喝白开水，偶尔也会喝点别的。"池姜解释道，随即看向她，"对了，你叫什么？"

花苞妹妹低头喝了一口咖啡，眼睛弯起来："我叫陈思渺，以后你就叫我渺渺吧，之前坐在车里冷着一张脸的是我亲哥。"

池姜将垂下来的头发别到耳后，把心里预备好的话说出来："渺渺，那辆车子的事，你可以拿维修单给我，我这边赔偿给你。"

布加迪蹭掉一块漆的维修费用不是一笔小数目，池姜虽然还是个学生，但她妈妈这些年打到她账户上的生活费之类的，存起来也有不小的一笔。

陈思渺忙摆手，推辞说不用。池姜有些哭笑不得，没见过这么善良不差钱的车主，在她坚决的态度下，陈思渺还是坚持不肯收。

突然，陈思渺灵机一动，眼睛骨碌转了起来："这样吧，池姜姐姐，你看这车也不是我的，是我哥的，我也做不了主，要不我把他的微信给你，你加下他。"还没等池姜回答，陈思渺立刻点开微信将陈烬的名片推送了过去，还笑脸盈盈地看着她。池姜只得假装低头喝水掩盖自己脸颊有些烫的事实。

陈思渺觉得自己替家族做了一件重大的事，点开陈烬的头像发送消息：大哥，我在跟我未来嫂子面对面地聊天。

陈烬直接高冷地回：？

陈思渺继续坚持：你就猜一下啊。

陈烬在那头思索了一下：表哥又被二姨拉出去相亲了？

陈思渺一脸的无语：……

她立刻偷拍了张照片发过去。这会儿陈烬正走在路上，他被教练带着去提前熟悉比赛场地。陈烬拿起手机想看下臭丫头又发了些什么烦人的，结果一点开对话框，是一张照片。

女生穿着酒红色复古裙，衬得肤白如雪，饱满红润的嘴唇上沾了一滴水珠，瞳孔颜色极深，眼型像极了蔷薇花瓣，眼尾向上挑，冷艳又带了一丝丝茫然。

明显是抓拍的。

陈烬微眯着眼，大脑放空了一秒，脚步跟着停了一下，结果跟在后面的汤启鸣撞上了他的后背。汤启鸣打趣道："前两天被女粉丝一头撞进怀里，现在又被我撞上后背，我……不介意做小的。"

"我介意。"陈烬毫不留情地说。

正太脸这时按捺不住："烬哥，难得走神啊，刚才我看你一直在看手机，以前你都懒得看手机的，不会是女朋友找你吧？"这话一出，其他队员立马凑过来，激动地表示要看嫂子的真容，却被陈烬一个眼神给秒杀回去。

一向对世事都不关心的张加鹤这时也来了点兴趣："看看？"

陈烬顺势把手机放进兜里，飞了一个眼刀过去："大鹤，你什么时候也这么八卦了？"

张加鹤闻言，踹了正太脸一脚："还不是被这小子影响的。"

这边，池姜假装问道："你大哥的名字听起来好耳熟，跟一个运动员的名字好像……"

"我大哥就是击剑运动员啊，你不知道，他可厉害了。"陈思渺的语气有些自豪，"他从小就在击剑方面很有天赋，被教练选中进入体校击剑队，后来一直跟着历教练，成为一名职业运动员，一路披荆斩棘拿过各大奖项……"

这些经历池姜听了不知道多少遍，她甚至都能背下来了，再重新听一遍，还是有一种一路见证他的荣耀的感觉。

池姜应和着点头：“那他还挺优秀的，这种人应该有许多追求者吧？”

“之前有过一个，可只交往了一个月就分了，具体的我也不清楚……”陈思渺含糊地说道。

“但是我哥现在是单身，我见过他的好多粉丝，还有女主播之类的，可是我哥都拒绝了。”陈思渺好像急着要把她哥推销出去，“池姜姐姐，你是不是也喜欢我哥？你放心，以后你要是进了我家门，我这个小姑子肯定会对你很好的……”

“……你为什么希望我和你哥在一起？”池姜问道。

陈思渺毫不犹豫地说道：“眼缘，虽然看你第一眼觉得你性子有点急，但总感觉你和我哥是同一类人。”

池姜自动忽略了他有很多追求者这个事实，却在乎他那个交往了一个月的女朋友。她想知道是什么样的女人能把陈烬这朵高岭之花摘下来，虽然只有一个月，也够她心里酸得冒泡了。

整个下午，陈思渺热情地拉着池姜聊了很多，也明里暗里问了池姜的情况，就差没把她的生辰八字扒出来了。

回到寝室后，池姜跑到阳台上去收出门前晒的床单和被套，她抱着海蓝色的床单低头闻了闻，淡淡的青柑味和阳光气息扑鼻而来。

晚上，窗外虫鸣声声，池姜打开电脑搜寻陈烬最近的赛事行程，打算挑一个时间亲自去看他的比赛。

电脑屏幕散发着幽蓝的光，池姜正浏览着网页，突然弹出一条邮件提示。池姜握着鼠标的手顺势点开。

什么叫“大力出奇迹”？

她居然被FNC录取了！

邮件内容显示她已被录取，还提醒她具体的上班时间，最后还祝她假期愉快。

池姜兴奋得来不及关电脑，直接飞奔到床上抱着床单直打滚，撞得床板发出吱呀作响的声音。若是她室友见了这一幕，大概会大吃一惊，平日清淡矜持的池姜居然会做出这种事来。

池姜躺在床上盯着天花板发呆，摸了一下自己的胸口，心怦怦直跳。这是不是意味着离他更近了一点？离梦想更近了一点？

池姜拿出手机登上微信，指尖滑到陈思渺那一栏，看到她推送的陈烬的名片，犹豫了一秒马上点了添加，因为太激动，附加信息忘了写自己的名字。

十五分钟后，在池姜听来犹如天籁的消息提示音响起，陈烬竟然通过了她的好友申请。池姜点开一看，陈烬用了一个简单的头像——喜马拉雅山上挂了一面五星红旗。

青山不老，风雪不动，是想要在海拔最高处升起五星红旗吗？

池姜莫名觉得热血沸腾。

她思索着该如何打招呼，一想到他那双没有温度的眸子，便想着先转篇趣味文章来缓解一下气氛。她在微信公众号找了好久，里面的内容五花八门，看了一会儿眼睛就疲劳了，最后看到一个漫画式的封面，也懒得点开看里面的内容，便直接顺手转发给了陈烬。

击剑比赛前一天，运动员在官方给他们安排的酒店休息。汤启鸣刚好去陈烬房间找他拿点资料，陈烬在洗澡就让汤启鸣自己拿手机找。

汤启鸣发誓自己没存什么私心，看到有人发送的好友添加一时手快点了同意。他还以为是陈烬的追求者，结果对方发了条小广告过来。

他喝着水差点没一口喷出来，冲着卫生间喊："老大，我错了，刚手贱给你添加了一个做微商的。"

陈烬洗完澡顶着一头湿漉漉的头发出来，脖子上挂着一条白毛巾。他拿过自己的手机凉凉地乜斜了汤启鸣一眼，后者怂得摸了摸自己的脖子。水珠顺着黑发滴到陈烬的眼睛里，他拿着毛巾的一角擦了擦，点开那个链接一看，是个异城交友的广告，标语简单粗暴：有缘千里来相会，网络姻缘一线牵。

陈烬冷笑了一下，点开对方的头像眼睛都没眨一下，直接拉黑了。

枫市这头不知情的池姜甚至还哼起了歌，她看陈烬没有回复自己又重新发了条消息过去：你好，我是池姜。结果聊天页面显示：对方还不是你的好友，已开启了好友验证。

池姜不死心地点了添加，还附加了好友显示，这一回久久没有等到对方的回应。池姜把手机扔床上，找衣服洗澡去了。

洗完澡后，她又看了一眼自己的手机，还是没有通过陈烬的好友添加。池姜也不气恼，轻声笑了下。

第二天，天空吐出一丝鱼肚白，紧接着霞光慢慢扫过天空，投到学校的樱花树上，散发出别样的温柔。

虽是早上，可已经陆续有学生拖着行李箱回到了学校，池姜匆匆收拾好自己后叼了根油条，以风一样的速度跑出校门赶上公交车。

池姜转完公交车后又换乘地铁 5 号线，花了将近一个半小时的时间才到达广播电视中心。她抬眼望了望眼前这栋熟悉又陌生的大厦，轻呼了一口气，才推门而入。

池姜被人事小姐带到新闻部，负责体育新闻采访和撰写报道。好在负责带她的是一位很有耐心的前辈——老陆，他穿着洗得发白的工装加一条休闲裤，眉眼间的细纹尽是经历。

老陆胡乱撸起工装袖子，一脸的温和：“你刚来，肯定不会让你这么快接触采访这一块的，你先多跟着我们跑新闻，多学着点，平时也要打杂，你就当磨炼好了。”

“好，我会认真跟您多学习的。”池姜点头应下。

老陆一听乐了，拿着手里的文件夹拍了下路过的一个男同事：“老季，看来你们没招错人啊，我就喜欢沉得住气的年轻人。”

老季颇为嫌弃地拍干净自己的肩膀，毫不留情地说：“少拿你那压了几十年箱底满是灰的文件夹拍我。”

“……”

池姜来到FNC的一个星期后，差不多适应了周围的工作环境，也接到了第一个工作任务——采访运动员，当然负责采访的是老陆，池姜依然是跟过去打杂。

这次采访的是风之光击剑队，他们代表枫市去参加了由新约市主办的青年击剑锦标赛，并且一举夺得了冠军。

风之光这支队伍大部分是本省人，FNC这次想着来一个不一样的采访方式，采访一下运动员的训练日常。

老陆带着几名摄影师和池姜开着电视台的车来到了枫市最大的训练基地。基地依山傍水，占地面积广，设施也比较齐全。池姜下车后粗略地看了下这个训练基地，约两个C大那么大。青绿的塑胶跑道上全是穿着背心在挥洒汗水的运动员，不远处还有打靶声响起，惊起了停在电线杆上的灰雀。

他们一行人出示了工作证后得以放行，老陆带领着大家轻车熟路地来到击剑训练馆。室外热浪灼人，池姜拎着几袋水果跟在老陆后面走进了击剑训练馆。

一推开门，冷气扑面而来，池姜觉得自己身上的每一个毛孔都得到了舒缓。一名离她最近的运动员放下手中的剑忙接过她手中的水果，老陆则与教练商量着采访事宜。

池姜站在一旁不动声色地看着不远处正在训练的击剑运动员，特别是陈烬，她几乎第一眼就认出了他。陈烬穿着银白色的击剑服，妥帖而没有一丝褶皱，那肩缝与手臂交会处是一抹鲜明的蓝色，整个人看起来自信又有力量，似要冲出海底的一条剑鱼。

他戴着护面罩，露出一双锐利的眼睛，身姿挺拔地挥动着手中的剑，像极了古西欧的佐罗。

陈烬一边握着剑防御一边飞速地往后移动，选择以退为进，之后在对手没有反应过来的情况下挥剑刺向对方，那剑划出一个扇面形，由内侧向外侧指向对方的腹部，手中的剑柄“嘀”的一声发出声响，陈烬拿分。

穿着红色运动衫的教练拍了拍手，中气十足地喊道：“中场休息一下。”

陈烬揭开面罩的时候便感觉到有道目光灼灼地看着自己，他望过去，原来是那天那个“粉丝”。池姜穿着一件系扣白衬衫，下身搭一条热裤，露出两条笔直的长腿，惹得在场的运动员频频找她聊天。陈烬扯了扯嘴角，挑了个角落坐下。

池姜拎出放在角落里的水果，扭头对他们说：“辛苦了，大热天的，我们台里给你们买了几袋水果，我去洗好了切给你们，水龙头在哪儿？”

“你好，我叫孙好高，是烬哥的队友。”正太脸主动介绍自己。

池姜抬眼看着长相白净、脸型可爱的孙好高，扫了一下他与众队员有些差距的身高，委婉地说了句：“是好高。”

“你就别打击我了，我妈特希望我长得高，名字也取这样，结果小时候看我的长势，差点没把我丢掉。”孙好高呵呵了两声，“幸好我爸及时把我送去学击剑，这几年多少长高了一些。”

“学击剑还能长高啊？”池姜挑起细长的眉毛。她盘算着过些日子和他们混熟了也去学击剑，好歹也能长高点，以后跟那人说话不用仰着脖子，真的很累人。

孙好高有些不好意思：“池姜妹妹，我问你件事行吗？”

“问呗。”池姜有些心不在焉地回答，眼神盯着不远处的陈烬。

“就是那天你不是在机场吗，你是不是跟一个短发的长腿女生一起啊？”孙好高有些羞涩地问道。池姜视线移回来，扫了他一眼，转瞬明白了那天廖靖希跌倒时嚷嚷着有个臭小子扶了自己，怕就是眼前这个可爱的孙好高吧。

池姜看他一脸纯良的样子不忍心告诉他靖希是单身主义，她眼珠转了转，笑得不怀好意：“好说，只要你多配合我。”

要不说学击剑的智商高，反应能力就是强，孙好高装模作样地喘着粗气说：“那就麻烦池姜妹妹了，烬哥刚好坐在门口，让他带你去吧。”

陈烬这会儿脱了击剑服只穿着一件 T 恤，他掀起衣服的一角擦了擦眼角的汗，挑了挑眉毛：“什么？”

“带路吧，烬哥。”池姜站定在他面前，眼睛直勾勾地看着陈烬因为掀起衣服露出的一块肌肉。

陈烬立刻将衣服放下，冷冷地睨了池姜一眼，站起身，嗓音带着运动过后的沙哑：“过来吧。”说完，他还一把扯过她手中的水果袋大步朝门外走去。击剑馆门外左侧拐个弯就是龙水头，陈烬冲她扬了扬下巴示意她赶紧洗。

池姜哪能错过这个机会，故意放慢速度解开袋口，拿出水果放进菜篮子里慢吞吞地洗来洗去。她一边洗水果，一边和陈烬聊天。

“烬哥，好巧欸，我也是枫市人。

“烬哥，平时除了训练，你都喜欢干什么？

“烬哥，你喜欢哪种类型的啊？”

陈烬终于有了反应，抱着手臂低头看着她，语气冷漠：“反正不是你这样的。”池姜正弓着腰洗水果，听了这话也不气恼，笑吟吟地应了句："哦。"

殊不知，心里有种说不上来的失落感，正洗着的苹果被她无意识地搓破了皮。池姜不放弃，故作开玩笑道："烬哥，你以前认得我吗？"

日光洒落，跳跃在池姜卷曲的长睫毛上，小姑娘半开玩笑的话语带了一丝认真的意味。陈烬一下子不知道该如何回答，最终嘴唇紧抿："不认识。"

"啊，这样啊。"池姜继续保持脸上的笑容，肩膀却垮了下来。陈烬看她突然安静下来不太适应，一把抢过她手中的水果，将水龙头开到最大，不一会儿就将那些水果洗得干干净净。

两人返回击剑馆的时候，孙好高跑过来拈了一颗葡萄丢进嘴里，打趣道："哟，去洗个水果洗那么久啊，干吗去了？"

陈烬将一篮水果塞到他怀里，嘴角扬起冷淡的弧度："这些全是我洗的，你一个人负责全吃完。"

孙好高哭丧着脸呆愣在原地，池姜觉得有些好笑，她从篮子里拿出一个梨笑着说："趁采访还没开始，我给你们削几个梨吧。听说这是从昆明运过来的宝珠梨，果皮翠绿，果肉细嫩而无渣。"

池姜削水果很在行，不出五分钟就削了好几个，她一一递给身边的同事和运动员。递给角落里的张加鹤时，他正好在休息，用鼻孔对着她哼了一声。池姜脸皮厚，在他旁边放了个梨就走人。他脖子长，脸又长又瘦，人也高，坐在小板凳里束手束脚，看起来就像只孤傲的仙鹤，不好相处。

陈烬正坐在角落里休息，手肘撑在大腿上听着身边的人说话。池姜拿着一个削好的梨走向他，陈烬刚才没来得及喝水，这会儿正感到口干舌燥，他似笑非笑地看着池姜，等着她亲自把梨递过来。

万万没想到，池姜径直从他身边走过，将梨递给了汤启鸣。汤启鸣则礼貌地说了声谢谢。到了孙好高那儿，他整个就是一戏精附体，咬了一口梨，用夸张的语气说道：“池姜妹妹削的梨，味甜而多汁。”

陈烬用舌尖顶了下腮帮，轻声哼笑了下。

陈烬一开始没把这件事放在心上，直到在采访准备过程中，老陆让陈烬作为队长发表一下这次夺得冠军之后的感受。池姜却插话进来：“老领导，可是我刚看孙好高很想发言的样子，你先采访主动的人嘛，让队长排最后。”

被点到名的孙好高在池姜的眼神压力下只能硬着头皮上去，不知情的老陆猛地拍了一下他的肩膀：“小伙子不错，我挺喜欢你这种主动型的。”

孙好高疼得龇牙咧嘴，只得嘿嘿笑了两声，谁叫他吃人嘴短呢。

陈烬无所谓地弯下了嘴角，并没有生气，而是走回角落里阖眼休息，但周身散发的生人勿近的气息太明显了。他从来不介意什么先后顺序，他只是想早点结束采访好有更多的时间进行训练。

十五分钟后，老陆抽出下一沓采访稿的时候看得一头雾水，他挥手招池姜过来：“小池，我看你这个采访稿写得还可以，但针对个人提问，像陈烬的这个‘你平时喜欢画画吗？比如画狐狸之类的’这种问题，我年纪大了都看不懂。”

在场的人哄堂大笑，连一脸严肃的教练都忍不住嘴角抽搐起来。陈烬低垂着眼睫思考了一会儿，声音清冷：“什么？”

池姜抽出那张纸，用马克笔画掉那个问题：“抱歉，我之前写采访稿的时候走了一会儿神，串戏了，抱歉，下次不会了。”老陆点头表示没什么，这既不是赛前直播也不是实操，他就是打算让池姜跟过来学习的，所以也没有过分纠结这个问题。

周围有些嘈杂，陈烬皱眉刚想斥他们两句，一抬头就看见小姑娘站在他面前，戏谑道：“烬哥，你知道小狐狸代表什么吗？”

采访也没那么快轮到陈烬，他好似来了点兴趣，从边上抽出一张板凳：“代表什么？”池姜非常上道地坐下来，还把凳子往前移了移，就想靠他更近点，全然不顾陈烬冷然的眼神。

池姜的语气有点无辜，冲他眨了眨眼：“报复心强。”

陈烬懒散地抱着手臂，语气不善：“我什么时候招惹过你这个丫头片子了？”

“招惹得多了，要不要一一列出来给你听，”池姜一脸无所谓，“反正我报复心强。”

“……”

陈烬没再搭理她，不一会儿就被喊过去采访了。池姜则跑到镜头前看他，男人站得笔直，手里拿着那把代表佐罗的剑，姿态轻松。老陆拿着话筒采访他，声音平稳：“陈烬，你好，恭喜你这次带领风之光取得了胜利，对于这次比赛有什么想说的吗？”

“下一次会在更大的赛场上拿冠军给你们看。”陈烬目光笔直地看向镜头，简单说道。池姜站在不远处看着这一幕，会心一笑，王者就是王者，永远等着进阶下一次的胜利。

老陆采访完后在击剑馆休息了一会儿，他拿出行程表，眉头一皱：“小池，半个月后有一个关于残疾运动员的专访？你去不去？”

“去，一定要去的。”池姜一口应下。

“你们什么时候去，记得通知我。”陈烬冷不防地出声，一副老领导的做派。嗬，他顶多算个队长，职位比他高一级的教练说话都不是这语气。池姜刚想开口怼他，可一对上他无端阴郁的眼神以及那满腹说不出来的愁绪时，便一句话也说不出来了。

当时的她只是觉得应该主动接下领导派下的活，让自己多历练。后来她却庆幸自己去了那次专访，让她知道成为一名新闻人到底意味着什么，更重要的是，她看到了陈烬的另外一面。

晚上，陈烬洗完澡拿出关机已久的私人手机，一打开，屏幕上显示有七八个未接来电，基本上都是来自他妈妈的，还有两三个朋友发来的加油信息。从比赛那天开始，陈烬手机就关了机，直到现在才开机，他本就不太爱玩手机，只是把它当成一个联系工具而已。

陈烬都不需要用脑子想，就知道妈妈打电话给他只有一件事——找女朋友，这种情况他断然选择无视。陈烬关了大灯，只给自己留了一盏台灯准备睡觉。放在枕头底下的手机发出嗡嗡的振动声，他滑开手机屏幕，发现是微信好友的添加提示。

“小狐狸请求添加你为好友”，陈烬刚想清空信息，瞥到还有附加信息：你好，我是池姜，就是那天蹭到你车的那位。陈烬轻哼一声，也是自称他粉丝的那位。

陈烬并不打算理会，可他盯着那个红色的狐狸头像怎么看都有点眼熟，这不就是那天发小广告的那个人吗？！

墙上的时钟在寂静的夜晚发出嘀嗒嘀嗒的声音，陈烬想起白天时小姑娘冲他露出一个并不友好的笑容，回道：“小狐狸报复心强。”

陈烬本想同意添加解释一下的，忽然想到什么直接清空了添加消息，将手机丢到一旁——婆婆妈妈的解释还真不是他的风格。

谁知道不出两分钟，手机就发出嗡嗡的提示音。陈烬捞过手机一看，是一条新的添加消息：烬哥，我是报复心强的小狐狸。

陈烬看了一眼直接关机睡觉，一夜好眠。

003

见山是山，见你喜你

翌日，天空拉出第一道晨曦。池姜听到闹钟响时，感受到了人生的绝望。

是谁说的？让一首喜欢的歌曲变成魔音的最好方法就是让它成为闹铃。池姜发誓，这辈子她最不想听到的歌就是《500 Miles》了。

尽管万般不想起床，池姜还是认命地爬起来，动作迅速地穿好衣服、刷牙洗脸。看着镜子里睡眼惺忪的自己，她想了想，是时候该搬出学校寝室了，上班路程太远了。

池姜火急火燎地赶去上班，在最后三分钟时成功赶到了台里打卡。她心情愉悦地走进办公室，和同事打招呼时，却发现同事只是象征性地点了点头。

正值二十一岁的池姜因为在校成绩优异，深受老师和同学的喜爱，有些年少轻狂。当初一腔热血扎进新闻行业，也只是想与陈烬并肩而已。

她一直觉得自己只是个实习生，也不知天高地厚，不太拿新闻当回事。之前打杂了一个星期，她对于自己所接触到的领域，既新奇又感到疲惫。所以在做运动员这一采访片子时，她凭借自己的主观意愿编完稿子后让同事帮忙剪辑，自认为肯定能顺利过关。

池姜一直没意识到自己出了错，直到老陆在会上公开批评了她："你拟写的这篇稿子怎么回事？什么叫拿了冠军就是真正的赢家，输的人没有尽力。知不知道每一场比赛，参赛运动员为此流了多少汗水、走了多长的路。你轻轻一句没有尽力，就否定了别人的努力。你算上突发情况了吗？你调查过吗？正因为有像你这样向观众传递这种信息的新闻工作者，才会出现二〇〇八年刘翔脚伤复发不得不退出比赛时，那么多人向他扔瓶子、谩骂他的场景。"

穿着那件洗得褪色的蓝色工装的老陆，在会上"啪"的一声把文件夹扔在桌子上。池姜见惯了一向笑眯眯的老陆，突然看他这么严肃，才意识到自己错了。

同事也没有嘲笑或者鼓励她，散会后依旧在认真做着自己的事情。

这个片子最后得由记者点评的，以池姜那种胡乱发言的阵势，必然得重录。

办公室里的人都陪她一起加班，灯光师、摄影师、剪辑师陪着她一起进演播室。池姜一遍又一遍地重录，熬得那些摄影师、灯光师眼睛通红。

池姜知道，同事们都完成了自己的工作，却因为她的失误而被连累，一起加班熬夜。他们虽然没有抱怨什么，池姜却在一片沉默中越发愧疚，意识到自己错得有多离谱。

剪完片子，池姜走出FNC大厦的时候夜已深，她摸出手机看了一下时间，十点半，这会儿坐地铁回学校也赶不上门禁时间，索性给廖靖希发了条短信说等会儿过去。

廖靖希更是个独立自强的主，她很早就靠乐队的演出收入自力更生了。因为有时演出到很晚，所以大三下学期她就在学校外面租了套一室一厅的房子。

池姜看着茫茫夜色，觉得自己做得还是不错的，起码自己没有哭，认识了自己的错误并且认真去改正了。她也才明白一个新闻工作者给人传达的信息必须得是客观的、有事实依据的，而不是随随便便凭自己的喜好去编辑新闻。

这时，手机传来信息提示音，池姜摸出手机滑开解锁键时，一滴眼泪猝不及防地砸在幽蓝的屏幕上。

短信内容如下：池姜，妈妈下个月要结婚了。原本打算回国的日期只能延后了，照顾好自己。发件人是妈妈。

池姜轻轻抹掉那滴眼泪，她突然就不想去廖靖希那儿了，便在大街上晃荡着。不知不觉，夜色更深，小贩纷纷支起摊子，开始了闹市的一晚。卖糖人的老人一边做着糖人一边喊："细娘，要不要来块糖人？"

一地的烟火气息。

池姜摇了摇头，走进一家小吃摊，点了一碗五谷鱼粉。小哥正在烤面筋，听到她说加变态辣的时候眼睛瞪圆，手一抖将大半罐孜然倒在面筋上。

五六分钟后，一碗散发着香气的五谷鱼粉被端上来。新鲜翠绿的生菜完好地窝在看起来劲道十足的面上，面上还铺着色泽诱人的火腿片、金灿灿的玉米粒，老板还往葵口碗里撒了一把芝麻。

池姜撕开一次性筷子的包装，埋头大快朵颐起来。兴许是加了太多辣椒，她灌了几口水又忍不住抬起手在嘴边扇风，辣得眼泪都掉了下来。

城市的灯火亮起，灯影幢幢，似跌进河对岸一个个易碎的梦。孙好高和汤启鸣同击剑队的另一个队员跟在陈烬后面，几个人刚吃完饭准备往闹市这边走，打算一边逛逛一边消消食。大抵是过周末的原因，队员又极少出来，个个兴奋不已，说话声音也变大了。

"你说你多大了，还想吃糖人。"孙好高指着队员周远遥吐槽。周远遥因为天赋异禀，表现优异，被教练选拔进了风之光。周远遥年纪小，没经历过大风大浪，说话也没分寸起来："关你屁事。"

孙好高不跟小孩计较，笑嘻嘻地说："小心等会儿糖黏着你的牙。"

"烬哥，那不是池姜妹妹吗？"孙好高激动起来，"怎么我瞅着她好像在哭，我过去看下她怎么了？"

孙好高拍了拍身上的灰尘，刚踏出一步就被陈烬拎了回来。孙好高嗷嗷直叫："老大，你干吗拉我？"

周远遥接过老人递过来的糖人，跟着落井下石："用得着你关心。"

"我这个做朋友的当然……难不成烬哥的意思是他会亲自出马？"

孙好高还被陈烬拎着，只能侧着头说话，姿势相当滑稽。

陈烬松开手，一脸平静地说："你再多嘴，自己打车回基地。"陈烬边说边拿出钱夹付钱，之后大步流星地向前走了。

一群人只得快速跟上他的步伐，晚了可别想去烬哥家睡了，只能深夜自己掏钱打车回基地对着教练那张古板的脸。

陈烬走到马路边挥手叫来一辆出租车，将这几个吃饱喝足的队员送上车，顺手将钥匙扔给他们："我家在哪儿你们是知道的，我不指望你们把房间弄得多整洁，至少活得像个人，别睡成狗窝了。"

一群人讪讪地笑了几声，孙好高热情地问："烬哥，你不上车吗？"

"我今天开了车，"陈烬语气顿了顿，"我还有点事要处理。"说完不顾他们眼底的疑惑，直接"砰"的一声关了车门，用眼神示意司机赶紧把他们送走。

池姜吃完一碗粉，脸上辣得红通通的，可感觉心里那些郁气还是没有发泄出去，正犹豫着要不要点一些烤串，一个高大的身影毫无征兆地罩住了她。池姜咬着筷子抬头一看，是陈烬。

姑娘咬着一根一次性筷子泪眼汪汪地看着他，泪水还弄糊了她今天那显得妖娆的眼线，她的唇瓣过分红润，陈烬有些担心筷子上的木刺会不会刮伤她的嘴唇。

陈烬蹙起好看的眉毛，没有温度的声音响起："你哭什么？"

"没有，我吃粉辣的。"池姜解释道，随即反应过来凑到他跟前，"烬哥，你这不是在关心我吧？"

她凑得很近，近得陈烬可以看清她睫毛根部，温热的呼吸喷在他脸上。陈烬面无表情地推开她，同时挪开了凳子，拉远了与她的距离。

"你来了正好，我们吹瓶消愁。"池姜用筷子敲起碗来，眼里含着期待。陈烬手撑在分开的腿上，一点都不配合她："我没愁可消的，另外我不喝酒。”

“不喝酒？烬哥你是不是不行啊？”池姜挑衅道。

陈烬本身的性子就是对什么都不在乎，何况现在是过周末又不是放长假，万一遇到紧急训练就麻烦了。可遇到这种问题，是个男人都会被轻而易举地激到。当下，他冷冷一笑，语气轻松又淡然：“这种话你再讲一遍试试。”

池姜忽然想到了什么，脸“唰”的一下爆红，她只是随口一问，没想到遇到老司机了。气氛缓和之后，池姜看陈烬真的不想喝酒，也觉得没意思，付了账就往外走。

此刻池姜是真没心情再跟陈烬多说几句话，换平时她早就扑上去了。一个原因是工作方面她还有很长的路要走，光是今天一天她犯了错全组跟着受累，那种愧疚和挫败心情就已经不可言说。再加上一向依靠着的妈妈再婚了，妈妈以后会拥有自己的家庭，有自己的小孩。平时的她总是一副张牙舞爪的样子，那是因为她习惯了孤单地生活。

池姜边走边发呆，马路上传来低低的汽车呼啸而过的声音，她单薄的背影看起来有些孤单。陈烬看了一眼天色，想着怎么出声催促她回家。

陈烬看池姜心情低落的样子以为她会哭，谁知小姑娘扭头眼睛亮晶晶的：“烬哥，陪我去看电影吧。”

“心情不好？”陈烬沉声问了句，换来小姑娘含混不清的应声，似乎很不愿提起。谁知，他话锋一转，薄唇里轻轻吐出两个字，“不去。”

“为什么？”池姜瞪大眼睛。

“你虽然没有哭，但把你那鼻涕擦一擦，”陈烬冷笑一声，“我不想跟邋遢鬼去看电影。”池姜心中一惊，下意识地从包里找出纸来，去擦鼻涕才发现被捉弄了，抬头却发现陈烬气定神闲地往电影院的方向走了。

然而，来到电影院陈烬就后悔了。幽暗的放映厅内，他扫了一眼看得津津有味的池姜，现在的女人都这么骨骼清奇吗，心情不好看恐怖片？

池姜选的是一部恐怖电影，她一边吃着爆米花一边聚精会神地看着电影。换作平时，池姜有和陈烬独处的机会，她肯定趁机就撩，而不是像现在这样，完全沉浸在恐怖的剧情里无法自拔。

陈烬作为一个男人当然不怕这种恐怖电影，但他基本不看这类电影，尤其是听到镇子里传来电锯声，加上屏幕上小女孩幽怨的眼神时，还真的有点瘆人。他又不能在池姜前怂，所以他把手放进裤兜里，掐了一把自己的大腿，继续若无其事地看电影。

于是出现了诡异的一幕，放映厅里基本上都是情侣，要么是女生故作娇羞地钻进男朋友怀里，或者胆小的男生钻进男友力爆棚的女友怀里，而不是像他俩一样，一脸淡定地在谈论剧情，至少表面看起来是这样。

池姜边看边一个劲地和陈烬讨论电影，陈烬板着一张脸爱答不理，她丝毫没有感觉出陈烬身上的低气压。

“烬哥，我知道凶手是谁？你要不要猜一下？”池姜把爆米花递给他。

陈烬瞟她一眼不说话，池姜笑吟吟地看着他，突然向下翻了个白眼，伸出舌头，用一种粗粝的声音说：“嗨，最后的凶手就是我。”

“……”

陈烬当然没被吓到，因为池姜演得实在太蹩脚了，他伸出手将池姜的脑袋扳回正。池姜感觉到他的手凉凉的，心里升起一丝痒痒的感觉。

看完电影后，池姜还在回味剧情：“还挺好看的，我就喜欢看有剧情的恐怖片。”

“像那种贞子从电视机里爬出来的情节，真的太假了。”池姜认真说道。

陈烬挑眉：“你很喜欢看恐怖片？”

“那是当然，我就是看恐怖片长大的，没有人看得比我多，要不我跟你讲个怨偶幽灵的故事？”池姜一脸得意。

陈烬轻描淡写地问：“为什么喜欢看恐怖电影？”

池姜愣了下，脸色一瞬间变得有些苍白，她转移话题道：“要不我们再看一场？”池姜作势要去买电影票，却被陈烬给拎了回来。

陈烬抬手看了看腕表，眉头轻轻一蹙：“这都几点了？我送你回家。”

池姜哭丧着一张脸报了廖靖希家的地址。

夜风有些凉，吹在身上却令人舒适，池姜把车窗降下来轻声哼着歌。陈烬侧头瞥她一眼，一部恐怖片竟然能把丧到地心的女人给整得心情开朗，容光焕发。

果然她与常人的脑回路不同。

池姜自然听不见他的那些腹诽，下了车后才反应过来要跟他好好道个谢。池姜敲开车窗，低头讲话的时候一绺黑发扫在陈烬手臂上，弄得他心底有些麻麻的。陈烬略带警告性地看了她一眼：“站直了说话。”

“哦，我就不，”池姜眼里的神采回来了，有些意味深长地说，“难不成你怕我吃了你。”

陈烬冷哼一声，将她脑袋推到外面去，升起车窗，脚踩油门一溜烟地离开了。

池姜上楼的时候习惯性地摸出手机，看到了廖靖希的短信，大意是她今晚有事不回来，让池姜去门口的牛奶箱铁皮下面拿钥匙。

她找到钥匙，开门后的第一件事就是泡澡，然后舒舒服服地睡觉。

上半夜睡得还行，到了下半夜她就开始做噩梦。梦里她又是一个人，走在仿佛没有尽头的黑暗隧道里，她拼命地喊，可是没有得到一句回应，只有无尽的黑暗……

池姜从噩梦中惊醒，大口喘着粗气，一摸脸颊，触到冰凉的泪珠。她起床给自己倒了一杯白开水，然后抱着廖靖希的电脑回了房间。

她挑了一部冗长而又惊悚的恐怖片看起来，以此驱散内心做完噩梦的恐惧，看着看着便有些昏昏欲睡……

周日的时候，池姜抱着电脑去了图书馆。

她将风之队在新约市参加的青年击剑锦标赛看了三遍，分析了风之队的战术对策，仔细总结了他们每个人的优缺点，重新拟写了一份采访稿。

透过电脑屏幕，池姜看到陈烬全副武装地站在剑道上，他的剑法利落又迅速，在进攻和防守中能保持最大的平衡。池姜不禁看得有些入迷。

正当她发呆时，一个小纸团扔了过来，砸在池姜的电脑键盘上。池姜眼神往四周扫，发现周围的人都在认真看书或者做作业，只有她斜后方的一位男生在接收到池姜递过来的眼神时友好地一笑，是个戴着黑框眼镜，长相勉强过得去的男生。

池姜打开字条一看，大抵是表达爱意，询问能否有机会下次一起约来图书馆看书。以往池姜对这种情书追求都是婉拒的，她头一次在字条上认真回道：抱歉，姐姐已经有喜欢的人，还在追求当中，并且坚信一定能够追到他。

虽然陈烬这座冰山难追！

工作日，又是新的一周开始，池姜特意把闹钟提早了半个小时，一边痛苦地起床，一边盘算着周末休息的时候一定要搬家。

池姜到FNC的时候比平时早到了十五分钟，她将那个重新剪辑过的片子发到了老陆的邮箱，开始忙自己手头上的事情。

临近中午的时候，老陆把她叫到办公室，脸色缓和了一点："我看了你重新录的片子，勉强过关，之前我就有打算给你开个体育评论专栏，叫《池说》，只需写几百字的评论，这次可不要再让我失望了。"

"谢谢老陆，我会努力的。"池姜诚恳地说。

之后，池姜一有空就研究琢磨该怎么写好这个小专栏，交上去的几篇都表现平平，被老陆点评说没有亮点。池姜一直发愁，直到搬家时心里还想着这个事。

当室友们得知池姜要搬家后，大家都舍不得让她走，最夸张的是宋佳佳。宋佳佳抱着她的腰："姜妹，山无陵，天地合，才敢……"

"佳佳，之前我搬出去的时候，怎么没见你这么不舍？"廖靖希敷着面膜乜斜了她一眼。

宋佳佳嘿嘿一笑，开口："还不是因为人家经常见到你。"

"我又不是不回来了，我会想你们的。"池姜笑道。

当初池姜大学报到的时候来晚了，恰好本专业的寝室分完了，她就被挪到了这个寝室，与几个中文系的姑娘住一起。虽然专业不同，但大学四年间彼此都是同床盖被，深夜小声讲悄悄话的人。

真正到了搬家的时候，其实也不需要怎么费力，她东西少，家里东西又齐全。早年，池姜妈妈出国后就将观后大道那边的房子留给了她，房子采光好，家具齐全，距离上班的地方又近。她带行李过去之前，已经喊了钟点工将房子打扫了一遍。

但廖靖希不放心，非要帮她一起搬家，看着她住进去才放心。

池姜拉着行李箱拿出门禁卡进入小区，走进单元楼按电梯来到了18层302。

房子是两室一厅的格局，室内装修简洁而温馨。廖靖希快速地扫了一眼，说道：“走吧，哥儿们陪你采购生活用品去。”

池姜拿出纸巾擦了擦额头的汗珠，点着头应好。她关好门准备和廖靖希下楼时，看见快递小哥打电话让客人出来拿快递。

不到一分钟，302 斜对面那套房子的主人拉开一点门缝，立刻有震耳欲聋的摇滚乐传出来。门缝里伸出一只长臂，骨节分明，指甲盖有健康的月牙，对方接过快递，嗓音带着感冒后的沙哑：“签哪儿？”

快递小哥礼貌地说：“就这儿，签这里就好。”

对方签完之后，直接“砰”的一声把门关上了，乱七八糟的音乐也消失了。

全程看下来，池姜惊讶得下巴都快要掉下来。为什么会有这么不近人情，懒于交际的人？跟那个人性格一样。廖靖希嗤之以鼻：“我要是那快递小哥，遇到这种客人，非把这小子的胳膊给卸了不可。”

“不过手还挺好看的。”廖靖希补充了一句。

池姜一脸惊讶：“靖希，真的很少见你夸人，看来对面那个男人是奇特的物种。”

“是吧。”廖靖希吹了吹自己的刘海。

两人乘坐电梯下楼，走到小区门口时意外地遇见了孙好高，他提着几大袋东西，都是蔬菜、生鲜之类的食材，其中一个袋子里的大闸蟹还试图“越狱”。

“池姜妹妹，你怎么在这儿啊？”孙好高一脸的惊讶。

“我刚搬家，”池姜挽着廖靖希的手，她突然联想到刚刚那个只开一条门缝伸出一只手的男人和熟悉的声音，眼睛一亮，“陈烬住这儿？”

孙好高还蒙着，摸了摸头顶：“要不怎么说池姜妹妹聪明，一猜就中。我们有一个重要的比赛要参加，在那之前有一段休假调整的时间，这不，我们在烬哥家准备煮火锅，吃点好吃的。”

忽地，孙好高将视线转向池姜身旁的廖靖希，他白皙的脸庞顿时涨得通红：“你你你……”

廖靖希向来以高冷的形象示人，也不接腔，以一种看傻子的眼神看着孙好高。孙好高挠了挠头，眼神惊喜：“你还记得我吗？”廖靖希上下打量了他一眼，一脸的茫然，以她的交友圈来看，她并不认识未成年人。

孙好高有些失落，但他仍然不死心地提醒：“那天在机场，你不是跌了一跤吗？”

经他提醒廖靖希猛然想起来，他就是害自己洗了三遍澡的罪魁祸首，她眼底闪过一丝恼怒，冷着一张脸说：“不认识。”

“好吧。”孙好高有些失望，但还是热情地邀请道，“等会儿我们吃火锅，一起呗。”

廖靖希真想把眼前这个正太脸抓起来暴打一顿，我和你很熟吗？谁要和你一起吃火锅。要不我吃火锅，你吃火锅底料？

她刚想拒绝就被池姜按住手，池姜笑眯眯地说：“好呀。”

超市里，廖靖希一边手脚麻利地帮池姜挑选生活用品，一边吐槽：“我可不去啊，一和陌生男人相处我就不自在，尤其是那臭小子，看到就烦。”

池姜有些好笑，一碰上孙好高，廖靖希的“恐男症”症状就特别明显。

“靖希，姐们的幸福可就攥在你手里了，”池姜冲她飞去一个媚眼，“至于孙好高，我觉得他还挺可爱的，为人纯良又热情……”

廖靖希掐了一把她的脸：“只要你别提那小子名字，寡人什么都依你。”

夜晚，这座城市拉开了新的夜景。

池姜和廖靖希买完生活用品放回家后，敲开了斜对面的 304 的大门。开门的是张加鹤，看到是池姜后，他习惯性地用鼻孔哼了一声。

孙好高见到池姜和廖靖希来了，无比热情地迎接："池姜妹妹，你们可算来了，随便坐，把这儿当自己家别客气。"

孙好高正说得起劲，一转身就看到他家烬神抱着手臂冷冷地看着他。他讪讪地笑了两声："烬哥，我这是在替你招呼客人……"

陈烬懒得理他，看都没看池姜一眼就上楼换衣服去了。

池姜粗略地环视了一圈。

房子装修风格属于欧美风，大气简洁，色调是清冷的黑白两色，细节方面却设计得较为独特。客厅有一大面墙，正面是喝酒的吧台，橱柜里摆着几瓶朗姆酒和梅子酒；反面则是一柜书海，从各类史书到体育训练大纲应有尽有。

孙好高在一旁絮絮叨叨："池姜妹，你在客厅里坐着就好，别到处乱走乱碰，烬哥这个人吧，洁癖又龟毛，见不得我们弄脏他的家，客厅、厨房、阳台已经是他能容忍的最大限度了……"

可不是，初见他那天，池姜不小心溅了他几个泥点而已，他就大张旗鼓地把衣服都给换了。不知情的人还以为他是亨利王子，马上要进行加冕仪式了。池姜在心里暗暗想着。

汤启鸣见到池姜和廖靖希时温和地冲她们一笑，转而进厨房洗菜准备火锅了。廖靖希坐在沙发上百无聊赖，偏偏孙好高在她耳边嗡嗡嗡说个不停，每说一句就往她身上凑，廖靖希则往后挪一个位置。

最后的结果是，廖靖希的大腿蹭到了张加鹤，两人紧紧地挨在一起。张加鹤本来是缩在沙发上休息的，这会儿像只仙鹤一样跳起来，大声喊道："你要干什么？"

廖靖希毫不怯场地回怼："这破沙发就这么点长，我也不知道我旁边窝了只长手长脚的鹤，你嚷嚷什么？”

张加鹤最恨别人说他像只鹤，见是女生，只能憋着。最后，他把气撒在孙好高身上，踹了孙好高一脚：“你小子在这儿瞎晃悠个什么劲，赶紧滚去厨房帮忙。”

吃火锅的时候，池姜挨在陈烬身边，手脚麻利地将羊肉卷、牛肉卷、乌鸡卷……丢进香气四溢的红汤里。熟了之后，她全部夹到陈烬碗里。

陈烬毫不留情地讥讽道：“你以为我是你，这么能吃。”

“我怎么了，我跟你说我这叫身材。”池姜凑到他耳边说话，喷出来的热气烫人。陈烬伸出一只手推开她脑袋，扔下一个字：“吃。”

而廖靖希这边的画风更诡异，她和张加鹤杠上了，张加鹤要去夹什么菜她就去抢。孙好高在一旁忙劝解，但并没有什么用。剩下的人像几个入定的老僧，埋头猛吃。

一顿火锅就这么诡异地结束了。

众人坐在沙发上休息，孙好高猛地一拍大腿，提议道：“我们来玩个游戏吧，怎么样？”

没人理他。

气氛一度尴尬，廖靖希看孙好高苦恼的样子赏了个眼神给他：“玩什么？”

“跑得快，输了的就来真心话大冒险吧。”孙好高笑道。孙好高简单地介绍完规则后，就开始洗牌。

第一轮张加鹤输了，孙好高为报那一脚之仇，笑道：“提问，大鹤你一周累积的臭袜子能绕地球一圈吗？”

“去你的。”张加鹤凑过去，两人扭打在一起。

众人一边起哄，一边趁机往他们身上扔东西。

第二轮汤启鸣输了，他也开起玩笑来：“只要不让微臣做坏事，我甘愿为大鹤做洗脚婢。”又是一阵笑声，惹得张加鹤一阵谩骂。

第三轮，池姜输了，她选择了真心话。

孙好高清了清喉咙："有没有让你恨得牙痒痒的人，小时候的也算。"

池姜一双杏眼有意无意地往陈烬身上瞟，她半认真半开玩笑地说道："让我想想……哦，小时候被人踹过一脚算不算？"

"而且有时候想起这件事，我就恨他恨得牙痒痒，"池姜拖长了声音，"有时候又有点喜欢。"

廖靖希丢了一个枕头过去，笑骂道："你那是斯德哥摩尔综合征，典型的受虐狂。"

一片笑骂中，池姜偏头去看陈烬，只看见他棱角分明的侧脸。池姜没有看到的是陈烬脸上一晃而过的走神，眸底的情绪让人看不分明。

刚才池姜那句有意无意地试探，只是想知道他是不是真的不认识她了，只可惜，她还没有找到答案。

次日晚上，池姜在卫生间冲了个舒服的热水澡，洗头时洗到一半时却突然停水了。

她检查才发现，电子水表中预存的水量不足。

池姜将头发塞进浴帽里，拎了瓶洗发水就咚咚地敲响了斜对面的大门。敲了足足有一分钟，对方才开门。陈烬穿着灰色的家居服，眼神冷漠，他抵住门板："有什么事？"

"我家停水了，头发只洗到一半，来你这儿借个水。"池姜语气无辜。她刚洗完澡，白皙的肌肤带着一种自然的红色，泛着潋滟的水光，一双眼睛正楚楚可怜地看着他。

她的头发湿漉漉的，这时水珠顺着头发掉下来才感觉到冷意，身体不自觉地抖了一下。

陈烬注意到她细微的动作，放下按住门板的手，窝回沙发上，手往东南方向指了指，声音有点哑："卫生间在那儿。"

"我一时忘了，穿的是棉拖鞋，等下怎么洗头？"池姜有点为难，她认真想了想，"我穿你的吧。"小姑娘不等他回答，站在玄关处弯腰拿了一双男士拖鞋。池姜换上后，低头看着觉得大了点，白嫩的脚趾不自然地蜷屈着。

陈烬无所谓地说："你穿吧，刚好是孙好高穿过的。"

池姜一听立刻脱下来光脚踩在地板上，本来她这个人就有轻微的洁癖，看到是陈烬的鞋才故意想撩他试一下的。陈烬看着她光脚踩在地板上，皱了下眉头："逗你的。"

池姜洗头很磨蹭，陈烬本来是想睡觉的，这会儿也只能等她出来才好睡觉。池姜出来的时候，看见陈烬正窝在沙发里看电视。

"你这儿有吹风机吗？"池姜站在他面前。她穿着棉质的吊带睡裙，只能遮到大腿根部，头发也只是胡乱地擦了几下，水珠沿着黑发落进她精致的锁骨里，还有些顺着脸颊落在地板上，一双盈盈大眼正看着他。

陈烬声音有些强硬："回你家吹去。"

"我刚搬来，还没买吹风机。"池姜一脸的真诚。

陈烬还真的无法反驳，只见池姜背过身去弯腰在茶几处搜寻着，可以看见她细小的耳郭，后背那微微凸出来的漂亮蝴蝶骨。陈烬压住心里的那股烦躁，起身去房间找了一个吹风机，几乎是摔到她面前的。

"赶紧吹完走人。"陈烬的逐客令下得明显。

吹风机发出的窸窣声渐渐吹散了刚刚旖旎的气氛，陈烬重新窝回沙发上看视频。十分钟后，池姜差不多吹干头发了，便按掉开关。

她头也没抬，没注意陈烬在干什么，纯属打趣："在看武打片呢，还挺有闲情逸致。"

陈烬今天被池姜搅得有点烦，掀起眼皮冷冷地看了她一眼，脱口而出："你以为谁都跟你一样，遇上流氓手无缚鸡之力，只知道傻站着？"

话音一落，陈烬自觉说错了话。这会儿换池姜抱着手臂似笑非笑地看着他，她侧着头问："你不是说不记得我了吗？原来是装的。"

那时的陈烬，在池姜孤立无助的世界里，宛若盖世英雄，是带剑来拯救她的骑士。在那段昏暗无光的时间里，他的到来给池姜的世界注入了一点色彩。

"你为什么要装作不认识我？"池姜的神色带了几分执着。

池姜在十岁之前拥有一个很幸福的家庭，妈妈是个小有名气的音乐家，爸爸是个工人。池姜小时候就听外婆说过，当初妈妈是如何不顾家人反对一意孤行嫁给爸爸的。早先时候妈妈是文工团的，有一次下乡演出时，妈妈穿着一条月牙白莨绸盘扣旗袍站在大红舞台上唱歌，在底下磕烟袋的爸爸在乡下待久了，哪见过这么甜这么软的女生，他烟也忘了抽，目不转睛地看完了整场演出。

演出结束后，爸爸对妈妈展开了猛烈的攻势，一追就是两年。妈妈一开始自然是拒绝，后来抵不住男人的一片赤诚和真心，不顾家人的反对毅然嫁给了爸爸。婚后，小两口的日子也过得幸福美满，爸爸经常是夏天里买了一片西瓜都要对半分给妈妈。

妈妈生下池姜后，家里经济压力变大，她为了照顾家庭也不再跑演出，日子过得稍微紧凑点。那个年代突然掀起了一股下海热，爸爸也想下海经商，妈妈东拼西凑，甚至将嫁妆卖了一部分，拿出一笔钱支持他。

兴许老天眷顾，爸爸在第二年就赚了第一桶金，他又将眼光放到更长远的地方去，很快一笔翻一笔，爸爸也算发了家。

家里经济条件好了之后，爸爸经常应酬到很晚，没时间陪家人。

直到后来，爸爸常常半夜带着一身的酒气回家，衣领上还沾着女人鲜艳的口红。

后来是演变成两人不断地争吵，摔东西。池姜从一开始拉着裤腿求爸爸不要吵，一回家就是无休止的争吵和打骂，她经常躲在衣橱里哭。

到后来，她多次扯着爸爸的裤管被踢了一脚后，她变得冷漠起来，一个人独自上学，轮到开家长会时塞钱给司机让他冒充家长来开家长会。

最严重的一次是池姜放心回家后看妈妈坐沙发上以泪洗面，爸爸抽烟闷不作响。直到妈妈将烟灰缸摔到地上："为你我放弃了我的音乐梦想，你拿着我的钱在外面养女人，离婚吧。"

"小云你听我说……"

"滚。"

池姜冷眼看着这一切，把脱下的鞋子又穿好，"砰"的一声关上门，将那争吵声隔绝在屋内。池姜背着书包一个人晃荡在大马路上，晃到暮色四起，肚子咕咕叫，她才惊觉饿了，一摸口袋，一分钱也没有。

倏忽，巷子里飘出一阵饭菜香，池姜循着香气走进去。四周幽暗，路灯忽明忽暗，地上到处坑坑洼洼的。幽深的小巷子七拐八绕，路越走越窄，很快她就迷路了。

池姜越走心里越慌，忽地，前方走来三个小混混，染着五颜六色的头发。为首的那个吹着口哨，一口黄牙："小姑娘，身上有没有钱啊？"

"没有。"池姜冷着脸，强装镇定。

另外两人头发一红一黄，红毛猥琐地笑着："有没有钱，我们搜一下不就知道了吗？"

池姜笑了一声，脸上的表情近似轻蔑："你也配。"

"臭丫头，找打是不是？"黄毛朝地上吐了一口唾沫，撸起袖子。

三个人渐渐逼近池姜。

池姜本能地后退，想往外跑，可回头一看，胡同幽深寂静。这时，她心里更加害怕了，险些站不住。就在这时，陈烬出现了。

他刚请了假从体校出来，想回家休息一下，他妈妈在体校附近给他租了一间小房子，方便他平时放假时可以在那儿休息一下。

那天，陈烬身上穿着还没来得及脱下的击剑服，头昏沉沉的，按陈烬的性格是不想管这件事的，可路过时他听出池姜那故作冷漠的声音中的一丝脆弱，心不知怎么被击中了一下。

陈烬那时大概十四五岁的样子，个头却已经蹿到近一米八了。三个小混混的气势已经弱了一半，最后还是那个红毛拿着手里的棍子冲上去。陈烬侧身一闪，直接抓住他的手腕往后一扭，红毛疼得嗷嗷地叫着。

陈烬从小练击剑，体能好，加上击剑本身属于格斗类竞技项目，他用那些在体校学到的招式三两下就能把三个小混混给制伏。

可池姜不知情，看到那个红毛就要打到陈烬时，她头脑发热地冲了过去。巷子里幽暗无比，场面混乱，陈烬只瞥到一团黑影在身后，他踢掉红毛的棍子，转身踹了一脚那个黑影。直到小姑娘发出一声惊呼，他才知道自己踹错了人。

虽然他的力度不大，但池姜还是疼得嗷嗷叫。

陈烬的出现，在孤立无助的池姜眼里，宛若盖世英雄，是带剑来拯救她的骑士。只不过和别人的英雄不一样，她还被自己的骑士踹了一脚。

“有没有事？”陈烬蹲下身子问她。

池姜瞪了他一眼，龇牙咧嘴地说：“你被踹一脚试试？”得，头一次救人还遇上这么不好惹的主，陈烬妥协：“我带你去看一下。”

“先带我去吃饭，我饿了，”池姜跟个小皇帝似的，“先扶我起来。”

陈烬想撂挑子走人，可是踹小姑娘是事实，只能一把拎起池姜带她去了附近的一家小餐馆。

陈烬给她点了一碗大份的牛肉面，面端上来的时候，几片西红柿和油绿的青菜窝在面上，汤汁浓郁，飘着一股香气。

“为什么还加了葱？”池姜一脸沮丧，随后眼睛亮了亮，“你帮我挑出来？”

陈烬一听，语带讥讽：“爱吃不吃。”

池姜鼓着脸将葱挑出来，一丁点都不剩，接着大口吃起面来。其实池姜只是不愿意承认而已，那是她这辈子吃过的最好吃的面。在人生最失意的时候，陈烬从天而降，给予的一丁点温暖，让她觉得好像走出泥沼也没那么难。

陈烬陪她吃完面后，面容冷峻：“吃完了？”

“吃完了。”池姜摸了摸肚子。

池姜这才后知后觉地发现，被陈烬踹了一脚的小腿肚隐隐作痛，她直呼自己走不动了，需要人背。陈烬感觉自己的耐心都快被磨完了，所以他把小姑娘驼在背上的时候，全程黑着脸。

“你叫什么名字？”池姜的手臂揽住他的脖颈。

“陈烬。”

“哪所学校的？”

陈烬低声报了个名字，接着恐吓她：“你再多问一句，我就把你扔下去。”这招还挺见效的，池姜立刻噤声。温柔的月光，反射在细碎的水坑里，一地亮色。清瘦的少年背着一小姑娘往前走，样子分外柔和。

陈烬带她去诊所看完腿伤后，叫了一辆出租车送她回家。看池姜上了车，他才舒出一口气，在心里感叹终于把这小祖宗给送走了。谁知，池姜打开车门后，一双眼睛盈盈地看着他：“我还会再来找你的。”

陈烬嗤笑了一声，没把这件事放在心上。

池姜出现在体校的时候，把陈烬吓了一跳。老师带着她和一批特长生来参观他们学校，可令陈烬费解的是她为什么可以来参观？池姜当然不会告诉他是自己在班上耍赖，说班主任不给她一个名额就是把国家队的体育苗子扼杀在摇篮里。

几个男生推着她，故意找碴："你不是说你有一个挺厉害的学击剑的哥哥在这儿吗？你倒是叫啊。"几位同行的男生大笑，直觉她是骗人的。

池姜背着书包，双手拽着书包肩带，样子别提多乖巧了，她冲陈烬脆生生地喊了句："哥哥。"陈烬正在做体能训练，听到声音故意没应，可池姜一直注视着他，他只得硬着头皮应了几句。

这次参观主要是让学生了解体校文化和激发他们对体育的兴趣，由体校的学生展示一些技能。池姜凑上前去，让陈烬教她几招防身的。

陈烬沉吟了一会儿应好，教了她几招防身招式。池姜拳头握不稳的时候，少年宽大的手掌矫正她的姿势，小姑娘闻到他身上散发的淡淡皂荚味道红了脸，而天生迟钝的少年丝毫没有察觉。

参观完毕后，穿着蓝白校服的池姜，将袖子挽到细白的手肘处，坐在草地上没头没脑地问了一句："哥哥，如果你的亲人或是很重要的人要和你分离了，怎么办？"

"但凡相遇，必有分离。"陈烬回答。

池姜巴掌大的脸上还有些婴儿肥，睫毛轻轻颤抖，如羽扇在脸上投下一片阴影。她又说道："我还会再来看你的，哥哥。"

陈烬有些想笑，他挑了挑眉毛："怎么看？"

池姜起身拍了拍身上的杂草，她逆着光站在他面前，语气认真："我就是翻墙也会来看你的。"

陈烬扯着嘴角应道："嗯。"

陈烬其实没怎么把这件事放在心上，直到有次看见队友的妹妹来体校，个子小小的，他差点误以为是池姜，这才惊觉小姑娘好像很久没有出现过了。

从那以后，陈烬一直记着这个承诺，每次体校有外来人员来参观的时候，他心里都莫名地期待着那个熟悉的身影出现。

可是，一次也没有。

“为什么？”池姜问道。

陈烬的思绪被池姜的声音拉回，他低头看着眼前一脸固执的池姜，心里感到一阵烦闷。他敛了神色，声音冷清：“不为什么，你长得太大众化了，看一眼就忘记了。”

池姜气极反笑，她对自己的姿色还是有几分自信的，怎么换了陈烬，就被他说成路人脸了。

“没关系，反正你们队这次的比赛是我跟，”池姜笑得像只狡猾的小狐狸，“来日方长。”

“而且采访残疾运动员这块，你不是要跟我们去吗？”池姜嘴角扬起笑，一脸志在必得的样子。

陈烬心里的那股躁意又涌上来了，他嘴角弧度向上弯起，难得对她有耐心：“池姜，我对你没感觉，装作不认识是不想和你有什么额外的牵扯，我不管你是怎么想的，我们终究是两条路上的人，你一正儿八经的姑娘别在我身上浪费时间。”

陈烬说完这些话，以为她会哭鼻子走掉，没想到她还挺执着：“怎么是两条路上的人了？我为了你，成了记者。”

“没事，你尽管去做你的事，我在你后头跟着你。”池姜轻描淡写地扔下这些话，极潇洒地走了。

池姜还记得高考考上C大后，他们入学前需要进行体育项目的加试，她在体育方面没什么擅长的项目，只能提前练长跑。一整个暑假，天还没亮，她就绕着操场一圈又一圈地跑，直到累倒在草地上。

印象中，有将近一千人报考了C大体育学院，通过体育加试只录取了三分之一。然后又通过一次文化考试的筛选，最终录取了五十个人。之后在所有的体育学院学生里，再进行考试，最终组成了新闻写作班。

为了陈烬，她一路披荆斩棘，怎么会轻言放弃说不喜欢就不喜欢。

池姜被拒绝后在陈烬面前故作无所谓，其实心里还是介意的。怎么形容这种感觉呢？从小到大，都是别人送花到她面前，而不是像现在这样，对陈烬这朵高岭之花可望而不可即。

池姜有些天没去联系陈烬，一来她找不到什么理由，二来她生病了。

下班后，池姜拖着疲惫的身体去了一家综合性医院。这个季节患感冒的人比较多，池姜好不容易挂到号。候诊区这一块的人也不少，她等到昏昏欲睡，须臾，小孩的啼哭声和大人尖锐的叫骂声把池姜从半睡半醒间惊醒。

池姜皱着眉头不说话，看着走廊上来来往往的人发呆。倏忽，一抹挺拔高瘦的身影从她眼前闪过，池姜精神一振，连候诊都顾不上了，悄悄地跟了上去。

陈烬拿着一张单子轻车熟路地来到一间外科诊室前，门是敞开的，他礼貌地敲了下门。正在桌前办公的女医生抬头见到来人之后，眼里闪过一丝亮色。

“你什么时候来的？怎么不提前告诉我一声？”女医生忙迎了上去，声音温柔。池姜在不远处看到那位女医生穿着白大褂，头发整齐地束到后面，眉清目秀，脸上的笑容让人如沐春风。

陈烬俯着身不知道对她说了什么，女医生嘴角的笑意更明显，与他攀谈着。池姜在门外看得心里不是滋味，忍不住上前敲响了门。

两人闻声齐齐回头，池姜盯着眼前动作一致的两人，极力压抑了心里的那股说不清道不明的情绪。可她和陈烬之间什么关系都不是，他和别人在一起，是他的自由，池姜不停地逼自己这样想，却还是感到不舒服。

陈烬见到池姜的一刹那眼底闪过惊讶，但很快压了下去。

女医生看见来人，笑着问："你好，有什么事吗？"

"我是来看病的。"池姜一边说着，一边扫了一眼女医生脖子上挂的工作牌——许晚晴。女医生有些为难地看着陈烬，后者没什么情绪道："没关系，她先。"

池姜说了自己的病症后，许晚晴眉头蹙起："我这儿是骨科，你感冒咳嗽应该去呼吸内科。"

"我刚在候诊区等了快一个小时还没排到队，"池姜看着她说道，"刚好看见烬哥来找你，想着我能不能走个后门看一下病。"

许晚晴闻言面露惊讶，她看向陈烬以求证真实度，陈烬冲她轻微地点了下头。池姜眯着眼看着两人之间的互动，心里更不是滋味了。她在脑海里仔细回想了一下，在心里猜测，难道许晚晴就是陈思渺说过的陈烬只交往了一个月的前女友吗，还是现任女友？不管是什么，难道这就是陈烬拒绝她的理由？

于是许晚晴看池姜的眼神产生了细微的变化，她仔细地问了池姜的症状后开了单子给池姜，让池姜去楼下排队拿药。

这下池姜没什么理由继续待在这里了，她眼睛骨碌一转："医生，我想在你这儿喝口水，可以吗？"

"啊，可以。"许晚晴起身想给她倒水。池姜推辞道："不用，我自己来就好，你先忙你的。"于是，池姜趁着倒水的空当听他们讲话。

"我来拿点阿现的药，这几天天气不好，他腿疼的老毛病又犯了。"

陈烬简单地说道。许晚晴忙给他开单子。池姜心里疑惑这个阿现是谁，同时也看出了他和许晚晴应该是相识已久了。

陈烬转身就要走，谁知许晚晴叫住了他，一脸期待：“陈烬，我快下班了，要不你等我十分钟，我们一起走。”陈烬下意识地想拒绝，可感觉到身后的那道视线快把他戳穿了，他又改了主意点了点头。

池姜灌下一大口水，扔一次性水杯的时候经过陈烬身边“不小心”踩了他一脚，陈烬疼得发出吸气的声音。池姜一脸的歉意：“烬哥，抱歉，病得头昏眼花连路都看不清了，我去拿药了，你在这儿好好等许医生吧。”

池姜将后面那句话咬得很重，说完就离开了。以女人的直觉，许晚晴看出了两人之间的暗涌，她假装不知道，赶忙收拾手里的东西以便和他一起走。

下班后，许晚晴同陈烬一起朝外走的时候，惹来同事的艳羡和打趣。小护士看着眼前这个有着一双大长腿、长相英俊的男人，开玩笑道：“许医生，真是羡慕你，男朋友这么帅。”

许医生的脸微红，她刻意沉默了一会儿还没来得及开口解释时，就听见陈烬没什么感情地说道：“我们是朋友。”小护士听后一脸尴尬地笑了。

池姜拿完药就回了家，头脑昏沉、浑身无力的她本身就干什么都提不起劲，今天在医院碰到那一幕更是让她吃味，可她连个生气的立场都没有。

想到这儿，她就有些泄气。池姜从药板里抠下几粒药就着白开水喝下后，倒头就睡。

一连几天，同事们都能听到池姜的咳嗽声以及感受到她身上的低气压。

就连去采访运动员训练，一贯积极的池姜也借故推辞，老陆拍了拍她的肩膀让她多喝水多休息。

池姜没有骚扰陈烬后，他起先感到清净不少。寻常陈烬摸出手机，几乎每天都会收到池姜的消息，大部分都是“早安”“晚安”“你在干吗？”“我今天吃了什么”。一般这样的信息，陈烬很少回，偶尔回一两句，池姜就会跟上了发条一样不停地发消息。

陈烬手机不再响后，他有些不适应，但他把这归结为斯德哥摩尔综合征病症。真正让陈烬受不了的是，老陆再也没带池姜来训练基地采访了，而是带着另外一个上了年纪的女人过来。

只聊了一两句，陈烬就怀疑这个张姐是老季派来的卧底。他妈和老季是老熟人，老季也是从小看着他长大的，慢慢地，两人之间的关系自然是比较亲厚。

只要一休息，张姐就会去探听陈烬是否单身，以及热情地要给他介绍对象。陈烬碍于她是长辈的身份只能不停地应付，这个时候他觉得采访人还不如是池姜，起码池姜能与大家打成一片，大部分时候还是乖的。

孙好高看陈烬的脸色故意刺激他：“这会儿知道池姜妹妹的好了吧？你放心，她也不会来缠着你了，毕竟你是医生小姐姐的人。”

陈烬眉头蹙起，抱着手臂，冷笑道：“谁跟你说的？”孙好高架不住陈烬的气势，还没被审问就主动招了。

“前几天池姜妹妹发消息问我，你是不是有女朋友了？我说是，还让她看清形势，我们队还有其他的根正苗红的好青年。”

其实，孙好高跟陈烬说的这些话都是他编造的。池姜是来问过他许晚晴的事，但孙好高回了句：如果她是烬哥的追求者，你还追吗？

池姜咬了咬牙：追。

孙好高一看消息乐了，又问：那你怎么不来我们训练基地采访了？

池姜回：心情不好，加上生病会变丑，我怎么能这样出现在烬哥面前？

孙好高急忙表示会助她一臂之力，也就是在陈烬面前添油加醋。其实，他很怕陈烬会打爆他的头，但是这个张姐也有点……都把爪牙伸向他了。

陈烬是在自家楼下碰上刚下班的池姜的，见她咳得厉害，陈烬开口问道："病好点了吗？"

"不太好，说明许医生的医术不是很好嘛。"池姜说话时鼻音浓重。

陈烬迟疑地开口："你最近很忙？"

池姜瞥他一眼，话里有话："哪有您忙，得训练还得送医生回家。"池姜说完才惊觉自己并没有立场这样讽刺他。正思考合适的措辞补救时，陈烬扯了扯嘴角，舌尖舔了下嘴唇："就是朋友关系，而且我们家经常麻烦她。"

陈烬都已经认真解释到这份上了，池姜顿时就释然了。她本来就是这样的性格，只要是她在乎的人，给一点回应或者解释，她就会感到开心。

池姜瞬间一扫这几天的郁闷，想接着开口时，却连打了几个喷嚏。

陈烬看着她，问道："去跑步吗？"

池姜跟着陈烬绕着小区跑了两圈后，不知道怎么跑到了不远处的一所高中门口。

正值周末，学生比较少，篮球场上有五六个男生在打篮球，暖黄色路灯亮起，几只飞蛾扑腾着翅膀撞向光亮处，昏暗的灯光在绿色的塑胶球场上投下长长的影子。年轻的高中生活力无限，只要投中了一个球就会轻跃飞起与同伴击个掌。

池姜说什么也不愿意跑了，站在不远处看对面的男生挥洒汗水。陈烬瞥见她苍白的脸色，突然冒出一句话："跟我比一场？"

“行呀。”池姜求之不得。

陈烬起身走下台阶，站定在几个正在休息的高中男生面前拍了拍他们的肩膀，低声耳语。他今天穿了一件海魂衫搭一条黑色长裤，站在那里像足了一个充满阳光的高中生。

不知道陈烬跟他们说了什么，那几个男生顺势看了池姜一眼，就把篮球扔给了他。陈烬像逗猫似的，掌心朝内冲她挥了挥，池姜收到信息立马屁颠屁颠跑过去，一位穿紫金色球衣的男生见状，起哄吹了一声口哨。

陈烬拍动着篮球，语气平静又自信：“给你十次机会，我单手让你，能从我手里突破一次算你赢。”

池姜低头从裤袋里搜出一根皮筋将身后又多又长的头发束起，点头：“来吧，我今天刚好穿的是运动鞋。”

第一回合，池姜直接带球试图从陈烬身侧冲过去，篮球被她抛到高空中，却被横空出来的长臂一挡，篮球应声落地。后面几个回合，不管池姜怎么想办法投球，都能被陈烬给拦下来。最惨的一次是，陈烬单手挡下她的球后直接站到三分球线外单手跳跃投篮，篮球在空中划出漂亮的弧度，稳稳投中。

池姜好久没运动了，来来回回地跑了近十趟，累得满头大汗。但池姜并不沮丧，她乌黑的眼珠转了一下，匀速地运着球。

陈烬好整以暇地看着她，池姜一边运着球一边快速冲到他面前，奋力踮起脚尖凑到陈烬耳边，说话间呼出来的气又热又烫。

池姜大喊：“我要亲你了！”

陈烬眼神呆了一下，下意识地在思考她这句话的真实度。池姜退后几分，趁他愣神间高举双臂将篮球奋力一投。

篮球拐了个弯还是稳当地落进筐里。

陈烬兀自垂下眼皮看着池姜，她今天穿着一件白色长款 T 恤加蓝色短裤，小姑娘面色绯红，眼神明亮，冲他狡黠一笑。

不知怎么的，陈烬神情放松下来，嘴唇勾起个极细微的弧度。

比赛结束后，池姜一脸嘚瑟，不停地问："服不服，你是不是得改叫我池哥了？"

陈烬："……"

池姜出了一身汗，回家洗了个热水澡，舒舒服服地睡了一觉。第二天醒来的时候，折磨她的感冒一扫而尽，整个人神清气爽。

陈烬这个方法还挺管用的，她此刻感叹起他的细心来。

池姜病好之后接回了采访的工作，整个基地的人都松了一口气，就连陈烬对她脸色都没有那么冷了。池姜顺杆儿往上爬，试探性地问了句："烬哥，教我学击剑吧。"

陈烬正喝着水，他把瓶盖拧上淡淡地看了她一眼："不行。"

"为什么？"池姜心生疑惑。她猜想可能是平时他训练太忙了之类的原因，没想到陈烬上下扫了她一眼："我不想教矮子。"

"什么？我好歹也达到了女生的平均身高，怎么到您这儿就成矮子了？"池姜忍住想暴打他的冲动。

陈烬嘴角向上弯起，语气里含着淡淡的嘲讽："我知道你们矮子国一般都会把自己的身高四舍五入，像你这种目测就是矮子的，四舍五入得有点过分了。"

一旁的汤启鸣忍不住笑出声，至于张加鹤更是一脸嫌弃地看着她，就差没说出"呵，女人"这三个字了。

陈烬损完她就去训练了，池姜大脑反射弧比较长，还没想出怼他的话，仍愣在原地。孙好高把池姜拉到角落里，一脸神秘地说："你想跟烬哥学击剑吗？我有方法。"

“什么方法？”

孙好高笑起来露出两颗可爱的小虎牙：“那你朋友的微信……”

“9655××××”池姜不假思索地说出来。希希，我对不起你。池姜在心里小声地默念道。

“对待烬哥这种冷酷的人，你得使用怀柔政策。”孙好高给她支着儿，“我们烬哥，有个特殊的小癖好，喜欢吃糖，身上随时都带着糖，私下也喜欢收集这些东西……”

池姜想起来了，那次在机场送机的时候，他一个一米八几的大男人叼着根棒棒糖，画风实在……很独特。

“那他牙口好吗？”池姜问。

“……”

“他为什么喜欢吃糖？”

孙好高叹了一口气，脸色难得的凝重：“是这样的，烬哥家里……”

“孙好高。”陈烬突然出现在他们身后，孙好高习惯性地答了声“到”。

“五十个引体向上。”陈烬露出一口白牙，气定神闲地说。

“烬哥，我……”

陈烬继续发号施令：“再多说一个字，加五十个。”吓得孙好高捂住自己的嘴巴跑去训练了。

而到了采访残疾运动员的时候，池姜有幸见到了陈烬的特殊小癖好，对他的认知说不上到底是清晰了还是更加模糊了。

池姜跟着新闻部的同事走进残疾运动员训练基地的时候，气氛是压抑而沉重的，一位年近三十失去了双腿的运动员，正费力地在吊环上做训练，豆大的汗珠顺着两鬓往下流，可是也没时间去擦。

休息的时候，池姜想上前采访，被另一个运动员拦住：“你别去采访她了，前两天她最后一个亲人离世了，没等到她拿到冠军……这两天她心情不太好。”

池姜选择了下一个采访对象，是一位十六岁的小男孩，他是个小儿麻痹患者，三岁才开始走路，七岁的时候发现自己的腿有些异常，可已经晚了。上学时，同学们都叫他瘸子，导致他很自卑。后来进了枫市残疾运动员田径集训队，他才敢把自己的裤管完全露出来。

作为一个右腿四级残疾的运动员，他曾拿过马拉松长跑亚军。他垂下眼睫毛，提起来还是有些失落：“姐姐，就差一点，不然我就可以拿冠军，这样我爸妈就不会被人嘲笑了吧。”

池姜刚想出声讲话，陈烬站在男孩面前，半蹲下身来：“你已经很棒了，看过《阿甘正传》吗？即使被嘲笑也要迎着风勇敢向前奔跑，要知道，很多时候有些路只能靠你自己一个人走。”

“可是我有时候觉得很难很累……”

“你最喜欢哪位偶像？”陈烬出声。

“球王贝利，他真的很酷，本来我的梦想是成为一名足球运动员的。”男孩提起自己的偶像有些兴奋。

陈烬不知道从哪儿变出一罐糖，语气出奇的温柔：“要是觉得坚持不下去的时候就吃颗糖，这样，我跟你做个约定好不好？等你拿了冠军，我就把球王贝利的签名照寄给你。”

“真的吗？男子汉大丈夫，你得和我击个掌。”男孩眼神惊喜，伸出手掌来，陈烬笑着与他击了个掌。

一整个下午，池姜和同事都在对部分残疾运动员进行采访，陈烬也不打扰他们，只是会在采访结束的时候去跟他们聊天。大部分是他对这些运动员的一些鼓励和承诺，而对于有些运动员提出的要求，他也都一一应下来。

池姜印象最深刻的是那位失去双臂的运动员，她已经是第二次参加世锦游泳赛，却再一次与冠军失之交臂。

“我不知道我下一次赢是什么时候……”她流着泪说。

陈烬给她唱了一首歌，声音温柔又充满着鼓舞人心的力量：好像初次的舞台上 / 听到第一声喝彩 / 我的眼泪忍不住掉下来 / 经过多少失败 / 经过多少等待 / 告诉自己要忍耐 / 掌声响起来 / 我心更明白 / 你的爱将与我同在。

“没有人能代替你完成这些事，孤独要扛，挫败要忍，艰难要战，熬过去，你就是胜者，也只有你自己能完成。”陈烬给了她一个拥抱。

那名运动员眼泪吧嗒吧嗒地掉下来，哭着说自己会加油。

采访结束后，天空突然下起了暴雨，将整个枫市冲洗干净，一行人站在休息室里等雨停。陈烬却独自站在走廊上，望着密集的雨帘出神。

池姜第一次觉得，这个高大的背影看起来有些落寞又孤独。池姜走出去，与他并肩站在一起。陈烬从口袋里摸出一颗糖，丢给她。

池姜撕开包装纸，将糖放进嘴里，笑着问：“这就是你喜欢吃糖的原因？”

“不是，人生多苦，吃点糖好。”陈烬顾左右而言他，似乎在刻意回避这个话题。雨持续不断地下着，池姜看着他轮廓分明的五官有点出神。

一直以来，池姜都有些分不清自己对陈烬的感情，有时候觉得他是万人崇拜的偶像，有时候觉得他是那个小时候在危难之际出现在她身边的带剑的骑士，却从来没有见过这样的他。外表行事都冷酷的陈烬，今天竟然格外柔情，也格外落寞。池姜好像从来没有真正了解过他，她现在只想踮起脚尖抚平他眉头的愁绪。

事实上，她也这样做了，可陈烬攥住了她的手，两人近在咫尺，她温热的呼吸喷在他脖子上有点烫人。

“我没事。”陈烬淡淡地说道。

“好。”

004

你是雾
我是酒馆

池姜回去后把这次采访的主题定为《掌声响起来》，交给同事剪完片子之后又重新看了一遍，看着那些渴望胜利、为了梦想挥洒汗水的运动员，她的眼眶再一次湿润。整理好情绪后，她对着镜头做最后的总结评论：“每场比赛，只要努力了的人都是无冕之王，他们跋山涉水，披荆斩棘，这过程就已经很美了。理想今年几岁，理想永远年轻。”

“嗬，总算有点新闻人的样子了。”老陆看完这个片子后夸赞道，但他话锋一转，“你记住，作为一个记者，你得走进他们，以客观事实为主，不能耍小机灵，凡事得理智对待。”

池姜点头，但是怎么说，有些事必须摔过跟头，老一辈说的话你才听得进去。

击剑锦标赛如约在枫市举行，此次比赛，风之队最大的竞争对手是曾经享有赫赫战绩的如星队，所以此行陈烬手下的队员都比较紧张。

休息室内，孙好高不停地抚着胸口，默念道：“我才不紧张，这么小儿科的比赛……”

张加鹤听到同伴在一旁碎碎念，有点受不了：“你小子，是不是又找踹了。”

“我本来就不紧张。”孙好高继续嘴硬。

周远遥乜斜他一眼，冷笑道：“不紧张？休息室里的一桶水谁喝完的？”教练考虑到周远遥作为新兴力量，又比较有天赋，也愿意给他机会，所以这次比赛，让周远遥作为首发，而汤启鸣成为替补队员。

“他们就等着哭着叫爸爸吧。”周远遥一脸狂妄。

陈烬抱着手臂靠在墙壁上，闻言瞥了他一眼，薄唇轻启：“比赛时一定要记得冷静，不要冲动行事。”

周远遥敛了神色，闷声说知道了。别人他是不服气的，但至少对陈烬是服气的，他一直拿陈烬当自己的精神偶像。

陈烬扔下话就转身出了休息室。他正想去洗手间，走到一半，突然看到一个小小的身影走得飞快，直接向他冲过来，一头撞进他的怀里。池姜再一次感到鼻子发酸，这人的胸膛怎么这么硬，视线往上一看，巧了，是陈烬。

“走路能不能走稳点，嗯？”陈烬一把拎起池姜让她站直。他很费解，明明这么大的人了，走路还跟个小屁孩似的。

“还不是急着赶来见你。”池姜抚着胸口，顺了两口气，笑得眼睛弯弯，“烬哥，加油哦，等下等着我采访你。”陈烬冷哼了一声继续往前走，被池姜一把扯住袖子。

池姜塞给他一把水果糖，扬着下巴说：“你尽管赢，大爷我多得是奖赏。”

陈烬扯了扯嘴角，收下了糖：“等着吧，输了我管你叫哥。”

“还有，这种怀柔政策依然改变不了你是矮子的事实。”陈烬气定神闲地说。

走道上的人来来往往，很少有人注意到这边的情况。池姜气得牙痒痒，他还有完没完了啊？

池姜低头看向腕表，这一看她顿时惊呼起来：“完了，我得去找我们老大了。”

“今天还没来得及画眼影。”池姜嘟囔着，低头在包里翻找什么。陈烬低头看她，她今天精心打扮了一番，烟灰蓝的职业装衬得她身材曼妙，又长又厚的头发束起来扎了个马尾，露出光洁的额头，显得精神又活力。

在陈烬愣神之时，只见小姑娘从包里翻出一支口红，用手指蘸了点，姿态随意地往眼皮上一涂，骤然两抹绯色。池姜眼睛本就生得勾人，多了这一抹红色之后就更生媚意，她却浑然不自知。

“好看吗？”池姜来不及找镜子，直接问陈烬。

“丑死了，”陈烬毫不留情地打击，又稍微停了两秒，“你还是擦掉好了。”

池姜摸了摸自己的眼皮，感到纳闷，她一向对自己的化妆技术感到自信，可刚陈烬说丑……想了想，她还是找出纸巾把临时上的眼影给擦掉了。

体育中心会场极大，座位呈半圆阶梯状分布，提前入场的粉丝拿着红色的加油棒等待运动员的入场，记者和摄影师站在场下指定的区域开始准备工作。

运动员从侧前方一一走向剑道的时候，场下的粉丝抑制不住地高声欢呼着，广播里开始依次介绍运动员的名字。

当介绍到 3 号选手陈烬的时候，欢呼声明显更高了。媒体工作者的工作区域就在观众前面，轮到陈烬出场的时候，池姜明显感觉地板震了震。她站在摄影师旁边捂住自己的耳朵，俯身看向镜头。镜头里的陈烬一派轻松淡然，池姜看着他，心怦怦直跳，这好像是第一次在现场看他打比赛。

击剑分为重剑、花剑和佩剑三个剑种，重剑注重技巧和准确性，佩剑需要速度快，花剑更注重运动性，陈烬从小选择的训练方向就是讲究速度与平衡的花剑。这次击剑团体比赛，每位选手与对方的三位选手轮流比赛，先获得五分的选手为胜，然后再交叉进行比赛，先获得四十五分的团体为胜。

比赛开始前，选手站在剑道上向对手以及底下的裁判和观众致敬。裁判吹响脖子上挂着的口哨，测试好运动器材，严肃地问：“Are you ready？”（准备好了吗？）

击剑团体比赛必须打满九场，每场为三分钟，先获得五个点的那方为胜，依次叠加，率先获得四十五分的队伍为胜。

先是张加鹤与如星队的一个队员上场，张加鹤的剑法较稳，对手明显过于急躁，每次都是主动进攻却被张加鹤有效地防守后再次反攻。第一场张加鹤险胜，台下响起了掌声。每个队员无论实力高低，必须打满三场。

时间一分一秒地过去，以陈烬为代表的风之光与如星队的比赛成绩很快拉近，仅两分之差。要说比赛中最有冲劲的还是周远遥，他丝毫不给对手喘息的机会，一直是进攻的一方，这也让他迅速拿到了五个点数。

台下的粉丝不停尖叫，有女生偷偷议论："哇，那个小哥哥是生面孔，很拼嘛……"观众们看得紧张又刺激，只有池姜盯着剑道上的选手心底感到一丝不安，尽管如星队的那位队员戴着护面罩，池姜却隐隐看到他布满血丝的双眼露出愤恨的眼神。

比赛持续进行中，轮到陈烬上场交叉比赛的时候，遇上的敌手就是那个输在周远遥手下的运动员。

陈烬的剑法属于那种稳中求狠的类型，获得点数较多。对方弯腰持剑，以迅雷不及掩耳之势进攻。台下的观众屏住呼吸，只见陈烬握着剑，以足够的身高优势直接从上面击中了对方的背部，裁判一声立下，陈烬获胜。

"我烬神，永远给人惊喜。"一位观众自豪地说。

谁知到了第八场的时候，如星队那位队员似乎被冲昏了头脑，在与陈烬交手的时候，径直撞向陈烬，用剑劈中陈烬的手臂，剑里的裁判器亮起而获胜。

这时，裁判也没有亮出黄牌，而是让选手继续比赛。台下的观众不停地喝倒彩，甚至有人大喊："裁判误判，明明如星队的犯规了！"

"就是，他是近视眼吗？"

观众不停地抗议，依然没有改变场上的局势。

最后一场轮到周远遥上场，双方以最简单的方式一同发起进攻并且裁判器都亮了灯，如星队的队员出手太快，裁判一留神没注意，当下判了如星队得分。

最终的结果是，如星队以一分之差赢得此次击剑比赛的冠军，风之光惜败。

一时间，场内的唏嘘声和喝彩声此起彼伏，池姜看着陈烬面无表情地带着队员走向剑道，她没有注意到，陈烬是一脸的不情愿去接受采访的。

如风队失败了，“失败了”这三个字一直在池姜脑海里盘旋个不停。

一股委屈涌上心头，明明风之光可以赢的，裁判两次误判也没有重新公布结果。池姜替他们感到愤懑不平，尤其周远遥是第一次参加比赛，压力大也更需要鼓励。

池姜想都没想抓起话筒就往如星队那边冲，许多记者已经先行一步争相采访冠军。那个两次犯规的 Z 姓选手此刻已经摘掉了护面罩，扬起胜利者的微笑。

众多记者围在张泽兴面前，变着法儿地问他关于比赛犯规的事，无奈他闭口不谈，像是久经沙场的老手，无论问什么问题都能被他打个太极推回去。

“张泽兴选手，恭喜你们队斩获冠军，可以跟大家分享你的成功秘诀吗？”池姜把话筒递过去。众记者都用异样的眼光看着她，好像她不是个正常的记者，没有提出观众最想问的问题。

张泽兴将视线移到池姜身上，觉得终于来了个奉承他的记者，他还卖起关子：“谢谢，秘诀嘛……”

池姜微笑地看着他，只见他官方地回道：“当然是实力，还有全力以赴。”周围传来叽叽喳喳的声音，在悄声议论池姜。

“那我特别崇拜您。”池姜在镜头面前毫不掩饰自己的仰慕，“众所周知，击剑属于格斗类比赛，之前我看过一场篮球赛事，比赛途中一位运动员死死抱住了对手的头部，篮球赛上出现搏击场上才有的动作，你觉得这算犯规吗？”

“当然不算，这不叫灵活运用吗？”张泽兴一脸的得意，还沉浸在她说的那句“我特别崇拜您”的情绪中。张泽兴一向不受重视，连教练都私下里说他资质平平，队友也一直不待见他。这会儿在镜头前，长相与学识都颇为出众的记者显露爱慕之意，他自然有些飘飘然，放下了防备。

池姜笑吟吟地看着他：“可是篮球场上出现这样的擦边球，裁判判了犯规，最后那个运动员也公开道歉了呢。”

此话一出，满场哗然，他这不是间接承认自己犯规了吗？张泽兴神色慌乱，披着毛巾就要走，别的记者在后面追着问：“请问你真觉得自己没有犯规吗？”

池姜反倒没有追上去，站在原地嘴角扬起隐隐的笑意，心里总算舒畅些了。刚才在赛场上，夸张点说，她真的想冲上去打人。

风之光选手休息室里一片寂静，如星的队长李尔上完厕所后走进他们的房间，一脸的得意：“陈烬，你手底下的队员不行啊。”

“你试试再多说一句话。”周远遥冲上去一把抓住对方队长的衣领，眼神愤怒。眼看着周远遥一拳就要砸过去，陈烬一把攥住了他手臂。

陈烬一脸平静，声音带着震慑力：“你给我安分点。”

李尔理了理自己的衣领，拍了拍周远遥的肩膀，一脸的讥讽：“再见，手下败将。”

周远遥气得眼睛通红，却没有哭出来。陈烬不但没有安慰他，反而一顿训斥：“比赛前我是不是跟你说了要沉稳点？刚在赛场上的时候要不是我拉你出来，你是不是还想打人，公然挑战裁判的权威。”

“我希望这样的情况不会有下次。”陈烬声音冷冽，盯着他缓缓说道。周远遥本身年纪小，仗着自己的一点天赋在比赛上从来都是顺风顺水，现在不仅惜败还被自己最敬重的人训了一通，当下心里委屈，一头冲了出去。

周远遥冲出去时，恰巧撞上了前来看望他们的池姜，被他不小心撞倒在地的池姜立刻感觉膝盖传来火辣辣的痛感。

周远遥撞到池姜后，并没有将她扶起，反而冷冷地看了她一眼，跑开了。池姜今天穿的是职业短装，西装配短裙，膝盖立刻红肿起来，伤口暴露在空气中，触目惊心。

陈烬闻声走了出来。池姜看见他出现，眼神瞬间出现一丝狡黠之意，可怜兮兮地看着他。

陈烬走到她面前，半蹲下身与她平视：“还能起来吗？”

池姜指了指自己的伤口：“不能。”陈烬朝她伸出干净修长的手，池姜毫不犹豫地握上去，借助他的臂力站起来。陈烬的手宽大而干燥，手掌中还有一层薄茧，有一种粗粝的触感。

陈烬看她站起来，打算带着她去包扎下，这会儿想松手却被柔软的手掌给牵住。陈烬侧头，低头认真地询问：“需不需要我抱你？”

“要啊，要啊。”池姜面露惊喜，如小鸡啄米般点头。陈烬嘴角微微扬起，挣脱开她的手大步往前走。

池姜顿时反应过来陈烬这是在耍她，想追上去理论一通，却发现脚一动，膝盖处就传来一阵痛感。池姜低着头，这下是真的委屈了，是个正常的男人都会绅士地回来拉她一把，何况她今天还为了陈烬出头。

“浑蛋。”池姜声音闷闷地骂道。

倏忽，一道高大的身影笼罩住她，磁性的声音响起：“刚听见有人骂我。”池姜抬头一看，是陈烬。这会儿她的脾气也上来了，管他是烬神还是火神，她冷着声音说：“你走开，不认识你。”说完，她就拖着受伤的腿一瘸一拐地往另一个方向走。

陈烬攥住她的手臂，挑起英俊的眉毛：“你去哪儿？”

最终，池姜还是搭着他有力的手臂往前走，去处理伤口。

池姜一开始只是搭着陈烬的手臂，慢慢地，她一边不停地叫着自己有多疼，一边贴近他，最后几乎整个身体都倒在陈烬怀里。陈烬面不改色，半托半拥地带着她走向休息室。

休息室里的队员看到这一幕，惊讶得下巴都要掉下来，说不出一句话。陈烬冲孙好高喊了句：“去看下有没有冰块，再拿瓶创伤药和一些棉签过来。”

“池姜妹，为什么靖希不通过我的好友申请？”孙好高急急地问道。

孙好高这个人吧，有时候挺聪明的，但这个时候，他就特没眼力见儿。张加鹤提着他的衣领，骂骂咧咧道：“你小子赶紧去拿药，废什么话？”

孙好高走后，室内一片安静，池姜也乐得自在，陈烬窝在沙发里兀自垂下眼皮不知道在想些什么。池姜看不出他的情绪，试探性地问了句：“烬哥，你没事吧？这次比赛就是裁判误判了，在我心里你永远是冠军。”

陈烬盯着她一脸认真的神色忽地扯了扯嘴角：“我没放在心上，倒是那小子，这次比赛对他打击很大。”

“这样啊，”池姜托腮思考，眼珠转了转，“我已经搞定那个选手了。”

陈烬嘴唇动了动想说些什么，恰好孙好高同汤启鸣拿着药返回来打断了他们的谈话。陈烬他们作为运动员，受点小伤是常事，久而久之，他们学会了自己给自己处理伤口。

陈烬半蹲在池姜面前，动作熟练地扯开纱布，再用它缠住冰块，往她的伤口贴去。

虽然陈烬冷着一张脸，但眼神专注，动作轻柔，生怕她下一秒就会痛呼出声。之后，池姜说了采访的事，还冲他们眨了眨眼，孙好高连忙夸她，陈烬却说了跟老陆一样的话："你的机灵不是用在这方面的，别拿记者不当记者。"

比赛刚结束，枫市就迎来了秋天。这座因枫树而著名的城市，一入秋，红叶李伸展开枝叶，四处都是漫无边际的火红，路人也纷纷穿上了外套，正可谓秋意浓。

FNC 新闻部的办公室里，老陆也不说话，直叹气。池姜感受到了新闻部的沉重气氛，她还听见同事私下议论她。

"你干脆学小姜，看她多聪明，三两下就平了民意。"同事开玩笑地说。后面同事还说了什么她没听清，因为老陆找她谈话了。

"我说过不要耍小机灵，我知道你聪明，学习能力也强，"老陆这次没有摔文件夹，"我也确实看到了你在进步，但采访不是搞心理突破，你要记住，你是一个记者，要以客观事实为主。"

"他犯规这件事我们得按依据来，还有裁判误判的事，这两方面你都考虑到了吗？"老陆认真说道。

老陆的话仿佛一盆冷水兜头而下，说来说去，还是她行事鲁莽，考虑不周。老陆和池姜谈完话就挥手让她出去了。池姜都不知道自己是怎么走出办公室的，推门的时候还碰上了老季，慌乱中她勉强扯了个笑容就逃开了。

池姜一直装作没事人一样强撑到下班，走出 FNC 大门的时候天空一片昏黄，缀着零星淡蓝色，秋风一吹，树叶打着旋儿慢慢落下。

天色很快暗下来，远处的路灯一盏接一盏地亮起来。池姜回家的时候看见一个黑黢黢的人影站在她家楼下，惊得她以为是小偷，顿时尖叫一声。

声控灯亮起，她才看清来人。是一个中年男人，头发有些发白，提着一袋水果，看见池姜露出一个笑容。

“爸爸。”池姜听见自己喊道。

室内，池姜躲到厨房拧开煤气灶烧了一壶热水，青蓝色的火焰映着她若有所思的脸，直到锅盖发出突突的声音，她才惊觉水已经烧开了，便把火关了。

池父拘谨地坐在沙发上，不停地搓手：“姜妹，最近过得好吗？”

池姜把水递给他：“挺好的。”

“吃饭了吗？”池父小心地问。

“吃了。”池姜的睫毛颤了颤。两人坐在一起，不知道该说什么，气氛有些尴尬。池姜见不得他无措的样子，刚想开口提问，就被池父的电话铃声打断了。

池父走到阳台接电话，小心地捂着话筒，无奈的是电话里那个女声太过尖锐：“我说过让你早点回家吧，你儿子吵着要吃你做的可乐鸡翅，你就待你女儿那儿别回来了……”

男人佝偻着腰，小声地说话。池姜眼睛酸涩，走过去说：“爸爸，你早点回去吧，我很累了。”

“你要照顾好自己，”池父眼角全是细纹，他去掏钱包，“身上的钱还够用吗？”

“我有。”

池父神色尴尬，又讪讪地把钱放回去。池姜在阳台看着他远去，曾经意气风发的男人，以为钱是所有，到了中年，失去了许多东西之后，人也跟着老去。

池姜下楼打算随便吃碗面对付一下，她走进附近的一家便利店点了一碗车仔面，还特意加了变态辣。在付钱的时候，她犹豫了一下，拿了四罐啤酒。

池姜坐在吧台上拆开了一次性筷子，车仔面端上来的时候，她用筷子夹了一口面吃起来。可这辣椒实在是太辣了，池姜不停地咳嗽，当即抠开啤酒罐的拉环，想要冲淡口腔里的辣味。

这时便利店里响起了陈鸿宇的《理想三旬》："就老去吧 / 孤独别醒来 / 你渴望的离开 / 只是无处停摆……"

歌手声音低沉，温柔地唱着这首歌，池姜有点想哭，但她忍住了，又不是什么大事。

喝完第三罐啤酒，她刚想伸手去拿最后一罐的时候，却摸到了热的咖啡。池姜抬头一看，陈烬姿态懒散地坐在她旁边，啤酒不知道什么时候被他收走了。

池姜急忙擦掉脸上的泪痕，又习惯性地鼓着脸："我的酒呢？还给我。"

"不给。"陈烬想也没想就拒绝。

池姜知道争不赢他，也没心情和他扯这些小事，吃完最后一口面后走出便利店。池姜走在回家的路上，陈烬以一拳之隔不紧不慢地跟在她后面。

走到小区楼下的时候，池姜突然蹲下身子，用手捂住自己的眼睛，埋头哭了起来。陈烬也跟着停下了脚步，他有些心慌，他最受不了女生在他面前哭。

"别哭了。"陈烬不会安慰人，从口袋里掏出一根棒棒糖，"甜的。"

池姜从膝盖里抬出头来，眼睛红红的，说话时舌头都捋不直了："可酒也是甜的，我要喝酒。"

"……"陈烬都要被她气笑了。

池姜继续哭，她只是借酒发泄而已。今天发生了太多事情，工作出错、池父的到来，每一件都压得她喘不过气来。她本来又打算半夜去看恐怖片的，可是用手机查了一下，最近根本没有灵异电影上映。

“那你想要什么才不会哭了，嗯？”陈烬一把拉着她起身。

池姜泪眼迷蒙地看着眼前的人，醉意涌上心头，她难得看到陈烬这么好脾气的时候，胡乱说了句：“除非你叫我小仙女。”

果然，陈烬立刻黑了脸。池姜也顾不上哭了，她说这句话就是故意为难陈烬的，料想他这样子的性子也说不出这样的话。谁知，陈烬闭了闭眼睛，从牙缝里挤出三个字：“小仙女。”

池姜心情大好，笑得眉眼弯弯，接着往前走。陈烬跟在一旁，她的心情又低落下来：“是不是人生而孤独？”

“是，”陈烬认同这句话，“你今晚早点睡。”

池姜听完这句话更沮丧了，此时的她还有些醉意，但她一副信誓旦旦的样子：“不行，今晚我得重新看一遍片子，找出新的切入点撰写一份报道，弥补我的过失。”

陈烬看她满脸的倦意有些好笑，明明一副要死不活的样子，却还惦记着她的新闻。

“今晚你好好睡一觉，明天醒来找我，我给你指个正确的报道方向。”陈烬将她送到门口，到底还是没忍心，提议道。

池姜偏头看着冷着一张脸的陈烬，原来他什么都知道。抛开池姜是 FNC 的实习生的身份来说，她还只是个大四的小姑娘。新闻记者这条路看起来确实很难，她有点不知道该怎么走了。

陈烬好似看出了她的想法，大脑稍微思考了两秒：“人总有犯错的时候，多汲取教训，成长起来就好了。”

池姜鼻子一酸，脑袋虽然不太清醒，但也听出了他的安慰。已经很久没有人用包容的语气跟她说话了，想起小时候池父只会闷声抽烟，他总是喊道：“就知道哭，哭得我心烦。”

陈烬垂眼看着池姜久久不说话。老季和陈家是旧识，老季察觉到陈烬对池姜有些上心，恰好碰上快要哭出来的池姜就留意了一下，后来他就把这件事告诉了陈烬。

他终究有些不放心，所以出现在了便利店。

陈烬今天穿了一件飞行夹克，衬得他身形修长，下颌线紧绷，为了和池姜说话特意俯下身来看着她，深邃的双眸里全是她的光影。

池姜歪头笑了一下，眼尾向上挑，带着一丝魅惑，以迅雷不及掩耳之势踮起脚尖，一把扯住陈烬的衣领使得他整个人被迫低头。可陈烬太高了，她直接用嘴唇贴了上去却只亲到他的下巴。

贴在他的下巴上的嘴唇濡湿、柔软，空气中还充斥着池姜身上散发出的淡淡香气，激起他全身一阵酥麻。

夜风从窗户飘进来，心底冰火两重天。

陈烬当时心里只有一种感觉，原来小姑娘的嘴唇又甜又软。

池姜撤离，往后退了一步，目光潋滟，脸红得不行，直接一溜烟关门躺在床上，大口大口地喘气。

翌日，池姜起了个大早给自己做了一份早餐，拉开淡青的窗帘，阳光倾泻一地，无限美好。池姜对昨晚的事只记得个大概，想到自己昨晚亲到了陈烬的下巴就一阵脸红。

吃完早餐后，池姜敲响了陈烬家的门，敲了足足两分钟才有人来开门。陈烬睡眼惺忪地打开门，一看是池姜，“砰”的一声毫不留情地把门关上。

过了一会儿，陈烬打开门，瘫着一张脸让她进来。室内窗帘拉得紧实，陈烬闭着眼睛窝在沙发里开口：“有事吗？”

“有，你昨晚不是说会指导我写篇正确的报道吗？”池姜看着他。

陈烬冷笑一声，指向墙壁的石英钟：“现在几点？”

“上午八点。”池姜看了一眼时间。

陈烬冷着一张脸说：“下午来找我。”

“……”

睡了一觉，陈烬的头发有些凌乱，几绺不听话的黑发翘起来，衬得他有点孩子气。阳光从窗帘缝隙里漏进一点光照在他紧闭的双眼上，长睫毛如蝶翼般翕动。

池姜看见他眼底的黛青色，故意刺激他：“你不会是没睡好吧？”

“运动员刚比赛完需要好好休息。”陈烬语气冷淡。

池姜也不气恼，即使是让她坐在沙发上看陈烬一整天都可以。

陈烬受不了她这样一直盯着自己，只得睁开眼睛，清了清喉咙：“这次比赛就当长了个教训。其实有一个叫鹰眼的回放系统，它是帮助裁判做出精确公允判罚的得力工具，一开始是引入排球和网球当中，之后渐渐应用到击剑比赛中。”

池姜眼睛亮起来，随即又有些不解：“你既然知道，为什么当时不提出鹰眼挑战？”

陈烬双手枕着后脑勺，用一种极其散漫的语气说：“鹰眼挑战并没有大范围运用于击剑比赛中，这次比赛也没有大范围使用，而且……”

他故意停在这儿，看池姜一脸渴盼才接着出声：“而且鹰眼挑战需要在比赛前提前交定金，我是在比赛后才想到这点的。”

“所以你可以重新撰写一篇报道，并且借由此事推广挑战鹰眼，起到一个积极的示范作用。”陈烬语气是一贯的轻描淡写。

池姜顿悟过来，就好比你突然走入一个死胡同，有人举着火把带来点滴光亮，为你引路。这个人就是陈烬，拽她走出泥沼，带她脱离困境。

她忽然觉得，自己默默粉了这么多年的偶像没白粉。

工作日，池姜怀着忐忑的心情走进老陆办公室，将自己熬夜反复修改的报道交给老陆，还主动认了错。老陆一直紧皱的眉倏地展开了，放轻了语气说道："这篇报道的切入点还可以，发吧。"

果不其然，这篇报道发出去后，在体育界引起了不小反响。大家开始关注此事，对鹰眼是否真的可以大范围使用于击剑比赛中展开讨论。池姜这篇报道算是将功抵过，这事算过去了。

晚上，池姜回到家的时候，看了眼对面紧闭的门，猜测陈烬应该是在基地训练，短期内不会回来了。壁灯亮起，暖黄色的光倾泻一地，池姜看了下冰箱里所剩无几的食材，给自己做了碗西红柿鸡蛋面。

池姜盯着色泽鲜亮的面突然想到了什么，拍了张照片发给陈烬。约三分钟后，微信发出叮咚的声音，对方发来了个问号。

池姜手指在键盘上快速敲击着：西红柿鸡蛋面，像不像小时候你带我吃的面，在你踹了我一脚之后。

陈烬这会儿刚训练完，随手回了句：还行，就是不知道味道怎么样？

她还没来得及回复，对方又发了句话过来：把小时候去掉，我就比你大两岁。

过了几秒钟，陈烬冷笑了一声，他收到对方意味深长的一句话：哦，叔叔。

陈烬想都不用想，要是池姜本人站在他面前的话，肯定是用那双勾人的眼睛看着他，意味深长地叫他叔叔。想到这儿，他的喉咙发痒。

池姜的头像是只可爱的小狐狸，在陈烬眼中，却是只狡猾的小狐狸。

池姜吃完面后给陈烬打电话，好一会儿对方才接通，话筒那边有风呼呼吹来，她感觉陈烬换了个僻静的地方。

"什么事？"陈烬的嗓音低沉，在夜里有种说不出的性感。

池姜将碗筷收拾到厨房，声音轻快："烬哥，这次谢谢你。"

“嗯。”陈烬喉咙里发出一个简单的音节。

“你什么时候休假，我请你吃饭呗。”池姜打着自己的小算盘。谁知电话那头的人发出轻微的哂笑声：“没空。”

池姜不怒反笑，说到关键字眼还刻意拖长了声音：“烬哥，你不会是害羞了吧？毕竟我那天晚上——亲了你。”

陈烬嗓子发干，正要出声训斥小姑娘的时候，一个不合时宜的声音跳出来。池姜听到电话那头孙好高刻意夸张地大喊道：“烬哥！饭都来不及吃就跑到这儿，是在跟我池姜妹妹打电话呢。”

陈烬回头甩了个阴鸷的眼神给他，孙好高立刻吓得不敢说话。池姜在电话这边发出轻快的笑声，像冬天里吃的第一口青苹果，清脆又可口。

“你想多了，换个正常人也会这么做的，不用谢。”陈烬语气坦然。

“这周六晚上八点，兰桂坊，不见不散。”池姜快速说道，并且不给他拒绝的机会，先一步挂了电话。

池姜抚了抚自己的心口，怦怦直跳。她之前有问过陈烬的队员，说是这周六他们休假，所以池姜才做主定了吃饭的时间和地点。同时，池姜又有点担心陈烬会不来。

就这样，池姜怀着忐忑的心情迎来了周六。

池姜在衣柜里反复挑选，选了一条V领的黑色长裙搭了件薄外套，一穿上去，盈盈腰肢可握，尽显身材。池姜打车来到兰桂坊，等她落座的时候，才发现自己提前了半个小时到，只得点了杯果汁耐心地等待陈烬。

可过了约定时间半个小时也没见到人影，池姜只得拿起一旁的时尚杂志打发时间，从明星的撕逼八卦到商人的桃色新闻，她看得直打呵欠。

一晃眼，等到了晚上九点。池姜拿出手机拨打陈烬的电话，听筒那头传来机械冰冷的女声：您拨打的电话已关机……

池姜怒极反笑，干脆在兰桂坊待到打烊，偶尔有上前来搭讪的，她都一一拒绝。有一位看起来还不错的男士，池姜勉强和他聊了两句，但这位男士刻意风趣讲荤段子她就受不了了，忽然有人出声解救了她。

“师妹，不好意思，我来晚了。”一道温润的嗓音传来。池姜望过去，停顿了几秒才反应过来，她故作热切地说道：“师兄，你来了啊？”

那位纠缠池姜的男士见眼前这个风度翩翩、气质卓然的对手，自觉落了下风，朝他点了点头后匆忙离开。

池姜眼底的惊喜是真的：“师兄，好久不见。”

他是与一位客户在这边谈事，好不容易应酬完，刚好看到了好久不见的小师妹。

池姜的这位师兄叫梁见山，说起来两人还有点微妙的缘分。半年前，梁见山作为知名校友受母校邀请回去开个讲座，恰好那时主持人出了点状况，池姜临时被拉过去救场，两人就此结识。

主持过程中，池姜落落大方，台风极稳，愣是在几百人的注目下主持完全场。讲座结束后，梁见山递过一张名片给她：“你声音不错，是否有意向来我公司为一款游戏配个音？”

池姜婉拒了，那个时候的她，一心一意地想成为一名优秀的体育记者。至于讲座结束后发生的微妙事情，池姜更是知道避嫌一说。

梁见山看起来刚应酬完，着一身浆挺的手工西装，还带着微微的酒气，好在眼神是镇定的。他松了松领带，与池姜聊了聊各自的近况。

“你现在在哪儿实习？”梁见山笑着说。

池姜回答：“在 FNC，目前是负责体育新闻这一块。”

“一直觉得以你的音色不来帮我配音实在可惜了，不过你现在在 FNC 也不错，年轻人就得凭着一股劲往前冲。”梁见山的声音平缓。

“谢谢师兄夸奖，我认识一个朋友恰好也是学配音方向的，需要的话我给你推荐过去？”池姜建议道。

说起配音，她也是前段时间才知道陈思渺是学配音的，并且经常在朋友圈发自己的配音作品，每次池姜看见都会去点个赞。

只有陈烬在下面泼冷水：难听。亲妹妹又回击他：是不是该让妈给你安排相亲了。

不知怎么想起陈烬了，池姜心底冷哼一声，她这辈子的人生信条是绝不等人，结果像个傻子一样等了一晚上，还被放鸽子了。

梁见山的声音将她的思绪拉回，两人愉快地交谈着。说起梁见山，他也是个牛人，在校的时候就已经自己接活，赚得人生第一桶金，后来又凭借软件开发拉到几笔不小的投资，然后开始创业。

池姜对这样的人是持敬佩之心的。

梁见山风趣幽默，说话声音不急不缓。两人聊到一半的时候，池姜发现他眉头紧蹙，两鬓开始冒冷汗。

池姜语气焦急：“师兄，你没事吧？”

“是胃病发作，晚饭没顾得上吃东西，吃饭的时候一直被人灌酒。”梁见山捂住胃，声音渐弱，“师妹，要麻烦你送我去医院了。”

梁见山过来的时候已经让助理提前下班了，这会儿也只好让池姜送他去医院。池姜接过梁见山递来的钥匙扶着他去车上。

池姜大三时拿到了驾照，可她很少上路，这会儿也是硬着头皮，一路心惊胆战地开着车将梁见山送去了医院。

池姜挂了急诊，扶着梁见山去输液室吊水，又急忙拿着病历卡去缴费。梁见山坐在长椅上看着忙前忙后的池姜，心里涌起一丝柔情。

医院一向人多，池姜拿着病历卡急匆匆地走着，一不小心一头撞在别人的后背上。对方回头轻轻扶着她的肩膀，声音沙哑：“没事吧？”

池姜猛地抬头，看到了消失了一晚上电话也打不通的陈烬。他身边还站着上次见过的许晚晴医生，穿着白色连帽衫的陈烬和一身白大褂的许医生看起来就像穿着情侣装的情侣似的。

陈烬看见她，一向平静的脸上浮现一丝惊讶，紧接着眉头皱起。

头一次，池姜拨开陈烬的手，低声说："不好意思，让一让。"

陈烬伸出手想拉住她说点什么，这时许晚晴开口说道："小现这会儿应该醒过来了，你可以过去看他了。"

须臾，陈烬将手收回，冲着池姜的背影说了句："等我一会儿，有话跟你说。"说完，陈烬就和那个女医生并肩走了。

谁要等你？池姜心里想。

池姜忙完之后，又出去给梁见山打包了一份白粥。梁见山盯着快吊完的药水瓶笑了笑："师妹，今天真是麻烦你了。"

"这没什么麻烦的，师兄你这样说就见外了。"池姜将一次性勺子递给他。等梁见山吃完粥后，点滴也打完了。

池姜喊来护士拔针，他精神看着也恢复了不少。

梁见山将外套搭在手臂上，偏头说："走吧，我送你回去。"

池姜点了点头，心不在焉地跟在梁见山身边，脑子里想的全是关于陈烬的事情。她今天晚上要不是送梁见山来医院还真就看不见这一幕。

陈烬看见池姜身边站着一位气质非凡的男人，两人有说有笑的一幕实在打眼。

陈烬走到两人面前，脸色实在不怎么好看："刚刚不是让你等我吗？"

池姜嘲讽一笑："你是习惯性地要求别人等你吗？然后再决定自己出不出现？"陈烬嘴唇动了动，却不知从何说起。

一旁的梁见山伸出手："你是陈烬吧，你好，我是梁见山。"陈烬眉头蹙起，记忆中他并不认识这号人。

陈烬敛了神色，也不伸出手回握，淡淡地说："你好，我是陈烬。"

这会儿换池姜讶异起来，她扯了扯梁见山的衣袖，小声地问："师兄，你们俩认识？"

陈烬瞥见她的小动作，眯了眯眼，还有她那声"师兄"听起来真刺耳，但狡猾如陈烬马上收敛自己的神情。

"我们公司要开发一款竞技类的手游，老季之前给我推荐过陈烬，听说他不仅是个出色的运动员还是个资深游戏玩家，我本来想过几天再去拜访你的，没想到今天在这儿碰见了。"梁见山解释道。

梁见山将自己的名片递过去："过几天等你有时间的时候，一起吃个饭。"

陈烬摆起谱来："再看吧。"

梁见山也不生气，他点了点头后又偏头喊池姜到时候一起。

"我？我玩游戏不是很在行，拿手的只有'连连看'。"池姜推辞道。

梁见山眼睛里氤氲着笑意："没关系，在游戏上市之前我们本身就是内部测试，要根据各方面的意见优化数据。"

"好。"池姜点了点头。

陈烬将连帽衫的拉链一路拉上去，堪堪盖住下巴，眸子看起来没有一丝温度："池姜，我送你回家。"

池姜故作无所谓地道："不用了，你在这儿等许医生下班吧。"说完，她就同梁见山一起走了。

梁见山将池姜送到她家楼下的时候，再次表示了感谢："师妹，这次幸好有你。"梁见山很会说话，这个时候他不说幸亏有你，而是幸好。池姜不是没有听出这一层意思来，她摆摆手："师兄，你再这样客气，下次见面我得叫你梁先生了。"

梁见山愣怔了一会儿，发出爽朗的笑声，他指尖扣了扣方向盘："那一定要给个机会让我请你吃饭。"

池姜笑着点了点头，关上车门同他道别。

池姜走进单元楼时，恰好遇到了陈烬。

她从他身边目不斜视地经过，按了电梯。

刚刚碍于梁师兄在那儿，池姜一直掩饰着自己的情绪。都说夜晚容易使人情绪化，她刚才看到陈烬的那一刻真是百感交集。

陈烬同她一起上楼，中途他想说点什么却不知从何说起。在池姜拿钥匙之前，陈烬攥住她的手臂，声音低沉："抱歉，今晚出了点事。"

"没关系，"池姜平静地说，从包里拿出钥匙，"我原谅你了，现在可以松手了吧。"

池姜开门关门的动作一气呵成，等真正只有她一个人的时候，她才感觉精疲力竭。这算怎么一回事，她精心准备的一场约会结果被人放了鸽子？然后又看见陈烬同那个女医生姿态亲密。

她这个漫漫追男神之路本身就存在着很多阻碍，现在半路又杀出一个许医生。

池姜刚刚是有点隐隐期待陈烬的解释的，可是他没有，只有一句轻飘飘的道歉。池姜叹了一口气，拖着疲惫的身体去洗澡。

洗完澡躺在床上，她拿出手机跟陈思渺说配音的事，花苞妹妹一连给她送了好几个飞吻。

池姜想了一会儿还是决定问道：你认识许晚晴吗？

陈思渺回道：认识，怎么了？

池姜又发了条信息过去：她和你哥是什么关系？

陈思渺：她是我哥的前女友，也不算吧，就我妈逼我哥相亲的对象，但两人只短暂地交往过一个月，我保证他们现在什么关系也没有。

最后池姜回了句：好，我知道了，也就随便问问。

池姜发出消息后直接关机睡觉，可是翻来覆去怎样都睡不着。前女友果然是心中的白月光，这话一点也不假。

陈烬忙活了一晚上，回到家后拿充电器给手机充上电，过了好一会儿手机才开机，上面显示了十几个未接来电，全是池姜打来的。

还有池姜发来的几条信息。

——烬哥，你再不来，别的男人要跟我聊人生了。

——你什么时候来啊？我等得好无聊。

——我不喜欢等人，再等你二十分钟好了。

陈烬的心脏被这些信息一点点充斥，今晚错在于他，可陈烬真不知道怎么跟池姜解释。

直到几天后，陈思渺跟他炫耀自己接到了配音的活，陈烬看见是梁见山的名片时脸都黑了，他冷眼问："你哪儿来的？"

"池姜姐给我引荐的，不像你，还是我亲哥吗？整天就知道打击我也不知道拿出点实际行动来。"陈思渺抱怨道。

陈烬不接腔，他知道池姜是好意，可能梁见山也没想到陈思渺是他妹妹，这份人情真不知该算到谁头上。他本来想找个机会把梁见山的邀请给推了的，现在看来是推不了了。

老季又是个啰嗦的人，一直跟他说梁见山多么年轻有为、多么有想法，耳朵都要起茧子了。

陈思渺还在这边嘟囔着："哥，你做什么了，池姜姐问我你和许晚晴的关系？"

"那你怎么说的？"陈烬冷声说道。

陈思渺这会儿才意识到不对劲，她摸了摸鼻子，小声地说道："就……就前女友呗。"

陈烬差点没两眼一黑晕过去，他面无表情地说道："陈思渺，管好你自己，下次再让我看见你去见生物院那个男生，我就去打断他的腿。"

扔下这些话后，陈烬从裤兜里掏出一根棒棒糖含在嘴里，直接离开了。

池姜最近忙得没工夫去搭理陈烬，一是她的工作忙不过来，《池说》这个栏目一直没有多大起色，她正在绞尽脑汁地改善，下意识地不去想陈烬这件事；二是上次与梁见山重逢后，他对于她的问候频繁了点，对于他请吃饭的邀约也是一而再地推辞。

梁见山倒是懂得以退为进："那周六你一定得过来，老季和你朋友陈烬都在，当我请你吃饭了。"池姜知道自己再推就矫情了，只得应下来。

下班后，池姜没想到陈思渺会来找自己。陈思渺一脸的紧张："池姜姐，怎么办，他说要打断我心上人的腿？"

"思渺，这我可帮不了你，自从他失约之后，我这两天都没有联系你哥。"池姜说道。陈思渺反应过来两人可能是闹别扭了，她仔细问过池姜具体情况之后才知道是怎么回事。

一向嘻嘻哈哈的陈思渺表情突然严肃起来："池姜姐，我哥不愿意说的我也不能去多说什么。"

"那天晚上保姆突然有事，我另一个哥哥陈川现，他被开水烫伤了，我哥当下就赶过去了。"陈思渺用手绞着自己的衣服，"其实我大哥挺不容易的，不过你放心，他跟许晚晴真的没什么，就单纯的医患关系。"

"医患？"池姜睁大眼睛。

陈思渺猛拍自己的嘴："呸，医生和患者关系。你放心，我哥这个人一向郎心似铁。"

池姜还没有整理好自己的情绪，陈烬发了条信息给她：抱歉，那天晚上家里出了点事，刚好手机又没电了。这样，你想去哪儿玩？我请你。

想来陈烬也不是故意爽约，池姜心里的郁结之气慢慢消失，可还是有一点介意的，就是那个女医生的存在。池姜看到他发的短信，嘴角一弯，马上怼他：想上天，想坐宇宙飞船，您看行吗？

陈烬回：也不是不可以。

周六晚上，梁见山将大家约在了一家古香古色的饭馆里。一进门，一股檀木的淡淡香味扑鼻而来，回廊曲折，几丛绿竹环绕，小假山上的潺潺流水发出轻微的声音，的确是个聚会的好地方。

梁见山除了请来陈烬、老季之外，还请了他们公司的策划、程序开发员等人。

老季拍了拍梁见山的肩膀："这小子年轻有为啊，我老听他师母夸他。"

经老季解释池姜才知道，老季的妻子是C大的老教师，梁见山也是她的得意门生。至于陈烬，老季则啰唆了许多，讲他性格多野，如今大了才稍微成熟了点。

陈烬的脸都快挂不住了，老季这才停下来。梁见山叫老季引荐陈烬是因为这款手游涉及一些剑的专业知识，他认为请一个实操选手说自己的看法更有指导意义。

点菜的时候，梁见山贴心地给一旁的池姜点了几份热菜还有果汁，惹得公司里的人对两人挤眉弄眼。陈烬则面无表情地坐在远处听他们谈话。

敬酒时，梁见山举杯对陈烬说："之后还要多多麻烦你。"

"还好，不比赛的时候时间还是有的。"陈烬回答。

两人眼神交会，几乎一饮而尽，众人纷纷鼓掌。菜上来的时候，梁见山不停地往池姜碗里夹菜，侧头说："师妹，你多吃点。"

"总觉得风一吹就能把你刮倒。"梁见山笑着调侃。

其实梁见山长相不赖，朗月清风，为人还谦和有礼，这样的人是不乏追求者的。

在座的一个女同事打趣道："老板，我们整天为你加班加点，也瘦了好几斤，怎么不见你为我们夹菜？"

其他员工跟着打趣："就是，梁总记得雨露均沾啊。"

"这不好久没看见我的小师妹了吗，"梁见山有礼貌地给身边几个人都夹了菜，大方地说道，"这样的服务你们满意吗？"

梁见山的大方回应让气氛轻松不已，这样的情况下，池姜实在不知道该说些什么。平常她也就在熟悉的人面前爱耍嘴皮子，这会儿只能低头吃饭。

陈烬见池姜也不反驳，安静地在一旁吃饭，抿了抿嘴唇，再看梁见山，眼睛都快贴到池姜身上去了。

倏忽，陈烬站起身，看着梁见山，一字一顿地说："上个洗手间。"梁见山自然听懂了他话里的意思，也跟着起了身。

洗手间里，梁见山抽出一根烟递给他，陈烬淡淡地拒绝："不抽。"梁见山也干脆把烟塞回烟盒，单手插进裤兜里："你的确很出色。"

"过奖，"陈烬回了一句，又直截了当地说，"你别说这些虚的。"

"我喜欢池姜，并且有追求的意向，我们可以公平竞争。"梁见山颇有自信地说。

池姜在包厢里听这些人吹牛感到无聊，看那俩人上个洗手间迟迟不回来，肚子又饿了，只得不停夹菜吃。

刚刚梁见山一股脑儿夹了很多菜到她碗里，她也没太注意，吃了一块黑椒牛柳。不出五分钟，她的手臂和脖颈便开始出现红块，并且感到十分痒，她小幅度地蹭着自己的手臂。

两人回来之后，看起来一片和谐。陈烬是第一个发现池姜不对劲的，她白皙脖颈上的红块触目惊心，并且有隐隐向上蔓延的趋势。

"池姜，我送你去医院。"陈烬拎起外套，脸色沉下来。

池姜放下手中的筷子，说了句：“我……”

一旁的梁见山拿起钥匙，一脸的关切：“怎么了？我送你去医院。”

池姜站起身，头痛欲裂的感觉忽地袭来，脚步一踉跄差点撞到身后的椅子，幸好身后的陈烬及时扶住了她。陈烬见她脸色有异样的潮红，冰凉的手掌贴上池姜的额头。

烫得惊人，陈烬眉头皱得更紧了。

陈烬看都不看梁见山一眼，看着一直用手挠脖子的池姜，俯下身，直接将她横抱起来。池姜发出小小的惊呼，下意识地搂住他的脖子。

“她过敏了，抱歉，我先走一步。”陈烬说完这句话后，消失在众人的视线中。

池姜将脑袋贴在陈烬炽热的胸膛上，虽然还难受着，但她不忘调戏陈烬：“烬哥，你心跳很快呢。”

“我心跳不快点，对不起你的体重。”陈烬反驳道。

“……”

陈烬开车送池姜去医院的路上，池姜痒得难受，不停地用指甲抠自己的手臂。陈烬瞥她一眼，耐心地说道：“你别抠，越抠越痒。”

“不是……痒得难受，而且，我头痛……”池姜的声音带了点哭腔。池姜不是娇气，纯粹就是生理反应，那种深入骨髓的痒，实在太难受了。

陈烬将一只手伸过去，叹了一口气：“痒的话你抓我的手。”陈烬的手掌宽大，纹路清晰。池姜攥住他的手，不停地抠他手心。

陈烬最怕痒，这会儿还被个女生轻轻地挠他手心，身上莫名涌起一股燥热，他一哆嗦差点没把车开到江边去。

到医院后，陈烬带她去看医生，确诊是对黑椒牛柳过敏，并且还伴有低烧。需要挂水，池姜发现自己都快和医院结缘了。

夜已深，天上寒星点点。医院走廊渐渐冷清，池姜昏昏欲睡，将头靠在陈烬肩膀上。池姜发着低烧，陷入睡梦也不安分。她好像做噩梦了，眉头紧皱。

陈烬发现这姑娘有一个毛病，不知道是不是看恐怖电影留下的后遗症，她在睡梦中也掐着陈烬的胳膊，劲还挺大。陈烬愣是一声不吭地让她掐。

“陈烬……”池姜迷糊地喊道。

陈烬清了清喉咙：“我在。”不知怎么的，他想起了梁见山，还说什么公平竞争。陈烬坏心眼一起，在她难受的时候半哄着她。

他嗓音富有磁性，像含了一颗薄荷糖，极具诱惑性：“池姜，你最喜欢谁？”

“最……最喜欢陈烬。”池姜梦呓道，不自觉地说道。

心里像是塞了一团棉花，柔软无比。之前梁见山说公平竞争的时候，陈烬说什么？

“你等着。”陈烬薄唇扬起自信的弧度。

池姜醒来的时候，点滴已经打完，她发现自己压着他肩膀快一个多小时了，摸了摸自己的鼻子：“烬哥，我睡着的时候没出什么糗吧？”

“你嘴巴是不是漏的？口水流了一地。”陈烬指了指她的下巴。

池姜紧张得马上去摸自己的下巴，她居然在心上人面前流口水了！一摸下巴，是干的，这才知道陈烬耍了她。

“幼不幼稚。”池姜冲前方的背影嘟囔了几句。陈烬拎着衣服大步向前，池姜起身乖乖跟在后头。

池姜吃了几天的药再加上清淡的饮食，过敏症状渐渐好转。

有时候，池姜怀疑陈烬前几日对她的好是不是在梦中发生的，因为她病好之后，陈烬对她又恢复了之前的冷淡。

池姜病好后心情不错，发信息过去问陈烬欠她的约会什么时候还，谁知陈烬回复说自己在禾市比赛。池姜发了一个哭脸过去，说等着他。

其实这次比赛还挺重要的，陈烬打算收起心思集中精神准备比赛，梁见山游戏开发咨询的事情他也推后了。至于池姜的约会，他是有认真想过的，只不过计划定在比赛之后。

这次比赛池姜没有跟过去，而是留在了FNC总部。廖靖希来找她出去吃饭的时候，她有点愧疚，最近一直在忙自己的事，倒是忽略了身边这个朋友。

结果出来见面的时候，廖靖希大大咧咧的，根本不在意这些小事。廖靖希一见到池姜就狂吐槽："我都怀疑是不是遭孙好高暗算了，我们乐队新租的训练场地居然是他家的！"

"结果他一直借机来烦我，和他聊天我都觉得自己是在忍辱负重。"廖靖希把手机递给她看。

池姜接过来一看乐了，基本上是孙好高唠唠叨叨讲一大堆，廖靖希发一两个简单的"嗯、哦"都能引起他热烈的回应。

池姜还没来得及将手机递回去，就看见孙好高又发消息过来了：女神，跟你说个事你别告诉池姜妹妹，你说巧不巧，我们一到酒店，就碰上烬哥前女友了。人家一放好行李就过来找我们烬哥了……是我的话，我对你的心，日月可鉴。

池姜眉心跳了跳，脑子里闪过许晚晴那张颇具书香气质的脸，她快速回：我是池姜，孙好高，你说你那个省略号是怎么回事？

……池姜妹，我错了。孙好高回了个求饶的表情。

池姜这下食不甘味了，一直在想许晚晴和陈烬。两次在医院碰见他们，池姜看两人之间的默契互动，他家人烫伤，还有上次采访残疾运动员时他的表现……总觉得他有不为人知的心事。

她可能都不如许晚晴了解陈烬。

想着想着，池姜的电话响了，她滑开屏幕接通，电话那头传来老陆火急火燎的声音："小池，这次禾市击剑俱乐部联赛本来不是我们组跟的……这次属于突发状况，临时调派你过去，没有提前安排住宿，但费用是报销的，你看可以吗？”

“我可以。”池姜咬了咬牙。机会来得正好，她得去盯着自家男神。

老陆不知道池姜的小心思，还笑呵呵道：“我就喜欢你们年轻人一头扎进新闻里不管不顾的冲劲。”

池姜回到家很快就收拾好东西与同事会合，订了最快的一班飞机飞禾市。他们到的时候已经是晚上十一点多，由于正是比赛前夕，从全国各地赶来的观众都是提前预订了房间，加上运动员和各路媒体，禾市体育中心周围的酒店都已爆满。

池姜和几个男同事站在深夜的街头拿着手机在某APP划拉半天都没有找到住处，就这么干站了半个小时。夜深人静，只有汽车呼啸而过的声音。池姜被冻得瑟瑟发抖，拿出手机划拉着酒店信息。

一位戴眼镜的同事低头看着手机，突然激动得声音颤抖：“终于有人退房了，虽然是那种小宾馆，我们还是凑合着住吧。”

“可是……只有两间单人特价房了……”同事数了数人数。其实根本不用数，就来了四个人，除了池姜，其他三位都是男同事。

“我没事，我刚好有朋友在这边出差，别担心。”池姜看他们为难的样子说道，“赶紧下单，别被人抢走了，明天我们还是按约定时间碰面。”

“好，那你小心点，有什么事给我们打电话。”同事叮嘱道。池姜点了点头，看他们上了出租车后，摸出了手机。

池姜拨通了陈烬的电话，电话响了几声后就被接通了，传来陈烬低沉的声音：“喂？”

池姜有些紧张，她舔了舔嘴唇不知道该说什么。平时，她对陈烬的调戏就是打嘴炮而已，真要开口求人去他那儿蹭住时，她又有些不好意思开口。池姜快速讲了下自己的情况，电话那头没了声音。

陈烬沉吟了一会儿，说道：“可以，你睡沙发，我睡床。”

“你、你怎么这么无情？”池姜控诉道。

“那你去睡天桥，那儿风景多好，还有老大爷拉《二泉映月》给你听，有助于睡眠。”陈烬认真地帮她分析。

池姜声音轻快：“那谢谢烬哥了，我从小就爱睡沙发。”池姜挂了电话后收到陈烬发来的酒店地址，打了辆车过去，心里暗骂道：你才二。

池姜到陈烬房间的时候，后者就跟做贼似的，从门缝里露出两只眼睛警惕地看了看四周，看到周围没人才让她进来。

池姜提着行李箱粗略地扫了一圈，运动员住的酒店环境还是挺好的，房间宽敞，色调又挺舒服的，房间里还有个小阳台。

“我已经洗过澡了，你收拾一下进去洗个澡，然后早点休息。”陈烬说道。

池姜点了点头，今天和廖靖希逛了一天街脚已经很疼了，突然接到紧急通知要工作，又马不停蹄地赶来禾市，奔波了一整天确实很累。

池姜进去洗澡的时候，陈烬就靠在床上看房间里的杂志打发时间。这时，有人不停地敲门，陈烬看了一眼卫生间，起身去开门。

孙好高笑呵呵地站门外，陈烬看见是他，语气不好：“干什么？”

“烬哥，我给你送夜宵来啦。”孙好高晃了晃手里的东西，就要推门进来。陈烬伸出一只手，推开他的脑袋：“不吃。”

“我特意给你送过来的，你好歹吃一点，”孙好高苦着一张脸，“有炒面、甜品，还有你最爱吃的水晶虾饺……”

孙好高说着说着，听见陈烬房间里传来隐隐的流水声，他错愕道：“烬哥，你房间有人吗？”

“没有，你听错了。”陈烬看着他。

陈烬睫毛低垂，颤了颤：“夜宵给我。”

“啊？你不是不要吗？”孙好高看向他。

陈烬懒得跟他废话，伸出手来，孙好高乖乖把夜宵奉上。孙好高趁陈烬不注意想挤过去看，可陈烬后背跟长了眼睛似的，立刻伸出长臂去扳孙好高的脑袋，孙好高只好回了自己的房间。

这时，池姜刚好洗完澡出来，她穿了一条棉质睡裙，因为水蒸气的关系，肌肤透着莹白的光，湿漉漉的头发不断淌下的水珠打湿了地板。

陈烬解开塑料袋喊池姜过来吃点东西，池姜闻见香味眼睛一亮，也顾不得擦头发了，急忙坐下来就要吃。陈烬叹了一口气，从衣柜里拿出一条干净的毛巾扔到她头上。

“至少把头发裹起来再吃。”陈烬开口。

池姜是真的饿了，这会儿美食当前，她也顾不上什么形象不形象了，三两下桌上的夜宵就被她横扫完。

“啧，看不出来你真能吃。”陈烬看她一眼。

“这是偶尔加意外。”池姜反驳道。

陈烬扯了扯嘴角没有搭理她。

池姜跑去吹干头发后，看着陈烬捧出薄被的时候苦着一张脸，她故意可怜兮兮地看着他。后者视而不见，将薄被放到沙发上，说了句：“有地儿睡就不错了。”

池姜气鼓鼓地收拾沙发，陈烬留了一盏壁灯，说了句：“晚安。”

“早安。”池姜气道。

一室寂静，池姜起先翻来覆去睡不着，脑子里想了很多乱七八糟的。她突然有些懊恼，自己今天来得匆匆，都没来得及探听那个许晚晴许医生，她不是也来了吗，人呢？池姜又想到自己得提前一个小时起床为采访做准备，就这样胡思乱想着，她慢慢睡着了。

陈烬因为早先在体校训练过，一听到铃声就会起来，所以他的睡眠一向浅。半夜，他突然听到“咚”的一声，瞬间就惊醒了，借着壁灯昏暗的光线，就看到池姜睡在地上。她轻轻痛呼了一声，转个身又继续睡，完全没有察觉自己在地上。

陈烬无奈地看着还在睡梦中的池姜，将她一把抱起放在床上。正准备撤离时，池姜却嘟囔着翻身拽住他的胳膊一扯，陈烬一不留神，压在她身上，幸而用手臂撑住，两人隔了方寸的距离。

池姜的嘴唇红润，像无声的诱惑，眼睫毛长且密，似一把扇子轻轻扰动着他的心。陈烬感觉自己身上像窜了电流般，心跳骤然加快。

陈烬倏地转身，与池姜并肩躺在一起，他等自己心跳恢复正常后，起身替小姑娘掖好被子，自己跑去沙发上睡了。

天透出一丁点光亮的时候，池姜就醒了，却发现自己躺在床上，顿时一脸的茫然。她记得自己是睡在沙发上的啊，怎么又睡到床上了？

她看沙发上的陈烬睡得正熟，便轻手轻脚地去洗漱，之后拿出笔记本开始工作。准备工作做完之后，池姜悄悄离开了酒店。

陈烬他们的击剑比赛被安排在下午，所以他醒来的时候，阳光已经非常炽烈了。他看见床上的被子叠得整齐，茶几上摆着热气腾腾的早餐，旁边还夹着一张便利贴：我先去赛场，你醒来可以先吃个早餐。后面还画了个笑脸。这句话是没什么毛病，可池姜堂堂一个名校大学生，写的字却跟狗刨似的。

陈烬看着字条笑了笑，放到一边。

这次全国性的击剑联赛在禾市体育馆举行，这次联赛还挺有意思的，参赛者实力参差不齐，既有击剑老将，也有玩票性质的俱乐部成员。不过这次比赛得到的关注度还挺高的，因为参赛选手中有外国人。

一直以来，中国的体育强项是乒乓球和排球等项目，击剑起先在中国算是冷门项目，近年来击剑引起国人关注，中国人在这方面的实力也随之增长。与击剑的发源地西欧相比，国人仍希望能证明自己的实力。

上午是运动员和俱乐部的友谊联赛，陈烬没有上场，抽签抽到了孙好高他们上场。友谊联赛，友谊第一，可谁知俱乐部有个成员在之前的男子佩剑比赛中崭露头角，俱乐部也因此拿了团体冠军。

那是一名高鼻梁的外国人，池姜采访他的时候，约翰斯蓝色的瞳孔透露出一股傲慢，他朝镜头比了个中指，笑得得意："胜利永远属于我们西班牙的，听说你们中国有个叫陈烬的，不会是害怕得不敢来了吧。"

"这位选手，请允许我为你科普一下，西班牙虽然被称为击剑的摇篮，但是早在远古时代，中国、古埃及就有人类持剑与野兽搏击的记载。在中国，更是有侠客腰间佩剑行走江湖一说，"池姜语气顿了顿，"像你这种，轻易看扁对手的人，估计永远只能在方寸之地待着了。"

"尊重对手也是比赛的精神，而且我觉得陈烬是不会输的。"池姜认真地说。

"你……"约翰斯哑口无言，瞪了池姜一眼，便愤然离席。

然而池姜不知道的是，约翰斯出言不逊嘲讽中国人这件事快速发酵到网上，她那段采访视频也不知被谁放到了网上。

这个不小的新闻占据了微博热搜和各大论坛首页，标题是"美女记者如何漂亮地回击外国人的嘲讽"。

池姜滑开手机看了一下微博评论，有些哭笑不得。

——小姐姐霸气。

——竞技精神最重要的是尊重，约斯翰没有做到。

——希望下午我烬神发挥出真正的实力来。

——虽然说这件事换成别人也会无比气愤，但我怎么觉得小姐姐那么男友力呢？有点怒发冲冠为红颜的感觉，我们烬神就是这颜。

这条评论居然得到了最高点赞，池姜有些心虚脸红，更让她惊讶的是，陈烬竟然也点赞了这条评论！池姜顿时感到嗓子发干，心跳加速。

随即，陈烬发了一条微博：大家放心，我没事。胜者不会轻易嘲讽别人。

此话一出，微博上的评论要么是为陈烬打 call 的，要么是继续臭骂约翰斯。

池姜中午回到酒店的时候，却发现陈烬的情况并不乐观。陈烬在枫市的时候就有点感冒，他拖着没去看，在禾市的这几天，拖成高烧了。

陈烬的体质比较好，一年难得生病，可一生病的话就比较严重。吊水又没时间，他只能服了退烧药躺在床上。

此时一屋子的队员围在他床前嘘寒问暖，尤其是孙好高，嘴巴唠叨个不停。

“兄弟，你行行好，闭上嘴让我多活几年成吗？”陈烬看着孙好高。

孙好高想喷出的话又咽了回去，看到池姜来了，惊讶道：“你你你……”最后这个死于话多的孙好高被张加鹤给拎了出去，他顺道也把其他队员清了出去，给两人留了独处的空间。

陈烬脸色苍白，额前的刘海耷在眉毛上，看起来柔弱又温顺。池姜脸上担心的神色太过明显，陈烬咽了咽口水：“我没事。”池姜不说话，从冰箱里拿出一些碎冰块，又拿出干净的毛巾，用最原始的方法给他降温。

陈烬拒绝这个方法，谁知池姜直接把毛巾拍到他额头上：“烬哥，我发现你一感冒人都变蠢了。”后者狭长的眼睛眯了眯，盯着她没说话。

池姜俯身给他敷毛巾，看准时间又去换新的，反复多次，她也不嫌累。池姜倾身的时候，乌黑的发梢扫在他手上，身上还飘来淡淡的橙花味。

陈烬呼吸一滞，下意识地问：“你是不是喷香水了？”

“没有啊，”池姜伸出手嗅了嗅，“是沐浴露的味道。”

药效上来，陈烬迷迷糊糊地睡了一觉。等他醒来时，阳光正好，他发现池姜趴在自己床边睡着了。

她的袖口挽起，露出白藕似的一截手臂，被她的脑袋压出了几道印子。看她的装扮，应该是从赛场上直接过来，也没顾得上吃饭和休息就来照顾自己了。

看着池姜就这么睡在自己眼前，他竟生出了一眼万年的感觉。

他的睫毛颤了颤，轻手轻脚地起床，但还是吵醒了池姜。

池姜见他醒来，伸出手探了探他的额头，体温降下去了。为了保险起见，她又找来温度计让陈烬含着。

温度计显示他还有一点低烧，但比之前好太多了。

池姜一脸得意："我这个土方法管用吧。"

"是，您当记者真是太屈才了，买顶瓜皮帽出去就能在大街上横着走了。"陈烬嗓音沙哑。

"……"

池姜也懒得和病人计较，跟他说："我帮你叫了份粥。"

"一起吃。"陈烬拉住她的手腕。

池姜给陈烬点的是最简单的白粥，给自己点的是醋熘土豆丝、鱼香茄子、辣椒炒肉。

"你是魔鬼吗？"陈烬瞪着吃得津津有味的池姜。

池姜鼓着脸，含混不清地说道："那也是漂亮的魔鬼。"

陈烬一时语塞。由于下午要提前入场，所以两人很快就吃完了饭。

"烬哥，下午加油，要赢啊，我在约翰斯面前可是夸下海口的。"池姜敛了玩笑的神色。

陈烬穿着简单的白衬衫，池姜说这话时他正低头松袖扣，那双深邃的眸子看向她，透出细碎的光。他摸了摸小姑娘的头，完全没有意识到自己的语气带着点宠溺："好，让你赢。"

下午的个人击剑比赛正式拉开帷幕，陈烬上场的时候，粉丝一如既往地尖叫着。站在观众席的池姜，却有点担心，因为她看见陈烬站在剑道上晃了晃，虽然晃动幅度很小，但还是被她看见了。

约翰斯如愿与陈烬对决，听闻约翰斯早年是专业运动员出身，后来退役来到中国，加入俱乐部，仍然坚持练习击剑，所以他的实力还是不容小觑的。

前两局平分秋色，约翰斯明显放松了警惕。陈烬虽然带病上场，但他运用了稳中求进的剑法，将局势扭转过来，以获得较多的点数和用时最短，完胜约翰斯。

全场欢呼！

结束的时候，约翰斯主动同陈烬握手："用你们中国话来说，这算握手言和吗？恭喜你。"

陈烬拍了拍他肩膀。

陈烬面对采访时简单地说了几句便挥手退到后台，惹来粉丝一阵尖叫。池姜弄完手头采访的事便跑去后台找陈烬，结果看见那个女医生许晚晴站在陈烬面前同他说话。

许晚晴的脸有些红，是小女孩崇拜英雄的语气："我来这边出差，刚好空出一天时间来看你比赛，你刚刚真是太厉害了，不过我看你脸色有点不好。"

"还行，是因为病了才这么蔫儿的。"陈烬斜靠在墙壁上，轻描淡写地说道。

许晚晴一听急了："你生病了吗？我给你看看……"说着，她踮起脚尖就要探他的额头。

池姜冷眼看着他们，有些佩服自己的定力。她从来就不是什么善茬，要是换成她男朋友，她绝对冲上去宣示自己的主权，可陈烬终究不是她的男朋友。

她像是一只飞鸟，苦苦地追寻着陈烬那方大海。但谁还没有点自己的脾气，池姜在远处看了他们一眼就走了。

晚上，池姜回去拿自己的行李。陈烬正窝在沙发上，看到她的动作愣住了："这么快就赶回去，你们领导是有多抠。"

"不是，我觉得在这儿打扰到你了，我去我同事那儿。"池姜平静地看着他。

陈烬一头雾水，又往深处想了想："你之前来的时候怎么不说打扰我，你……同事男的女的？"

"男的。"池姜冷笑一声。

陈烬心里一堵，怎么比了个赛，池姜就换了一副模样，态度和语气都颇为冷淡。陈烬用舌尖顶了下左脸颊："那你说说，你怎么打扰到我了？"

池姜懒得说话，低头收拾自己的衣服。

陈烬还想说什么的时候，门铃响了，来人是汤启鸣："他们嚷嚷着要出去吃饭，吃完了再感受一下禾市的风土人情。"

"欸，小池你也在，跟我们一起去呗。"

"啊……我、我还有点……"池姜正想着怎么拒绝，孙好高却探出一个脑袋来："池姜妹妹，快来，这么多人就带你一个呗，我有点闺房私话要告诉你。"

陈烬向孙好高投去一个嫌弃的眼神，再扭头看着池姜，语气带了点别扭之意："去呗。"

一行人下楼的时候，刚好碰见前来找陈烬的许晚晴。现在已是深秋，许晚晴穿了一件针织衫，里面搭一条翻领荷叶裙，婉约中又不失俏皮。

池姜低头看了下自己的打扮，一整天都穿着正装，脚都磨出泡来，就换了简单的白T恤和蓝色牛仔裤，在外面随便披了件风衣。

脚踩板鞋的池姜恨不得拍自己一巴掌，平时的妖艳风情哪里去了？

但她故作淡定地从许晚晴面前走过，后者叫住了她，语气中带着一点惊讶：“池小姐，你怎么在这儿？”

“许医生好，我是过来采访的。”池姜回道。她看见许晚晴听到她的回答后，眼睛里的戒备明显松懈下来，眼神变为柔和。

陈烬看见许晚晴的到来愣了一会儿，最后低声说：“一起去吧。”

这次聚餐是和邻市的运动员一起，人多热闹。走出酒店大厅的时候，池姜刻意放慢了脚步，和之前采访过的运动员一起聊天。

余光瞥见许晚晴紧紧跟在陈烬旁边，聊到有趣的话题还会亲昵地去扯一扯陈烬的袖子，池姜吸了一口气，强迫自己不去看这闹心的一幕，认真地同身旁的运动员聊天。

众人选了一家环境较好的饭馆，朱红色的门上挂着两个大红灯笼，遒劲有力的字体招牌挂在门前。

其实刚才许晚晴跟陈烬说话时，他一句也没听进去，满脑子在想的是池姜这个臭丫头哪里去了，一转眼就看见池姜同别人聊得开心，心里顿时一阵窝火。

现在坐在饭桌前也是这样，池姜离他远远的，同另一个白得过分的运动员在聊天，那运动员叫白见，姑且称他为小白脸好了。

由于来的人比较多，没有人注意到他们之间的暗涌，个个都在聊着开心的事。许晚晴一个劲地给陈烬夹菜堆到他碗里，陈烬冷声道：“不用了。”

其实池姜没别的意思，一方面是气极了，她不想理陈烬；二是白见皮肤白皙、长相阳光，他又没有生出其他想法，因此两人聊得特别投机。

吃完饭后，孙好高嚷嚷着要去唱歌，还有人说要去电玩城，一时间意见不统一，说要投票。

池姜笑着说：“你们去，等会儿我还有点事，要先走。”

“嗯，我顺便送小池，大晚上的，不安全。”白见说道。

其他运动员插科打诨：“哟，这是背着组织秘密约会啊。”白见捡起拼盘里的几粒瓜子扔向他们：“去你的，还不许我有点绅士风度啊。”

池姜懒得解释，悄悄离开座位，准备上个洗手间再偷偷溜走。

对于陈烬，她是真的动了想放弃的念头。池姜最烦的就是在男人面前争风吃醋，尤其他还不是自己男朋友。在池姜心里，前女友就是男人心中的白月光、抹不去的朱砂痣，她可不想热脸去贴他的冷屁股。

池姜从洗手间出来的时候，被堵在面前的一道黑影吓到了，仔细一看，是陈烬。她没好气地问：“你干吗？”

陈烬语气短促，夹杂着一些恼意：“你这是要和白见单独出去约会？”

池姜刚想解释，又发现自己没解释的必要，且她正处在气头上，于是脱口而出：“是又怎么样，就不许……”

忽地，池姜感到一股力量迫使自己后退，陈烬直接按着她的肩膀推向墙壁。他一手撑着墙壁注视着她，凉凉地说：“你再说一遍。”

陈烬说这话的时候，温热的气息直接喷在池姜耳朵上。小姑娘的耳根“唰”的一下红了，池姜平时就只会打嘴炮，这会儿陈烬来真格的，她吓得腿都软了。

池姜有些生气，挺直背脊：“怎么，就允许你有个前女友，还不许我出去约个会？”

“你说什么……”陈烬有些走神，皱了皱眉，“以前我一直没女朋友，我妈急得都快怀疑我的性取向了，加上受不了她的念叨，我就试着和许晚晴交往了一个月。”

池姜继续瞪他，陈烬微微叹了一口气：“就在一起一个月，什么也没发生，现在我们不是那种关系，属于……反正我没喜欢过她。”

“嗯。”池姜没什么情绪地应了一声。

陈烬见池姜垂着双眸不再说话，从裤兜里拿出一把水果糖，问：“吃糖吗？”

“不吃，会长蛀牙。”池姜冷哼了一声。

陈烬轻舔了下嘴角，俯下身，直接伸手捏住她的脸颊。池姜刚发出一声惊呼，他便顺势把一颗糖丢进她嘴里。

池姜不自觉地用舌头舔了下糖粒，随即酸酸甜甜的味道在唇齿间弥漫开来。

“甜吗？”陈烬低声问。

“苦死了。”池姜继续嘴硬。

陈烬发出轻微的哂笑声，直起身，把手里的一把糖果全扔到池姜风衣后的帽子里。他扬了扬眉毛：“正好，我不喜欢吃苦的东西。”

橘黄色的灯光打过来，投射在陈烬棱角分明的侧脸上，有一种莫名的温柔。陈烬难得耐着性子哄人，池姜方才积攒的火灭了大半，心里变得酥酥麻麻的。池姜胆子大起来，埋头抱住陈烬，后者身体一僵，轻轻拍了拍她的背。

池姜这个人，给根竿子就顺着往上爬，她把脑袋埋进陈烬胸膛里，像只小猫似的使劲往前蹭。陈烬下腹一紧，咬着牙说：“别得寸进尺。”

池姜却一直抱着他不撒手，她到底还是个小女孩，声音闷闷的：“陈烬，你能跟我解释我挺开心的，我在努力靠近你，希望你在我疲惫之前，别让我等太久。”

陈烬清了清喉咙：“好。”

陈烬心想，现在还不是谈情说爱的时候，他想等拿到更大的冠军后，才能考虑这些事。对于现在的他来说，似乎有些爱不起。

最后，池姜和陈烬偷偷溜走了，两人漫步在禾市的街头，秋风飒飒，金黄的树叶盛着零星灯光。

池姜提议去电玩城，陈烬眉心挑了挑，他的日常生活就是训练、比赛、学习，还真没去过这种地方。

池姜幼稚得很，指着一群小朋友围着的游戏机，兴奋地说："去打地鼠吗？"

"打个球。"陈烬乜斜了她一眼。

五分钟后，陈烬被一群小朋友围观，他在那儿打地鼠打得起劲。

"哇，大哥哥你好厉害。"

"大哥哥，你能教教我妈？"

陈烬脸上得意之色尽显，连赢了五局，最后还赢了个玩偶。有个小男孩抱着他大腿说："哥哥，你能把这个玩偶送给我吗？"陈烬看着自己手里粉色的大嘴猴，摸了摸小男孩的头："这个粉色的适合女生。这样，我给你几个币，我们男子汉凭自己的力量去把那个海盗船玩偶赢来好不好？"

小男孩点了点头，在陈烬的指导下一路冲关赢得了胜利。最后，小男孩抱着自己赢来的海盗船笑开了花，甜甜地说："大哥哥，祝你和姐姐一辈子幸福。"陈烬扬了扬嘴角，没有反驳这句话。

池姜细长的眉毛一挑，摸了摸小男孩的下巴："这是谁家的孩子，一看就是可塑之才。"

陈烬拉着池姜的手臂，将小男孩从她的魔掌中解救出来。两人在电玩城将感兴趣的项目都玩了一遍，像陈烬这种看起来什么都会的男神竟然也会碰到短板，比如玩手控加速赛车。

池姜玩得不亦乐乎，不停地催陈烬加速。陈烬嘴唇抿成一条直线，脸色有些苍白。

"烬哥，你是不是得了帕金森病啊，抖什么呢，加速。"池姜催他。

陈烬闭了闭眼，选择了放弃。游戏画面上的池姜和陈烬两人直接在公路上翻车，显示出游戏失败的字眼。

“我在外面等你。”陈烬扔下这句话就迈着长腿离开了。

池姜让陈烬自己待了十分钟左右才跟了出去，一出门就看见那道清隽的身影。陈烬嘴里又叼着棒棒糖，池姜知道，他一吃糖就代表心情不好。

好在陈烬这股低迷的情绪没有持续太久。

陈烬将怀里那个粉色的大嘴猴塞给她，含糊道：“我一个大男人拿着也不是事，送给你吧。”

池姜拍了拍大嘴猴的嘴巴，嘟囔道：“真丑。”

“不要拿回来，买一送一，送给刚刚那个小男孩好了。”陈烬作势就要抢。

“我不，送出去你还好意思要回来吗？”池姜紧紧把大嘴猴护在怀里。

陈烬啧了一声转身走了，池姜亦步亦趋地跟了上去。

005

春风再美
也不及你的笑

第二天，池姜先他们一步飞回枫市，回家后做的第一件事就是泡了个花瓣澡。她将粉色大嘴猴放在床头狠狠地亲了一口，接着发了一条信息给陈烬：烬哥，不要忘记你欠我的一次约会。

陈烬高冷地回了个问号，接着又说：上次在电玩城，难道不算吗？

不算，你别想耍赖。池姜回。

两人又聊了几句，渐渐地，池姜握着手机睡着了。

池姜只休息了半天便投入到工作中，忙得四脚朝天。

这边，廖靖希万万没想到孙好高的胆子已经大到公然去她常去的一家清吧看演出，好死不死还被他撞见了自己的前男友。

廖靖希翻唱了Green Day的《21 Guns》，这首歌很特别，歌名翻译过来的意思是“21响礼炮”，组合成员比利·乔·阿姆斯特朗说他想通过这首歌表达一种爱国情怀，热爱和平，反战，朋克精神永存。

廖靖希声线独特，空灵中带了一点嘶哑，唱歌的时候眼神专注，像寒风中孤傲的一枝花。廖靖希刚唱完一首，中场休息的时候，有人点了一杯鸡尾酒送给她。

服务员说：“那边有位先生说请您的。”

廖靖希看过去，是她那个挨千刀的前男友。那位渣男走过来冲她举杯，自以为风度翩翩。廖靖希没给他机会说话，直截了当地说：“滚。”

“希希，别这样，我们好久没见了。”渣男一脸的深情。

说来廖靖希这个男朋友也是奇葩，在她眼里这个渣男渣得只剩下沫了。廖靖希从小家境优渥，且独立自强，在琴棋书画方面也样样精通，从小一路被鲜花、掌声捧过来的。

因为从小生活在温室里，所以廖靖希一直活得很天真。

廖靖希刚上大一那会儿，有一段时间疯狂迷恋画画，看了许多大大小小的展览，也就此认识了出身贫寒但有点小才华的前男友肖寒。因为对他的赏识和好感，廖大小姐不顾父母的反对坚决要和他在一起。

肖寒是一个极其浪漫的人，动不动就说廖靖希是比凡·高的星空还耀眼的人。因此，廖靖希一头栽了进去。

直到他公然劈腿，还做了更恶心的事情，这让廖靖希对这段感情甚至男人彻底失望。

女生大概都是这样，不是因为性格软弱，被渣男欺负也无计可施，而是因为她们曾经把最软弱的一面展现给对方看，再相逢时，便拿不出半分的气势来回击。

所以，尽管对肖寒充满愤怒，廖靖希也做不到恶语相向。

“希希的名字是你叫的吗？”一只胳膊搭在廖靖希肩头，廖靖希偏头一看，居然是孙好高。

廖靖希极力忍住身体的不适，在想等会儿是废掉他这条胳膊好，还是把他这个人废掉？肖寒甩了甩自己飘逸的头发，一脸的戒备：“你、你……你谁啊？”

“我、我……我是她男朋友，这里没你事了。”孙好高模仿肖寒讲话，那姿态像母鸡保护小鸡崽，难得霸气一回。

肖寒试图去拉廖靖希的手，被她侧身挡开，他仍不死心：“希希，我真的错了，这都过去多久了，女人就该宽容，你别找其他男人气我了。”

廖靖希前一秒情绪还有点松动，下一秒就被他那句“这都过去多久了，女人就该宽容”给点着了。

“我没时间特地找人气你，别给自己扣高帽子了，他就是我男朋友，”廖靖希挽住孙好高，看了渣男一眼，“你给我有多远滚多远。”

肖寒在众人唾弃眼神中灰溜溜地走了。

孙好高对于女神主动挽自己的事十分激动，还把脑袋靠在她肩上，笑得一脸幸福。廖靖希一脸平静，笑了笑：“说吧，你是选择他杀还是自杀？”

“什么？”孙好高语气带着疑惑地问道。

廖靖希咬了咬牙：“还不把你的脑袋和爪子挪开，还得我亲自动手是吧？”

“还有，这件事别告诉别人，特别是池姜，我喜欢自己解决问题。”廖靖希添了一句。

孙好高一直以为廖靖希有厌男症可能是性格使然，原来不是那样的，她是被肖寒给弄得有心理阴影了。

一朝被蛇咬，十年怕肖寒这种人。

池姜陷入忙碌的工作中无暇他顾，她最近不停地在各地奔波，不停地看比赛和采访，每天要看大量的稿件，连跟陈烬发短信的时间都没有。

陈烬也在努力训练，为下一个比赛做准备。训练得满头大汗时，会被要求停下来休息。有时候陈烬会想，拿冠军的意义是什么？除了跟队友和小现分享，还会有谁是真正开心的？想到这儿，陈烬垂眸，选择了继续训练。

池姜忙得不可开交时唯一的盼头就是惦记和陈烬的那个约会，好不容易到了轮休的时候，陈烬却在基地训练。

初冬来临，天边透出一点银白，冷风刮在脸上令人生疼。池姜买了好几份食材去训练基地探望他们。

恰好碰到他们结束训练，孙好高热络地叫了一句:“姜妹，你来啦。”看，她和陈烬队员的熟悉程度，已经让孙好高对她的称呼从池姜妹妹变成姜妹了，连张加鹤、汤启鸣都冲她点了点头。

大冬天的，教练只穿了件单薄的棒球衫，笑眯眯地问：“小池记者又给我们带来什么好吃的？”

看看自己的魅力，这么快就打入敌人内部了，烬神什么的也不在话下。池姜在心底吹了下刘海。

“这不天冷了嘛，打算给你们做橙子丁香牛奶暖暖胃。”池姜笑着回答。她环视了一圈也没见到想见的人，有点失落，忍不住问道，“陈烬呢？”

“那个臭小子，在另一处训练呢，拦都拦不住。每次训练都是我们叫他休息了才休息，像个愣头青一样。而且，每次训练量都加倍，他绷得太紧了。”教练摇了摇头。

池姜忙把食材放进一个小隔间，跑去找陈烬。

陈烬在一处僻静的拐角训练，池姜是在进入新闻行业，再加上天天跟在运动员身后采访，才了解到运动员到底有多辛苦。

付出血与泪，只为一朝能发光。孤独、辛苦、不被理解，甚至还有委屈，这些都要忍，然后将所有倾注在比赛中。

这正是运动员的可贵之处。

这间训练室相较于集体训练室没有那么宽敞，里面还摆着一张雾蓝色的软沙发，放着铅球、哑铃等器材。

击剑运动员的体能训练项目是基于这项运动的特点而定的，注重锻炼速度、耐力、力量、柔韧、灵敏。

此时，陈烬正握着剑进行弓步来回跑的训练，他两腿分开，目光笔直地看向终点线。跑完之后，他连片刻休息都不曾有，就举起杠铃开始训练。

开足暖气的室内，陈烬只穿了一件简单的白色T恤，汗水顺着他的脸颊流到那有弧度的锁骨窝里，有一种别样的美感。

做完一组训练后，陈烬身上的汗浸透了衣服，布料紧紧贴着他的胸肌，勾出漂亮的线条，隐隐可见健康的巧克力色。

池姜倚在门口，看得脸红心跳。

“看够了没有？”陈烬用毛巾擦汗，冷声问道。

池姜咽了咽口水，故作淡定地说："又没有什么料可看，我才刚来。"

陈烬嘴唇勾了勾，也不生气："今天休假？"

"对，你先训练，我去煮好喝的给你。"池姜笑得眼睛弯弯。

他们击剑馆有一个隔间，里面有一台微波炉和一口小奶锅，方便运动员平时训练累了煮点东西喝。

池姜买了橙子和丁香各一袋。她动作熟练地将金灿灿的橙子进行果肉分离，丁香洗净，把处理好的食材放入奶锅中。接着放一些白砂糖、数根肉桂，再剪开牛奶盒的口子，缓缓倒入小奶锅中，最后扭开微波炉进行加热。

不一会儿，一股浓郁的奶香夹杂着淡淡的甜味儿飘满了整个屋子。池姜发了个信息给孙好高，说牛奶太烫不好全部端出去，让他们过来喝。

其实不用池姜发信息，一行人闻着味儿自己就过来了。池姜将橙子丁香牛奶装进保温杯里给陈烬送过去。

池姜满心欢喜地推开门，却看见陈烬半蹲在地上，脸上露出一丝隐忍的痛苦表情，杠铃被胡乱丢在一边。池姜心里一紧，当下好像明白了什么。

她冲过去，将陈烬扶起，紧张得不行："你怎么了，伤得重不重？我去喊教练过来处理。"

池姜刚要起身就被陈烬攥住手腕，他倒吸了一口凉气："不是很严重，你悄悄把大鹤叫过来就行，他会处理。"

"可是……"池姜犹豫道。

陈烬语气忽然变得严厉："没有可是。"

池姜只得跑去隔间偷偷找到张加鹤，而张加鹤好像已经习惯了这种情况，他一脸平静地说："跟我来。"而其他队员正在一脸满足地喝着牛奶，根本没注意到两人悄然离去。

张加鹤在基地一间堆放杂货的房间找出事先藏好的一卷绷带，又指挥池姜去另一处拿来冰块。两人去找陈烬的路上，池姜一脸紧张，不停地问：“你们怎么不找队医？就这样处理行吗？”

“我倒是想找队医，你问问烬哥他愿意吗？他不停地增加训练难度，受伤后从来都是能私下处理就私下处理，不想让教练知道自己受伤的事。”张加鹤呼了一口气。

池姜不依不饶：“你们就这样放任他吗？他为什么要这么严苛地要求自己？”

“这个你就要问他了。”张加鹤闭口不谈。

“那为什么……”池姜继续追问。

张加鹤烦躁地踢了一下地板：“好了，我今天已经说了够多话了，你再不走，冰块都要化了，真累。”说完，张加鹤拎着一卷绷带头也不回地往训练室走。

池姜见状叹了一口气，只好跟上。

陈烬窝在软沙发上，看见两人还有心情开玩笑：“你们真慢。”

“嫌慢的话就别虐待自己。”张加鹤撕开绷带，瞪了一眼陈烬。

陈烬掀开衣服，腰腹处的肌肉已经形成了索条状硬块，还有隐隐的血迹。

张加鹤使唤起池姜来：“你给他冰敷一会儿。”

池姜默不作声地接过冰块，半蹲下来给陈烬敷在伤口处。她眼睫低垂，脸上没有一丝表情，一声也不吭。

陈烬感觉有点尴尬，还好张加鹤同他讲话才让气氛没这么尴尬。张加鹤说：“你这次伤得不轻，得请假休息。”

“……”

陈烬恨铁不成钢地看了他一眼，他还不如别说话。

气氛一度僵持，池姜认真地告诉他：“等会儿我就告诉教练。”

说完就起身往外走。

张加鹤咳了一下，走过去忙说：“我来，我来，该绑绷带了。”

陈烬的脸色变得很差，那双狭长的眸子里尽是深冰：“池姜，你凭什么管我？”池姜握住门把的手一顿，回头去看陈烬。

那一刻，池姜的心里五味杂陈，像被人浇了一盆凉水。

陈烬偏过头去，池姜只看见他利落的下颌线和抿紧的唇线。张加鹤推了推他：“烬哥，这就是你的不对了，怎么说人家姑娘是关心你。”

“是啊，我凭什么管你。”池姜打断张加鹤的话，语气失望。说完便将之前热的牛奶连带保温杯一起扔进垃圾桶，动作干净利落，毫不留情地转身离开了。

张加鹤清了清喉咙，迟疑地问：“要不我去劝劝她？”

“不用了，就这样吧。”陈烬用手搓了搓脸，声音从指缝里传出来。

池姜在回去的路上越想越委屈，她只不过是担心他，却被他冷冰冰地质问以什么立场管他？原来之前的温存和他难得的耐心都是错觉。

她还以为自己能征服他这座喜马拉雅山，终究还是太难了。

池姜回去就把陈烬的微信给删除了，脾气这么臭的男人谁爱追追去。

然而，陈烬终究还是在这次比赛的赛前预备上露了馅。陈烬握剑防守的姿势看起来无比别扭，进攻的速度也变缓了。

教练喊停，掀开陈烬的衣服发现了他的伤口，厉声说了句：“胡闹！”教练是个微微有点发福的中年男人，平时笑眯眯的，这会儿严肃起来，大家吓得大气都不敢出一声。

“你怎么比周远遥还不稳重，你多大了啊？！下次再这样胡闹就给我滚出队伍。”教练瞪着那双快眯成一条缝的眼睛，声音都快掀翻屋顶了，看来真是被气得不轻。

教练大手一挥："行了，周远遥顶上，你赶紧给我滚。"

陈烬还想坚持："教练，我……"

教练看陈烬这个态度，怒火都快烧到天灵盖了。孙好高赶紧拉走陈烬，把他带到队医那儿。想都不用想，队医也是一阵劈头盖脸的臭骂，给他处理了伤口后让陈烬回家休养。

自从孙好高知道陈烬受了伤还想去比赛的行径后，送他回家的一路像个大娘似的絮絮叨叨个不停。

"哥啊，你怎么这么不爱惜自己的身体啊？！比赛千千万万，缺席一场也没什么关系的，你看我，要是我妈知道我有你一半的上进心，她不得乐死。以后我会时刻关注你，不让你瞒着我们上场，你以为你是在扮演轻伤不下火线的英雄吗？"

"行了，别跟个大妈一样叨个不停。"陈烬捂住他的嘴。

陈烬毫不留情地嘲讽他，又补充了一句："而且，我没有你这样的儿子。"

他们刚走到家门口，就看见池姜从超市购物回来，嘴里还叼着一根山楂雪糕，不断地冒着冷气。

陈烬蹙起好看的眉毛盯着她："大冷天吃雪糕，这什么毛病？"

池姜的嘴唇冻得通红，她将从超市买来的东西放在脚边，从包里拿钥匙开门。孙好高热情地同她打招呼："姜妹。"

"嗨。"池姜同他挥手。然后，她粗暴地将袋子踢进家门，"砰"的一声把门关上了，全程无视陈烬。

孙好高挠挠头，替陈烬开门："哪个不长眼的惹姜妹了？"

"我。"陈烬幽幽地说。

孙好高安顿好陈烬，就赶回基地训练了，走之前还嘱咐他一定要按时活动肌肉，记得吃饭，于是只剩下陈烬一个人坐在沙发上发呆。

陈烬百无聊赖地打开电视看体育比赛，看累了就干脆窝在沙发上休息。陈烬的日常只有训练和比赛，这会儿停下来休息，一时间还真不知道该干些什么。

其实那天吼完池姜后，他就知道自己做错了，一个大男人吼一小姑娘确实挺浑的。

当时他眼里只有比赛，想着能先瞒下来就瞒下来。他一个大男人，却也拉不下脸来道歉。

刚碰见池姜，看见她的态度，他就知道她有多生气了。

陈烬摸出手机，登上微信找到小狐狸的头像，试探性地发了句：在吗？

结果居然被拒收了！对方开启好友验证。

他陈烬也有今天。

陈烬直接打了电话过去，电话响了快一分钟才被接起。

电话那头，池姜一直不出声，听筒里只传来轻微的呼吸声。

“池姜……”陈烬轻轻咳了咳，叫了她一声。

陈烬的嗓音沙哑，语气中还带着一丝别扭：“那天……抱歉，情急之下说错了话。”

“勉强原谅你了。”池姜哼唧一声。

“喃，你给我过来。”

陈烬挂了电话，走过去开门，没想到梁见山也来了，与池姜一同并肩站在门口。那感觉怎么说，有一点不爽。

梁见山俨然一副精英的打扮，衬衫搭西装，风度翩翩。陈烬敛起神色，让两人进了门。

陈烬薄唇轻启，压住眼底的那股冷意，神色平常地问：“你们怎么来了？”

“想着你应该好久没回这地儿了，怕你饿死，所以我又去超市买了一些食材。”池姜边说边把东西放进冰箱里，“回来时在楼下刚好碰上了师兄，就一起来了。”

陈烬穿着烟灰色的家居服，额前的碎发垂下来，这会儿显得有点乖顺。他扫了一眼水壶站起来：“我去给你们烧壶开水。”

“欸，你不是伤患吗？我来，烧水我还是会的。”池姜轻车熟路地进了厨房。梁见山看着厨房里那抹倩影，眼底闪过一丝不自然。

梁见山态度诚恳：“抱歉，冒昧前来见你，我听师妹说你受了点伤在家休息，就想前来咨询你关于游戏的事。”

陈烬手肘撑在膝盖上，微微弓下身子坐下，他笑笑：“没事，陈思渺没给你惹麻烦吧？”

“没有，令妹的声音很好，好好培养一下，在配音方面能有不错的发展。”梁见山评价道。

陈烬语气里带着点兄长的宠溺：“她就是爱瞎玩，你多担待点。”

前些天陈思渺知道他受伤了，大呼小叫地要赶来看他。像陈思渺这种藏不住事的人，爸妈到时候肯定会知道，陈烬很烦和他爸吵架。

“我没事，一点小伤。”陈烬安抚她，然后转移话题，“给游戏配音好玩吗？”

“好玩，仿佛打开了新世界的大门，比我之前在学校配的那些中规中矩的电影电视可好玩多了。”陈思渺回答道。

接着，她又跟竹筒倒豆子似的，语气激动：“哥，哥，我觉得梁见山好帅啊！知礼温润，看见他的第一眼我就心动了。”

陈烬发出一声嗤笑，语气嘲讽：“陈思渺，你见谁是不心动的？你那个生物院的男神呢？”

“哥，你说什么？风好大，我听不清，挂了，拜。”陈思渺动作迅速地挂了电话。

这边，池姜已经烧好了水，还贴心地给他们每人倒了一杯水。梁见山轻啜了一口水后，说了下自己的大致想法。他们公司大概要做一个类似于击剑类的游戏，玩家分不同等级操作，可组队也可单干，像英雄打怪一样最后取得胜利。

陈烬低头想了一下，开玩笑道："你这是把我当作技术顾问吗？"

"不是的，据我了解你本身就是资深手游玩家，你又是专业的击剑运动员。这样，你所提供给我们公司的技术当然不是免费的，后期也有分成，制作人员也会署上你的名。"梁见山说出了自己的想法。

创意是一件作品的灵魂，梁见山对这块还是很看重的。

"大部分手游是分不同等级操作，击剑运动也是一样，你可以把它分为单机对抗赛和锦标赛模式，比如世界杯，把每一个城市当站点，连成一条航海线，当然这里面得再加些有创意的东西，还得根据击剑的特点来设置。这几天我看有时间细化一下，到时候联系你。"陈烬思路清晰，不急不缓地说出来。

梁见山听罢点头，与他讨论起游戏中更细致的方向。陈烬大部分时间都是在听，偶尔也会提出自己的想法。他又换了个坐姿，烟灰色袖子挽起来，露出线条流畅的手臂。

池姜在一旁静静地听着两人讲话，她又看到了陈烬的另外一面，做事认真，观察事情的切入点很不一样，好像没有什么事情可以难倒他。

黄昏将至，天空像打翻了一听石榴汁，暗红又有层次。梁见山聊得尽兴，抬手看了下腕表，准备离开。

"师妹，你待会儿有时间吗？要不……"梁见山想要征询池姜的意见。

陈烬起身抻了抻脖子，气定神闲地开口："池姜，想不想吃西红柿鸡蛋面？"池姜听后眼睛一亮，没有注意到梁见山说了些什么。

她忙问："你会做？"

“小时候我带你去吃的那家，后来又跟阿姨学了一手。”陈烬语气平缓。

“好，我去给你洗蔬菜。”池姜眼神熠熠，又看向梁见山，“师兄，你要不要留下来一起吃？”

梁见山摆手：“不了，我还有点事，以后有时间再找师妹。”说完，他又冲陈烬礼貌地点了点头，这才离开。

虽然池姜从小到大不怎么在父母身边，但她也没有养成一饭一蔬都自己动手的好习惯。就连洗蔬菜这种简单的小事，她也做得挺一言难尽的。

陈烬冷眼看着池姜在水龙头下将菜叶洗烂的举动，面无表情地把她拎出了厨房，自己动作熟练地切着菜。

身材颀长的他宛若一道风景线。

池姜抱着手臂，倚在门口看陈烬煮面，忽然开口：“烬烬，此刻的你好像我养的小娇妻。”

陈烬正在用汤勺尝味道，听到这话剧烈地咳嗽了几声，耳根后面还泛起了可疑的红色。

不出十分钟，两碗热气腾腾的西红柿鸡蛋面就出锅了。鲜翠欲滴的生菜窝在劲道十足的面上，再加上几片红红的西红柿，看起来十分诱人。

池姜沿着葵口喝了一大口热汤，心满意足地眯了眯眼。须臾，她眼尖地看见陈烬面前的那碗面上铺着一个金灿灿的荷包蛋。

而她碗里什么都没有。

陈烬接收到她投来的不满眼神，慢悠悠地说：“我带伤煮面，这蛋是犒劳我自己的。”

“不服的话，”陈烬拖长了尾音，声音清冷，“给我憋着。”

池姜鼓着脸埋头吃面，气得不想跟他多讲一句话。空气安静，暖色系的灯光倾泻在餐桌的一角，两人面对面地坐着吃面，有着片刻的温馨。

池姜吃着吃着，发现碗底藏了两个金黄的荷包蛋，她心里一暖，一脸感动地看着陈烬，突然觉得眼前这个别扭又口是心非的男人有点可爱。

“是不是还没吃饱？锅里还有，我早就料到了。”陈烬眼皮都没抬。

……

就不应该对这种毒舌的男人心存幻想。

吃完面后，池姜主动去刷碗，像她这种蹭吃蹭喝的，肯定要适当展现一下自己的贤惠。谁知道陈烬一点都不领情。

“为什么？我不怕油腻。”池姜问。

“怕你洗不干净。”陈烬凉凉地看了她一眼。

这男人的洁癖症还有没有得治。

话都说到这份上了，池姜懒得和他争。她看着陈烬别扭的走路姿势，故意使坏：“当心点，腰本就不好，万一从此废了——”

池姜刻意咬重了后面这句话，语气里尽是揶揄。

陈烬用舌尖顶了一下腮帮，凑到池姜面前。两人近在咫尺，池姜闻到他身上的气息差点腿一软，听到他一字一句地说：“好不好，你想知道？”

得，碰上老司机了。

池姜就爱耍嘴皮子撩陈烬，这会儿被反撩，只能推着陈烬的后背让他赶紧去洗碗。

池姜看着他的背影心里一阵叹息，她讲不清现在两人的关系，用一句话来说——友达以上，恋人未满。其实池姜模糊地知道，陈烬对她是有一些好感的，可总感觉他像山间明月，隔着一层浓雾，虽近却又接触不到。

她会因为陈烬一句话而伤心不已，也会因为他一句道歉轻而易举地原谅他。池姜觉得自己从小到大，从来没有这么渴望得到一个人的爱。

“由爱生忧，因爱生怖。”大概就是这个理儿。

陈烬腰上的肌肉拉伤不算严重，但也伤得不轻，需要休息半个月才能全部恢复。陈烬除了每天活动肌肉，基本无事可干，队友又都在训练。

他闷在家里两三天，终于等到朋友来看望。

孙好高同张加鹤、汤启鸣一起前来看陈烬，孙好高一进门就跃到沙发上滚了一圈，号道：“还是烬哥家的沙发舒服，比基地的床软多了。”

张加鹤踹了孙好高屁股一脚，骂道：“你小子起来，还腾不腾地给我们坐了，跟个八爪鱼一样吸在这上面。”

“你们是过来给我做饭的吗？”陈烬毫不客气地道。

汤启鸣看了一眼墙上的挂钟：“离吃饭时间还早，我们陪你聊一会儿。”

“欸，反正也是休假时间，我们开个直播怎么样？”孙好高提议。

张加鹤瞥他一眼：“直播什么，直播你滚沙发吗？”

直播也是近几年才兴起的，陈烬他们很少做直播，唯一一次还是广告商找上他们的那次。最近粉丝在他们微博底下大呼要看他们的日常。

“直播打游戏，我们烬哥可是资深游戏玩家，”孙好高兴奋劲上来，“来，我们组队开黑。”

陈烬压力大的时候会玩各种游戏，什么都玩，其他队友也玩，但技术没有他那么好。

“玩呗。”陈烬发了话。

张加鹤打开电脑，边进游戏界面边看着孙好高："你长得就是一坑货的模样。"

"人不够，我们才四个人，小遥此刻正在基地被教练虐。"汤启鸣看了一下屋子里的人，"而且电脑不够，烬哥这里有两台，我要回家去拿，还差……"

孙好高灵光一闪："可以叫姜妹，凑个人数还是可以的，我这就去叫。"

五分钟后，孙好高和池姜还在门口僵持，池姜说什么都不肯去玩游戏。

"姜妹，一起玩啊，难道你不想趁此机会拉近和烬哥的距离吗？"孙好高无奈，只能亮出王牌了。

这个理由戳到池姜心坎里了，但她在游戏方面，特别是在这类竞技游戏上确实是一个菜鸟，她再次坚定地摇了摇头："我的私人电脑和办公电脑都可以借给你们，但我不是很想玩。"

孙好高捂住了自己的嘴巴，惊恐道："你是不是不喜欢烬哥了？"

孙好高话音刚落下，脑袋就挨了一个栗暴。

陈烬双手插进裤袋，冲她轻轻抬了抬下巴："你来吧，不会我们可以带你。"

陈烬一句话的事，池姜就乖乖进屋了，她这个举动让孙好高十分受挫。

池姜难得没有表现出一贯张扬的风格，在组游戏前跟他们约好，直播时她不想入镜，一根头发丝都不能露。

陈烬拿着手机的指尖顿了顿，没有说话。

孙好高问："为什么？"

"怕你们粉丝的口水淹死我。"池姜比了个手势。

刚进游戏界面的时候，池姜就遭到了实力嘲讽，因为等级太低……

不能跟大家一起玩比赛。

陈烬看了眼把脑袋埋得很低的池姜，轻描淡写地说了句："你玩我的小号吧。"然而，陈烬小号的昵称实在是一言难尽——

貌美如花的小小兔……

众人憋笑，张加鹤不顾陈烬的黑脸，戏谑："小小兔，你确实很貌美。"这话似打开了一个话匣，大家哄堂大笑，孙好高笑得眼泪都出来了。

陈烬黑了脸："你们还玩不玩了？"

"玩，怎么不玩。"汤启鸣应道。

池姜顶着"貌美如花的小小兔"这个游戏 ID 选了一个比较男性的角色，再看陈烬他竟然选了一个无比骚气的女性角色——

陈烬果然浪到飞起，一路带着她前进，而池姜只需要躲在他背后躺赢就行了。直播弹幕里一片加粗加红的标题，大部分如下——

"啊啊啊，我烬神真是击剑、游戏一把抓，全能。"

"你们品品烬哥的这个操作技能。"

"烬神玩游戏的这张侧脸依稀可以看见他下巴的青胡碴呢，是不是没刮胡子，看起来好性感。"

"孙好高也不错，看看他的卷睫毛，可爱死了。"

"鹤鹤就不帅了吗，虽然他看起来有点凶。"

"……"

陈烬边玩游戏边看这些弹幕，面对这些夸奖好像没多大感觉，然而看到一个网友说："烬神，你的操作也一般，感觉她们都是戴了粉丝滤镜。"

粉丝滤镜……你才滤了。

陈烬开口了，声音清冽："ID 为 8 个 6 的，对，就是你，房管把他禁言了，让你看下我'一般的操作'。"

池姜是坐在陈烬旁边的，但她没看直播镜头，所以粉丝也不知道她的存在。陈烬在游戏里前进，池姜一直跟在他后面。

忽然，池姜放在桌子上的手机响了，陈烬边玩游戏边用余光瞥了一眼，来电显示是梁见山。

陈烬喉结一滚，看见池姜作势要接电话。就在她分神的一瞬间，“砰”的一下“貌美如花的小小兔”被打死了。

陈烬清了清喉咙：“池姜，你果然是个小学生。”

“手机没收了。”他又补充了一句。

玩游戏之前一脸霸道总裁说我带你的是谁？

池姜瞪大眼睛，指了指电脑，不敢说话。

然而已经晚了，直播弹幕已经炸了。

粉丝惊呼——

“怎么还有个女生的名字啊？”

“我不相信，这个名字不是女生名，汉子也有的。”

“我的烬神梦就要破裂了吗？啊啊啊啊啊，别拦我，天台见。”

“池姜这个名字还蛮熟悉的，好像是上次报道俱乐部联赛的记者小姐姐，她当时还霸气保护了我方烬神。”

“这样一讲，两人的 CP 感还蛮强的欸。”

池姜猫着腰，尽量不让自己出现在镜头前。她弯着腰越过陈烬面前的桌子，试图去拿自己的手机。池姜适应了新闻人这个身份，习惯了手机时刻开机和别人保持联系，所以就算来电显示的是梁见山，她也要第一时间接听，怕错过其他事。

意外来得猝不及防，池姜去抢自己手机的时候被地上的线绊了一下，她及时抓住桌子，然而脑袋磕在了陈烬大腿上。

大腿上……

镜头里出现了一截白藕似的手臂，粉丝又开始追踪：“那个是传说中的池姜小姐姐的手吗？”

粉丝们开始尖叫：“欸，给我们看一下脸呗，怎么黑了？！”

“啪”的一声，陈烬抬手把直播关了。而池姜以一种诡异的姿势趴在陈烬大腿上，后者下腹一紧，喉结滚得更深了。

“还不赶紧起来？你还想占我多久便宜？”陈烬声音冷得没有一丝温度。

池姜从陈烬腿间抬头，脸像煮红的虾子，迅速撤离。

“我……我回个电话。”池姜拿起手机跑到阳台上去。

最后，陈烬带领队友挑对方五个人，这一把直接让他们跪了，赢得了胜利。陈烬的打法……相当凶残。

其他队员因为赢了心情比较好，都在屋子里假装咳嗽，看到池姜打完电话进来，他们咳得更厉害了。

孙好高挤眉弄眼地说：“我们什么都没看见。”

“闭嘴。”陈烬语气冷淡。

陈烬能镇住队友，却止不住网络的传播速度。网上已经炸开了锅，贴吧上还有专门的帖子给陈烬和池姜盖楼，关于他们的讨论传得满天飞。

有一层楼说他们两个是美女与野兽组合。

张加鹤看了一眼忍不住笑出声。

池姜看过去，眼角一抽：“我是那个野兽？”

“不然呢，你觉得自己多美？”陈烬反问道。

“我不漂亮吗？”池姜凑到他跟前，眼神直勾勾的。近距离看池姜，发现她的眼尾是上挑的，黑色的眼线更是加深了她瞳孔的颜色。此刻，陈烬脑子里只有一个词：媚眼如丝。

陈烬收敛自己的情绪，扫了她一眼：“一般，大众脸。”

嗬，池姜最讨厌这个词了。之前陈烬说不记得她也是因为大众脸，你才大众脸。

网上对池姜的夸赞和诋毁各占一半，居然还有人把陈烬前女友的事翻出来。

吃瓜群众：“池姜那种妖艳的长相，会不会是她插足别人的感情啊？”

另一部分网友回怼：“我们小姐姐长得美也是错咯，你有石锤吗？就在那儿瞎说，抱走小姐姐不约。”

池姜打开手机随便翻了一下评论，心里挺不是滋味的。虽然脸上没表现出来，但她低沉的心情还是被陈烬捕捉到了。

“别把那些话放在心上。”陈烬开口提醒。

晚上，汤启鸣给大家做了一桌好菜，被大家戏称为居家适用男。推杯换盏之际，众人有说有笑。吃饱喝足后，队员们临走时被要求打扫卫生。

“我不强求你们打扫，特别是孙好高，但沙发垫原先摆哪儿的你给我放回哪儿去。”陈烬拎着孙好高的领子。

其余人暗自吐槽陈烬的洁癖和强迫症，却还是乖乖给他整理好客厅。他们都走了之后，池姜看着陈烬家柜子里的好酒啧了两声，她讨好地看着陈烬：“烬哥，送我一瓶梅子酒呗？”

“不送。”陈烬连一秒钟的思考都没有就直接拒绝。

池姜十分不满：“为什么？小气鬼。”

“想想自己上回喝醉了撒酒疯是什么样子，再来问我。”陈烬将茶几上的果皮碎屑扔进垃圾桶。

说话的间隙，池姜摸出手机上了一会儿网，看到陈烬不知道什么时候发了一条微博：

“希望大家多把关注目光放到比赛上。对关心我的粉丝说一句，我的感情从来都是简单的喜欢与否，没有那么多纷争。目前已有喜欢的人……”

陈烬那个省略号真的是意味深长，粉丝们又展开了新一轮的脑补。

“你什么时候发的微博？你喜欢上……谁了？”池姜问。她在脑子里过了一遍，这段时间她一直缠着陈烬，并没有发现可疑的女性生物。

除了那个许晚晴医生，池姜眉心一跳。

陈烬正在沙发上弯腰整理靠垫，没太听清池姜的问题。

池姜没得到回应，直接走过去，将沙发上的陈烬圈在方寸之地。

“吃饭的时候发的。”陈烬回答。

两人鼻息相对，陈烬又闻到了她身上淡淡的橙花香味。女人的皮肤白皙，脖子细长，重点是嘴唇的颜色无比潋滟。

陈烬习惯性地眯了眯眸子，开口道：“想知道？”

池姜点头，等他回答。

陈烬扬起薄唇，将她的手臂拨开，直起身子来：“想知道的话，什么时候游戏等级上去了，再来问我。”

小姑娘气呼呼地瞪了陈烬一眼，把门甩得震天响，回家了。

第二天，虽然还是周末，但池姜选择在家整理新的一周要做的工作，并准备了一些资料。中午一到，她就准时敲响了陈烬家的门，打算蹭饭。

出乎意料的是，池姜在陈烬家看见了梁见山。梁见山松了松腕间的袖扣，眼神中带了一抹惊喜：“师妹，你也来了。”

“对的，过来蹭饭，”池姜冲梁见山嫣然一笑，“你们在谈事情，需要我回避一下吗？”

梁见山摆手，调侃道：“没事，你坐，难道我还不信自家师妹吗？”

陈烬看了他一眼继续说话：“我给你制作了一个图表，是根据击剑的规则和特点而拟定的，除了我上次说的两种比赛模式外，还可以把它当成一个世界杯总站，每过一关就到一个新的城市，这个城市用标志性的东西来代表会比较有特色，比如用枫叶来代表加拿大。”

“那根据什么升级？”梁见山提问。

陈烬抱着手臂靠在沙发上，语气中带着一种与生俱来的自信：“我的想法是根据节奏感、音律感来评定，每升一个等级，速度就会加快。”

梁见山对他提出的建议表达了肯定，两人热络地讨论了很久，直到一个紧急电话把梁见山喊走。

走之前，他歉意地笑笑：“这段时间公司正处于上升期，实在是有点忙，改天我请你吃饭，师妹你也来。”

“那怎么好意思，我老蹭师兄的饭。”池姜笑道。

梁见山接起电话冲池姜比了个姿势便离开了。陈烬窝在沙发上发呆，池姜踢了踢他的脚尖，声音带着一丝软度:“我想吃西红柿鸡蛋面。”

“整天吃西红柿鸡蛋面你不腻吗？”陈烬分了一点眼神给她。

池姜脱口而出：“不腻啊，只要是你做的就不腻。”

陈烬愣了一会儿神，抬起手指了指门的方向：“你走吧，我不认识你这种蹭饭还不专一的人。”

“哟，吃醋啦。”池姜反应过来，笑得跟痞子似的。

“我吃饺子蘸酱油。”陈烬面不改色地说道。尽管如此，他还是钻进厨房里下了两碗面。正要开动时，陈烬的手机响了，他看到来电显示后，脸色一沉。

“喂，爸。”陈烬开口。

对方声音响亮，隔着电话都可以感觉到他的怒气：“你别叫我爸，我说了多少遍了，你非要去当运动员，你受伤是给谁看的，你想成为一个……”

陈烬的眼神瞬间变得阴鸷：“爸，如果你是因为这个来电话，那我们没什么可说的。”

“你就这么跟你老子说话的？我最近听说你还在搞什么游戏，你还要不务正业多久！”

陈烬脸色阴沉，眸子里是山雨欲来的神色，他毫不犹豫地挂断了电话。空气变得安静，虽然池姜听得不是很清楚，但伤人的字眼她多少听到了一点。

池姜看着他沉郁的脸色有一丝心疼，她想开口说点什么却被陈烬打断了。他将筷子一摔，用一种平静的语气说：“吃完了你收拾一下，走的时候记得帮我带门。”

然后，她看见陈烬以一种疲惫的姿态走向房间，他的背影看起来孤傲又落寞，却把背脊挺得笔直。

池姜听见房门被关上的声音，心里像是被钝物重重地割了一下。她心疼陈烬，也有些害怕，陈烬将自己的心筑成高墙，将她隔绝开来。

陈烬一直窝在房间里，等他打了一局游戏发现也无法纾解自己内心的郁闷打算出去喝水时，一开门就看见池姜坐在他房间门口，双腿盘起，用一支铅笔随便给自己绑了个发型，正在低头认真记些什么。

“你怎么还没走？”陈烬放轻了语气。

池姜抬头看他，眼神夹杂着期待：“烬哥，你陪我看恐怖电影吧。”池姜很聪明，她没有说我陪你而是你陪我，半分没有提刚才的事。她知道陈烬是一个骄傲不肯示弱的人，所以这一步她先向他迈出。

陈烬点头：“好。”

日光开始慢慢往西移，一大片柔和的光透过玻璃窗照进来，有一种奇异的温柔。池姜盘腿坐在沙发上，偏头只看到陈烬利落的下颌线。

“这个血浆假得很，像金拱门的番茄酱，啧，太假了。”陈烬一开口就破坏了气氛。

池姜留了三分眼白给他：“你上次不是很怂的吗？别以为我不知道。”

“……”

“要不要？”池姜津津有味地吃着酸奶味的薯片，热情地同陈烬分享，可惜后者并不领情：“谢谢，我不吃垃圾食品。”

“那你吃什么？”

“吃大米。”

这次，陈烬已经能一脸平静地和池姜讨论情节了。说实话，当阴森的配乐响起，小女孩被僵尸咬了一口发出凄厉的叫声时，陈烬是出了一点冷汗的，但他隐隐发现，最恐怖的情节都出现在你面前了，自己的心理压力也随之得到释放，心情慢慢好起来。

他扭头去看池姜，小姑娘吃个薯片吃得满嘴油渍。陈烬弯腰从桌上抽出一张纸巾，动作轻柔地给池姜擦嘴。

“谢谢。”陈烬轻声说。

“啊——”池姜后知后觉地反应过来，她难得正经，“你难过或者不难过，要知道，你需要我就在。”

幼时被解救的少女随着年岁的增长，如《魔女宅急便》的琪琪有了飞行魔法，对她的骑士说：要知道，你需要我就在。

隔天，池姜给陈思渺打了一个电话，简单地说了这件事。

陈思渺听到这件事后忙问：“我爸怎么又去找我哥碴了，他一定很伤心吧？”

“嗯，有一点，”池姜看着窗外的夜色有些出神，“他一直都是这样吗？”

陈思渺刚好录完这次的配音，她走出录音棚到走廊外打电话，声音有些疲惫：“池姜姐，我哥成为击剑运动员后一直压力很大，他这次受伤，我猜是他过分要求自己。你和我见过的那些我哥的追求者不同，其实很多人没坚持多久就受不了他的怪脾气和冷漠，我觉得你是真心喜欢我哥的，希望你能一直陪着他。”

“我会的。”池姜应道。

陈思渺挂了电话后刚好看到朝她走来的梁见山，这个男人的穿着永远整齐得一丝不苟，同别人讲话时嘴角带着隐隐的微笑，让人感到舒适。可她后来才发现，梁见山虽然对人温和有礼，但别人很难走进他的内心，他骨子里还是冷漠疏离的。

“思渺，今天辛苦你了。”梁见山的声音低沉。

陈思渺眼角弯弯：“不辛苦，我喜欢配音，要不然当初上大学时也不会选择这个专业了。”

两人有说有笑地走到大门口，陈思渺从包里拿出两片草莓味的口香糖，递了一片给梁见山：“喏，给你。”

“谢谢，我不吃这个。”梁见山嘴角弯起。

“你试试嘛，很好吃的。”陈思渺坚持。梁见山见她固执的眼神，败下阵来，接过口香糖撕开包装纸。

梁见山把口香糖扔进嘴里，一股甜甜的味道在口腔里弥漫开来。他心想果然是小孩吃的东西。

接着，梁见山将手伸到她面前。陈思渺盯着他骨节分明的手发愣，问：“啊，你要什么……”

“糖纸。”梁见山回答。

陈思渺把糖纸放到他手心，男人将这些糖纸扔进垃圾桶。啧，细节见涵养。

就聊了这么一会儿天的工夫，外面已经下起了雨。枫市的冬雨，有些冷，远远望去，外面蒙了一层白茫茫的水汽。

梁见山从公司楼下前台拿走了最后一把伞，他礼貌地问陈思渺：“你带伞了吗？”

陈思渺想起躺在自己包里的那把折叠伞，嚼着口香糖认真地说：“没有。”

“走吧，我送你回学校，这天也不好打车。”梁见山提议。

陈思渺眨了眨眼："好啊。"

工作日，老陆找来池姜，他习惯性地用蓝色文件夹敲响桌子："小池，你上次做的关于残疾运动员的那段采访不错，恰好全民运动会刚结束，我们想做《掌声响起来》第二期，这个任务你能做吗？"

"我可以。"池姜思考了两秒就应下来。上次那些残疾运动员对她的触动比较大，她想要为他们做点什么。

老陆沉吟了一会儿："这次我们的采访对象有所变化，也有点难度，上次你采访的是还在役的残疾运动员，这次得面对成功或者失败了的，还有退役的残疾运动员，深挖一下他们的故事。"

池姜点点头："好。"

她接到这项任务后，第一件事就是把这些采访对象进行分类。池姜发现这两类人群都存在极端的现象。

池姜和另一个同事负责这项任务，那位同事比较有经验，说先易后难，但池姜坚持先难后易，说这样干起活来才没压力。

池姜着手的这块比较棘手，大部分退役运动员拒绝接受她的采访，其中很多运动员退役后做着低收入的工作。她给一个残疾运动员买的东西全被扔了出去，这个只有一只手臂的运动员骂骂咧咧举着棍子要轰他们出去。

池姜被推到门口，老铁门早已生锈，尖锐的门闩直接划伤了她的手腕，血不停地往外涌，摄像大哥急忙带她去附近的诊所包扎。

尽管如此，对方还是不肯接受采访。

池姜不死心，继续在那儿跟他耗。这名运动员叫王跃，曾经是一名长跑运动员，现在在一家钢铁厂当保安，闲时在公园里卖一些手工制品。

王跃一到上班的点就骑着一辆自行车扬长而去。

下班后，他看到池姜还固执地守在那儿，大冷天的，在院子里教了自己小孩两个小时的功课，还买了他儿子最喜欢的钢铁侠玩具。王跃训斥了儿子两句，让儿子毛毛回屋去。

王跃看着池姜很是无奈，最终松口说愿意接受这次采访。

王跃说话很粗俗，岁月将他当年的意气磨得丝毫不剩。他抽着旱烟朝地上吐了一口唾沫："现在觉得我有采访价值的时候就想起我来了，早干吗去了？"

"我拿过冠军，后来也失败过，拿着三万块退休金回来过日子，没了。"王跃客观地阐述这个事实。

他自嘲地笑了笑："但我觉得自己过得挺好的，当初的运动员生涯教会我的是尊严和坚持，我觉得一个失败的残疾运动员，没有放弃生活本身就已经很不错了。"

"我好好地存在着，没有利用冠军这一光环去牟利，也没有利用运动员的称号去做什么便利之事，"王跃看着镜头说，"我没有放弃生活。"

后来，池姜在采访里总结道：王跃说的话给了我很大的震撼。不否认的是，生活中的烦琐小事和辛苦确实磨掉了他的意气，但他说没有放弃生活的时候，眼睛里有光并且自信。他让我想起了一部叫《醉乡民谣》的电影，民谣歌手戴维斯经历多次失败但仍以一种平静的姿态继续创作他的音乐。存在本身就很了不起，戴维斯是这样，王跃这类人也是这样。

采访完最难的对象，池姜开始着手另一类采访者——在现阶段获得成功的残疾运动员。

在采访中，有些素材让池姜印象很深刻，一名残疾运动员拿到冠军后挥泪全场，在冠军席上说："如果生下来注定要走不平的路，为什么不让自己活得有意义一些呢？"

而另一个独臂长跑运动员叫倪成楼，二十出头的样子，前段时间刚在日本拿到了千叶马拉松的第一名。

他给出的成为运动员的理由很简单：“以前很小的时候遇到过一个身体健全的同龄运动员，我们偶然相遇很聊得来，但他后来出了很严重的车祸没当运动员了。”

“这些年他一直有写信给我，鼓励我，很多次很难挨的时候，都是他那些话鼓励我，我才坚持下来的。”倪成楼说道。

池姜问了一句：“他叫什么？以前是运动员的时候在役多久？”

“叫陈川现，当过一年运动员吧，他那时很有天赋很出色，只不过……”倪成楼露出惋惜之色。

“我可以看看他给你写的信吗？”

“可以。”倪成楼点了点头，便转身回房拿东西去了。

池姜怕他行动不便，赶忙跟着他一起进去，可看到倪成楼动作熟练地用脚在床底下轻轻一勾，勾出一个铁盒，她就知道自己的担心是多余的。

铁盒上面没有一丝灰尘，看得出来擦拭得很干净。盒子一打开，什么新奇的玩意都有，玻璃弹珠、英雄卡，还有从小到大倪成楼获得的一些奖状和奖杯、信件等。

倪成楼从中挑出一封信递给池姜，池姜拆开来一看猛然顿住。

上面的字迹清峻，走笔如行云流水，一撇一捺遒劲有力。有些字最后一笔捺是向上勾的，看得出是写信人的写字习惯。

池姜清了清嗓子：“我可以拍张照吗？”

倪成楼看着池姜的反应有些茫然，但他还是同意了。

池姜拍了照后，就敛了心思，继续采访倪成楼。

晚上回家之后，池姜洗完澡，把今天剩余的工作收尾后从床头柜里拿出一张字条，这张字条是当初陈烬在酒店里记的一些战况分析和应对战术。

他写完之后就相当于在脑子里多过了一遍，就随手把字条扔在床上，倒是被池姜拾了去。她的想法很简单，喜欢陈烬连带他所触及的东西都想珍藏。

池姜滑亮手机找出白天拍的照片，与这张字条比对，果然是陈烬的字。陈烬的字她只需看一眼，都不会忘记，笔锋凌厉，又带着明显的个人特征。

她想起白天倪成楼说过的曾经是运动员的陈川现。陈川现……她好像听陈思渺提过这个名字，难不成是陈烬的兄弟？池姜被自己脑子里的这个想法给惊到了。

池姜想起之前约陈烬吃饭，他却失约，还两次都在医院撞见他和许晚晴，许医生口中的“阿现”难道就是陈川现？池姜脑子里乱成一锅粥，她突然不知道该怎么办。

陈烬这个人，在心中有自己的一片自留地。这就是为什么他高冷又拒人于千里之外的原因，如果硬要闯进他心底的话，很可能会头破血流。

可池姜是什么人？十分固执己见，认定一件事或者一个人，不撞南墙不回头。

池姜虽然有这个念头，可她不知道如何是好，难道直接去问陈烬？她做不到。她突然想到了陈烬的前女友——许晚晴。

池姜开始有意无意地在许晚晴所在的那家医院晃，可是一连好几天都一无所获。期间，陈烬竟然还主动发了几条信息问她在干什么？池姜忙于在医院找人，简单地回了句：还能在干什么，忙工作呗。

陈烬反倒被气笑了。嗬，这还是当初追在他屁股后头整天求微信的小姑娘吗？陈烬冷笑一声，他本身就懒得发信息，直接拨了个电话过去。

池姜接到电话的时候，心里一抖，边走边接起电话，打算找个僻静的地方。

“喂。”她捂住话筒。

“声音这么小，做贼了吧？”陈烬语气淡淡的。

池姜有些心虚，嘴上却反驳：“谁说的……”她话还没说完就被人打断了。一名护士嗓门大得很：“姑娘，对，说的就是你，别傻站在走廊中间，没看见这儿正要推病人进手术室吗？”

“你在医院？”陈烬声音冷了几分。

“啊……”池姜反应过来，剧烈地咳嗽着，“对，一连好几天采访，喉咙发炎了。”

意外地，陈烬难得关心她，虽然相当耿直。他说：“那你多注意休息。”

兴许是老天爷看她太辛苦，刚挂完电话，池姜就看见一名打扮得体的妇人陪着一个男孩过来，而那个大男孩坐在轮椅上，由保姆推着。

池姜无法忽视他们，那妇人气质极佳，眉眼像极了陈烬，只不过她的眼角是柔和的，陈烬的稍微锋利了点。

很快，许晚晴迎了过来，接过保姆手中的轮椅，推着那个大男孩和妇人有说有笑地进了办公室。池姜猜出了个大概，那名妇人应该是带陈川现定期检查或者伤病复发什么的。

果不其然，那名妇人出去办理了住院手续。池姜记住了他的房间号，想着明天有时间再过来。

第二天，池姜来探望的时候带了一个水果篮过去。她进去的时候，看见只有保姆在那儿。保姆微笑着询问她是谁。

“我是池姜，陈烬的朋友，他托我过来看看。”池姜答道。

保姆接过池姜带来的水果篮，不再有疑心，忙找出凳子让池姜坐。池姜有礼貌地问道：“我叫池姜，请问怎么称呼你？”

“我是陈家的管事婆，你叫我李婶就好了。”李婶一边整理花瓶，一边说道，“我很少见大少爷让朋友过来，一会儿夫人过来肯定会高兴坏的。”

“陈川现……他这样很久了吗？”池姜迟疑地喊出病床上人的名字。

李婶叹了一口气：“小少爷挺可怜的，十多岁的时候就这样了。”李婶说到这儿便不再往下说了，转身去打开水了。

池姜看着病床上正在玩魔方的大男孩，他应该只比陈烬小一些，眼睛是琥珀色的，脸色却是病态的苍白。

陈川现靠在病床上看见池姜也不打招呼，只知道玩手里的水果魔方，转了好久却拼不出来。他看起来很生气，抓着被角就想叫。池姜明白陈川现可能心智或是哪里出现了问题。

她见状忙安抚地拍了拍他手背，轻声说：“我帮你，好吗？”陈川现的手渐渐松开被角，温顺地把魔方递过去。

池姜花了几分钟就把魔方拼好了，语气温柔地说：“我教你怎么拼，好不好？这个是有口诀的。”

男孩顺从地点了点头，池姜凑到他面前轻声细语地教他。李婶打水回来见状也不打扰他们，笑着看着眼前这一幕。

池姜耐心地教了快一个小时，男孩点了点头，会转第一面魔方了。池姜冲他竖了个大拇指，陈川现也学着竖了大拇指，并朝她的指尖碰了碰。

陈川现露出两颗可爱的小虎牙，结结巴巴地说：“姐姐……厉害……”

池姜眼睛酸涩，泪水差点就掉下来。二十出头的陈川现，正值风华正茂的好年纪，却躺在病床上……

池姜轻轻摸了摸他的头发，说道：“姐姐得走了，但我还会过来的，你喜欢什么，我给你带。”

“糖……糖……甜。”陈川现说。

“好。”池姜用大拇指碰他的指尖，她忽然明白为什么陈烬那么喜欢吃糖了。

她悄悄拭去眼角的泪水，跟李婶道别：“李婶，下午我还要上班，先走了。”

“多亏了池小姐，小少爷好久没这么开心了。”李婶急忙留她，“不多留一会儿吗？夫人马上就过来了。”

池姜握住她的手推辞：“我真得走了，中午抽空溜出来的。李婶，希望你不要提我来过的事，我只是想单纯来看看陈川现。”李婶点了点头，送她出去。

晚上下班后，池姜拖着疲惫的身体走进一家手工糖果店，想要亲自做一些糖果给陈川现。糖果店的老板娘十分有耐心，教她将糖粉、脱脂奶粉、麦卢卡蜂蜜放到盆中，将其拌匀，然后递给池姜一个模具，告诉她可以揉成任意想要的形状。

模具是新的，正面是定形状，反面是刀刃，池姜一走神，刀刃沿着食指切过去，暗红色的血不断冒出来。老板娘给了她一张创可贴，池姜胡乱包扎了一下，接着给糖果定形。

最后一步冷却完之后，池姜看了下时间，说明天再过来包糖纸。

池姜到家门口时，恰好碰到了陈烬，她这一天除了工作再加上折腾做糖果的事，已经累得精疲力竭，但她还是扬起笑脸同陈烬打招呼：“烬哥，你怎么回来啦？”

“放假，休息。”陈烬的话语简单。

陈烬长腿迈开，走到她面前：“很累？”她还没来得及回话，陈烬俯下身子，眼睛与她平视，勾了勾薄唇，“你身上怎么有一股牛奶的味道？”

池姜愣了两秒，才想起来自己是在手工糖果店泡久了，身上浸了奶粉的香味。池姜娇俏一笑，故意凑到他跟前，拖长了声音：“烬哥，你闻好了，这不是牛奶的味道，是我身上原本的味道。”

换作以前，陈烬肯定会皱着眉头推开她。可此时，陈烬脸上挂着漫不经心的笑容，一只手撑在池姜肩侧，漆黑的眸子泛出几道潋滟水光。

他本来想调戏池姜几句的，可在低头的一瞬间忽然看见池姜的手腕和食指都贴上了创可贴，顿时拧紧了眉头问她：“怎么回事？”

池姜解释手腕是采访的时候弄到的，连带食指的伤一起糊弄过去了。陈烬挑眉，带着一贯的嘲讽：“不知道的以为你去当卧底了。”

“过来，我给你包扎一下。”陈烬丢下一句话。

池姜像个小尾巴一样跟过去。一看陈烬的动作，就知道他当久了运动员，他处理起伤口来十分熟练。嗯，池姜目前只想到老道。

灯光冷清，打在陈烬的脸上，他习惯性地冷着一张脸。池姜试探性地问了一句：“烬哥，除了渺渺，我还从来没有听你说过你的家人。”

陈烬闻言，拿着棉签的手在她手里重重一顿。池姜倒吸了一口凉气，疼得哭腔都出来了：“谋杀亲妻啊你。”

“抱歉。”陈烬回过神来，紧接着在池姜伤口处轻轻吹了一口气，“现在还疼吗？”

“你再吹一下就不疼啦。”池姜得了便宜还卖乖。陈烬将用过的棉签扔到垃圾桶里，乜斜了她一眼。

006

风花雪月不等人，要献便献吻

周末休息的时候，池姜去了那家手工糖果店取出冷却好的糖果，用糖纸一个个包装好。池姜是掐准了中午的时间过去的，到那儿一看，果然只有李婶在。

陈川现见了她用最原始的表达开心的方式——挥舞着手臂。池姜从身后变出一袋糖果在陈川现面前晃了晃，陈川现的眼睛明显比之前更亮了。

池姜剥开亮晶晶的糖纸，将糖果递给他。陈川现孩子气地将糖丢进嘴巴里，嚼了几口冲她竖起了大拇指，说道："甜……"

"我给你念故事好不好？"池姜询问他。

池姜拿出《安徒生童话》，温柔地给陈川现念着《铜猪》的故事："在佛罗伦萨离大公爵广场不远，有一条小小的横街，我想它是叫作波尔塔•罗萨。在这条街上的一个蔬菜市场前面，有一只艺术性非常强的铜猪。这个动物因为年代久远，已经变成墨绿色。一股新鲜清亮的水从它嘴里喷出来。它的鼻子发着光，好像有人把它擦亮了似的。事实上也是如此：成千上万的小孩子和穷人，常常用手抓住这动物的鼻子，把嘴凑上去喝水。当你看到一个半裸着的天真孩子紧紧地抱着这只好看的动物，把鲜红的嘴唇凑到它的鼻子上的时候……"

池姜听到开门的响声，回过头看到竟然是陈烬，眼底顿时闪过一丝慌乱和紧张。陈烬脸上没有什么表情，语气平淡："念完故事跟我出来一下。"

她出来后在吸烟区找到了陈烬，他手肘撑在窗前不知道在想些什么，初冬的风吹得他衣服猎猎作响。

池姜是第一次见陈烬抽烟，白色烟雾腾起，衬得他脸色更为冷峻。

"对不起……"池姜在他身后说道。

陈烬见池姜来了，迟疑了一下还是把烟掐灭了。陈烬的嘴角扬起自嘲的弧度："你看到了，我家的情况就是这样。"

“但是池姜，我认真说一句，你以后还是别管我的事了，你管不过来。”陈烬声音很轻，却字字透露着无情。

池姜下意识地抓住陈烬的袖子：“我听懂了，你这是怪我擅自介入你的私事是吧，所以你这是再一次拒绝了我。”

陈烬久久不接腔，两人就这么无声地僵持着。倏忽，一道女声打破了这尴尬的气氛：“陈烬，小现吵着要见你，走吧。”

他看了池姜一眼，就同许晚晴离开了。

池姜怔怔地看着他们离去的背影，倏忽，许晚晴回头冲她露出一个胜利般的笑容。

池姜站在原地，感觉四面八方的冷风都朝自己吹来，突然觉得很累。

这几天，池姜尽量不让自己去想这些事，按部就班地上班下班，并且还主动要求加班。她实在不想再费心思去想这些事，只要想起一星半点就会心痛不已。

廖靖希是第一个发现池姜反常的，按往常，池姜经常更新朋友圈，哪怕一点小事她都要分享。廖靖希能猜到，她这种心情只是想要给某个特定的人看。

而现在，池姜什么也不更新了。

廖靖希打电话过去的时候，池姜声音如常：“我没什么事。”廖靖希还是不放心，主动联系孙好高询问发生了什么事。

孙好高也一头雾水，小声地说：“我也不清楚发生了什么，但烬哥这几天情绪比较低迷，经常沉着一张脸。”

“而且我还听说他要请假……还跟他那个前女友在打电话，说什么喜欢的人，这是和好的节奏吗……”

廖靖希听到想探听的信息后，随便敷衍了孙好高几句便切断了电话。孙好高对着挂断的电话哭丧着一张脸说：“自古靖希最无情，哼！”

池姜本来就没什么食欲，听到廖靖希说陈烬打算和许晚晴重新和好，整个人都蒙了。

“出来陪我喝酒。”池姜喊她。

两人在一家清吧喝酒，廖靖希不断地帮池姜骂陈烬是浑蛋、渣男，池姜灌了一杯又一杯加冰的龙舌兰。

池姜用食指靠在唇上，笑得有一丝凄凉：“是我太勉强了。”

“我陪你喝，有什么大不了的，天下芳草千千万。”廖靖希揽着她的脖子说道。

池姜灌了一口酒，高呼：“对。”

有什么大不了的，不就是个陈烬吗？

酒意上头，池姜摇摇晃晃地拿出手机，拨通了陈烬的电话，笑容灿烂：“陈烬，你听好了，是我不要你了，从明天起，我要去找别人了。”

“你在哪里？我过去找你，”陈烬嗓音沙哑，透着些许疲惫，“等你酒醒了，再和我说这句话。”

陈烬隔着话筒隐隐听到了廖靖希还算清醒的声音，稍微放心了一点。

池姜笑嘻嘻地说：“醒来也是一样的。”

陈烬眉心一跳，刚想说点什么，电话那头就传来嘟嘟嘟的忙音。

池姜挂了电话后，眼泪就跟着出来了。她又给自己倒了一杯酒，高举：“敬池姜没有了信仰，从此自由洒脱。”

“干杯。”廖靖希和她碰杯。说是要陪她不醉不归，廖靖希还是留了点心思的。她要负责送池姜回家，自己不能喝醉。

就在池姜要喝下一杯的时候，一道错愕的嗓音响起：“师妹，你怎么喝成这样了？”梁见山是在清吧和几个刚回国的发小出来聚一下，看见一个神似池姜的人，想过来确认一下，哪知道她竟喝成这样了。

“梁师兄？”廖靖希喊他。廖靖希对梁见山这个风云人物是有所耳闻的，也有过一面之缘。

梁见山点了点头，却还是抑制不住地担心：“我送她回家吧。”

“不用了，我会把姜妹安全送回家的。”廖靖希婉拒，这点防备之心她还是有的。

廖靖希看得出梁见山眼中的怜惜之意，她架起池姜的胳膊往外走的时候，笑着说了句：“师兄，你要是真担心姜妹呢，这段时间你就多约她，带她出来玩，多散下心什么的。”

“她失恋了。”廖靖希补充了一句。

梁见山顿时就想起了陈烬，池姜只要一见到陈烬，视线就移不开。

“我会的，我先送你们上车。”梁见山帮忙扶着池姜。

廖靖希没有送池姜回家，而是把她带回了自己家。廖靖希用手帕给池姜擦脸，掌心贴着她的脸，一片濡湿。

池姜喃喃地喊着：“陈烬，陈烬……”廖靖希叹了一口气，心想池姜遇上陈烬，真是栽了。

第二天，池姜醒来的时候头痛欲裂，只看见廖靖希留了一张字迹潇洒的字条给她，说自己有事出去一趟，让她醒来记得吃早餐。

池姜抬眼一看墙上的时钟，吓出了一身冷汗，忙从床上连滚带爬地起来洗漱赶去 FNC。

迟到的后果就是被老陆臭骂了一顿,池姜也只能老老实实地挨着。意外的是，下班之际，梁见山打来电话说请她吃饭。

池姜下意识地想拒绝，但梁见山考虑得面面俱到：“师妹，我就是单纯地想请你吃顿饭，你别负担太重。”

他这样一说，池姜倒不好意思拒绝了，便答应了下来。她想起自己和梁见山之间暧昧的火苗，早已止于大学那场主持之后的饭局。

梁见山那时有意无意表现出来的好感，都被她挡了回去。为什么呢？当时她只想成为一名体育记者，心里只有陈烬。

一想起陈烬，池姜心中就隐隐作痛。

一顿饭吃得很愉快，梁见山幽默风趣，说话温和有礼，让池姜有一种被照顾的感觉。等电梯下楼的时候，进来的人太多，有人不小心撞向池姜的肩膀，她差点摔倒，幸好梁见山虚揽住她的腰。池姜朝他笑了笑，侧着身子偏离他。

梁见山微微叹了一口气。

冷风瑟瑟，梁见山坚持把池姜送到楼下。一打开车门，冷风呜咽着向她涌来，池姜不自觉地瑟缩了一下。梁见山见状，从车后座拿出一条黑色围巾递给池姜。

“师兄，我哪有这么娇气。”池姜笑道。

“这不是娇气的问题，一个大男人怎么能让姑娘冻着，”梁见山的声音有些强硬，“这条围巾是新的，我们公司员工人手一条。”

池姜听罢也不好扭捏，梁见山俯身给她戴上围巾，手指灵活地缠了一个漂亮的结。冬日的雾气拥住梁见山好看的眉眼，他语气温和地说：“你还小，喜欢一个人很容易奋不顾身，如果很累的话，千万不要委屈自己。”

“不要忘了，你身后还有你师兄给你撑腰。”梁见山点到这儿，也进退有度。

池姜吸吸鼻子，开玩笑道：“谢谢师兄，我以后要专注于事业，做一个女强人。”话说到这份上，是个傻子也听得明白池姜表达的意思。

梁见山眸子暗了暗，一路把池姜送到楼下，朝她挥了挥手：“上去吧，我先走了。”池姜吃饱了想走楼梯消消食，刚踏进去就闻到一阵呛人的烟味。

昏暗中，隐隐可见猩红的火光，男人凌厉的脸庞一半陷在黑暗中，修长手指夹着的香烟腾起烟雾，散落一地的烟头。

“陈烬，你怎么在这儿？”池姜开口。

陈烬穿着一件黑色的冲锋衣，几乎要与夜色融为一体。他懒散地靠在墙上，用力地吸了一口烟，神色颇冷。

半晌，陈烬嗓音嘶哑地问道："你这是和梁见山在一起了？"

池姜下意识地想要反驳，转瞬想到她为什么要和陈烬解释，她已经决定不再喜欢他了。她想起陈烬多次拒绝自己走进他的世界，想起那个许晚晴医生……疲惫感一下子袭来。

"是又怎么样？陈烬，你听好了，我不会再喜欢你了，"池姜注视着他的眼睛，一字一句地说，"是我不要你了。"

陈烬脸色阴沉，大步向前，伸出纤长的手指捏紧她的下巴，眼神又黑又沉："你再说一次？"

池姜盯着他阴郁的脸庞怎么也说不出那句话来，她忽然觉得有些累："你走吧。"

"你让我走，然后你好跟梁见山再出去约会吗？"陈烬口不择言，这话脱口而出后，陈烬心里无比懊悔。

池姜抬头不可置信地看着陈烬，声音颤抖："原来你是这样看我的？"没等陈烬回答，池姜就自嘲地笑了笑，"是，我让你走，这样我好去找梁见山。

"没错，陈烬，是我不要你了，这样够了吗？我还能再说一次。

"是我……"

池姜还没说完，陈烬俯身靠近她，一个铺天盖地的吻就下来了，将她的话音卷入唇舌中。

他说："不准不要。"

他应该是很久以前就喜欢池姜了，不然为什么心甘情愿地为她收拾烂摊子。她真是个狡猾的小狐狸，故意冲他娇俏地笑，一双眉眼不知道勾走他多少次魂。他也喜欢她脆弱但故作坚强地去看恐怖片的另一面，喜欢对待工作认真的她。

那次，陈烬在医院推门进去，就看到这样一幕——阳光正好，陈川现托着腮认真地听着故事，池姜耐心又温柔地在念《铜猪》。那一刻，陈烬的心十分柔软，心底有一块突然就塌陷了。

但骄傲如陈烬，一直把自己的心封闭得好好的，突然有人闯进来，他心慌的同时下意识地想赶走池姜。

一颗心早已沦陷，总想着在更大的舞台拿到冠军后换他来表白，想着等等。可在看到梁见山送她回来时，他承认自己心慌了，害怕失去这个小姑娘，看到梁见山给她戴围巾，他恨不得把梁见山胳膊给卸了。

池姜大脑一片空白，任凭男人身上凛冽的气息袭来。

池姜下意识地想要挣脱，陈烬却扣紧她的脑袋不让她逃跑，唇瓣相贴，又湿又热。陈烬的吻法过于凶狠，像是要把她整个人吸进去。她呼吸不过来，张开嘴呼吸。陈烬的舌头探进来，不停地轻舔着她的舌尖，唇齿间还夹着淡淡的烟草味。

池姜像是被迷惑了般，也学着他回舔了一下。谁知，陈烬一顿，大掌托着她的臀部，将池姜抱起来放到高他三层的楼梯上。他的攻势更加猛烈，舌头柔软又极具占有欲，用力地吮吸着她的嘴唇，并来回画圈。

池姜俯在陈烬胸膛上粗粗地喘气，她的脸因为缺氧而憋得通红，眼睛则蒙了一层盈盈水光，正用力地瞪着他。

“你……你，谁让你要流氓的！”池姜的脸依然通红。

陈烬脸不红心不跳地开口：“当初是谁装老成整天撩我的。”

“……”

池姜没话说了，又瞪了他一眼，自己挖的坑最后把自己埋了。冷风从过道里吹来，把池姜心底那份紧张吹散，人也变得清明起来。她脑子里又想起许晚晴这个名字，一把推开陈烬，同时暗骂自己真是色令智昏。

“有妇之夫还出来拈花惹草，你离我远一点。”池姜一脸的拒绝。

上一秒还温香软玉抱在怀里一脸享受的陈烬，这会儿低头看着坚决要跟自己划清界限的小姑娘，听到“有妇之夫”这四个字更是黑了脸。

“什么有妇之夫，讲清楚一点，嗯？”陈烬沉声问。

池姜踢了踢脚下的小石子，语气里藏着一丝不易察觉的委屈：“你不是要和许晚晴订婚了吗？”

陈烬眯了眯眼，转瞬明白了，暗骂有些人是不想活了。

“池姜，我没有要订婚，也从来没打算和许晚晴订婚。”陈烬的神色带着几分认真。池姜从来都是无条件地相信陈烬，既然他都主动解释了，她当然是选择相信陈烬。

当时他跟教练打报告说要把媳妇儿追回来，被孙好高听成什么了？回基地一定要把他拍成肉饼。

倏忽，陈烬露出一个痞笑，刻意拖长了尾音：“现在可以给我亲了吧？”

亲你个大头鬼，想让她因为呼吸不畅而死亡吗？池姜摆手，连忙开口：“烬哥晚安。”

谁知，陈烬仗着身高优势，一把将池姜捞在怀里，低头看着小姑娘有些紧张的表情，最终只是亲亲碰了碰她的嘴角，最后将她拎正，咳嗽了几声：“你进去吧，我得回基地去了。”

“啊……你不是在休假吗？”池姜拉住他的袖子，语气疑惑，“请假出来的？”

“嗯，请了几个小时，本来教练还不批假的，可我跟他说——”陈烬语气顿了顿，摸着自己的下巴说道，“再不给请假，女朋友就要跟别人跑了。”

陈烬扔下这些话，将敞开的冲锋衣拉链拉到顶，堪堪盖住下巴，只露出一双黑漆漆的眼睛，冲池姜挥了挥手，消失在夜色中。

池姜怀着一颗惶恐的心，开门，洗澡，最后躺在床上。窗外的月光皎洁，如涨潮的海水倾泻下来。池姜摸了摸自己的脸颊，依然烫得不行。

她在床上打了几个滚，发出像猫咪见到鱼一样心满意足的声音，最后仍然感到不真实。她这是和陈烬在一起了吗？

池姜一想到今晚那个有些粗暴又缠绵的吻，心里像裹了糖霜一样甜。

陈烬回到训练基地后，一阵暖意扑面而来。队员们刚训练完，准备去洗漱睡觉了。他站在原地扫视了一圈，没找到想找的人。

这时，孙好高从角落里蹦出来，迎向陈烬："烬哥，看起来心情不错嘛，发生了什么说来听听。"

张加鹤拿着白毛巾擦汗，看到这一幕直接把毛巾搭在肩上，看着孙好高冷冷地说了句："傻子。"

陈烬看着将手搭在自己肩头的孙好高笑了笑，将他的手用力向后一扳，孙好高顿时发出一阵号叫："烬哥，你干吗啊？"

"孙好高。"陈烬厉声叫了句。

孙好高捂着手臂条件反射地立正，答了句："到。"

"跨跳练习五十组，"陈烬乜斜了他一眼，"二十分钟后验收成果。"

孙好高眼泪都快出来了，苦着一张脸说："我做错什么了，能申请延期执行吗？都快熄灯了。"

"申请驳回，再加五十组。"陈烬依旧面若冰霜，加重了语气。

"是……"孙好高拖着自己训练了一天快散架的身体，望着陈烬远去的背影大哭，"我做错了什么？谁能告诉我。"

没人理孙好高，整个训练室只剩下孙高好凄惨的回音。

隔了几日，孙好高竟然在训练基地看见了池姜，但这次她是去找他们隔壁的竞走运动员，所以中午在食堂吃饭的时候才看见她。

食堂里乌泱泱的尽是有着大块肌肉的运动员，男的占大多数，女生也有，这会儿见来了个美女，都争先恐后地要帮她打饭。池姜也不好推辞，大方地冲他们一笑。

陈烬刚放下餐盘，就看见这一幕，顿时摔了筷子又站起来。孙好高一脸恐慌地看着汤启鸣：“他这一脸气势汹汹的要干吗，血洗我们基地的食堂吗？”

汤启鸣给他夹了一根豆角，神秘地笑道：“谁知道呢？”

池姜刚想把餐盘递过去，就感觉有人拎住了她的脖子，紧接着一条长臂伸过来接走了她的餐盘，低声说：“去吃我那份，我来排。”

她心生感动，刚想感谢一下陈烬，就听他补充了一句：“不够的话，我再多打一份饭。”

……

不就是上次被他抱了一下，至于吗？她一直都是骨瘦如柴的担当好吗？！

不一会儿，陈烬就打好了饭，他刚想在池姜身边坐下，就被孙好高拦住了，孙好高还一个劲地冲他使眼色。

陈烬将他的手掰开，盯着他说：“你是不是眼睛又疼了，大鹤那儿有眼药水。”

“不是，你不是跟姜妹吵架了吗？姜妹说她以后不会再喜欢你了。”孙好高一脸得意。

陈烬一脸平静地将筷子放下，在思考当场把他按在餐盘上的可能性。

张加鹤在餐桌底下踹了孙好高一脚，看他一眼：“吃你的饭，哪这么多废话。”

池姜也笑着对孙好高说：“我和烬哥之前是吵架了，但朋友之间哪有吵架了不和好的吗？”

孙好高含泪点头，一句疑问也不敢问，低头默默地吃饭。

陈烬微微挑眉，抓住“朋友”两个字不放，往她碗里夹了一块青椒。

池姜看也没看就往嘴里送，半晌，五官都拧到了一起，泪眼汪汪地看着陈烬：“陈烬，你干吗啊，谁有水？”

陈烬握着筷子的手一顿，扬起英俊的眉毛无声地笑了笑。可能连池姜自己都没有注意到，刚刚她语气里流露出自然而然的娇嗔，让陈烬很受用，他把水杯递过去。

池姜辣得不行，不停地用手扇风，接过水杯就灌水。

嗯，那是陈烬喝过的水。递水的人一脸气定神闲，眼睛里带着笑意。

全程只有张加鹤默默看在眼里，孙好高被修理过后，吃饭的时候就再也没有抬过头，至于汤启鸣和周远遥嘛，一直在要不要再添一碗饭之间纠结。

饭后，一行人借着走路回寝室的由头消食。池姜吃饱了，无聊地低头数着脚下的格子，陈烬双手插兜不紧不慢地跟在她后面。

“姜妹，听说下午你还要采访，中午你睡哪儿？”孙好高问。

池姜反应过来，用手指了指外面的车：“我们睡车上，休息一会儿就行了。”

“要不要……”孙好高提议，又小心翼翼地看了陈烬一眼，嗫嚅道，“算了，祝你午安。”

到了三岔路口，池姜看见同事朝自己招手，便回头对他们说：“你们先走吧，我去眯一会儿，下午见。”

陈烬掀了掀眼皮看着她，语气冷淡：“池姜，我这几天训练没时间，你帮我带个东西给老季。”

池姜点头，不疑有他。可她看着陈烬迈开的大步伐在心里翻了个白眼，认命地跟过去，剩下的一行人打道回寝室休息。

走了约十分钟，池姜心生疑惑，这不是又绕回训练室了吗？可她看陈烬的嘴唇抿成了一道直线就知道他心情不好，这时也不好去招惹他。

陈烬把池姜带到一间小休息室里，没等她反应过来，他就关上了门，将她扣在门板上，整个人欺了上去。

“吃饭的时候说我们是朋友关系？没地方休息为什么不第一时间想到你男朋友，嗯？”陈烬喉结滚了滚。

陈烬没等她解释，捏紧她的下巴，吻了上去，确切地说是，咬了她一口。他含混不清地说：“让你不长记性。”

陈烬撬开她的牙关，含住她的舌头，轻轻地吸吮着，动作缓慢而轻柔。池姜依然不会换气，一接吻，脸就红得不行。

陈烬捏了捏她的脸颊，语气带着一丝宠溺：“还不换气？以后我多教教你。”

“出外勤的时候，我都习惯了，就在车上眯一会儿。”池姜靠在他怀里，小声地解释，“至于对外说朋友，我是想避免不必要的麻烦，怕他们在我工作的时候起哄。”

陈烬哼唧了一声，明显对这个答案不满意，他嗤笑两声：“你之前追我的时候怎么不怕打扰你的工作？”

“以前是以前，好不好嘛，我知道你最好了。”池姜晃着他的胳膊，故意放软了声音。池姜见他脸色未变，踮起脚尖在他下巴处亲了一下。

陈烬明显被这个动作取悦了，但他面色不改，将她拎到小房间的折叠沙发床里，语气认真：“你将就在这里休息一下，也好过你在车上睡影响你发育，万一骨骼缩回去成了更矮的矮子怎么办？”

“……”

池姜脱了鞋躺上去，陈烬摸出遥控器开了暖气之后，又脱了身上的羽绒服给她盖着。陈烬念念不忘刚才那件事："你喜欢玩地下情，就按你说的做，反正你让我扮演你叔叔都行。"

"……"

说完，陈烬将她额前的头发撩开，轻轻印了一个吻上去："午安。"

池姜眼睛一眨不眨地看着陈烬起身，他细心地给她留了一盏暖色的灯，然后离开。其实她有些不相信眼前的一切，感觉在做梦。

陈烬因为她而产生的一系列吃醋、霸道、温柔的情绪，让池姜难以相信。这么好的一个人原来也喜欢她。

下午训练的时候，孙好高看见陈烬换了件衣服，一脸的惊讶："老大，你上午穿的那件衣服呢？"

"孙好高，我听说你至今还没有成功地约到你女神出去玩一次？"陈烬开始转移话题。

孙好高的注意力被转移，捂住自己的心口："老大，你干吗要往我伤口里撒盐？我不想活了，不过有句话怎么说的？朋友一生一起走，谁先脱单谁是狗，还好有你们陪着我。"

陈烬轻轻笑了一下，安抚性地拍了拍他的肩膀。孙好高攥住他的手，更感到了兄弟情的温暖。

孙好高在心里腹诽：要是能脱单的话，谁还愿意陪着你。

张加鹤在一旁扔小沙袋训练，正好撞见了这一幕，他扭头问周远遥："当初队里选人，这小子是怎么进来的？没有智商考核这一项吗？"

"他对自己的智商很自信。"周远遥接话，嫌弃地看了孙好高一眼。

傍晚，池姜走之前去找陈烬，他刚好结束训练，两人一起坐在休息室。池姜戳了戳他的手臂："我得走了，衣服还给你。"

陈烬顺势抓住她的手，放在手心里呵了一口气，帮她焐热。

"手指怎么这么凉？"陈烬蹙起好看的眉头。

"在室外操场采访来着。"池姜回答。

陈烬大手握住她的手，冬天的雾气拥住他的眉眼：“衣服我不缺这一件，回去路上你要是睡觉的话可以盖。”

“好，”池姜点头，打开门的时候回头声音轻佻地说道，“烬哥，要记得想我哦。”

嗬，痞子池姜又回来了。陈烬摸了摸自己的脖子，轻垂着双眸暗自思考着下一秒要干什么。小姑娘猜出了他的想法，赶紧带上门，一溜烟地跑了。

“别被我抓到。”陈烬冷笑一声。

至于廖靖希和孙好高，两人正在经历一场漫长的拉锯战。有好几次，廖靖希都想着这训练的破场地不租了，但她家的贝斯手劝她，为了那比别家便宜一点的房租忍忍。

别看孙好高长得天真无害的样子，小心思可多着。最可气的是，他收房租不接受微信转账，非要现金支付。

这年头，谁还随身带着一沓钱出门，你以为在拍警匪片吗？

“不是，你要现金不知道自己去银行取吗？为什么非要折磨我？”廖靖希咬牙切齿地说道。

孙好高充满活力的声音透过听筒传来：“我喜欢闻到钱的味道，享受触摸它的感觉。”

“……”

廖靖希与孙好高约在一家港式茶餐厅见面。孙好高提前半个小时就到了，耐心地等着廖靖希。他心里的小九九只有他自己知道，什么非要现金，不过就是想多一个见她面的理由。

廖靖希比约定的时间晚到十分钟，架着一副墨镜带着她那独有的气场。凛冬时节，她只穿了一件宽大的米色风衣，下身是一双遮到大腿的长筒靴。

要不说廖靖希是天生的衣架子，那件类似于袈裟的风衣孙好高是真的不敢苟同，但不可否认，穿在她身上真好看。

只是看着廖靖希冻得通红的鼻尖，孙好高皱了一下眉毛，倒了一杯热水给她。廖靖希接过水杯咕噜喝了一大口，热气立刻涌进胃里，整个人都暖暖的。

廖靖希从包里取出一沓钱，给自己做了许多心理建设才忍住了把钱拍到他脸上的冲动。她一个字都不想多说：“房租。”

孙好高笑着说好，接过来看都不看就放在一边。廖靖希忍不住问：“你都不数数的吗？”

“不用，我相信你。”孙好高自然而然地脱口而出。

廖靖希愣了一下，然后数落起孙好高：“你就是还没长大，我以前也像你这样，单纯得很，还不是被楼下那八十多岁的老奶奶给骗了。”

孙好高扬着嘴角听廖靖希数落，全然没有一点不开心的样子。说了近一分半钟，廖靖希才惊觉自己说多了。她咳嗽两声：“你吃饭了吗？我有点饿了。”

“没有，你点吧，”孙好高摇头，声音清透，“你点什么我就吃什么……”

“……”

廖靖希冲服务员打了个响指，点了两份意面，外加一杯丝袜奶茶。服务员贴心地问：“女士，丝袜奶茶你是需要常温的还是加冰，或者加热的呢？”

“常温吧。”廖靖希思考了一下。

一道声音插了进来：“服务员，给她来杯加热的吧。”

廖靖希瞪着孙好高，刚想跟服务员说不用换，孙好高便趁机挥手让服务员走了。

“你知不知道，丝袜奶茶加热后就没有那种味了，我没点加冰的就不错了。”她小声地嘟囔道。

“可是天太冷了，你喝不得。”孙好高坚持。

吃面的时候，孙好高倒挺安静的，偶尔说一两句话，不会像之前那样叽叽喳喳说个不停。说到底还是教养问题，小时候孙好高吃饭时多说话，就会被母亲用戒尺打手心，久而久之，养成了食不言的好习惯。

吃完饭，孙好高没了继续和女神待下去的理由，而廖靖希也要赶着回去排练。

“对了，希希，周六我过生日，想邀请大家吃个饭，你能来吗？”孙好高犹豫着开口。

他怕廖靖希不答应，急急地添了句：“姜妹也会来的。”

“再看吧，看下我到时有没有时间。”廖靖希支吾着开口。

孙好高过于期待的眼睛里划过一闪而逝的失落，可他还是喊住了要走的廖靖希：“你们女生来例假的时候，应该都挺不舒服的，给你的，我煲的。”

廖靖希怔在原地，后知后觉地接过孙好高递过来的保温桶，盯着孙好高没有说话。

“里面有枸杞、红枣、党参啦，我还放了姜糖，应该蛮好喝的。”孙好高不好意思地挠挠头。

廖靖希看着眼前这个大男孩，心里涌过一丝暖流。其实孙好高长得不赖，正太脸，皮肤白皙，一双漂亮的大眼睛永远闪着亮光，总是不自觉逗别人开心，偶尔还会露出两颗可爱的小虎牙。

廖靖希清了清喉咙不知道该如何开口，她又是个不怎么会夸人的人。最后，她脑子里被别的东西给带偏了，一脸警惕地看着他：“你怎么知道我亲戚是不是来拜访了？”

“我……我祖上有人，是学医的。”孙好高随便找了个理由搪塞过去。

孙好高才不会让她知道自己早已和她乐队的贝斯手串通了，当然要贴心关注女神的生活动态。

周末，一行人来到孙好高家给他庆祝生日。其实孙好高的生日是在周四，但那天要训练，他就干脆把庆祝的日子挪到休假的时候。

刚好孙好高父母出国旅游了，空出个大房子让他使劲折腾。

这次生日宴照例是汤启鸣掌勺，其实陈烬做的饭菜也很好吃，但他千年难动一次手。

门铃响起的时候，孙好高看见池姜和廖靖希手挽着手待在门外，顿时一脸惊喜，女神居然来给他庆祝生日了。

“大鹤，你掐我一下。”孙好高声音惊喜，拦住路过的张加鹤。张加鹤嘴里叼着一块薯片，含混不清地骂道：“你自己掐，我两只手都拿着东西，怎么掐？你赶紧过来帮忙。”

“生日快乐。”廖靖希把礼物递给他。

“生日快乐。”池姜也说了句祝福，她弯腰换鞋，“孙好高，你还让不让你女神进门了，在门口堵着。”

孙好高拍了自己一巴掌，把礼物接过来，还贴心地帮廖靖希拿鞋。

其实陈烬第一眼就看到了池姜，但他故意装高冷等着池姜过来。他低头在手机上不知道划拉什么，眼睛里透露着一丝不耐烦。

“在看什么？”池姜坐到他旁边。她趁旁人不注意，轻轻挠了一下陈烬的掌心。陈烬正在认真地堆着俄罗斯方块，手一抖，手机差点没掉在地上。

“池姜，你是不是欠收拾？”陈烬咬牙切齿地问道。

“谁让你玩游戏玩得这么起劲，”池姜不满，眼睛里透露着一丝狡黠，“你想收拾我也收拾不着了，他们喊我过去帮忙了。”

果然，孙好高那破锣嗓子喊着池姜过去帮忙洗菜，他要下楼去附近的超市买点东西。陈烬冲孙好高温和一笑，后者后颈一阵发凉，孙好高虽然不知道发生了什么，却想着还是先逃为妙。

让你使唤我媳妇儿，以后多得是训练你的机会。陈烬瞥他一眼。

池姜脱了外套进厨房帮忙，负责给汤启鸣打下手，洗菜、递油盐之类的。可池姜真不是干活的人，切个萝卜丁都把手给切到了，暗红色的血不断冒出来。池姜一声痛呼，陈烬这边正玩着游戏升级呢，这会儿游戏也不玩了，把手机一扔直接走进厨房。

陈烬满脸写着不悦：“怎么不小心点？”说完抽出一卷纸缠住她的伤口，带着她上楼包扎。

孙好高的医药箱放在他卧室的柜子里，陈烬凭着之前来过几次的印象，找到他卧室，长腿踢开门。

“疼不疼？”陈烬好看的眉毛皱成一个川字，开始讥讽她，“你是不是觉得自己是美少女战士，今天切下手指，那天伤下手臂，能不能让我省点心？”

“不疼。”池姜看着陈烬，小心翼翼地说，“烬哥，我们确认关系后，你真的变得越来越啰唆了，你的高冷人设已经崩了。”

“哦，”陈烬默了默，“还不是因为养了个不省心的女儿，给气的。”

陈烬用棉签蘸了点碘伏给她的大拇指消毒，伤口还挺深的，他尽量放轻动作，可池姜还是瑟缩了一下。

“要不你给我吹一下？”池姜建议。

“……”

什么美少女战士，分明就是公主殿下。

说是这样说，陈烬半蹲在她面前还是往她伤口吹了几下。池姜今天穿的是V领薄毛衣，她坐在床上，因为要同陈烬说话，所以低头的瞬间暴露了一点风光。

精致锁骨下的皮肤更为白皙，尤其是那条沟壑，黑色的一抹隐隐可见风光。陈烬伸出舌头舔了舔干燥的嘴唇，倾身沿着她的锁骨吻了上去。

池姜身体一僵，手又刚包扎好不能乱动，被动地让陈烬吻着。陈烬伸出舌尖细细地轻舔着她的锁骨，之后轻轻一咬。

痒，之后是细细麻麻的疼痛，池姜用右手轻轻推他："唔……你别弄出印来，下面还有人。"

陈烬不满她的不专心，往上直接封住了她的嘴唇，含住她的唇瓣用力地吮吸了一下，两人的呼吸越来越灼热。

池姜那潋滟的唇瓣上还沾着一缕银丝。陈烬一边吻她，宽大的手掌一边从宽松的毛衣里伸了进去。

陈烬一把握住那对柔软，池姜浑身一激灵，一声嘤咛从她唇中溢出。陈烬好像更兴奋了，把池姜扑倒在床上，细细地亲吻她的耳垂。

耳朵是池姜的敏感处，她浑身一颤，声音带着哭腔："烬哥，我们该……该下去吃饭了。"

陈烬趴在她身上，在她耳边重重地喘着粗气。

"咚咚——"

敲门声响起，传来孙好高的声音："烬哥，我听说姜妹受伤了，你找到医药箱了吗？"

"你快起来，有人来了，"池姜小声地催促他，"你快把手拿开。"

陈烬的手还在里面，握着那一对柔软不舍得松手，温热又酥软。听到池姜的抱怨，陈烬不轻不重地捏了一下。

池姜发出"呜"的一声，又赶紧捂住自己的嘴巴，只能使劲瞪他。

陈烬眼神依然清明，他清了清喉咙，声音里带着一丝情难自抑的喑哑："孙好高，给你三秒钟的时间，滚下去。"

孙好高一阵后怕，不用三秒，就快步跑下楼去了。

陈烬依然压在池姜身上，大手还使坏地继续捏了捏，他埋在小姑娘的肩窝里，声音低沉："你让我缓缓。"

说什么池姜都不想和这头饿狼独处一室了。

五分钟后，陈烬春风满面地下了楼，身上的衣服整洁得没有一丝褶皱，眸子里含着难掩的笑意。孙好高凑上去，一脸疑问：“老大，你不就给姜妹包扎一下，怎么这么久？”

“关你什么事。”陈烬睨他一眼。

池姜下来的时候，脸上带着隐隐的红色，只有廖靖希注意到池姜和她一起来的时候梳的是马尾，现在头发却披着了。

啧，有猫腻。

不过可以之后慢慢审，廖靖希想。

汤启鸣做的满汉全席，色香味俱全。众人举杯，欢呼着祝孙好高生日快乐，寿星开心，一口干了杯子里的酒。

“今天生日我很开心，我的兄弟们，还有我女神也都在场，今天我是全天下最幸福的孙好高。”孙好高笑得一脸灿烂。

众人一起坐下，开始聊天吃菜。池姜坐在陈烬旁边默默地吃饭，他突然夹了一块排骨到她碗里。

“我不喜欢吃肉。”池姜小声地说道。

陈烬没什么情绪地上下扫了她一眼，视线最后停在她胸前，慢悠悠地吐出两个字：“补补。”

补你个头！

池姜气得把排骨丢回他碗里，陈烬弯起嘴角无声地笑了笑。

晚饭过后，一群人嚷嚷着要在孙好高家来个现场唱K。音乐的前奏一响，孙好高就抱着话筒不肯撒手，鬼哭狼嚎的声音顿时响彻整间屋子。张加鹤手指握成拳，青筋暴起，想起今天他是寿星，生生忍住了暴揍他一顿的冲动。

倏忽，不知道是谁关了灯。室内一片黑暗，廖靖希捧着蛋糕走出来，微笑着看向孙好高。张加鹤吹了一声口哨，生日快乐歌忽地响起。

孙好高对着蛋糕许了愿，四周暗淡，烛火映着孙好高心满意足的笑脸。他吹灭蜡烛之后，分蛋糕时却变成一场恶战。

灯光已经灭了，只有对面邻居家的灯光透过落地窗照射进来。张加鹤似乎忍了很久，把最大的一块蛋糕拍在了孙好高脸上，然后转身打算去休息，却被廖靖希拿着奶油袭击，一场循环恶战便开始了。

陈烬窝在沙发上，两条长腿随意叠起看着他们玩闹。

池姜偷偷揩了一抹奶油准备悄悄地从侧面袭击陈烬，明明他目光笔直地看向正前方，后背却跟长了眼睛似的。

陈烬长臂一伸，池姜便不慎扑入他怀中。陈烬看着她那粉嫩的指尖裹了一层奶油，低头便将奶油卷入口中。

指尖温热的感觉还在，陈烬捏紧她的下巴，伸出舌头将奶油推入池姜口中，唇舌相交。池姜连带他的唾液和奶油一并被半推半就吞入口中。

陈烬放开了她，摸摸自己的下巴，意味深长地说："甜的。"

嗯，池姜也回味了一下。甜的，草莓味。

再看不远处的一群人，孙好高不知道什么时候变成被众人一起欺凌的对象。他被奶油糊了一脸，两个人按住他的手脚，剩余的人负责挠他痒痒，廖靖希在一旁拍他的丑照。

"丑照在微博上一发，你的粉丝估计都脱粉了。"廖靖希笑道。

孙好高被挠得又哭又笑，一直在求饶："各位好汉……哈哈哈……求……求放过。"

闹过之后，大家开始帮孙好高收拾残局，收拾完之后互相告别。

楼下，路灯在凛冽的冬夜亮起清冷的灯光，陈烬当着众人的面不经意地开口："池姜，我们家是一道的，我送你。"

"也顺便送送我呗，烬哥。"廖靖希故意这么说。

陈烬点了点头，将钥匙在空中抛了一圈："走吧。"

"老大，还有我……我想去你家睡。"周远遥拉住陈烬，有些不好意思。陈烬这才想起周远遥家里住在远郊，这会儿休假从基地跟他们出来玩，一时间不知道去哪儿睡。

“我家现在不方便住人。”陈烬一脸淡定地解释。他摸出手机，三分钟后，孙好高下楼把周远遥领走了。

廖靖希冲池姜抛去一个意味深长的眼神。

陈烬将廖靖希送回去后，同池姜一起回家。两人在各自家门口分别，陈烬顿了顿：“不来我这儿坐坐？”

“……”

虽然美色当前，池姜还是理智地摇了摇头。她就奇了怪了，以前她怎么撩陈烬，人家都一副入定了的样子。

这会儿一点都不像高冷禁欲的人。

“等会儿，”陈烬喊住了她，“你把手机给我。”

池姜从包里翻出手机给他，陈烬的声音清冷：“我帮你把无关的人的联系方式给删除了。”

“烬哥，你是说师兄吗？你放心，我不会和他联系的，之前已经拒绝过他了。”池姜认真地看着他。

“防火防盗防师兄。”陈烬眼皮都没掀一下，语气古怪，“这是什么？”

池姜存了陈烬的号码，备注却是——不想追了的浑蛋。

“把备注改了。”陈烬盯着她。

“我不。”

“信不信我亲你。”

“我改，马上改。”

霸道的昏君，池姜在心里暗骂道，面上却乖巧地把手机新备注亮给他看。陈烬瞟了一眼差点没气死，池姜把备注改成了——静静。

陈烬扶额，静静至少比浑蛋好，勉强接受。

池姜开门的时候，回头喊住了陈烬，语气是说不出的慎重："烬哥，我们这是正式确定了关系吧，你是认真的吧？"

陈烬抬眼看着眼前的小姑娘，眼睛里含着期冀的光芒，表情十分期待。

"亲也亲过了，摸也摸过了，怎么也得负责吧。"陈烬慢悠悠地开口。

池姜发现自己的情绪真的很容易受别人影响，陈烬这番话把人从云端抛到谷底，池姜也受够了自己患得患失的样子。

"哦，那我不需要你负责了。"池姜面无表情地说。随后打开门，她想快点回家，躲进自己的躯壳里。

可陈烬比她先一步，他长臂一伸，一道黑色的阴影笼罩下来。

"我说你们小姑娘怎么这么开不起玩笑，"陈烬的嗓音嘶哑，却透露着认真，"我认定的人，就是一辈子的。"

我认定的人，就是一辈子的。这大概是池姜从小到大听过最好听的情话了，胜过那些海誓山盟。

池姜还是气不过，低头用力咬了一口他的小臂。陈烬倒吸了一口凉气，捏着她的脸颊，语气漫不经心："我到底是养了个女儿，还是养了只会咬人的小动物？"

"去你的。"池姜瞪他。

陈烬托着她的脸，吻了下去，胸腔里发出愉悦的颤动。

那晚月亮正好，窗外的风正好，连我经过你身边时的心跳都刚刚好。那时的他们相识于风华正茂，觉得未来无限美好，有大把时光可度。

可谁也没料到，上帝会在后来的时光里给予他们重重一击，是措手不及，也无法言爱。

都说情场得意，另一方面肯定不会太得意。池姜刚春风满面没一段时间，就被领导派去外省出差。

池姜发了个消息给陈烬说出差的事，让他好好照顾自己。虽然他一直很独立，根本不需要人照顾，但女朋友的本分还是要做到的。

晚上，池姜正在家里收拾衣服，门铃响起，她看清来人之后有些微的错愕："烬哥，你怎么来了？"

"来查岗，看你这里有没有藏野男人。"陈烬开口。

"……"

池姜弯腰收拾衣服，陈烬从背后抱住她，下颌抵在她的肩膀上，询问："你吃饭了没？"

"还没有，要不等下点外卖一起吃？"池姜答道。

陈烬亲了下她的耳垂，用一种嫌弃的语气说道："外卖？你是嫌自己的命不够长，我去给你做。"

"听孙好高说你很会做饭，"池姜笑眯眯地看着他，"原来不止会做西红柿鸡蛋面。"

陈烬钻进厨房里，动作利落地洗菜切菜，还顺便炖了一锅汤。池姜收拾完衣服后，就倚在门前看陈烬做饭。

不知道为什么，她特别喜欢看陈烬下厨房，总觉得会做饭的男人有一种奇特的魅力。陈烬穿着一件干净的白衬衫站在料理台前，因为常年训练的原因，隐隐可以看见他结实又漂亮的肌肉线条。

池姜抱着手臂："啧。"

祸水就是祸水，池姜走过去站在陈烬后背，伸出双手绕过他的腰在小腹处摸了摸，啧，硬邦邦的，果然有真材实料。

陈烬刚好切完土豆丝，将其全放进清水里沥干。被她这么一动，他身子一僵，当下扭过头嘴唇若有似无地贴在她耳朵边，痒痒的，还带着一股热气。

"你再闹试试看。"陈烬故意勾她。

池姜闻言一顿，将手插进裤兜里，飞也似的逃开，她还真怕陈烬把她给当场办了。大概半个小时的样子，陈烬就炒好了几个家常菜。

红烧狮子头、酸辣土豆丝、小炒秋葵，外加一锅萝卜海带汤。特别是秋葵，颜色鲜亮，新鲜嫩绿，让人食欲大开。

池姜将碗里的白米饭吃得精光，又添了一碗。陈烬看着她有些好笑："慢点吃，又没人跟你抢。"

池姜不理会他，专心吃饭，吃完认真地感叹一句："好吃。"

她又加了句："烬哥，我可能离不开你了。"陈烬闻言挑起眉毛，嘴角扬起淡淡的弧度，眸子里隐约闪烁着得意之色。

大概是池姜这句话让陈烬整个人都飘起来了，他慢条斯理地问："怎么讲？"

池姜不假思索地回答："饭。

"我从来没有遇到过做饭这么好吃的男生，就冲你做饭好吃这点，我以后肯定一心一意地对你。

"我可太有口福了。"

陈烬的脸"唰"的一下黑了，声音冷冰冰的："你是不是喝了假酒？"

"没有啊，我讲的都是真心话。"池姜语气认真。

陈烬俯下身子，直接捂住她的嘴，一字一句地说："你可闭嘴吧，给我刷碗去。"

"算了，还是我来。"陈烬收拾好碗筷钻进厨房。池姜笑眯眯地看着他，啧，男人别扭起来还挺可爱的。

陈烬是临时决定在池姜出差前过来看一眼的，所以做完饭后又匆匆赶回基地训练。

池姜去清市出差后，陈烬这边也忙着训练，一时间，两人好几天都没联系。训练中场休息的时候，每隔几分钟，陈烬就会亮起手机屏幕看一次，什么未接来电或者短信也没有。

陈烬眉头蹙得紧，嘴角微微下垂，一连好几天身上都散发着低气压。

偏偏孙好高还不怕死地撞上去，他亲密地将手搭在陈烬肩头，笑呵呵地问：“烬哥，你老低头看手机做什么，是不是微信群里发红包了，你怎么不通知我？”

“你洗手了吗？把你的爪子拿开。”陈烬语气不善。

孙好高惊得把手缩回去，差点忘了他烬哥有洁癖。他还想接着说点什么时，对上陈烬黑沉沉的眼神，又硬生生地把话咽回嗓子里。

陈烬把手机扔回原处，脱了外套，一言不发地接着训练。孙好高看他训练的内容，惊了，他这是生生要把自己练到累死的架势。

陈烬累到躺在地板上，汗水顺着鬓角直流，他摸到手机给池姜打了个电话。这个臭丫头，就不能主动发条信息给他，以前追他的精气都被吸干了吗？

电话响了快一分钟才被接通，电话那头传来池姜轻快又带着惊喜的声音：“烬哥？今天训练结束了吗？”

隔着听筒，陈烬听到那头传来聚餐时闹哄哄的声音，接着他察觉出池姜捂着话筒的动作，于是眉头一皱：“为什么不发信息给我？”

“啊？”池姜后知后觉，她想了想，“我出差之前不是跟你发过短信了吗？”

“……”

陈烬眉头皱得更紧了，他刚想出声说点什么，电话那头似有人喊池姜，她忙说：“烬哥，有人喊我，我先不跟你说了，晚点再打给你。”池姜说完就把电话挂了。

陈烬用手掌贴着自己的额头，冷笑一声：“臭丫头，等着看我怎么收拾你。”

这边，池姜和同事在清市出差，赶上东道主热情好客，还没开始采访就说要请工作人员一起吃个饭。池姜不太习惯这些饭局，但也只能硬着头皮应付。

吃完饭已经很晚了，街上灯火亮起，一片安好。池姜洗完澡后，一身的骨头都得到了放松。她坐在床边擦头发时才想起没有回陈烬电话，想着回的时候又猜想这会儿陈烬可能睡着了。

她试探性地发了一条信息过去：烬哥，你睡了没有？

不出三秒，对方幽幽地回复：没有。

下一秒，陈烬的电话打了过来，他的声音有些沙沙的，让人想到冬夜里那一捧松软的雪。

“为什么不发信息给我？”

这个人是复读机吗？！池姜听出了他的幽怨之气，轻轻笑出声。虽然是她追的陈烬，可池姜是第一次谈恋爱，不知道要主动发信息给男友报备之类的。她软着声音跟陈烬解释一大堆，后者哼唧了两声明显还没消气。

此刻的陈烬就像一只傲娇的阿拉斯加，必须要好好捋顺他的毛才会听话。夜悄悄的，有风吹动树叶的声音。池姜不知怎么就想起了陈烬那张棱角分明的脸，对人比较闲散，一副爱答不理的懒散样，可是池姜知道，陈烬是把她放心里了。

只有对在意的人，他才会这样。池姜的心软了下来，陈烬还在那边哼唧着。鬼使神差地，池姜对着对方喊了句：“陈烬哥哥，我好喜欢你。”

空气突然静止，只有听筒里传来沙沙的声音。池姜脸红得不行，屏幕贴在脸颊上依旧烫得不行。得不到回应有些尴尬，她咳嗽了几声想说点什么来缓解下气氛。

陈烬深吸了一口气，将听筒拿远，似乎极力忍耐着，低声骂了句：“操。”小姑娘就这么说了一句话……就有反应了。

陈烬将手机递到耳边，故作镇定地说：“你等着，这次就不收拾你了。”接着好像为了缓解她的害羞，他将话题扯到其他方向去，最后两人互道了晚安。

“有什么事，第一时间打电话给我。”陈烬最后说道。

挂了电话后，陈烬去卫生间冲了个冷水澡，洗完澡后身心总算冷静了一点，但心里总有一团火怎么也熄不灭，最后整个人直直地倒在床上，又被基地的硬木板硌了一晚，但他不觉得疼。

陈烬的电话有自动录音这个功能，所以一整晚，他都戴着耳机反复听池姜说这句话，池姜是南方人，声音软糯，带着江南姑娘的甜度，直挠人心扉。

她说：陈烬哥哥，我好喜欢你。

陈烬一整晚都兴奋得不行，听着录音露出痴汉笑。要是张加鹤看见了肯定嗤之以鼻，要知道，在剑道上杀伐果决，平时看起来生人勿近的陈烬居然也会有这么傻的一面。爱情果然使人盲目。

次日，陈烬一扫之前的阴霾之气，精神抖擞地起来训练。他心情一好，联合教练给队员们加强训练，可苦了这些队员，叫天天不应，叫地地不灵。

池姜一忙完采访就回酒店睡觉，连吃饭都忘了去。

“喂，哪位……”手机响起时，池姜闭着眼睛含混不清地嘤咛着。陈烬很少听过池姜这样说话，一般她撩他时都是刻意软下来的声音，这次完全是没睡醒，声音带着一丝撒娇和迷糊。

池姜说的“哪位”是什么意思，万一这次不是他来电，是别的男人呢？想到这儿，陈烬眯了眯眼睛，黑了脸：“池姜。”

“啊，是烬哥呀。”池姜翻了身，把自己卷进被子里。陈烬心里冒出的火被她软软的声音给灭了大半，他放低声音：“在睡觉，我吵醒你了？”

“烬哥，你这不是问的废话。”池姜小声嘟囔。

“……”

池姜握着手机有一搭没一搭地说话，陈烬看了一眼时间，开口问道："吃饭了吗？"

"还没有。"

"那你去吃饭。"

"不想起——好累。"

这会儿孙好高远远地看见他们家烬神懒散地窝在角落里不知道和谁打电话，嘴角还挂着一丝宠溺的微笑。

宠……宠溺这个表情也会出现在他们老大身上？孙好高刚想冲过去一探究竟，就被陈烬一个眼刀子逼了回来，灰溜溜地躲开了。

陈烬握着手机继续同池姜说话，他好像是第一次哄人，低沉的嗓音扬起："等会儿我给你点些吃的，你起来吃点，嗯？"

池姜哼唧了两声不太愿意，陈烬又补充了一个"乖"，她彻底没脾气了，心里软得一塌糊涂。

挂了电话没一会儿，池姜就听到了外卖小哥的敲门声，起床换了衣服收拾了一下去开门。

好在训练完后有两天短暂的休息，陈烬算了一下时间，应该可以赶过去看池姜再在那儿待一晚。

陈烬订完机票后就看见陈思渺的来电，自家妹妹故意拖长声音撒娇："哥，我受伤了。"

"哦，记得去找医生。"陈烬快速回答。

陈思渺愤愤不平："你还是我哥吗？"

"你不想认我这个哥也可以。"

"……"

"哥，我受情伤了，我觉得我有点……喜欢上梁见山了，可是我感觉他油盐不进。"陈思渺的声音有些失落。

陈烬毫不留情地打击她："陈思渺？你这受情伤的频率有点高啊！"

“哥，你能别老打击我吗？这次我是认真的……”陈思渺不满地哼了一声，“你什么时候来看你家妹妹？”

提起梁见山，自从上次游戏策划敲定之后就没再见过他，抛开他喜欢池姜这点，客观来说，陈烬对这个沉稳的人是打及格分的。

“下次吧，”陈烬语气顿了顿，声音是藏不住的得意，“我要去看你嫂子。”

“有意思吗？为什么要屠狗？”陈思渺气愤地挂了电话。

陈思渺这个人，是正宗的傻白甜，大学期间见到皮相稍微好点的男生就心动到不行，但对于梁见山她还是第一次心跳这么快，同时她又是个极其胆小的人，只敢偷偷地暗恋。

陈思渺对梁见山产生好感和依赖还是因为一件事。不比其他已经出了社会的人，陈思渺做事比较鲁莽，考虑问题也不全面。

她和同组的一个也是快毕业的男生白亦然聊得来，对方阳光有趣，两人经常分享趣事。这天，槐南路刚好新开了一家火锅店，陈思渺兴奋地拉着他说要去试吃，白亦然推辞了一下，但架不住她的软磨硬泡就答应了。

白亦然脾气好，也比较好说话。一到火锅店，陈思渺就点了个麻辣锅，白亦然对上她兴奋雀跃的眼神，愣是把“要不吃鸳鸯锅，我扁桃体发炎了”这句话给咽了回去。

一顿麻辣火锅下来，白亦然吃进了医院，原因是扁桃体发炎加剧导致发烧，陈思渺陪他去挂水，在一旁急得直掉眼泪。虽然白亦然这个老好人说不怪她，但陈思渺愧疚得不行。

梁见山知道这件事后立即准了白亦然的假，并且让他带薪休假。可第二天开工的时候，陈思渺还没进录音棚就听到了来自同事的议论和质疑。

“听说人家小白都不愿意，是陈思渺非要叫他一起，这下好了，把小伙子的嗓子都吃坏了。”

“到底是黄毛丫头做事没个轻重，眼下游戏就要进行测评了，配音工作也完成不了了，我看她怎么收场。”

“感觉梁总会找外包，不过我们公司一向是自己把控这方面的……”

无数质疑的声音传来，陈思渺没经历过这种背后遭人议论的事，如今是第一次，顿时感到后背发凉。她躲在公司的咖啡间出去也不是，继续待着也难受。

“是谁前几天说没时间加班需要缓缓的。”梁见山出现在她们身后，依旧是一身标准的西装，语气随和。

下一秒，他话锋一转，声音像夹了冰碴子一般，眼神凌厉：“看来你们还够闲的！”一时间，众人面面相觑，大气都不敢出一声，脸色通红。

在场的人纷纷回到自己的工位认真做事，头也不敢抬一下。梁见山推开玻璃门，朝陈思渺露出一个安抚性的笑容。

“没事了，待会儿白亦然的配音我替他完成。”梁见山低头看了一下手里的腕表，仿佛在说一件稀松平常的事。

陈思渺瞪大了眼睛，说不出一句话来，梁见山作为公司的老板为了帮她解围还亲自上阵，换谁心里都会有一番大的触动。陈思渺呆愣在原地，半晌才憋出一句：“谢谢。”

梁见山嘴角扯出笑意：“走吧，刚好我送你去录音棚。”

陈思渺后知后觉地跟上他的脚步，望着他挺拔的背影不知道在想些什么。

一行人到了录音棚之后，陈思渺惯常地同调音师打招呼。调音师小马哥一脸震惊地看向她后头，说话都结巴了：“梁总……您怎么来了？”

他们梁总整天事务缠身，一般很少见他来录音棚。这会儿突然来访，小马哥怔了一会儿之后，作势要去倒水，却被梁见山拦下了。

“我就是过来录个音，你们准备一下调音。”梁见山吩咐道。

小马哥压住了心里的疑问，忙点头坐下来准备工作。

两个人各自去小屋子里配自己的部分，陈思渺要配的戏份比较少，所以很快就出来了。录完之后，陈思渺闲着无事，拿起耳麦听梁见山录音。

要怎么形容梁见山的声音？梁见山配的游戏角色是西楚霸王，需要演绎战乱时他对虞姬的爱恋。耳麦里传来他低沉略带磁性的声音，音质独特，咬字清晰，似英雄迟暮的苍凉，也似情人的呢喃：“骓不逝兮可奈何，虞兮虞兮奈若何！”

陈思渺抬起头看向梁见山，隔着厚厚的一层玻璃，她看着他棱角分明的侧脸，心跳突然加速。

清市为了迎接超级足球杯的到来，大范围地挂横幅铺红毯，人们也从全国各地赶来，准备为扬大足球队加油。扬大足球队作为职业足球俱乐部，已经连续多次获得中超联赛冠军，获得了官方重视，也扬了国人的士气。

人们怀着期待而来，荧光棒扬起一片红色的海洋，尖叫声和呐喊声如山呼海啸般传来，即使见惯运动场热烈氛围的池姜此刻也被感染，她心潮澎湃地同摄影大哥讲话。

摄影大哥咬着一块牌子含混不清地说：“我看自家门前的足球哪，一个字，悬！”

“王哥，您能不能盼点好啊。”池姜反驳道。摄影大哥嘿嘿了两声没再说话。

谁知，王哥无心的一句话真的一语成谶。赛程的后半段，扬大队却频频失误，最终在淘汰赛上不敌H国队。

比赛时，扬大队的主教练曼因因为不满裁判的判决一度冲进场内与之理论，随即曼因被禁赛一轮。一时间，场内观众唏嘘不已，喊曼因下台的呼声众多。

池姜看着场内的情况蹙着眉头思考了很久。

在随后的新闻发布会上，曼因脸色不悦，几度打断官方的发言，在回答记者提问的环节上更是爆发到了极点。

池姜首先提问："扬大队赛前准备了夺冠庆典，此举是否让球员产生压力？"

曼因脸色阴沉，几乎就要掀桌而起。他恶狠狠地瞪着池姜："你听不懂人话吗？谁跟你说这是俱乐部准备的庆典，你算个什么东西。"曼因的话里还夹杂着污言秽语，他攥紧拳头，凶狠的眼神几乎快吃了池姜。

然而，池姜已经不是刚入职场的小姑娘了，大风大浪她还是见过的，但曼因侮辱人的话语还是影响到了她。

池姜胸口起伏了一下，但很快平静下来，她调整状态继续尽责发问："请问这次失利了之后，对您原先的战略有影响吗？之后是否会调换？"

曼因脸色明显更难看了，但这次他还是选择回答了池姜的问题。

新闻发布会后，曼因临走前对池姜露出一个阴恻恻的笑脸，让她感到恶寒。

清市的超级足球赛刚好碰到陈烬放假的时间，他这边一结束训练，就揣了副墨镜和一些必备的东西打算走人。

孙好高拦住他肩膀："烬哥，你这是要去哪儿，捎我一个成吗？"

陈烬看都没看他，伸出长臂扳开他的脑袋径直离开，留下孙好高一人在原地苦着脸。

采访结束后，同事们凑在一起吃了顿饭。饭桌上，同事们都在讨论曼因辱骂记者的事。大家知道，通过媒体，在公共环境下辱骂足协官员、裁判员、对方教练或运动员、赛区工作人员或对方俱乐部工作人员是可以被直接红牌罚出场外的，但新闻记者并不在此列。

同事直夸池姜有新闻人的大气和底气，池姜淡淡一笑，随便应了两句继续吃饭。

饭后，几位男同事都打算回酒店好好休息一晚，只有池姜，想散步消消食。

清市以灯笼而闻名，处处遍布烟火气息，红灯笼、枕水人家，让人恍似回到了长安。池姜晃悠得差不多了，准备打道回酒店，可是在回去的路上，总感觉有人跟着自己。池姜猛然一回头，却什么都没有，只隐隐有黑色的人影一晃而过。

池姜当下便知晓是有人跟踪了自己，她表面不动声色，实则害怕极了。她装作无事人一样从包里拿出电话，挑眉提高音量："姐，你化妆水没了？那我去楼下就近的便利店买吧。"

池姜用余光瞥着身后的人影，来到便利店慢吞吞地拿起了东西，最后还磨蹭着跟老板讲起了价。老板被她讲得不耐烦，给她抹了零头。

便利店门前的灯泡好像烧坏了一个，忽闪个不停。池姜走出便利店后，在不远处的巷子口停下脚步，拿着电话讲话。

其实她心里紧张死了，加上黑魆魆的树影投在墙上晃个不停，池姜每一根神经都紧绷着，她假装弯腰去整理裤脚。在她弯腰的一瞬间，后面有人影扑上来，还夹着一声低啐"臭女人"。

小时候跟陈烬学的那几个防身招式此刻倒派上用场了，池姜直接攥住他的手腕用了全身的力气往侧边一摔，以迅雷不及掩耳之势从包里拿出刚从便利店里买的防狼喷雾对着那人眼睛狂喷。

幸好她采访之后没换便装，她用十寸高跟鞋对着他的要害踹了两脚，急忙跑开了。

那人刚想追上去，后衣领就被人拉住了。陈烬盯着小姑娘跑回酒店后，脱了身上的飞行夹克扔在一旁，旁边突然冒出一个帮手。陈烬眸色渐深，冷笑了一声，活动了一下手腕，与他们打斗起来。

不一会儿，两个混混被捆在一起跪在地上。

“谁派你们来的？”陈烬盯着他们。

混混被打得鼻青脸肿，号着求饶：“哥……我错了，我们就是拿钱办事，受人所托给这女人一点教训。”

一点教训？平时池姜碰着了一点他都会心疼不已，还一点教训。陈烬眯了眯狭长的眸子，没什么表情地看了他们一眼。两个混混被他身上散发的气势给镇住了，后背一阵发凉。

陈烬懒得跟他们废话，直接报了警。

池姜回到酒店后猛灌了几口水，这才缓了过来，她心里还是一阵后怕。虽然当时表现得很镇定，可事后她害怕起来只想听一下陈烬的声音。

她想也没多想就拨打了陈烬的电话。陈烬刚进酒店电梯就接到了她的来电，他的声音一如往常的沉稳：“喂，池姜，怎么了？”

池姜紧张的情绪在听到他的声音后终于平复下来，她刚张口想说刚才发生的事，又想到两人分隔两地，陈烬正在训练，万一耽误他之后的比赛怎么办。

这样一想，池姜摇头：“没什么，我这不是想你了，就打电话给你。”

电话那头没了声音，良久，男人像从胸腔里舒出一口气：“你没什么要跟我说的吗？”

“没有，我就是想你了。”池姜笑着道。

陈烬从鼻腔里发出了一声冷哼："开门。"

池姜一时没反应过来，乖乖地去开门。拉开门，男人长身玉立站在她面前，池姜没注意到他沉沉的脸色，小声地尖叫了一声，直接冲进了他怀抱。

陈烬顺势揽住她的腰，池姜闷在他怀里，声音雀跃："你怎么来啦？"

可惜池姜这招没用，陈烬直接把她从怀里拎出来，眸子里没有半分温度，劈头盖脸地训斥她："如果不是我碰见，你是不是不准备告诉我了？还是说遇到危难的时候，你觉得你可以独当一面不需要我这个男朋友？"

陈烬说完之后发现有什么不对劲，小姑娘一声不吭地站在他面前，低着头让人看不清脸上的表情，只是抖动的肩膀泄露了她此刻的情绪。

空气过于安静，陈烬皱了皱眉头，捏着池姜的下巴促使她抬头，却看见她眼眶里蒙着一层水雾。陈烬按了按眉心，怎么就哭了？刚才打架不是挺勇猛的吗？

池姜别过脸，一颗晶莹剔透的泪珠顺势砸在他手背上。池姜后退一步，莹白的脸皱在一起，极力压制的哭腔传来："我真的是烦死你了，我今天采访累了一天，还被人侮辱，下班之后还要与混混斗智斗勇，不想让你分心才没立刻告诉你，你一来就凶我。"

陈烬从来没有哄过女人哭，小时候陈思渺老哭，他一瞪，她就憋住金豆子不敢哭了。他这次也是担心过头，要不是这回凑巧碰见给解决了这两个混混，真不知道会发生什么事。

陈烬把她扯进怀里，又是亲又是轻声细语地哄了好一会儿，小姑娘才止住哭声。

池姜哭完之后，才发现他脸上的伤口，忙擦着泪说："我去给你买药。"

哪知，陈烬伸出宽大的手掌捏住她的脖颈，扬起嘴角："回来，你一个人去我不放心，我去。"

池姜收拾好衣服跑去洗澡，等她洗完出来之后，发现陈烬早已回来。兴许是路途奔波，他已经躺在床上睡着了，桌上放着碘伏和纱布，旁边还有一碗热气腾腾的蟹黄粥，估计是买给她吃的。

看到这些，池姜心里一暖。池姜找到遥控器将空调开到最大，又轻手轻脚地爬上床给他盖被子。

她刚给陈烬盖好被子想离开，就被人攥住了手腕。陈烬睡眼惺忪，喉咙像含了一把沙子："我去洗澡。"

"那你小心点，伤口别碰到水了。"池姜说道。

陈烬捞起衣服搭在肩头，揉了一下她的头发："知道了。"

十五分钟后，池姜刚好在整理采访稿，一抬头就看见陈烬洗完澡出来。"轰"的一声，池姜脑子里炸出许多烟花，"美人出浴"怕不是形容陈烬吧。陈烬在下半身围了块浴巾就出来了，上半身……什么都没有穿。

池姜瞬间就无法集中注意力看采访稿了，只直勾勾地看着他。因为常年训练，陈烬身上该有的腹肌一块都不少，身材精瘦，肌肉线条流畅，他刚洗完澡，身上蒙着一层淡淡雾气，腰下的人鱼线隐隐可见。

陈烬脚踩一双拖鞋，刚洗完头，水珠沿着他的眉骨流下来。他浑身跟没长骨头似的，窝在椅子上垂眼擦头发。

池姜放下手中的活飞速跑过去，抢过他手里的毛巾歪着脑袋说"我来。"

好不容易弄干他的头发，池姜用碘伏给陈烬脸上的伤口消毒。陈烬坐在床边，手肘撑在大腿上，一副懒洋洋的样子。池姜半蹲在他面前，仰着脑袋认真地给他处理伤口。

池姜边消毒边生气，刚刚就应该多揍那个臭流氓几下，居然弄伤了她家男人这么好看的下巴。她想得认真，完全没注意到胸前的风光一览无遗。

陈烬咳了几声，眼神隐忍，最终还是别开了脸。处理好伤口后，池姜摸着他的脸颊盯着看，陈烬扯了扯嘴角问她：“怎么了？”

“这要是破相了，怎么办呀？”池姜毫不掩饰自己是颜狗的事实。

陈烬一脸的无所谓，冲她扬了扬眉毛：“破相就要休了我？”

“破相了我也喜欢得不得了。”池姜捧着他的脸，凑上前去亲了一口。池姜本想亲一下以表爱意，谁知陈烬眸子一沉直接把半蹲着的她给捞了起来，变成她坐在他的大腿上。

池姜顺势揽住他的脖颈，摸着他的眉眼再一次感叹，他家男人真好看。陈烬抱着她，把脑袋埋进她颈窝里，嘴唇轻轻地蹭着她脖子那块肌肤，呼出来的热气又痒又麻。

“你上次喊我什么？再喊一句来听听。”陈烬蹭她脖子。

池姜拉开距离，故作无辜：“哪句？”陈烬看着她笑而不语，后者在美色的诱惑下清了清喉咙，“陈烬哥哥。”

陈烬眸色变得暗沉，捏着她的下巴狠狠地亲了过去。虽然这不是两人第一次接吻了，但池姜心跳依然很快，她试着去回吻陈烬。

陈烬勾着她的舌头含了一会儿，忽然变得凶猛起来，狠狠地吮吸，两人的唇舌缠在一起。空气渐渐变得燥热，陈烬大手揽着她的背，天旋地转之际，他已经把池姜压在了床上。

两人的呼吸越来越重，池姜发现不知道什么时候，自己的睡衣被推了上去，陈烬纤长的手指紧紧捏着那团柔软。他从眼睛亲吻到锁骨，再轻轻用嘴唇碰了碰那团柔软，眼神兴奋到不行。

与上次不同的是，池姜发现自己大腿间有个炽热的东西抵着她，她舔了舔嘴唇，一开口，声音嘶哑得不行：“烬哥。”

此刻，陈烬的眼睛发红，似在极力隐忍着，额头冒出了汗珠。他盯着身下的小姑娘，看着她信任的眼神忽然觉得自己有些犯浑。他释然一笑，打算去洗个冷水澡。

陈烬本来就憋屈得不行，看身下软成一团的小姑娘，皮肤瓷白，眼睛还汪着一汪水问他是不是想……他感觉浑身的血液都在倒流，他是很想拥有池姜，拥有这个初初爱上的姑娘，只是现在还不是时候。

陈烬没有回答她，用手掌蒙住她的眼睛。陈烬的指尖冰凉，她眼前陷入一片黑暗。倏忽，隔着一层裤料，她感觉有根炙热抵着她来回摩擦，然后男人粗重的呼吸声在她耳边越来越重，最后来回了好几下，终于停下了。

池姜一直保持这个姿势没有动，她想扭一下调整个舒服的姿势，哪知陈烬拥着她，声音哑得不行，警告她："你再给我动一下试试。"

陈烬自嘲地笑了笑，他来这儿哪是见想念的人，分明是来受苦受难的。

夜已深，池姜累了一天早就进入了梦乡，苦了陈烬洗了两三个冷水澡。半夜，陈烬随便套了件衣服走去阳台抽烟。

冷风阵阵，让肌肤的每个毛孔都忍不住战栗。陈烬微微用手拢住火点了根烟，他懒散地背靠栏杆，嘴里咬着烟盯着房间里睡得正香的池姜无声地笑了。他极少抽烟，一般是心烦或者捋不清事的时候，现在明显是属于后者。

承认吧，陈烬，你输了，从很久之前就输了。从此以后，她将是你生命的一部分，从地老到天荒。

第二天，池姜接到电话，说被带进警局的两个混混终于招供是曼因唆使他们干的，对于曼因辱骂记者，加上对记者构成人身威胁的犯罪事实，足协将会慎重处理。

处理完这些事，池姜和陈烬在清市四处逛了一圈，她买了点纪念品，最后两人当天赶回枫市。

007

没有人在热河路谈恋爱

陈烬和陈思渺两兄妹，一个春风得意，一个在感情面前碰了一鼻子灰。

陈思渺邀请梁见山吃饭，第N次被婉言拒绝。这天，陈思渺一碰到他，就噼里啪啦地像个小算盘说道：“梁大哥，我就是为了表达对你的感谢单纯请你吃个饭，你不去我多丢脸，你自己说，你是不是磨厚了很多女生的面子。”

梁见山看着她气鼓鼓的样子无奈一笑：“你想请我吃什么？”

“川菜！”陈思渺声音兴奋，又怯怯地看了他一眼，“你吃辣吗？”

陈思渺见他笑着点了点头，兴奋地拿出手机找五星好评的餐厅去了。

傍晚，梁见山因为临时开了紧急会议，推迟了半小时才出来。当他走出公司大门的时候，灯火亮起，像一颗颗未灭的星星。室外已经下起了雪粒子，陈思渺站在不远处等他，看他走出来的时候，眼睛里明显有光。

陈思渺习惯性地梳了个花苞头，穿着呢子大衣，雪粒落在她的肩头，不一会儿就融化了。梁见山走到她面前盯着她冻得通红的脸庞，蹙起了好看的眉毛。

“你怎么不在里面等我？”

“外面下雪啦，虽然很小，但我想出来感受下。”陈思渺答道。她边说边蹦了几步，身上的雪粒子像梨花被抖落下来，瞬间融化了。

梁见山被气笑了，他扶了一下陈思渺防止她摔跤：“我们去吃饭吧。”

陈思渺选的这家餐厅生意红火，大厅已经坐满了人，人声鼎沸，周边的人举杯畅饮。陈思渺皱了皱鼻子：“我应该提前预订的，服务员说包间没了。”

梁见山扬手招来服务员在他耳边说了几句。两分钟后，餐厅经理出来迎接，毕恭毕敬地喊道："梁总，我们老板说了，你来了永远有位置。"说完就领着他们进了拐角一个包间。

两人入座后，梁见山在服务员的推荐下点了几道招牌菜外加一瓶梅子酒。服务员礼貌地问道："请问，两位客人是要微辣还是中辣……"

梁见山用眼神询问陈思渺，后者毫不犹豫地喊道："大辣特辣。"

"……"

最后，梁见山有些强硬地替她选择了中辣，他认真地解释道："女孩子不能吃那么辣，吃多了辣对胃不好。"

几道菜上来之后，陈思渺吃得浑身热乎起来，鼻尖冒着细细的汗，再看梁见山也是，脸色带着点微红。

陈思渺不停地给自己扇风："真是又辣又好吃。"

梁见山拿出一条干净的蓝格子手帕递给她："擦一擦。"陈思渺接过来眼睛弯弯地道谢。琉璃灯光斜斜地打了下来，打在梁见山给两人倒梅子酒的手上。

这个男人的手真好看，五指纤长，指甲修剪得干干净净，肤色偏苍白，隐隐可见里面的血管，这哪是敲代码的手，分明就是拿手术刀的手。

陈思渺喝了一口梅子酒，清甜的味道随即在唇齿间弥漫，她又忍不住多喝了几口。不一会儿，她感觉自己的头晕乎乎的，但陈思渺知道自己没有醉。

她望着眼前这个朗月清风的男人，梁见山吃得慢条斯理，眼睛深邃，鼻梁高挺，一举一动更是彰显教养。陈思渺借着酒意大胆地问："梁见山，你喜欢什么样的人呀？"

"优秀，性格可能还有些固执，认准了一件事不撞南墙不回头的那种，笑起来眼睛一眯像只可爱的小狐狸。"梁见山嘴角闪现出一丝笑意，认真地说道。

陈思渺一言不发，这些她一样都没占，而且看梁见山的表情分明是有喜欢的人。她垂下头没有接腔，她知道梁见山说出来是在变着法儿拒绝她。

这是她第一次正儿八经喜欢一个人，以前在学校喜欢的都是大众男神，单纯地欣赏，不同于这次，她是真的心动了。陈思渺夹了一块麻婆豆腐，没吃两口眼泪就掉了下来。

梁见山伸手拽了一下领带，眼神透出关心："怎么了？"

陈思渺轻轻地摇头，吸了吸鼻子："我没事，就是……这道菜太辣了。"

饭后，梁见山提出要送她回家，头一次，陈思渺一脸失落地拒绝了。她低垂着脑袋，雪花落在她乌黑的头发上。

梁见山想伸手掸掉那些雪花，终究还是忍住了。他低头看了下表盘的时针指向，说道："我帮你叫辆车。"

陈思渺是个藏不住事的主，一回到家就马上给她哥打电话，说话抽抽搭搭的。陈烬和池姜刚落地，机场又比较吵，什么都没听清，光听见他家妹子在哭了。

"陈思渺，你再不好好说话，信不信我抽你。"陈烬向来没什么耐心。

"哇"的一下，陈思渺彻底哭出声，不停地控诉道："你还是不是我亲哥了，哭……都不让……我……"

陈烬轻叹了一口气，按了按眉心，声音软了下来："好，哥错了，你别哭了，我慢慢听。"

池姜站在他旁边，用口型问他是不是渺渺，他点了点头。听着电话那头的人说到一半时，冒出什么"梁见山"的字眼，他冷笑一下，顺势长臂一勾，众目睽睽下一把将池姜带进怀里。男人生得高大，女生又长得明艳动人，在机场惹得过往的人们频频回头。

陈烬边听边压低声音“嗯”了一声，忽地将手掌伸进她颀长的脖子里捏了捏。本来天就冷，他冰冷的手掌在触碰到池姜脖子的那一刻，她差点没惊呼出声。

池姜下意识地想往旁边躲，偏偏陈烬不让，他仗着身高优势一边用手肘夹着小姑娘的脖子不让她动，一边在认真打电话。

陈烬低声安慰了陈思渺几句就把电话挂了，池姜也终于逃脱他的魔掌。

“渺渺怎么了？”池姜问道。

陈烬发出一道若有似无的声音，冷哼一声：“还不是你家师兄害的。”

“师兄……什么师兄……”池姜念了几遍才回过神来，歪着脑袋凑在陈烬面前，一脸戏谑，“烬哥，你不会吃醋了吧？”

“没有。”陈烬抿紧嘴唇，死不承认。

陈烬步子迈得越来越大，试图回避这个话题。池姜好像找到了乐趣所在，不停地缠着他问是不是吃醋了。最后，她不知道是不是脑子抽了，忽然站定在原地，想一把冲上去扑到他身上吓一吓他。

男人身后像长了眼睛似的，在池姜冲上来的时候侧着身子伸出长臂轻轻一勾，池姜挂在了他身上，路人向他们投去善意的目光。

就像小时候玩的游戏，孩子吊在大人手臂上荡秋千。现在他们就是这个奇怪的姿势，池姜有些脸红。

陈烬舔了下嘴唇，低头睨她：“好玩吗？”

时间如一杯秋酿，一晃而过。池姜因为要考试，提前一个星期回了学校天天泡在图书馆，好在她本身底子不差，实习的时候也有认真温习这些知识点，几场考试下来也不算太吃力。

春节也即将临近，廖靖希她们几个室友都邀请池姜去她们家过年，池姜婉拒了她们，过年不回家去别人家像什么话。

池姜正盘算着要不要趁着这个机会去看一下奶奶，她爸就找上门来了。池父提着一些年货小心翼翼地站在门口，池姜开了门让他进来。

“姜姜，我看你这儿挺冷清的，要不要我给你添点东西？”池父打量了一下室内。

池姜给他倒了一杯水：“不必了，我这儿挺好的，你有这闲钱多去看一下奶奶吧。”池姜这个人一向对亲情观念看得比较淡。她也是后来才知道的，池父发家之后将大部分资产投入股票中，殊不知是一场经济泡沫，而他也回到了从前的生活。

据说是因为他现在老婆的关系，嫌弃老人家不干净，硬是把奶奶赶回了乡下。这是池姜最生气的地方，老人家一向疼她，当初妈妈带着她去美国的时候，奶奶一直抱着她不停地抹眼泪：“可怜了我们囡囡。”

池父一脸尴尬，将话题岔开了。池姜淡淡地应了声。池父告辞后，池姜终于松了一口气。

池父走后，池姜又想起那些不愉快的回忆，心里一阵压抑。

眼看就要过春节了，池姜当下就买了回花镇的汽车票，逢年过节她也有些想奶奶了。池姜同陈烬出来吃饭的时候说了这个事，陈烬脸色明显不开心了，但他什么也没有说。

池姜想让陈烬一起去看一下她走过的路，看过的风景。

C 大后面有一条久负盛名的小吃街。红蓝相间的布篷由几根竿子撑起来，虽然是寒冬，小吃街依旧热闹非凡。临近过节，枫市本地人也慕名而来，只为尝一下人间美味。

池姜买了一个热乎乎的烤红薯，她掰开一半分给陈烬，男人就着她的手咬了一口，淡声说道：“我不太喜欢吃烤红薯。”

男人……都这么口是心非的吗？不喜欢吃还吃我手里的，池姜暗自腹诽道。

陈烬虽然不太开心春节她要回花镇，但还是认真询问她爱吃什么，给她点了好多吃的。

池姜吃得正起劲，旁边桌的一个男生走过来，长相挺干净的。他有些害羞地问池姜："姐姐，我……我想问你吃的芋圆好不好吃，我不是本市人……所以……"

一句话被这个男生说得颠三倒四的，池姜一下听出他是来搭讪的。她刚想拒绝，陈烬便屈起骨节修长的手指敲了敲桌子，神色不耐烦："没看见她男朋友在吗？"

"不好意思，打扰了。"男生脸涨得通红，道完歉之后急急地付钱离开了。

池姜看着陈烬的举动笑得一脸开心，把手边的芋圆递给他："小爷我赏你的。"

冷风呼啸，即使坐在棚内也感觉一阵寒冷。陈烬看池姜轻微地抖了一下，默不作声地换了方向，挡住了风口。

"你什么时候回来？"陈烬冷不丁地冒出一句话。

"啊……应该待到上班前吧，我好久没见奶奶了，想多陪陪她。"池姜咬着面筋含混不清地说道。

陈烬又不说话了，他总不能跟一个老人家争宠吧。池姜看他脸色阴沉得都快滴出水来，凑上前去讨好地说道："我每天都跟你打电话发信息，马上就能见到了。"

陈烬的脸色这才稍微缓和一点，揉了一把她的头，继续低头吃东西。

可事实证明，池姜太天真了。花镇位置偏远，镇上的人平时自给自足，通信基本不发达。特别是奶奶家，离镇上有一段距离，信号极差，每次和陈烬通话讲到一半就断了。

陈烬自从回到家后就过得特别压抑，主要是有人不希望看见他，要不是过节，他也不想回来。陈烬望着挂断的电话暗骂了一声，捏着一根烟作势就要点起来。

恰好他这举动被刚下楼的他爸陈江耀看见了。陈江耀毫不掩饰自己的厌恶，盯着他："你去当运动员学到的就是这个？有时间在这儿抽烟还不快去把你弟弟从医院接回来，想让他在那儿烂死吗？"

这个冬天，枫市比较湿冷，陈川现的老毛病更严重了，还经常犯头疼，却检查不出什么结果来。这段时间，家里被一层阴霾笼住，过得十分压抑。

陈烬额头的青筋突起，脸色并不好看，但他什么都没有说，拿起桌上的手机低声应了句："知道了。"然后就出了门。

他是和陈思渺一起去接的陈川现。陈川现的腿一到湿冷的雨雪天就疼，复发得很严重，需要住院。陈烬因为前阵子忙着训练没来看陈川现，他已经有些发脾气了。

陈川现坐在轮椅上看起来更虚弱了，陈烬半蹲在他面前，颇有耐心地说道："哥带你回家好不好？"

陈川现摇了摇头，低头玩着手里的魔方说道："哥哥……没来。"陈烬心里一阵酸涩，摸了摸陈川现的头发，哄他："哥又买了好多糖，跟哥回家好吗？"

"糖……回家。"陈川现点头。

陈家请了专门的看护来照顾陈川现，可只要陈烬在，他一定不假手于他人，尽量做到亲力亲为地照顾自家弟弟。家人对陈烬去当运动员这件事表示了强烈的反对，尤其是他爸，恨不得陈烬立刻滚出家门。至于他妈，对他去当运动员这件事不反对也不支持，只跟他提过："如果选择了一条路，再难也要走下去。"

话是这样说，老妈基本不怎么过问他的运动事业，连他拿奖这事也表现得不怎么关心，至少表面上是这样。

陈烬正推着陈川现在院子里晒太阳，他爸看见了又拿话刺他："我看你那个运动成绩也很一般，要是真过意不去的话就去公司帮我的忙。"

陈烬没接话，他在认真教陈川现快速转六面的方法，暖色的阳光笼在他的眉眼上，映衬出淡淡的温柔。

然而勉强还算过得去的气氛终于在年三十晚上爆发了。起因是老妈劝陈烬多让许晚晴来家里走动，陈烬反应冷淡地给揭了过去："再看吧。"

"你这孩子，算了，"老妈夹了一块糖醋排骨到他碗里，"训练应该很累吧，过年多吃点。"

陈江耀脸色一沉，摔了碗筷："怎么？你还想每天给他送饭为他加油打气吗？我看你也不要去当什么运动员了。"

"你死了这条心吧。"陈烬脸色平静。

"你看看你弟弟被你害成什么样了！孽子！"陈江耀呼吸急促。

桌上的气氛僵持不下，陈思渺更是大气都不敢出。

陈江耀忽地起身，抓起餐桌上的纸巾盒就朝陈烬用力地扔过去。陈烬也不躲闪，纸巾盒是塑料的，那个尖角直直地砸到了陈烬的额头，不断有暗红色的血冒出来。

老妈急急地起身打圆场，一脸担心地看着陈烬想为他处理伤口。陈烬拦住了，朝老妈安抚地笑道："妈，我没事，我吃饱了，你们吃吧。"

陈川现皱紧眉头，嘴里不停地重复道："阿现也……不吃饭，哥哥……哥哥疼。"

本来"唰"的一下站起身的陈烬睫毛颤了颤，又缓缓地坐下来，扒拉了一口饭看着弟弟："阿现，哥哥不疼，你看哥哥在吃饭。"

老妈背过身去偷偷抹眼泪。

外面在放着绚烂的烟花，本是一顿热闹的年夜饭，最终还是各吃各的，安静得只有碗筷碰撞的声音。

陈烬勉强吃了小半碗饭就上了楼，将门关上，终于将那断断续续的争执声隔绝在外。陈烬没有开灯，瘫坐在沙发上，望着漆黑的天花板不知道在想些什么。

他感到前所未有的疲惫。

他用手掌挡住自己的眼睛，看到不远处闪着微弱的亮光。他以为是月光从窗户漏进来了，定睛一看，原来是手机显示的来电提醒。

是池姜。

陈烬调整好情绪接通，声音清淡："喂？"

"烬哥，新年快乐！"池姜的声音让人想到冬天里的青苹果，甘甜又清脆。电话那头传来小孩吵闹的声音，烟火噼里啪啦地响着，池姜发出小声的惊呼。

陈烬心底阴沉的情绪忽然被驱散，那些不甘、委屈、愤怒、失望消失得干干净净。他扯了扯嘴角："新年快乐，宝宝。"

池姜刚想说点什么信号又断了，陈烬望着熄灭的屏幕微微叹了一口气，此刻他特别想见到池姜，想抱一抱她。

陈烬决定去找池姜，他打算悄悄地过去，不惊动家里人，省得他爸被气倒送进医院去，家里又闹得鸡飞狗跳。

他看了一眼时间，晚上八点三十分，应该能赶上最后一趟大巴。他收拾了一下东西就起程去了花镇。

去镇上的路不好走，坐在大巴上一路颠得不行，好在陈烬坐的是靠窗的位置。

大巴上只有零星几个人，倒也安静。坐了近三个小时的车，一声急促的刹车声响起，司机大叔爽朗的声音响起："花镇到了，可以回家睡暖乎乎的被窝了。"

陈烬下车的时候，司机大叔搓了搓手，笑呵呵地问："大伙子，你这是赶着回家吗？”他看陈烬长得白净，身上的穿着看起来又不错，实在不像花镇人，这才问了一句。陈烬有些愣神，最后点了点头：“嗯，回家。”

到了镇子里，陈烬又叫了辆黑车，开了十几分钟才到池姜家附近。陈烬打电话叫池姜出来的时候，池姜早已睡下了。一看是陈烬来电，她又急忙套件羽绒服就出去接电话。

房子北面的信号更好，池姜举着手机边发抖边找信号，忽然看见了不远处的陈烬。夜色深深，很多人家都睡了，只有奶奶习惯性地在院子里留了一盏灯。

陈烬套了一件黑色的羽绒服、黑色休闲裤，昏暗的灯光映着他眉目清朗的侧脸，嘴角习惯性地弯起。池姜“啊”了一声，飞快地冲过去扑进陈烬怀里，男人顺势搂住她，声音在寒冬里略显沙哑：“想我了吗？嗯？”

“想了。”池姜把脑袋埋进他胸膛里。

直到陈烬进门，灯光一亮，池姜才发现他嘴唇冻得发白，急忙去充热水袋，又去热点菜。声响有点大，老人家在里屋里问：“囡囡，你在外头干啥？”

“奶奶，我朋友来啦。”

“没事，您不用起来，我会招待他的。”池姜声音变小。

十分钟后，池姜端出一盘饺子和几个家常菜，还有一碗白米饭。

“你先凑合吃点暖下胃再说，就我和奶奶两个人，所以年夜饭简单了点。”

她话刚说完，又急忙拿出两个热水袋放到他腿上。陈烬被她逗笑了：“我不冷。”

“男人说这种话都是逞强。”

陈烬夹了一个饺子往嘴里送，挑了挑眉：“大小姐手艺见长啊。”

“好吃吧，不过这是奶奶包的，我就包了两个，她还嫌弃我。”池姜有些不好意思。

陈烬很快就把桌子上的菜给一扫而空，池姜见他吃完又去给他铺床。陈烬坐在凳子上看着她忙碌的身影，觉得心里突然踏实了。

年三十的晚上，明明是一家人聚在一起的日子，他却风尘仆仆地赶来找她。池姜也自觉地不去问为什么，只担心他路上是不是挨饿受冻了。

陈烬点了一根烟，垂眼发呆。

池姜铺完床过来跟他说：“可以睡了。”

“你怎么又抽烟啊。”池姜皱了皱眉毛。

陈烬抬手掸了一下烟灰，直接把烟给掐了。他说得坦荡：“今晚我想跟你睡。”

池姜的脸“噌”的一下红了，男人脑子里装的都是什么。她脱口而出：“我他——”话没有说完，他伸出修长的手指捏住了她的脸。

“疼疼疼——”

“你还知道疼，”陈烬嘴唇抿成一条平直的线，眼睛盯着她，“跟谁学的脏话？”

“没有谁，我错了，希望这位大哥行行好。”池姜瓮声翁气地说。刚刚就不应该让他吃那么多饭的，力气这么大就是来捏女朋友的吗？

陈烬手指松开，大摇大摆地进了她房间。池姜慢吞吞地跟上去，一副视死如归的表情，上次还是有点吓到她的。

池姜还在做最后的挣扎：“让奶奶看见了不好。”

“放心，我会赶在天亮前回去的。”陈烬哄着她。

池姜没脾气了，磨磨蹭蹭地脱了外套，穿着睡衣上了床。结果证明，她想多了，陈烬真的只是抱着她什么也没做。

陈烬把脑袋埋进她颈窝里，轻轻蹭着她脖子那块肌肤，他双臂紧紧抱着她似要把人嵌进身体里。池姜被弄得有些喘不过气来，但她没有挣脱，静静地任陈烬抱着。

池姜知道陈烬今天有些反常，她在等他主动开口。

窗外寂静无声，隐隐可以听见落雪融进地里的声音，松枝被压断的清脆声。不一会儿，池姜就感到脖子那一块有些濡湿。

“我有时候会觉得活着特别累，也想什么都不管不顾一走了之，身边的环境压得我喘不过气来。”陈烬自顾自地说着。

“其实我小时候特别皮，经常泡在街机室里，玩得最多的就是《拳皇游戏》，后来时代发展，游戏也多种多样，我也什么都玩。”陈烬在黑暗里自嘲地笑了笑，“说出来你可能不信，我中二时期的梦想是做游戏，不是当运动员。”

夜太漫长，陈烬的语气带着一点疲惫。陈烬从小在优渥的家庭里长大，一家人又特别宠他，所以他养成了叛逆的少爷脾气。陈父是从苦日子熬过来的，年轻奋斗的时候一个馒头能掰成两半用，后来发家，也会经常忆苦思甜。他又是对小孩要求比较高的父亲，看到陈烬不是泡网吧就是逃课出去玩，经常动用家规罚他跪在外面。

弟弟陈川现和陈烬性子相反，陈川现成绩优异，为人谦虚懂事。所以久而久之，爸爸就经常这样对比：“你看看阿现，再看看自己是什么德行。”

这样反而适得其反，陈烬越发叛逆，动辄旷课出去打架、玩赛车，把陈父气得半死。但陈烬和陈川现两人的感情特别好，陈烬一被罚跪，偷偷去送吃的人肯定是陈川现。

两兄弟只相差一岁，感情十分亲厚，话题自然也能聊到一起。陈川现从小在运动这块就表现出特别高的天赋，他热爱跑步想成为一名田径运动员。而陈烬脑子里只有游戏，长大就只想做游戏。

尽管陈川现各方面表现优异，但陈父并不同意他去学体育。陈父思想比较固执，作为家长，他自然是希望自己小孩继承家业的。

陈川现比较懂事，性格也没那么急躁，但他对体育非常狂热，将校运会的项目都包揽了。陈烬跑去给他加油，一脸炫耀的表情："不是我吹，我弟他就是下一个刘翔。"

旁人想笑又不敢出声。大哥，人家刘翔是跨栏的好吗？不是短跑的。

后来省队教练来他们学校挑运动员，陈川现背着父母参加了测试。当测试通过时，教练找来说他是个好苗子，希望他能来省队，陈川现说出了自己的顾虑。

教练考虑到他的处境后，提出让他去体校训练两个月，看这两个月系统性地接受训练会不会让他真正排除万难，下定决心跑下去。但这个前提是得家长签字。

两兄弟背着陈父悄悄去找老妈，谁知老妈就是不肯签："我签的话，你爸又要发脾气了。"

"妈，爸发脾气这件事和阿现的梦想哪个更重要？"陈烬开口。

最终，老妈还是签了同意书。

三个人对他爸的说辞一直是陈川现去参加奥数夏令营了，打算以后再慢慢跟陈父沟通学体育这件事。

一切都朝着好的方向发展，陈烬无论如何也想不到是自己失手毁了这一切。

陈烬不记得自己是因为什么跟老爸吵得很激烈，那天晚上他负气跳窗逃走，去找了社会上的朋友留宿。

一开始，陈烬在外面过得舒适得很，不用上课，天天打游戏。他铁了心离家出走，自然不会担惊受怕。直到一天朋友约他赛车，他们之前的赛车都是小打小闹。

陈烬才刚满十五岁，尽管他开车技术还可以，可是没到法定开车年龄是不能报考驾照的，更别提上路了，他只敢开野车。

少年总是年少轻狂，他和朋友们赛车，将身上的钱输了个精光。最后一局，他也是输。陈烬没法子了，只得打电话叫陈川现过来送钱。

陈川现匆忙请假过来送钱，最后等哥哥一起回家。回去的路上，两人在路边吃了碗牛肉面。灯火氤氲着一股柔和，陈川现额前的黑发柔软地耷在眉毛前，他尝试着开口：“哥，你是不是因为我……你以后不要让爸妈担心了，好吗？”

“如果是因为我，我以后……可以少回家。”陈川现低着头说。

“不是因为你，阿现你别想那么多，”陈烬语气顿了顿，开始转移话题，“在体校怎么样？”

一提起这个，陈川现眼神熠熠生辉，语气雀跃：“挺好的，我学到了很多呢。哥，我还交了新朋友，虽然他是个残疾人，但我觉得他很厉害……

“哥，你以后等我拿冠军给你看。”

陈烬垂眼认真地听着，由衷地替这个弟弟开心。两人吃完面后，陈烬本来想在宾馆凑合一晚，谁知陈川现又是撒娇又是耍赖，总算把陈烬劝回家。

他们打了一辆车，两兄弟同时坐在车后面。意外总是来得猝不及防，司机因为疲劳驾驶没看清路况，与一辆大卡车迎面相撞。

电光石火间，陈川现扑过去将陈烬死死护在怀里，陈烬耳边响起巨大的轰鸣声，视线所及之处皆是混沌一片。

等陈烬脑子恢复一丝意识的时候，才发现他们所坐的车子侧翻了，陈川现脑袋上全是血，陈烬惶恐地去喊他，却发现没有回应。

温热的液体不停地从额头滴落，他伸手一摸，分不清是谁的血，四肢是钻心般的疼。

陈烬费力地从车底爬出来，想要去拖陈川现，发现怎么也拖不动他，最后再一次昏倒在车前。

陈烬醒来时，发现自己已经在医院了。老妈见他醒来，抱着他号啕大哭。在老妈断断续续的哭诉声中，他才知道阿现为了救他丢了大半条命，现在在手术室抢救。为了保命，陈父已经签了截肢手术同意书。

陈烬在手术室外跪了两天一夜。

他是个没有信仰的人，这时候却希望上帝给他一道光，希望阿现能脱离生命危险。

医生从手术室出来，疲惫地说道："病人已脱离生命危险，脑袋受到重力冲击，颅内有阴影，智力退化到六岁前。"

陈母当场晕倒，陈父身形晃了晃，扶住墙壁，什么也没说，只看了陈烬一眼。那个眼神足以把陈烬凌迟，里面包含着怨恨、失望、痛苦。

后来，陈烬不顾家人反对，进了体校当运动员。

前三年，陈父没让他进过家门。

十八岁时，陈烬叫他一句爸，陈父勉强应了一声。

再后来，陈烬拿了大小奖杯，陈父只是脸色好了一点，仍旧变本加厉地冷嘲热讽。

只要陈烬一拿奖，陈川现就很开心，肯乖乖打针吃药，他还分享自己最喜欢吃的糖给陈烬。到如今，陈烬到各地比赛，会收集各种糖，一来是给阿现，而他自己也会吃。

众生皆苦，糖是甜的。

陈烬说完之后，池姜久久没有说话，房间陷入一种静谧中。池姜伸出手抱紧了陈烬，她的声音带着软度："烬哥，你记不记得我老爱看恐怖电影这件事。"

"记得。"陈烬闻着她身上散发的淡淡橙花味道就觉得安心。

池姜接着说："小时候我爸妈老吵架，我爸还打我妈，那个时候我非常没有安全感，就逼迫自己看恐怖电影。

"我爸妈离婚后，我妈一直陪在我身边直到我成年，现在她定居美国了。我和她感情还可以，有机会带你见见她，我觉得她应该会很喜欢你。”

“好。”

“和你在一起之后，我很少心情不好，几乎没有碰过恐怖电影，”池姜抬手摸了摸他后脑勺那块柔软的头发，“所以我们永远有彼此。”

陈烬抬头，眼睛沉沉地看着怀里的小姑娘。什么是世上是最动人的情话，我们永远有彼此。他单手捧着池姜的脸颊，低头吻了上去。

这是一个不带任何情欲的吻，这个吻温柔又缱绻，含着绵长的情意。陈烬小心翼翼地亲吻着池姜，仿佛世上的珍宝。

池姜躲进他怀里，忽然想到什么，问陈烬：“烬哥，那你怎么选了击剑，没去当田径运动员呢？”

“因为那个时候觉得好像只有打架还可以，跑步这块我没什么天赋，就选了击剑。”陈烬对自己当时的中二想法觉得好笑。

“那你现在是真正热爱击剑吗？”

“嗯，十年饮冰，就为了这一刻的夺冠。击剑早就和我融为了一体，原来拿了冠军真的有人与你一起欢呼，那个时刻你才觉得自己是真实存在的。以前是为了完成阿现的梦想，现在我更想向他们证明自己，也为国家争得荣耀。”

次日，池姜睡到日上三竿才醒，枕边早已空荡荡，估计天还没亮陈烬就回客房了。池姜慢吞吞地起床洗漱，然后去厨房找吃的。

池姜端着一碗粥出来晒太阳，油条就着小米粥吃，好不惬意，她笑眯眯地喊：“奶奶早。”奶奶正在外面剥玉米粒，笑得慈祥：“囡囡，那个是你男朋友吗？”

池姜抬眼望过去，陈烬正在院子里帮奶奶干活，晒干菜，阳光在他脸上淬了一层金。

“是，奶奶您觉得他怎么样啊？”池姜期待地望着奶奶。

老人家剥玉米粒的动作很快，乐呵呵笑了一声：“小伙子不错，就是怕我们囡囡脾气不好吓走了他。”

“奶奶——”池姜拖长了声音撒娇，“您怎么胳膊肘往外拐呢？”

陈烬忙完了之后，信步走过来，他勾着唇问：“和奶奶在聊什么？”

“在说你坏话，”池姜打趣道，“哎，你渴不渴，我给你倒杯水……”

陈烬按住她的肩膀，接过她手里的小米粥喝了几口，意味深长地说：“不渴了。”这人怎么动不动就耍无赖。池姜懒得理他，蹲下身来逗猫。

橘猫跳进池姜怀里，不停地拱啊拱，还翻了个身子在她怀里躺着。陈烬掀起眼皮乜斜了那只胖猫一眼，伸出手拎着它的脖子在空中晃荡。

橘猫有些不满地喵喵叫了两声，直到池姜把他的手拍开，才把它解救出来。陈烬发现，在花镇的日子过得很快，平时在家帮池姜奶奶干点活，闲时四处逛逛。

花镇民风淳朴，池姜还带着他去镇上赶了一次集。在一个没有人认识你的地方，不去想以后，没有矛盾，这大概是陈烬过得最畅快的一段时间。

花镇不远处有一座雪山，池姜心血来潮地想要看星空，陈烬二话不说收拾了一下简单的行囊，两人就打算一起出发。

这座雪山叫仙女山，据说有情人登顶之后能长长久久地在一起。这处雪山也算个旅游景点，每年冬天有许多邻省的人过来玩。

“你这样，累不累？”池姜一开口便有一大股冷空气灌进嘴里，她费力地咳着。

此时的陈烬正扛着两人的食物、简易帐篷这些东西，徒步爬雪山，他摇摇头回应她。雪山下有几处民居，还养着卡拉恰伊马，踩在雪地上，留下一朵朵梅花。

他们走走停停，累了就在观景台休憩一会儿重新上路。池姜不知道自己走了多久，一开始还好，到了后面几乎是陈烬半拖着她上去的。

暮色沉沉，疏星嵌在墨蓝的天空上，他们的视野变得开阔起来。远处盐白的雪山连成一片，无边无际，月牙散发着暖色的光，映着两人疲惫的身影。

陈烬顾不得休息，赶紧搭帐篷。他的动手能力很强，几乎没怎么费劲就搭好了一顶帐篷。

他转身的时候发现池姜的嘴唇泛白，整个人抖个不停，刘海被冷汗沾湿了凌乱地耷在额前。

陈烬从包里拿出水壶递给她："给，是酒，暖胃的。"

"好。"池姜接过来一鼓作气灌了一口，酒烈得呛人，辣得她眼泪都快出来了。可稍坐一会儿，整个人开始慢慢暖和起来。

池姜无事可干，盯着陈烬冷峻的脸庞看。他正认真地摆放相机，垂下来的长睫毛映着温柔的月光。

"现在还有些云雾，星空还没能完全显现，"陈烬朝她抬了抬下巴，"你先进去睡会儿。"

池姜笑眯眯地说："静静，你怎么什么都会呀，我要拜倒在你的牛仔裤下了。"

陈烬用舌尖顶了一下脸颊，伸出手掐住池姜的脖颈，故意往她耳边凑："那就来个雪山版的'速度与激情'。"

他的气息温热地吐在池姜耳边，她一个激灵耳根"唰"的一下泛红，连忙求饶："我错了，再也不皮了。"陈烬这才放过她，让池姜在帐篷里好好休息，星空出来了会喊她。

后半夜，池姜被陈烬叫醒，她舍不得离开这暖意，头迷迷糊糊地往外探，却被眼前的景色给震撼到了。星空近在咫尺，稀薄的冷空气中，寒星越发明亮。

池姜手忙脚乱地穿好衣服走出去，终于体验到"手可摘星辰"是什么感觉。

陈烬微微眯着眼一连按下好几个快门，对好焦后拍出自己想要的照片。池姜拿出一张毛毯铺在地上，让他一起坐下来。

“烬哥，我感觉特别不真实。”池姜托着腮，若有所思地说。

陈烬坐下，一条长腿随意地屈起，他正有一下没一下地把玩着手里的酒壶。听到这话，他一把将池姜抱到自己大腿上，亲了亲她的眼睛，低声笑道：“现在感觉真实了吗？”

“星空真美，烬哥，和你在一起的日子真开心。”池姜将双手放进他衣兜里。

陈烬扯了扯嘴角，将她紧搂在怀里，他又何尝不是？原来喜欢一个人的感觉是，喜怒哀乐都和对方有关。

从雪山下来之后，池姜挑了个好天气，带着陈烬去冰窟里钓鱼，四处的青绿色开始冒出来，冰雪融化。陈烬一碰鱼竿跟入了定似的，抛出鱼钩后就完全不动了，等着大鱼上钩。池姜觉得无聊，男朋友又不理她，只能自个儿找乐子。

池姜摘了一朵鹅黄色的小花别在耳边，歪着头问：“烬哥，我这样好看吗？”

陈烬没有扭过头来，他盯着河面吐出两个字：“好看。”

“……”

行吧，池姜搬着小板凳，拿出手机放歌，摇头晃脑地跟着手机哼唱。陈烬隐忍了一会儿，开口：“池姜，把歌关了！”

“鱼重要还是我重要？”

“鱼。”陈烬思考了两秒。

“……”

知道的人看他在钓鱼，不知道的还以为他在钓美人鱼呢。

冷风阵阵，好在太阳照在身上暖烘烘的。池姜把脑袋枕在陈烬腿上，找了个舒服的位置睡觉，陈烬怕她被太阳晒到，帮她把帽子盖上。

十五分钟后，鱼竿跳动，陈烬小心翼翼地收竿，是条小草鱼。陈烬忍不住小声地吹了个口哨。哪知愉悦的心情没持续多久，就听见手机信息提示音响起。

在花镇，经常没信号，陈烬也用不上手机，但他还是习惯性地把手机揣兜里。陈烬拿出手机滑开屏幕，是许晚晴发来的消息：陈烬，你去哪儿了？阿姨一直念叨着让你回家，阿现这几天一直腿疼，嚷着要见你。

陈烬面无表情地把手机放回兜里。池姜已经被吵醒了，她嘟囔着："是谁找你呀？"

"没事，你接着睡。"

钓完鱼回到家之后，陈烬跟池姜说了家里的事，池姜欣然应允并且主动帮他收拾东西。陈烬脸色有点不好看，他若有似无地哼了两声："怎么？你巴不得我走？"

"天地良心，我这不是想在你家人那边留个好印象吗，做个懂事的女朋友。"池姜解释道。这句话明显取悦了陈烬，之后他都没有怼过池姜一句。

陈烬走的时候，奶奶塞了很多自己做的特产给他，陈烬没有推辞，大方接下了。陈烬拥抱了奶奶一下，礼貌地说："奶奶，下次我再来看您。"

"陈烬，我家囡囡就交给你了，她从小就没有什么安全感，一定要照顾好她。"奶奶眼角湿润。

"会的，您放心。"

池姜是在陈烬后两天走的，她待到大年初八就离开了花镇，老人家在她走的时候唠叨个没完，让人觉得十分温暖。

她这个年过得十分惬意，但好朋友廖靖希过得真是糟心极了。廖靖希那个前男友肖寒不知道从哪儿知道的她一直单身，觉得自己又有机会了。肖寒一根筋地买了各种补品去廖靖希家拜访，廖靖希气儿都不带喘一下把东西全扔出去了。

廖靖希万万没想到这人还有守株待兔这一招，傍晚，肖寒顶着一头艺术家飘逸的长发把她堵在小区门口。廖靖希看着他，不明白当初的自己为什么会喜欢上这种人？头发留这么长不扎眼睛吗？

“希希，过两天我有一个画展，希望你能来。”肖寒把票递过去。

廖靖希看都没看那张票一眼：“不好意思，没空，不去。”

“希希，对于当年的事情我很抱歉，能再给我一次机会吗？我知道那件事伤害你了，不然你也不会一直到现在还是单身，希望我能补偿你，”肖寒不知道又从哪儿变出一枝向日葵，“你还记得吗？”

廖靖希抱着手臂看着他：“来，你再给我重复一下那句话。”

“你还记得吗？”肖寒怔了怔。

“不是，前一句。”

“希望我能补偿你？”

“再前面一句。”

“不然你也不会一直到现在还是单身。”

廖靖希接过他手里的票，肖寒脸色一喜，不料廖靖希动作利落地把票插进他衣兜里，眼神带了几分嘲讽之意：“把你这招用去对付其他小姑娘吧，至于我到现在还是单身是因为有大把人追，挑花眼了，你懂吗？”

廖靖希扔下肖寒后就姿态潇洒地转了身，双手插进衣兜里，头也不回地走了，枯叶被风卷起，她的背影显得孤绝。肖寒留在原地，眼底划过一丝愤怒和不甘。

她走到下一个拐角处的时候，紧绷着的肩膀终于垮了下来。她对肖寒确实没感情了，但也确实是因为他造成了她得了厌男症，留下了阴影，现在她好得快差不多了，实在不想伤疤再一次被揭开。

这个时候，她突然想到了孙好高，那个浑身充满阳光气息的大男孩，有时候像块黏人的牛皮糖，动不动就爱讲冷笑话逗她开心。只要她开心一小会儿，孙好高就能兴奋好久。

想到这儿，廖靖希打了辆车去了常去的那家清吧喝酒。廖靖希有个外号——飒蜜儿，不仅指的是她为人处事方面的大气，还指的是别人劝酒时她也应得干脆，一般也不容易喝醉。

可是今晚，不知道是太煽情还是酒太烈了，廖靖希喝了几杯就醉了。哪知道肖寒一直跟着她，他在角落里静静地看着她喝酒。

只要廖靖希身边一出现搭讪的人，肖寒就会赶走他们。喝醉了的廖靖希一点也不知道发生了什么，一会儿哭一会儿哼着歌。

肖寒看着廖靖希这副模样心里越发得意，女人果然都是口是心非，廖靖希心里还是有他的。

廖靖希从包里摸出手机，打了一个电话，她说话时舌头都打结了："孙好高，我要听十万个冷笑话。"

意外地，她没有听到电话那头的回应，过了好一会儿，冒出一个奶声奶气的声音："你是谁呀，你就是小舅舅喜欢的那个人吗？"

电话那头传来纷乱嘈杂的声音，孙好高抢过手机，瞪了自己的外甥女一眼："喂，靖希，你要听冷笑话是吗？我跟你讲。"

"你知道谁一生生活在黑暗中吗？"孙好高尾音上扬，故意停顿了一会儿卖关子，"是机器猫，因为它伸手不见五指。"

"哈哈哈哈哈，好笑吧，"孙好高听见电话那头一直没声音，急了，抢过外甥女的 iPad 上网搜索冷笑话大全，"不好笑是吧，我再给你讲一个。"

"有一天，咖啡杯和玻璃杯同时走在路上，突然后面有人喊：'小心啊，有车。'结果，玻璃杯被压碎了，咖啡杯却没事，为什么？"

“因为，咖啡杯有耳朵，玻璃杯没有。”孙好高扬着嘴角告诉她答案。

电话那头仍旧久久没有回应。

忽然，廖靖希很大声地喊道，像是要把不满发泄在他身上：“孙好高，你讲的冷笑话真的好烂啊。”

说完，她就小声地呜咽起来，像是在极力压抑什么。孙好高一听到就去拿外套打算出门，他的眉头蹙起：“靖希，你在哪儿？”

“怎么，想找我喝酒吗？我可是千杯不醉。”廖靖希冷哼道。

孙好高匆匆穿了件白色羽绒服，拿着手机去开门，在“你爸回来吃饭，你还滚去哪儿”的呵斥声中出了门。

廖靖希死活都不肯告诉孙好高自己在哪儿，孙好高想了一会儿她常去喝酒的地方，应该是之前去过的清吧。果然，他在那里找到了廖靖希。

肖寒一直盯着廖靖希，看她醉得差不多了，心里那点龌龊的心思上来了，打算带廖靖希离开。谁知半路杀出一个身材高瘦的男人，一脸担忧地看着廖靖希，还劝廖靖希别喝酒了。

“放开她。”肖寒走上前去。

孙好高听到声音回头，看清来人之后，仗着身高优势居高临下地看着他：“你谁啊？哦，你就是那个渣男。”

“你——”肖寒眼神愤怒，随即又冷静下来，“你也看到了吧，希希是因为我才这样伤心的，我们很快就要复合了。”

孙好高语气平和：“我们出去说话吧。”说完，他将廖靖希扶起来。肖寒忙伸手去接，被廖靖希甩开：“你谁，我不认识你。”

廖靖希大半个身子都挂在孙好高身上，温热的呼吸喷在他脖颈上，孙好高的耳朵红了一大半。

清吧后面是一条窄巷子，路灯昏暗，几只不知名的虫子飞过去，翅膀转瞬被燃断。孙好高脱了身上的羽绒服让廖靖希穿上，尽管廖靖希身材高挑，可穿上之后就像偷穿大人衣服的小孩。

他买了一杯热饮让廖靖希在便利店里坐着，里面暖。廖靖希迷糊地坐在便利店里，她与两个男人隔着一扇透明的玻璃窗。

孙好高活动了一下手腕，直接冲着肖寒的下巴挥了一拳。肖寒没有防备，加上身材本身就瘦弱，结结实实地挨了他一拳。

“希希也是你能叫的？让女人伤心你还挺自豪的？”孙好高冲着他的鼻子又来了一拳，眼睛赤红。

廖靖希看得目瞪口呆，这才意识到事情不对劲，跌跌撞撞地跑出去。肖寒一摸，流鼻血了。孙好高冷着声音说：“你以后再来骚扰她，我见你一次打你一次。”

肖寒自知不是他的对手，但此时不甘和屈辱占据了大脑，他突然笑道：“她全身上下我都看过了，很一般，你还想要吗？”

“她是什么样的人，轮不到你来评判。”孙好高语气坚定，“我喜欢她，只是因为她是廖靖希。”

廖靖希追出来本来是想叫孙好高住手的，没想到肖寒会说出这样的话。寒夜里，风从巷子里穿堂而过，冷得彻骨，廖靖希酒醒了大半，那些不愉快的回忆在脑子里再次涌现。

“肖寒，在这之前我还当你是朋友，之后见到你我会主动绕道，因为我不想跟畜生打交道。”廖靖希看向肖寒的眼神如同看一个陌生人。

“希希，我……”

廖靖希快速转身只想结束这个闹剧，边走边不停地掉眼泪。孙好高大步追上去。

“孙好高，你觉得我是吗？”廖靖希快速抹掉眼泪。

“你不是。”孙好高没了往日嬉皮笑脸的样子，认真地说道。廖靖希抬眼看他，其实孙好高真的是个正太脸，皮肤偏白，双眼皮，嘴唇弧度好看。

廖靖希心里划过一丝暖流，她正想说点什么的时候，胃里翻涌着一股酸气，她立马跑到不远处抱着垃圾桶一阵狂吐。

孙好高微微叹了一口气，去便利店里买了一包纸巾和矿泉水，颇有耐心地道：“我送你回家吧。”

廖靖希低声报了个地址，现在这个样子回家估计会被骂死，所以她报的是出租屋的地址。孙好高把廖靖希安全送回家之后，又用热水帮她擦干净脸和手。廖靖希看着天花板，两眼无神，喃喃地说：“这件事我只解释一遍，随便你信不信。”

廖靖希从小是在蜜罐里长大的，父母对她要求极高，她也规规矩矩地考上了大学。一到大学，廖靖希体内的叛逆因子就冲出来了，她渴望做点什么。

染头发、穿重朋克的衣服，包括和肖寒这个所谓的艺术家在一起。肖寒哄人很有一套，每天送她一首自己写的情诗，一周后轻而易举地追到了她。

两人在一起后，肖寒确实对她好。直到肖寒让她做裸模，廖靖希接受不了这种大尺度一口拒绝。肖寒用花言巧语哄得她开心，并说当模特可以遮住重要部位，最终廖靖希答应了。

廖靖希本身就是那种性格爽朗、比较独立的女孩，恋爱时给予了对方相对的自由，可是她没想到这会助长肖寒劈腿。廖靖希当即选择了分手，尽管之后的日子渣男苦苦哀求，但她依然无动于衷，就为断得干脆。

其实，廖靖希对于这段感情全身心投入过，因此被劈腿后内心遭受了很大的打击，只是没有表现出来而已。好比有人特地为你建造了一座城堡，你准备好住进去看星星了，结果建造的那个人亲口告诉你，那不过是假象而已，是海市蜃楼。

后来，肖寒在廖靖希那里多次碰壁，有一段时间没有来骚扰她，直到他偶然看见廖靖希和一位男校友有说有笑的不知道在讨论什么。

肖寒想起之前来找她求和时，自尊心被她踏在脚下的感觉。有时候，往往是一念之间的事，嫉妒使人变得扭曲。当初骗廖靖希当模特时，肖寒偷偷地拍了几张照片，于是他匿名把廖靖希的大尺度照片发到了他们校内网上。

一时间，校内议论纷纷。廖靖希走在路上时刻有人对她指指点点，有女生直接光明正大地说她道德败坏，男生看向她的眼神也变得玩味起来。

平日里嫉妒廖靖希的女生这会儿出来落井下石，搞些小动作让她出糗，比如在她抽屉里放蟑螂，撕她的专业书。

以前追廖靖希追得起劲的男生笑吟吟地拦住她，问她一晚上多少钱？

廖靖希彻底崩溃了，对这个世界产生了怀疑，患上了抑郁症。后来，她休学一年，四处看医生。好转之后返校，因为需要重修课程留了一级，因此认识了池姜。不得不说，池姜是个很好的朋友。她告诉廖靖希，黑暗的另一面是光明。

你想要光，就会有光来。

果然，喝酒能使人变成话痨，廖靖希讲得口干舌燥，让孙好高给她倒了一杯水。

孙好高用指腹贴着杯壁试了试温度，觉得合适才递给她。廖靖希看到了这个小细节，不免有些感动。

孙好高小心地替她掖好被角，沉默良久，说道：“这些都过去了，你本身就是一道光，你的未来无限美好，我希望你能快乐。”

第二天醒来后，廖靖希头痛欲裂，醒来去找水喝发现冰箱上面贴着一张便利贴，字迹端正：早安，醒来喝点解酒汤会好点，我在厨房里给你准备好了食材，你放锅里煮热就可以了。

廖靖希低声说了句："小孩还挺懂事的。"

一段时间过后，廖靖希跟池姜提起这件事的时候，池姜气得要去揍肖寒。廖靖希拦住她，笑道："就当被条狗咬了。"

"不过，靖希，你跟孙好高解释了没有啊，不对，我得先问你对他什么感觉？"池姜咬着奶茶吸管问道。

"没之前那么排斥了吧，我不清楚对他是什么感觉，但他是一个好人。"廖靖希评价道，"那天我迷迷糊糊的，好像和他解释了。"

池姜刚要接着说话就被手机来电给打断了，语气撒娇："好好，我马上来，你再等一会儿嘛……"廖靖希瞪她一眼，给池姜看自己胳膊上的鸡皮疙瘩。

池姜挂完电话之后，冲廖靖希眨了眨眼："亲爱的希希……"

"行了，赶紧滚，你重色亲友也不是头一回了。"廖靖希一巴掌打掉她的手。

一开始池姜说要保密，是怕影响陈烬比赛，后来两人接触频繁，再加上举止亲密，明眼人都看得出来两人的关系，除了孙好高这个瞎子。他还整天乐呵呵地拍着陈烬的肩膀说果然是好兄弟，为了他一直没脱单，陈烬睨他一眼不再说话。

时光飞逝，一眨眼池姜就要毕业了，FNC鉴于池姜优秀的工作能力，特批她一个半月的时间准备毕业，毕业之后正式上岗。

至于陈烬，自从开年后就为了冬季最大的世锦赛而进行紧张忙碌的训练，所以两个人都特别忙，只能抓紧一切时间见面。

池姜毕业那天特别希望陈烬能来，陈烬说尽量，结果非常时期的训练实在不能请假。那天，池姜确实是有点失望的，但是陈烬派了自家妹妹来了。

陈思渺是和梁见山一起来的，梁见山捧着一束花递给她："师妹，祝贺你，毕业了。"池姜礼貌地道谢，她看向陈思渺："思渺，你怎么来了？"

"报告，组织上派我来表忠心的。"花苞妹两指并拢在额头边，行了个俏皮的礼。之后，她捧着一束沾着露水的栀子花塞到池姜怀里，花束上面夹着一张卡片，字迹冷峻。

给我的小甜姜：

毕业快乐，你是最优秀的小姑娘，以后的路有我陪你一起打怪兽。

话语简单明了，却让池姜心里一暖，她心里那点小失望消失得干干净净。为了各自的梦想而努力，寒冷时互相拥抱取暖，这是最好的爱情。

池姜作为学生代表上去讲话时感谢了老师和学院，也分享了自己大学四年来的所学所想。最后提及个人经历时，她笑了笑："今天是个特别的日子，想要喜欢的人能见证我的成长。可惜他没有来，不过我不失望，因为我们都在为了各自的梦想而努力，寒冷时互相拥抱取暖，这大概就是最好的爱情。想到一个英文单词Soulmate（灵魂伴侣）来形容我们之间的关系。廖一梅在《柔软》中说过——'每个人都很孤独，在我们的一生中，遇到爱、遇到性都不稀奇，稀奇的是了解。'因为理解，所以想对他说，你身后有我。在他即将迎来人生中最大的一次比赛的时候，我希望陪他一起赢，一起实现这个梦想。希望在座的朋友能收获一份关于了解的爱情或者友情，理想万岁。"

场下响起了如潮的掌声，甚至还出现了欢呼和尖叫声。殊不知，陈思渺在下面将池姜的发言全部录下来了，她打算等自家哥哥拿到冠军后再给他看，算是一个惊喜吧。

陈思渺放下手机，偏头想找梁见山说话，发现他正在愣神，看向台上的池姜眼神是毫不掩饰的炙热和欣赏。她垂下脑袋，心底无比丧气，原来梁大哥喜欢的是池姜姐。

陈思渺无比失落，任谁都喜欢池姜姐这种漂亮又优秀成熟的女孩子吧。

梁见山是低调地坐在角落看着这一场发言的，却依然有学校领导眼尖地发现了他，忙过来热情地邀请他上去发言，给毕业的孩子一些鼓励。

盛情难却，梁见山亦不是行事扭捏之人，就上去发言了。

梁见山站在讲台上，声音低沉，吐字清晰，言语之间散发着从容。他穿着熨烫妥帖的手工西装，手腕处的袖扣在漏进来的阳光照耀下闪闪发光。

陈思渺看着台上发言的男人，第一次觉得离他这么遥远。

陈烬的训练越发紧张，两人除了每天晚上的电话和简讯，再见一面似乎很难。好在，八月末，教练怕他们绷得太紧，给了他们三天的自由活动时间。陈烬提前发短信告知了池姜，她怕他绷得太紧，主动地开黄腔："貌美如花的小小兔，晚上过来侍寝。"

陈烬舌尖顶了下腮帮，发过去一条信息：你就是欠收拾！

之前陈烬就给了池姜一把他家的钥匙，所以池姜一下班就去超市里给陈烬添置东西。其实平日里，池姜会定期过来打扫一下他家，所以这次她简单地收拾了一下，还给屋里买了两盆绿植——一盆鸭掌木、一盆散尾葵。

门铃响起的时候，池姜趿拉着陈烬的拖鞋跑去开门，笑吟吟道："你怎么这么早就……"剩下的几个字卡在喉咙里，一句话也说不出来……

门口站着一位穿着得体的年轻妇人，眉眼像极了陈烬，尤其是那双清冷的眼睛，她率先反应过来："请问你是？"

"伯母您好，我是池姜。"池姜说道。

陈烬妈妈林歌蓝进了门，环视屋内干净的摆设，紧皱的眉头终于舒展开了。林歌蓝面带笑意，主动介绍道："我是陈烬的妈妈。"

池姜给林歌蓝泡了一杯茶，战战兢兢地候在一旁。她没想到第一次见家长的场面居然是这样的，让人措手不及。

虽说她平时在陈烬面前很能说，可在家长面前一句也说不出了。好在陈烬回来了，他一进门就看到这一幕："妈，你怎么来了？"

"怎么，我就不能来啊？"林歌蓝嗔怪道，又指了指桌上的保温桶，"这是你爸特地嘱咐我给你煲的汤，怕你训练太累，给你补补身体。"

"行，你就别替他说话了，他怎么可能关心我比赛的事？"陈烬自嘲地勾了勾嘴唇，顺势按住池姜的肩膀让她坐下。

"妈，这是我女朋友，你未来的儿媳妇。"陈烬揽着池姜的肩膀说道。

林歌蓝愣了一会儿，转而笑道："我们已经打过招呼了。"虽然林歌蓝对池姜的态度不好也不坏，但谈事情的时候也没避着她。

"阿烬，上次那件事后，我和你爸吵了一架，这些年你辛苦了，我也装作不关心你的输赢，是怕你爸被气着，"林歌蓝拍了拍陈烬的手背，"你是我们的儿子，你爸就是个老顽固，这些年他已经在慢慢接受你了。前段时间，他最敬重的一位恩师说在电视上看到你，一直夸你来着，你爸就是死要面子，慢慢来，总有一天他会接受的。"

"别说这些了，喝汤吧。"陈烬眸底情绪晦涩难辨，但还是被池姜捕捉到了。

"池姜，去拿碗，"陈烬扬了扬下巴，"妈，你跟我们一起吃吧。"

"不了，我还有点事，这段日子你训练也累，多休息吧。"林歌蓝起身拿了包，又冲池姜点了点头。

等老妈林歌蓝走后，陈烬窝在沙发上拉住了池姜的手："咱们先别喝汤了，你过来给我抱一下。"说完，他长臂一伸，池姜就坐在了他大腿上，小姑娘顺势揽住他的脖颈。

陈烬很喜欢趴在池姜肩膀上，蹭她脖子那块肌肤，事实上他也这么做了。

"烬哥，你妈看起来不太喜欢我，怎么办？"

"就这样呗。"陈烬闷闷的声音传来。

"喂，她要是不喜欢我的话，以后我们结婚了，你妈肯定各种看我不顺眼……"池姜作势推开他。

陈烬埋在她肩膀上发出低低的笑声，转而声音越来越大，整个胸腔里都发出愉悦的颤动。

"这么快就惦记上我家户口本了？"陈烬又习惯性地捏她的脸。

池姜脸变得通红，抬头狠狠地咬了陈烬的下巴一口。男人发出"嘶"的一声，扬了扬眉："池姜，你属狗的吧。"

"谁要和你结婚了，我他——"

池姜意识到自己即将脱口而出的话，急忙止住。陈烬低头直接亲了上去，又是舔舐又是咬的，磁性的尾音被他卷进唇舌里。

"你就是欠收拾。"

像是为了惩罚她，陈烬将这个亲吻持续了很久，直到池姜呼吸不过来，他才肯放过她。陈烬将下巴搁在她肩膀上，缓缓地说道："池姜，等这次比赛结束，把金牌赢回来给你当订婚礼物吧。"

"好。"

陈烬很珍惜这三天的时间，和池姜待了一天，耐不住老妈的唠叨回家吃了顿饭。陈江耀对他依旧爱答不理的，陈烬默默吃完饭后就去医院看陈川现了。

他在医院的时候碰见了林歌蓝和许晚晴站在一起不知道在说些什么，他走上前喊道："妈。"

许晚晴看见陈烬眼神一喜，而后者只是冷淡地打了个招呼。

"小晚，有时间多来家里坐坐，"林歌蓝拍了拍许晚晴的手背，"刚好这小子也在，要不今晚就来家里一起吃个饭吧。"

许晚晴揽着林歌蓝的手想先推辞两句再答应，谁知陈烬突然开口："我今晚有事，而且明天一大早要归队。"

"没关系的，刚好我今晚也要值班。"许晚晴尴尬地解释道。

陈烬抬手摸了一下脖子："妈，我过去看一下阿现。"

许晚晴被一位同事叫走后，留下了母子两人站在原地。林歌蓝想起了什么皱起眉："你现在的那个女朋友我是不会同意的，我找人查过她，听说从小就是单亲家庭，在这种环境下长大的小孩倔得不行……要我说，还是晚晴好。"

陈烬回头，眉眼里是掩不住的戾气，带着几分讥讽："妈，你还找人查她？单亲家庭小孩怎么了，她很好，我知道。"

"完整家庭下长大的小孩未必就很好，比如我们家。"陈烬表明自己的立场后，直接离开了。林歌蓝望着他的背影气得直跺脚。

陈川现最近头疼复发，又查不出原因，只能让他住院观察治疗。陈川现状态很差，看起来精神不振，却固执地在转魔方。

"哥，要吃糖。"陈川现停下手中的动作。

陈烬从口袋里变出一把五颜六色的糖给他，陈川现高兴坏了，急忙放下魔方，着急地想要吃糖。陈烬挑了一颗杧果味的糖，给他剥了糖纸，问道："阿现最近过得怎么样？"

"打针……痛。"陈川现皱了皱眉毛。

陈烬疼惜地叹了一口气，用一种商量的语气问道："那我叫上次来过的那位姐姐过来给你讲故事，好不好？"

陈川现眼睛里闪现亮光，重重地点了点头：“好。”陈烬打电话叫池姜过来的时候，她恰好在逛街，转身进书店里挑了几本故事书。

池姜过来的时候，陈川现刚好打完针，谁都劝不动，哭闹着不肯睡觉。但他看起来好像很喜欢池姜，能安静地听她讲故事。他那双黑溜溜的眼睛看着池姜，听得认真。

不出十分钟，池姜就把陈川现哄睡了。

池姜和陈烬两人便走到医院楼下的院子里聊天。

“阿现他喜欢你，从他出事之后，他就再也没交过朋友，年龄小的又不愿意和他玩。”陈烬想了想，语气怅然，“我不在的时候，你多来陪陪他。”

“我会的。”池姜点头。

“等比完这次赛，我们带他出去玩吧，他好久没出去散心了。”陈烬揉了揉池姜的头发。

池姜低头玩着他的手指想都没想就答应了：“好，那我尽量不休假，把年假都攒一起去。”

那时的他们，对于梦想热血而无畏，对于当下也充满期待。天空蔚蓝，蝉在树梢鸣叫，总以为未来的日子还很漫长，却不知一生重要的日子很短暂，余下的皆在虚妄中度过。

008

千万条路
你千万莫回头

陈烬回到基地后开始了封闭式的训练，为即将到来的击剑世界锦标赛做准备。池姜在忙碌的工作之余，时不时会抽出时间去医院看陈川现。

池姜有时会带一些手工糖果给陈川现，或者同他一起玩魔方，天气好的时候会推他出去晒太阳。偶尔会碰见他妈妈林歌蓝，林歌蓝对她态度客客气气的，但总觉得少了点亲近。

许晚晴也总会时不时过来探望下，每次看着池姜欲言又止，一脸怯怯的样子。池姜最受不了她这个样子，弄得自己跟个恶毒皇后似的。

池姜抱着手臂，态度不佳："许医生，你想说什么就说吧。"

"你和陈烬的感情很好吗？"许晚晴双手插进衣兜里，冷静地问她。

池姜想也没想就回答："对，很好。"

"可是……"

"没有可是。"池姜忍不住反驳道。

许晚晴看她这个样子淡淡地笑了一下，双手向上举做保证的姿势："好吧，我确实很喜欢陈烬，但对你没什么恶意，对他我是不会放弃的。"

几天后，池姜匆匆赶去淮市全运会进行跟踪采访报道，在赛前做好充分的调查准备是一名体育记者的基本素养。

池姜负责跟踪游泳这一比赛项目，赛况激烈。意外地，一名叫雷声扬的运动员在男子四百米自由泳项目以三分四十五秒的成绩夺得亚军。

池姜跟这个运动员有过几次接触，怎么说，属于成绩平平、但很努力的选手。池姜采访他时问道："对于这次取得亚军自己有想到过吗？有什么成功的秘诀分享？"

"没、没想到过，"雷声扬声音结巴，眼神闪躲，"大概就是努力吧。"

池姜心下觉得疑惑，但还是深入了解采访了几句，并没有得出什么特别的结论，但她还是留了一个心思。

到了赛后进行兴奋剂抽检的时候，按照各项目第一名必须接受检查，第二名至第八名运动员需要抽检的规则，工作人员对其进行尿检，名单上却没有雷声扬的名字。

几天后，池姜满身疲惫地返回枫市。这时，许晚晴意外地约她出来喝咖啡，池姜看了一下时间安排准备赴约。

许晚晴早早地坐在咖啡厅里等池姜，与池姜客套了几句后直接进入主题，她从包里拿出一张单子递给池姜。

"这是什么？"池姜接过来看。没一会儿，她脸色就变了，是一张病人的药单，医生给开了一定剂量的皮质类固醇，病人的名字是雷声扬！

行内人都知道皮质类固醇对一般的病人来说是消炎药，用于治疗风湿和哮喘，同时这类药还有镇痛、促使人神经兴奋、缓解疲劳的作用，这类隐形的兴奋剂很难检测出来。

池姜看向许晚晴，眼神带着一丝不易察觉的审视："你为什么平白要把这个消息告诉我？"

许晚晴耸了耸肩，十分坦诚："读书时因为有点天赋，接连跳级，处处受宠，可是后来毕业参加工作，发现有些事情并没有那么简单。"

"我现在已经二十五岁了，"提到年龄，许晚晴语气里流露出一丝不自然，"给雷声扬开兴奋剂的这位宋医生，在医院处处打压我，具体的我就不详讲了。"

许晚晴话已点到这儿，就算是傻子也听得懂她是什么意思。池姜端起杯子轻啜了一口咖啡，心底莫名松了一口气，将那份单子折好小心地放进包里。

临走的时候，池姜迟疑了一会儿，才开口说了声："谢谢。"

池姜回到FNC的时候，老陆出差了，她一时拿不定主意，便向上头汇报。上面知道后，给予了池姜一定的权力，并再三叮嘱她，这件事一定要好好处理。

近几年，国际体育组织一直为反兴奋剂作了许多努力，为的是给运动员创造一个公平竞争的环境，所以反兴奋剂组织一向对服用兴奋剂的运动员做出的严惩力度很大。

池姜联系了有关体育组织，说明了此事，并递交了相关材料。与此同时，她也借由媒体报道了此事，一时间，雷声扬服用兴奋剂一事在网络上引起了轰动，有些网友声称要讨伐雷声扬。

体育组织也对雷声扬进行了飞检，后者不得不提交报告。

雷声扬不知道从哪儿拿到池姜的电话号码，他言辞激动，多次口出恶语。池姜被骂得胸口剧烈起伏，可她必须得保持一个记者的专业素养，一直处于忍耐的边缘。

之后，池姜对雷声扬服用兴奋剂一事做了专题报道，深挖兴奋剂背后的隐患。这个专题在网上很火，诸多网友对池姜的做法表示认同。

可是池姜心里却有一丝隐隐的不安。

陈烬处于封闭训练中，是晚几天才知道这件事的。他打来电话，并没有对这件事进行过多的点评，只是语气带着点强硬："之后不要遇到什么事就冲出去，枪打出头鸟知道吗？"

"知道啦。"池姜语气轻快，并没有过多地把这句话放在心上。

十月末，枫市再次迎来满城的深红浅红，池姜应对生活中纷至沓来的事件表现得手忙脚乱。

陈川现头疼越发严重，经常呕吐，整个人日渐消瘦，也越来越不爱说话。后来被检查出多年前颅内的阴影扩大，发展成为恶性肿瘤。

一层阴霾笼罩在陈家头顶上方，久久不能散去。池姜心慌意乱不知道该怎么办，陈家夫妻发出了诚恳的请求——瞒着陈烬。

池姜当即表示自己做不到，因为情侣之间最重要的是坦诚。林歌蓝言辞恳切，拉着她的手，嗓音一度哽咽：“池小姐，当我恳求你，阿烬这些年来是靠着击剑和他弟弟才活下来的。我太了解他这个人了，刚过易折，如果他知道阿现生病的话肯定会不顾一切过来的，我不想他留遗憾。”

“至于阿现，我们肯定会陪着他治好他的。”林歌蓝掩面而泣。陈江耀站在一旁没有说一句话，只是不停地叹气。

池姜忽然想起那晚陈烬在花镇对她说过的话——十年饮冰，就为了这一刻的夺冠，她最终点了点头。

那时候，池姜还不明白，一切命理，皆有所得的道理，只是本能地想着一切都会好起来的。

只是陈川现的情况越来越糟糕，经常性地玩着魔方就全身抽搐，然后医生赶来给他打镇静药。病痛把陈川现的脾气折磨得越来越暴躁，伴随着一系列的食欲下降和视力模糊，他会经常性地哭，一疼就喊陈烬：“哥，我疼。”

有一次，陈川现抽搐的时候，池姜帮忙按住他的手，却没想到他痛苦地大叫起来，咬了她的胳膊一口，白藕似的手臂上顿时有了一排狰狞的牙印，还透着暗红的血丝。

这时，池姜的电话响了，她抽了一张纸巾出去接电话。

陈烬低沉平稳的声音透过听筒传过来：“池姜。”

池姜鼻子忽然泛酸，刚刚阿现那一口咬的时候没感觉，现在痛感反而更清晰了。更多的是，池姜觉得自己快瞒不住这个秘密了，她藏得很辛苦，可只能跟个没事人一样轻轻“嗯”一声。

两人聊了几句话，陈烬惯例地问起阿现，池姜久久没说话。

“池姜，发生了什么？”陈烬隐隐觉得有什么不对劲。

“啊——”池姜下意识地否认，“没有，刚在发呆，阿现很好，他现在一分钟能拼出六面的魔方了呢。”

之后，池姜又多编了几句阿现最近的情况，陈烬不疑有他，放下心来。

而实际上，因为陈川现脑子里的肿瘤持续恶化，情况越发糟糕起来，医生建议尽快手术，但只有百分之三十的成功率。陈家一家除了不知情的陈烬，几个人轮流来医院照顾陈川现，包括向来无忧无虑的陈思渺这个时候也一夜之间长大，主动请假陪陈川现。

十二月，击剑世锦赛即将在日本东京拉开序幕。陈烬想在出发前在家小住两日，一来想多陪一下阿现，二来是想放松一下。谁知母亲极力反对，她在视频里振振有词道："万一你回来把心玩野了怎么办，听我的，你提前去日本还能熟悉一下那边的环境，有利于你比赛。"

林歌蓝絮絮叨叨地嘱咐了陈烬，大致是希望他好好比赛的意思。最后，她戳了戳旁边的陈父，后者冷着一张脸，跟发号施令一样："你好好比。"

但是，这句话从陈父嘴里说出来不是没有震动的。此时的陈烬心情有点复杂，最后还是点了点头。

击剑世锦赛，FNC 派了一些经验丰富的元老前去采访，当然，池姜也跟着去了。这个机会，池姜争取了很久才得来。

他们刚到东京的时候，大雪初霁。富士山下的山绯樱簇拥着松软的白雪，纯白的雪和银白的花连成一条飘带，美不胜收。

比赛在国体中心举行，为期七天，有来自世界各地的近千名选手。由于击剑的剑种不同，又分男女个人赛、团体赛，所以历经的时间比较长。

池姜跟着老陆一路跟踪采访，忙得脚不沾地，几乎没有与陈烬好好见一面。比赛前夕，池姜偷偷去找陈烬，忽然被人拎到角落里。

池姜心里一惊，一道阴影笼罩下来，对方轻轻把她扯进怀里："是我。"

“紧张吗？”池姜主动伸手揽住他的腰。

陈烬轻轻蹭了下她的脸，弯了弯嘴角：“说不紧张是假的，忽然——好像很多人对我有了期望。”

池姜踮起脚亲了他一下，认真地说：“烬哥，加油，要知道，你身后一直有我。”

天气疏朗，樱花香气浮动在空中，小姑娘乌黑的瞳孔里映着他的倒影，语气中带着一腔热忱：“你身后有我。”

比赛正式拉开序幕，池姜跑采访的时候切实体会到比赛带来的震撼，每次一听到熟悉的国歌响起时，池姜就会不自觉地肃穆敬礼，一种自豪感油然而生。

中国队的成绩还不错，从资格赛的时候就崭露锋芒，一路杀进决赛。中国女子击剑队在团体比赛中更是一举拿下了亚军，算是不错的一份成绩。

孙好高兴奋得不得了，比完赛后他拨了个电话给廖靖希：“靖希，我们中国队拿了个不错的名次。”

“嗯，我看见了。”廖靖希回道。忽地，孙好高听见她那边有嘈杂声，还夹着加油的字眼。

孙好高按捺住心中的激动，他问：“你在现场？”

“是的，”廖靖希点了点头，“也等你获得胜利。”

男子佩剑个人赛在东京时间下午两点开始。陈烬换好了衣服，两只手撑在大腿上垂眼不知道在想些什么，内心隐隐有些不安。

而他下意识地将这份情绪归咎于是赛前紧张，其他队员为了放松心情，在讨论赛后要去品尝一下正宗的日料和欣赏一下歌姬的舞姿。

陈烬无心参与，大脑处于放空的状态。直到休息室的门被敲响，室内霎时安静下来，大家看向来人。

郑宪华斜斜地靠在门前，他是一名韩国人，皮肤偏黑，浓眉大眼，他用不太标准的中文喊了一句陈烬。陈烬看清来人后，淡淡地应了声，似乎没怎么把他放在心上。

“烬，到时候不要输得哭鼻子哦，像你们中国有句老话叫‘灰溜溜地夹着尾巴逃走’。”

陈烬并没有被激到，相反，他伸出手指比了个枪的手势指着自己的心脏，再缓慢地移向郑宪华，薄唇扬起淡淡的弧度，发出清冷的“咻”的声音。

言外之意很明显，陈烬迟早会在剑道上枪杀郑宪华。

郑宪华轻易被激怒了，眼睛转为暗沉的颜色，胸口剧烈地起伏着，半晌憋出一句：“你给我等着。”

队员们顿时发出欢呼声，孙好高吹了声响亮的口哨：“烬神的操作就是厉害。”陈烬扯了扯嘴角没有答话。不知道是不是孽缘，陈烬和郑宪华在大小比赛上交手过很多次，几乎无一例外，郑宪华都是千年老二。

对手之间可以发展成为惺惺相惜的友情，比如林丹和杨宗纬。但也有拔剑相向的，比如他们俩。其实陈烬不太喜欢碰上郑宪华，他总感觉郑宪华这个人不够大气，城府深，身上散发着阴沉的气息。

在赛场上碰多了，郑宪华已经把他视为假想敌，时刻关注陈烬的脸书动向。可以夸张地说，有时候他身边发生的事，郑宪华比他还先知道。

郑宪华在陈烬心里就是一朵变态的奇葩。

循环赛中，陈烬几乎是以碾压性的胜利进入决赛，与此同时，郑宪华也一同进入决赛。

中途只有短暂的休息时间，郑宪华来找他，眼神阴恻恻地看着他：“你是怎么做到的，怎么把时间压得这么短拿到了点数？”

陈烬取下护面罩，不知道为什么，从今天早上开始，他一直心神不宁。这会儿郑宪华阴魂不散地跑过来说一大通废话，让陈烬更加烦躁不已。

“天生的，等会儿在剑道上让你尝试一下被碾压的滋味。”陈烬盯着他，语气不善。郑宪华被他轻狂的语气气到了，一时间找不到回怼的话。

忽然，郑宪华像是想到了什么，话锋一转：“那又怎么样，你家人都没有来吧？听说你弟弟得了脑癌，今天是他手术的日子，你最好祈祷……”

“轰”的一声，陈烬感觉浑身的血液都在倒流，瞳孔剧烈地收缩着。他大步向前，一把攥紧郑宪华的衣领，似从牙缝里挤出来的声音：“你说什么？”

“看来你还不知道，做哥哥的自私到你这份上也是可以的了，我还听说你弟弟变成傻子是你害的吧……”

郑宪华像是找到了陈烬的软肋，扬着笑脸说出那些伤人的字眼，看陈烬眼神越灰暗就越觉得愉悦。

知晓真相后，陈烬心里生出一种悲哀，原来自己是最后一个知道的。

郑宪华难得看到万年面不改色的陈烬露出惊慌的神色，顿觉新奇，继而说出那些侮辱性的词语。而他不知道的是，陈烬正处于爆发边缘。

陈烬攥紧郑宪华的衣领，一拳挥过去时，有人伸出手生生接住了他的拳头。是陈烬的教练，他大声训斥道：“有什么事你给我比完赛再说。”

郑宪华整理好自己的衣服，意有所指：“是啊，比完赛再说，反正是个不重要的傻子。”

教练把陈烬推向了赛场，淘汰赛正式开始。陈烬站在剑道上，台下坐着来自世界各地的观众，欢呼阵阵，他们用不同的语言喊着加油。

陈烬看到了池姜，她露出一个微笑，口型喊着加油，他脑子里有一丝丝茫然。

比赛正式开始，陈烬左手拿着护面罩，右手拿剑，与对方同时击剑行礼。开始前两分钟，陈烬直接进攻，拿了几分。

到后期，他的剑法却过于急躁，多次没有劈中，反而犯了规，裁判器一直响着。陈烬脑子里思绪混乱，后面好像还有团体比赛、阿现手术怎么样了？

隔着一层护面罩，郑宪华嘴角透露着讥讽的笑容。

“你这个当哥哥的也不知道……也是，他不就是个傻子。”“哥，我疼。”这两种声音交织回荡在陈烬耳边。

陈烬把剑重重一扔，又扔了护面罩，把郑宪华按倒在剑道上挥了一拳。郑宪华本想反抗，眼珠子一转，继续拿话刺他：“你就是个懦夫。”

陈烬仿佛又回到了多年前车祸发生时，陈川现不顾一切护住他，满是鲜血地倒在车上。陈烬耳边响起了轰鸣声，他发狠似的朝着郑宪华的要害打去。

郑宪华感觉下巴被击碎了，他才意识到不对劲，嗷嗷地求饶。陈烬双眼赤红，下了重力继续打他。在场的安保把两人拉开。

场内一团混乱，尖叫声和谩骂声不断响起，陈烬被带下台的时候，观众席飞来一个矿泉水瓶，砸得他额头青紫。陈烬一点痛感都没有，隐约好像有人喊他，好像又没有。

陈烬心里莫名地松了一口气，好像这么多年的重担终于没了，心里又空落落的。下场之后，教练看着他直叹气。

陈烬声音嘶哑，从喉咙里喊出一句话：“我要回家看阿现。”

“一会儿我让人陪你去警察局做笔录。”教练拍了拍他的肩膀。

陈烬去警局做了笔录后，由人保释出来，他什么东西都没拿直接去了机场。

池姜在比赛场上慌得不行，老陆不肯放她走。眼看后头也没多少比赛，池姜急得快要哭出来求着老陆给她准假，老陆亦表示理解，扛着压力给她准了假。

池姜在路上一直打不通陈烬的电话，到了机场的时候，也没看到他。

陈烬抵达枫市后，就匆匆赶去医院，发现一家人都守在手术室门外。

林歌蓝惊讶不已："阿烬，你怎么回来了？比完赛了吗？"

"没有，我在剑道上打了人，也放弃了之后的比赛，"陈烬一脸的无所谓，嘴角带着讽刺，"你们瞒我瞒得开心吗？"

陈父脸一沉，走过去甩了陈烬一巴掌，他脸上立刻出现了鲜红的五指印。

"混账东西，你以为我们愿意瞒你吗？你倒好，这都是你造的孽，都是我们在替你还！"

说完，陈父又扬起手要打他，陈思渺哭着拦下陈父："不要打哥，这不是他的错，他已经够辛苦了。"

直到医护人员出来呵斥，争吵才停下来。

池姜赶到的时候，陈烬正颓然地靠在墙角，脸上情绪不明。池姜走过去，轻轻抱住他的头，语气顿了顿，说了声："对不起。"陈烬身体有片刻僵硬，但他什么也没说，也没有抬起头。

时钟嘀嗒嘀嗒地响着，时间好似飞快又异常难熬，陈烬盯着手术室的灯，眼神空洞。五个小时后，医生摘下口罩出来。

所有人都冲上去问情况，陈烬却仍蹲在原地，脑袋靠在墙壁上，他不敢上前去。医生摇了摇头，林歌蓝发出悲恸的哭声，一如当年，因为承受不了而晕倒。

陈烬嘴唇紧抿，眼神没有一丝波澜。池姜紧紧抱着他，不停地喊道："陈烬，你说句话，好不好？"

陈烬阖上眼，周围是吵闹的声音。他好似回到了很久之前，两人正读初中的时候，有一次陈烬去教室看陈川现，他们正在教室里大扫除取窗户，陈川现看见他后一脸的自豪：“我哥来了，让他来。”

“陈川现，你哥能取下来吗？”有同学问。

“当然，我哥无所不能。”陈川现露出可爱的虎牙。

同样的，陈烬也从小以这个弟弟为荣，虽然老爸经常拿他和阿现比，他却一点都没有生阿现的气，反倒也觉得阿现是最棒的。

阿现，对不起啊。在你心里，哥哥是无所不能的神，可我连你的最后一面都没见到。在你痛苦的每个日夜，我却安然入睡。在你想要依靠哥哥的时候，我却没能在你身边。

对不起。

陈烬跟个没事人一样操持陈川现的丧事，买寿衣，选墓地，都是他坚持在弄。吊唁的时候，许多人前来安慰陈烬。陈烬一言不发，礼貌地朝他们鞠躬。

陈家父母一夜之间老了十几岁，铁腕如陈江耀，头上的白发也深了一层。白发人送黑发人，是最痛苦的事。

陈烬跪在灵堂前整整一夜，陪着他的还有池姜。天空吐出一丝鱼肚白的时候，陈烬双眼布满了血丝。

陈川现下葬那天，是个大晴天。一行人行礼之后便离去，墓前只留下了陈烬和池姜，他看着照片上陈川现阳光的笑容跟着微微一笑。

他从口袋里掏出一把糖果放在墓前，又在那里洒了一壶酒。他的神经终于不用绷着了，霞光万顷，他的声音沙哑，从喉咙里滚出几个字——

“阿现，下辈子，我们就不要做兄弟了。”

说完，陈烬朝墓碑磕了三个头，每一下都磕得郑重而虔诚。磕完之后，陈烬拎着外套晃悠悠地走了。

池姜小心翼翼地跟在陈烬后头，刺金色的阳光铺在地上，拉长了他寂寥又悲怆的背影。池姜听着他在夕阳下小声地哼唱着一首歌，透露出无尽的落寞。

“往日的岁月又上心头，远方的人朝你挥一挥手。

“南北的路你要走一走，千万条路你千万莫回头……”

惊心岁月东流水，过眼人情一哄尘。

陈烬在赛场上打人的事件尤为严重，这段时间他沦为众矢之的。郑宪华被打断了两根肋骨，身上多处重伤。

严歌苓说过：“一旦发现英雄也会落井，投石的人格外勇敢，人群会格外拥挤。我们高不了，我们要靠一个一直高的人低下去来拔高，要靠相互借胆来体味我们的高。”

大多数人不知道陈烬发生了什么，也没有看到陈烬打人没有往郑宪华的要害打，网上对他的尽是谩骂。

陈烬没有回家，他躲在公寓里不接受任何人来访。偶尔他会摸出手机，铺天盖地的新闻都是说他打人的事件。也有近十年的老粉表示对他很失望，小部分声音冒出来支持他的又被其他网友给骂得倒戈相向。

陈烬看得心烦意乱，把手机扔在一边。处理结果下来的时候，教练打电话告诉他，大致是原本处理结果是禁赛二十四场，可郑宪华拿着医院鉴伤报告出来闹，上面迫于压力最后的处分结果是禁赛两年。

教练叹了一口气：“孩子，做错事是要受到惩罚的，但是我知道，你承受得过多了一点。”

陈烬沉默良久，握着手机沉声说：“教练，这些年你辛苦了。”

池姜处理完手头的工作后，用备用钥匙打开了陈烬家的门。一开门，一阵刺激性的酒味扑鼻而来。窗帘被拉得严实，没有一丝光亮透出来，屋内蔓延着死气沉沉的气息。

陈烬坐在地上背靠沙发，周边散落一地的啤酒罐。他的五官隐匿在黑暗中，脸上表情晦暗难辨。池姜走过去拉开窗帘，大片光亮透进来。

陈烬一条腿随意地屈起，下意识地伸出手挡住了眼睛。池姜一言不发地开始收拾房间，整理客厅。杂志收拾放好，衣服叠整齐，把地扫了一遍，又去给阳台的绿植浇完水。

弄完这些事后，池姜蹲在他面前，声音轻柔："我们吃点东西好不好？"

陈烬声音涩得不行："不想吃。"

"那你陪我吃点好不好，我已经一天没吃东西了。"池姜哄他。陈烬眼睛里有了点情绪，轻轻点了点头。池姜不会做饭，叫了两份青椒炒面。

两人吃饭时安静极了，陈烬基本没吃几口，动作机械又麻木。换作平时，都是池姜一人在叽叽喳喳地讲话，陈烬认真地听，偶尔应一两句。

现在池姜不敢提那些话题，只能安静地陪他吃饭。陈烬吃了没两口，就推开了餐盒。池姜也不好勉强他，收拾好餐盒去了厨房。

池姜给陈烬煮了牛奶，亲眼看着他喝下才放心。临走时，她说："陈烬，答应我，别再喝酒了，好吗？"

陈烬漫不经心地点了点头。

即使池姜给他煮了一杯牛奶安眠，他还是失眠了一整夜，不停地做噩梦。一会儿梦到他得了冠军，所有人都赶来祝贺他，结果对方一回头，是郑宪华那张得意的脸，一会儿又梦到陈川现小声地哭泣着："哥，我疼，要糖。"

陈烬从梦中惊醒，出了一身冷汗。他睁眼望着天花板，一阵无力感涌上心头。

池姜再次来看陈烬时，他还是懒散地坐在地上喝酒。池姜夺掉他手中的酒，陈烬掀起眼皮看她："给我。"

“你能不能别再喝了，逝者已矣……”池姜劝道。

不知道是哪个字眼触碰到了陈烬的神经，他眼神带着几分讥讽：“所以我喝酒关你什么事？你当时不是瞒我瞒得挺开心的吗？”

一句伤人的话没经思考就脱口而出，一时间，两人都沉默下来。池姜把酒还给他，眼睫垂下，在脸侧投下一片清淡的阴影，声音特别轻：“是啊，关我什么事？”

池姜转身离开，不料被一股重力扯住，随即跌进一个温暖的怀抱。陈烬将她抱住，声音透露着无力：“对不起，你不要走好不好？”

陈烬轻而易举地抓住了池姜的软肋，她吸了吸鼻子，任他静静抱住。当晚，池姜没有走，两人相拥而眠，她望着陈烬消瘦的侧脸，难过得说不出一句话来。

而他们没想到的是，坏消息接踵而来。之前雷声扬一事，反兴奋剂组织检测出了结果，他并没有使用兴奋剂。

其实雷声扬确实是找了医院开兴奋剂，但那个医生胆小怕事，开的只是普通的维生素。雷声扬以为自己服用的是兴奋剂，所以这份心理暗示促使他神经兴奋，在比赛中脱颖而出。

事情急转而下，反而成了池姜报道的是假消息。雷声扬看自己占据了有利地位，向 FNC 施压，要求对池姜进行处罚，否则便去告 FNC 使得他名誉受损和造成了精神伤害。

FNC 新闻出版行政部门对池姜进行了内部通报批评，并在报纸上对雷声扬公开致歉，而对于此次新闻负责人池姜的后续处理结果正在商讨中。

池姜暂时停职，她走的那天，老陆拍了拍她的肩膀：“你是我带出来的兵，放心，不会这么轻易走的。”

池姜朝自己的老大鞠了一躬。

她一直处于忙碌的阶段，此刻反而不知道该做什么了，池姜不想让其他人知道，这件事她只告诉了廖靖希。她无处可去，只能去酒吧看廖靖希的演出。

晚上，她装作没事人一样去找陈烬，发现他躺在地上喝得烂醉如泥。

“你起来，我们谈一谈。”池姜用脚踢他。

陈烬看清来人后又闭上了眼，没有出声。池姜蹲在他面前，声音轻柔：“烬哥，你不能一直这样喝下去，阿现知道了也会不开心的。你只是被禁赛而已，又不是不能比赛了。”

池姜咬了咬牙：“退一万步说，你还是要生活的对不对？”

“我最近老做梦，梦见阿现跟我说他怪我，他说他在那边过得一点都不好。”陈烬伸出手挡住自己的眼睛。

这些天，池姜总是拖着陈烬出去散步，学着做菜给他吃。慢慢地，陈烬不再碰酒，会出去运动，但决口不提击剑的事。

陈烬对池姜的控制欲也越来越强，只要池姜晚回来一点，他的神色就会很不悦。池姜一方面要应付陈烬，另一方面要顾及未来的事，分身乏术，心里有一种说不清的疲惫感。

池姜心里其实一直没底，她不知道FNC处理得怎么样了。白天，池姜装作出去上班，实则在大街上晃荡。一杯咖啡、一张报纸，她能在公园里晃荡一上午。

下午，池姜去商场打发时间的时候在一家男装店看见了许晚晴挽着林歌蓝的手，姿态亲密，在挑选衣服。许晚晴一扭头就看见了失魂落魄的池姜，更是示威性地挽紧了林歌蓝的胳膊。

“好巧，池小姐。”许晚晴露出一个笑容。

池姜态度冷淡地打了招呼，也喊了林歌蓝一声伯母。林歌蓝看见她皱起眉头，语气带了些质问：“工作日你不去上班，怎么出来闲逛？”

“下午没什么事，老大就放我们走了。”池姜面不改色地解释道。

“伯母，你不知道，我听说池小姐……”许晚晴语气中夹杂着一丝得意。

“许晚晴，”池姜直接喊她名字，一双杏眼带着七分冷意，“万事万物，都是有因果联系的。”话已点到这儿，池姜不管她脸色红了又白，朝林歌蓝颔首，挺直背脊，蹬着一双高跟鞋就走了。

池姜拐下三楼后，路过一家专柜瞥见一对袖扣停了下来，是一对很漂亮的袖扣，样式精致，形状切成菱形，内侧嵌fire英文简缩的字样。

陈烬，火焰。

池姜没有半分犹豫就把这对袖扣买下来了。她一直放在家里，没有找到合适的机会送出去。

之后，梁见山来找她。

两人在咖啡厅里相见，梁见山屈指敲了敲桌子，问及她最近的情况。池姜苦笑了一番，讲了之前许晚晴来找她的事。

“是我轻易相信了别人。”池姜笑了笑。

夜晚的情绪总是容易被放大，池姜无人倾诉，说自己最近的压力，也提起了陈烬，担心他站不起来。梁见山认真地倾听着，以过来人的身份给池姜提出了建议。

梁见山说女孩子不要硬扛着，提起陈烬，他的语气顿了顿：“如果……如果你真的想和他走下去，这个时候就不要放弃他，不然你们修补感情就很难了。”

“好，谢谢师兄。”池姜点头。

“你的事我会帮忙查一下。”梁见山头也没抬，摆手让她别道谢了。

池姜在陈烬面前瞒得滴水不漏，她不想让陈烬担心，只能装作没事人一样，陪他一起振作。

FNC对她的处理结果下来的时候，池姜已经做好了最坏的心理准备。除去道歉之外，责令她引咎辞职。

池姜去收拾东西的时候，拥抱了每一位同事，并对他们平时的照顾表达了最诚挚的感谢。池姜当时没有哭，她用力地朝每一个人微笑。可一走出 FNC 大门的时候，眼泪就不停地流。

她回到家的时候，眼睛哭得红肿。陈烬摸着她的眼睛询问：“你哭过了？”

“嗯，今天采访一个人，被感动到了。”池姜开口。陈烬不再有疑心，当她是工作原因。

只是池姜没有料到的是，没过几天，她妈妈就知道了这件事。池母打了一个越洋电话过来：“池姜，回美国来，这件事不容商量。”

“妈妈，不行——我这边……”池姜语气焦急。

池母放轻了口吻：“姜姜，我一向不怎么管你，一直让你拥有精神和物质的自由，我希望你成为一个独立坚定的女孩，而不是去成为别人的菟丝花。你现在工作没了，国内好的新闻机构都不会再要你，你需要换个环境让自己变得更好。”

“而且你男朋友的家庭并不认可你，前阵子他母亲已经查过你了，她并不同意单亲家庭中长大的小孩，加上她如果知道你出了这件事，你们的感情会更坎坷。”池母劝道，“听我的，回来。”

一番话下来，池姜多少听进去了一点，同时也感到心凉，可一想到那双如墨的眼睛，她还是说：“妈妈，你别担心我，我不能离开他。”

“求求你了，妈妈。”池姜声音哽咽。

池母态度变得强硬起来：“年轻时我已经撞过南墙了，我不能再让你撞一次，给你一个星期的时间。”说完，她就挂断了电话。

池母一向说一不二，必要的时候还会采取强硬手段达到自己的目的。这些年她让池姜待在国内，就是想让池姜独立成长，拥有自己的自由，但这种自由是有限定的，不是让池姜为一个男人放弃所有。

陈烬不是没有察觉到池姜的变化，池姜变得越来越黏他，有好几次想跟她开口谈谈都被避开。陈烬已经很久没有用手机了，为的就是躲避身边的一切人和事，他有时候在想自己什么时候能不做噩梦，什么时候能走出这个怪圈。

这天，陈烬和池姜闹了点不愉快，小姑娘嘴角一撇跑了出去。陈烬躺在床上，只当她是闹脾气。

池姜心烦意乱地一个人跑去酒吧里喝酒，梁见山找到她的时候，她还算清醒。

“别喝了，你还未毕业时，我说你可以过来配音的话还算数。”

“谢谢，师兄，我怕是离不开新闻这个行业了，我热爱它。”池姜勉强地笑道。

两人聊了一会儿别的话题，梁见山抬手看了下腕表：“时间不早了，我送你回去。”

到了池姜家附近，梁见山下车送她，她再一次表示了感谢。梁见山抬手揉了揉她的头发，声音温和：“师妹，你跟我客气什么。”

池姜这才惊觉到了一丝不对劲，梁见山及时把手收回，随即两人互相道别。

池姜回到家后，打开壁灯，发现陈烬正目光沉沉地看着她：“你去哪儿了？”

“啊——留在公司加了会儿班。”池姜面不改色地说。

陈烬将她扯进怀里，池姜闻到了酒味，她皱眉：“你又喝酒了？”话音刚落下，一个铺天盖地的吻落了下来。

他的吻带着辛辣的味道，所到之处，池姜觉得肌肤处传来战栗，有一种说不上来的欲望。陈烬心里带着一股怒火，刚看见楼下池姜和梁见山的亲密举动，醋意和心慌的感觉接连上来，他现在只想感受池姜在他怀里是真实的。

陈烬亲吻着她，一只手从背后一路摸下去，摸到她漂亮的蝴蝶骨，再往下，黑暗里发出轻微的暗扣被解开的声音。

陈烬看着身下头发凌乱、眼睛紧闭的小姑娘，有一瞬间觉得自己特不是东西。他正想错身离开的时候，一双手环住了他的腰。

池姜主动去亲吻陈烬的嘴唇，她胡乱地亲吻着，带着孤注一掷，一双长腿勾住他，让他向下压。

陈烬大脑“轰”的一声，被她这个动作点燃了眼底的情欲。陈烬覆上她，细细地亲吻着。池姜回应得热情，她睁开眼，看着眼前轮廓分明的男人，眼角流下一滴泪。

那根炙热抵在外面来回地蹭了几下，陈烬已经憋出一身汗。他以为弄疼了池姜，低下头温柔地吻去她的泪水。

“我会轻点。”陈烬嗓音哑得不行。

在得到池姜的应允后，陈烬发出低低的吼声。池姜闭上眼，因为疼痛用力地掐住他的后背，却固执得不肯叫出声。室内一片黑暗，只有不停的喘气声。

池姜摸着陈烬柔软的黑发，随着他抽动的律动，她感觉时而被抛上云端，时而跌入抓不住的黑暗，一室旖旎。

而当陈烬醒来的时候，发现枕边人却不在。他四处发疯似的找池姜，发现衣柜里的衣服空空如也，桌子上摆着一对精致的袖扣。陈烬半跪在地上，闭上眼在想。

他终究是再一次被抛弃了啊。

这一切仿佛是一场梦，一切皆归虚空。

009

火来，我在灰烬中等你

五年，可以改变很多人，很多事。比如花苞妹妹陈思渺，与他们一同经历了这些事，长大了不少，却仍是那个为爱奔走的姑娘。四年前，梁见山以她年纪太小，不成熟为由再一次拒绝她。陈思渺在寒暑假时只身前往叙利亚和尼泊尔那些战乱国家支教。

隔天，陈思渺与池姜约出来见面，听陈思渺说起自己的经历，池姜感叹不已。她问陈思渺为什么要这么做时，陈思渺下意识地用汤匙搅动咖啡，笑了一下："那个时候太年轻，一方面是想向梁见山证明我不是小孩，一方面想为两个哥哥积福。"

无论是逝者还是生者，陈思渺都希望他们能过得没有负担，有人佑着他们。

一提起他们，两人之间的气氛沉默下来。最终还是池姜开口问："你哥现在过得还好吗？"

陈思渺端起咖啡说道："谈不上好也谈不上坏，我总觉得这些年他活得平静过头了，从来不生气也不会开心，性子总归更冷了一些。"

"至于击剑，也差不多，"陈思渺语气顿了顿，"池姜姐，我哥心里一直有你。"

"怎么说，很多事情由不得我们的'想当然'。"池姜淡淡地说道。

池姜和陈思渺聊了一会儿后就互相告别了。冬日的阳光照在人身上暖洋洋的，池姜一人在路边漫步发呆。对于刚回来就见到陈烬，她心里不是不震撼的。

她把那天对陈烬做出的失态举动归结为对一个故人的挂念，对，只是挂念而已。池姜走着走着，有人在她身后不停地按喇叭。

池姜回头，对方摇下车窗，锋利的五官出现在眼前，陈烬话语简短："上车。"

"不用了。"池姜咬咬嘴唇拒绝了。

陈烬似笑非笑地看着她，两人就这么僵持着，直到后面响起不耐烦的鸣笛声。池姜犹豫了一会儿，只能上车。池姜学乖了，不敢像上次一样去放他车内的歌又引起尴尬。

“你不用去忙吗？”池姜选择了一个最安全的话题。

“嗯，闲人一个。”陈烬漫不经心地应道。

到了池姜家附近后，陈烬把她放下了车。池姜刚想道声谢，对方直接踩油门拐个急转弯就离开了，留下一车尾气。

池姜还没走到家门口，廖靖希的连环夺命电话就来了，她还是一如既往的风风火火。廖靖希抱怨池姜这几年断了联系，又说她不来这个特地为她办的聚会就断了姐妹情。

“好好，”池姜笑着说，又问了问，“他不会来吧？”

“不会，你放心好了。”廖靖希拍着胸脯保证。

有一句话怎么说来着，你不想见到的偏偏能遇见。池姜出门前随便吃了点东西就赶去会所，没想到还是迟到了。几年没见，大家基本没什么变化，但好像又有什么不同了。孙好高还是一如既往的阳光，见到她没有半分陌生感，热情地喊姜妹。

张加鹤和汤启鸣则朝她招手，角落里的小孩周远遥长高了不少，他看着池姜话里有刺：“哟，你还知道回来？”话音刚落下，张加鹤一脚就踹了过去：“本来也没人邀请你来。”

在场的人除了熟悉的几位，还有一位女生。长头发，大眼睛，身材高瘦，叫张加怡。张加鹤很敷衍地说了句：“我妹妹，死活要跟出来。”张加怡乖巧地点了点头。

廖靖希坐在不远处抱着手臂绷着脸，池姜什么都没说走过去用力抱住她。廖靖希的脸色缓和了点，但还是没放过池姜，嗔怪道：“是不是准备一辈子不跟我联系了？”

“我错了。”池姜抱着她的手臂撒娇。由于池姜是背对着正门的，陈烬进来时就看见池姜微扬着脸，声音带着一丝软度，红唇在灯光下闪着光。陈烬有一刹那的恍神。

以前池姜很会向他撒娇，每次只要她用那双带着潋滟水光的眸子看他，他就没辙了。

“烬哥！”孙好高起身迎上去。

孙好高他们有好些日子没有见到陈烬了，这些年陈烬一直与他们保持着联系。去年孙好高与张加鹤他们顺利退役，合伙开了家体育竞技俱乐部。他们有问过陈烬要不要一起干，那时的陈烬说什么？孙好高记得他在不停地把玩打火机，沉声说：“再等等。”

但陈烬二话没说就投了一笔钱进去，由于他还是在役运动员，所以是以陈思渺的名义投的。俱乐部一直由张加鹤他们运作，陈烬就是个甩手掌柜，几乎没有管过俱乐部的任何事。

孙好高其实有点疑惑，陈烬再等什么，看到池姜回来后陈烬的眼神，他就明白了，陈烬一直在等池姜。

池姜听到声音回头看，两人的视线在半空中交会，她心神一荡率先移开视线。陈烬手里搭着一件西装外套慢悠悠地走进来，选了一个离池姜不远的位置坐下。

廖靖希伸出手拧了孙好高的腰一把，压低了声音：“不是叫你别把他喊来吗？”

“没有，烬哥这两天打电话问我最近在干吗？我想着他都好久没跟我联系了，一没忍住就告诉他了。”孙好高被掐得有点委屈。

池姜拍拍廖靖希的手说：“没事，之前我们因为工作原因见过了。”

一群人凑在一起聊最近的事，都是从赛场上退役下来的运动员，喝起酒来毫不犹豫，只有陈烬冷淡地推辞掉。

池姜眼神不由得往他身上瞟，不论过了多少年，陈烬身上永远散发着干净的气息。他基本不怎么喝酒抽烟，除了心烦意乱和多年前出事那次，其他时间基本还是有自己的原则。

“烬哥，过来打桥牌。”张加鹤按灭手中的烟。

陈烬淡淡地出声：“你们玩。”

其他人都打牌去了，只留下陈烬和池姜两个坐在沙发上。KTV 屏幕里放着张学友的《你最珍贵》，气氛一下子安静下来。

刚想到这儿，她就看见陈烬拿出烟盒往桌子上磕出一根烟。池姜不知道脑子哪根神经搭错了，忍不住凑到陈烬面前，把东西递给他。

陈烬实在是有点心烦才想点烟的，他刚偏头找打火机，就看见白嫩的手掌摊开，上面躺着几颗水果糖。

“别抽烟了，吃这个吧。”池姜开口。她低头的时候，垂下的鬈发扫在了他小臂上，带着清淡的橙花香味。

陈烬用舌尖顶了下腮帮，笑了笑：“糖哪儿来的？”

“是我之前采访时，工作人员给我的。”池姜说道。她看陈烬没有要接的意思，想着自己有点自作多情，便把手缩了回去。不料，陈烬一把握住她的手，宽大的手掌包裹着她，掌心烫人。

池姜下意识地挣开，陈烬舔了下嘴角，松开手又懒洋洋地窝回沙发里。

“你那里还有糖吗？全部给我。”陈烬冷不丁地说。

“有的，”池姜回答，语气停了下，“但是剩下的在我家——”

“我等会儿跟你回家去取吧。”陈烬快速说道，语气并不是询问她。池姜刚想反驳，就被廖靖希喊过去：“姜妹，替我下，我去上个厕所。”

池姜走过去，犹疑地说道：“什么赌注，我牌技不太行。”

“没事，不赌钱，输了算我的。”廖靖希把牌塞给她，风风火火地跑去厕所了。

张加怡本来是围在张加鹤身边看牌的，这会儿却下了牌桌，朝陈烬走去。池姜专心打牌，意外地，她连赢了两局。池姜并不知道赌注是什么，只说回来让廖靖希兑好了。

重新洗牌的时候，池姜用余光瞥见张加怡凑到陈烬面前，声音娇得不行："陈烬哥哥，你怎么不去玩牌或者唱歌？"

陈烬不知道低头说了什么，惹得她发出咯咯的笑声。

池姜早已不是当年那个年轻小姑娘了，换以前她肯定把张加怡吓得哭鼻子，再宣示她的主权。而现在，她不会这样做，没必要，再说也没立场。心里的不舒服被极力压抑着，她一脸平静地洗牌。

忽然，一个高大的身影笼罩下来，池姜平视前方就是不回头，她知道身后是陈烬。不知道是什么时候，陈烬被张加怡拉了过来。

张加怡不停地晃着她哥的肩膀想打一局，张加鹤被烦得不行，把牌一扔："行行，赶紧玩吧。"

四人打牌，张加怡有意无意地瞥了池姜一眼说："刚那个赌注还算吧，赢了的人可以提出和在场的一人隔纸巾接吻。"

一时间，室内刹那无声。张加鹤揉了揉眉心，就不应该带这小祖宗出来的。

池姜愣了一会儿，直到陈烬漫不经心的声音从身后传来："算吧。"她的心一寸一寸地凉了下去。

"还是陈烬哥哥好，愿意理我。"张加怡笑吟吟地看着他。

张加鹤暴躁地踢了她凳子一下，斥道："打你的牌，哪那么多废话。"

说实话，池姜牌技很烂，前两局完全是靠运气在撑着，这把情况有点惨。她打得额头出了一层薄汗却浑然不觉。她不愿意输，心里潜意识地不愿意看着陈烬和另一个女人接吻。

张加怡一边出牌，一边意有所指："池姜姐，你不行呀。"陈烬不知道什么时候在另一边坐了下来，似笑非笑地看着池姜。他胸口的衬衫扣子半敞开，露出好看的锁骨，闲散地看着这牌局，一副观望的态度。

池姜被他的态度给激到了，心里一股悲伤蔓延开来，她忽然觉得，这件事从一开始就错了。她笑了笑，大方地承认：“是，我牌技不行。”

接下来，池姜干脆破罐子破摔，专打烂牌，越来越无所谓。陈烬抬眼看她，声音富有磁性：“先出2。”

池姜不看他，挑了个最小的3出，最后她嘴角弯起：“无所谓。”

气氛一时冷了下来，池姜手指下意识地敲着桌子，在想找一个什么理由才能走掉。凑巧的是，池姜手边的手机响了，她凝神一看，是之前送她糖果的摄影师。

池姜滑开屏幕朝在座的几位比了个手势就出去接电话，她经过他身边时，陈烬听到她软下来的声音：“喂。”

陈烬心底一阵烦躁，拎起外套也跟着出去了，扔下一句：“你们好好玩。”

外面一阵冷风吹来，让人清醒了几分。池姜从包里取出围巾围在脖子上，将巴掌大的脸挡住，只露出一双清亮的眸子。她给廖靖希发了个短信，打算拦车回家。谁知有人攥住她手肘，陈烬薄唇微启：“我送你回去。”

“不用了，我打车就好。”池姜低头找打车软件。

岂料，陈烬一把抽掉她的手机，趁她愣神之际，一把抱起池姜，后者发出小小的尖叫声。池姜不停地扭动着：“你快放我下来。”

陈烬厉声呵斥：“你再动就把你扔下去。” 吓得池姜紧紧抱住他的脖子，整个人都贴在他身上。她胸前的两团柔软紧挨着陈烬的胸膛，弄得他下面有了反应。

“也不用抱得这么紧。”陈烬开口。

“哦。”

陈烬把她抱到停车场，一路开车送她回家。到家后，池姜道了声谢就要走，陈烬扬起眉毛：“不是要把糖果给我？”

池姜踟蹰了一会儿：“你在这儿等着。”

十分钟后，池姜抱着一盒糖果下来。糖果盒很漂亮，心形的包装，外面用一根漂亮的锦缎绑着，打开来一看，有各种颜色的水果糖。

“谁送你的？”陈烬眼睛里有了不悦的情绪。

“是公司的同事，他看我——算了，没什么。”池姜抿唇说道。虽然离开陈烬这么多年，但她一直没戒掉收集各种糖果的习惯。不知道这位同事从哪儿听说池姜的习惯，送了她一盒糖果，池姜婉拒，后来那位同事说是小侄女不喜欢这口味的糖果，她才接了下来。

池姜伸手拢了一下衣服：“没什么事我就先上去了。”

忽然，陈烬下车“啪”的一声把门关上了。他把手插进裤兜里，沉声说：“我没想让她亲，从一开始我就想你赢。”

“是吗？”池姜语气有些敷衍。

倏忽，池姜被一股猛力扯住，直接被陈烬按在车门边。陈烬的眼睛又黑又亮，目光沉沉地盯着她，捏着她下巴亲了上去。

池姜挣脱了几下，无奈男女之间的力量对比实在太过悬殊，只能无力地被陈烬亲着。他轻咬了池姜的嘴唇一下，后者“啊”的一声张开口。

一根灵活的舌头伸进去钩住池姜的舌尖，他憋着一股劲，吮吸得很用力，深邃的眼睛里是抑制不住的思念和疯狂。

池姜抵触的情绪随着这个加深的吻有所松懈，她感觉自己被抛入一个漩涡里挣脱不开。一个吻完毕，两人鼻息相对，陈烬习惯性地把脑袋埋进她的肩窝里，闷声说：“我们谈谈。”

“陈烬，今晚我真的累了，下次谈可以吗？”池姜的声音很轻，咬了咬嘴唇，“无论谈的结果是怎样，我都希望你不要放弃自己。”

“好，”陈烬艰难地开口，放开池姜，帮她整理好衣服，“我看着你上去了，我再走。”

陈烬在楼下拿出一颗糖丢进嘴里，看池姜家里的灯亮了才离开。

池姜入职《体坛周刊》不久，正逐步接手这边的事情。《体坛周刊》是一家实力雄厚的科技公司投资所创办的，目前以网络媒体为主，以不同视角切入体育实事，在业内有一定的影响力。

上头对池姜很重视，池姜刚接手不久，就让她负责这次的冬季运动会。出差定在半个月后，池姜目前得处理完手头这些事。

池姜整理上次采访的那些击剑运动员的资料，忽然想起了什么，喊住了自己的助理岑晚："把上次中西友谊联赛的技术指导陈烬的资料整理出来给我。"

"好的，池姜姐。"岑晚应道。

岑晚办事高效，不出五分钟就将这些资料打印出来交给池姜。池姜一页一页地翻看，渐渐皱起了眉头。

这些年，池姜妈妈切断了池姜和国内的一切联系，那段时间池姜状态很不好，等经过很长时间的调整念研究生的时候，反而不敢打听他的消息了。

上面那些资料显示，这近五年的时间，陈烬过得怎么样，池姜找不到合适的形容词，她只是不敢相信。曾经如神话一般到处拿冠军的陈烬，如今过得十分庸常。

前两年他被禁赛，没有任何成绩，这两年他一边做技术指导的工作，一边训练然后参加比赛，但是成绩都平平。近两年来，他除了拿过一个男子小组冠军，和在一次亚运会上拿了男子个人佩剑亚军之外就没什么大奖项了。

至于当技术指导这事，还是一直带着陈烬的那个教练促成的，他不想陈烬因为训练而感到压抑。旁人都讲陈烬英雄迟暮，不知道为什么还要耗在击剑上。

由于他的竞技状态下滑，上面已经开始劝陈烬退役，但他的教练力保陈烬，说他一定是大器晚成，一定会比当年勇猛。

教练在接受采访时表示出了对陈烬的信心满满，讲他只是心理障碍原因，这些年他对于训练一直没落下，十分刻苦。

竞技运动是很残酷的，永远有人逆流而上，也有人停在半路，好风景就在前方，追赶的人很多，不差你一个。

所以，陈烬过得并不如当年，飞个比赛都有一群人在苦苦接机。池姜无法去体会这种从云端落到谷底的感觉。池姜看完之后，跑去陈烬的后援贴吧和微博看，不得不说，寥寥几人，画面惨淡。

池姜点开一个关于他退役的帖子，大部分的声音说：烬神只是一个称号了吧，他早已不复当年，祝好吧，毕竟他陪我走过了最热血的青春。

这条回复被赞了最多。池姜心里有一个声音在说：不是的，你们都不了解他。池姜注册了一个贴吧小号，在上面发了一段话：我知道烬神的时间不比你们短，大概是从他十五岁训练开始，到现在他二十八岁，近十三年。见证他大大小小的奖项与失败，我记得他曾经说过，十年饮冰，就为了这一刻的夺冠。所以，击剑世界杯我会等他的。“水来，我在水中等你；火来，我在灰烬中等你”，他不会迟暮，只会再复当年的勇猛。

而此时的陈烬正在办公室听教练唠叨，教练说来说去只有一个意思，好好准备击剑世界杯比赛，放松心态，别再出什么幺蛾子。

“你看，我就说还是有人相信你的嘛，跟我一样，慧眼识人。”教练把手机拿给他看。陈烬快速浏览，心脏忽然被什么东西给盈满了，眼睛有点看不清屏幕。他当即就判断会说出这些话的人是池姜，只有这个傻姑娘还一直相信他。

次日傍晚，陈烬正在C大对这批年轻人进行技术指导。他坐在一张凳子上，长腿交叠，看着剑道上挥洒汗水的年轻人给出自己专业的意见。

池姜拨了个电话过去："你在哪儿？我有事找你。"

"C大。"陈烬回复道。

陈克然一向不爱说话，成绩不错，却是不服气陈烬的。他一直想不通为什么学校要派一个落败者来指导他们，而且这个指导还很闲散的样子，坐在凳子上给他们指导，平时对他们也是一副高高在上，冷淡的语气。

张意瞥见陈克然的神色知道他又不满了，说道："快点训练吧，烬哥只是性子是那样。"

约半个小时后，池姜赶到C大体育馆，恰逢他们中场休息。池姜匆匆赶来，还穿着雾蓝色的职业套装，窄臀裙将她的臀线衬得动人。

一群朝气蓬勃的年轻人谈话时都不自觉地瞟向池姜，张意比较大胆，热情地上来打招呼："池记者，你好。"

池姜思考了两秒才反应过来这是之前中西友谊赛采访过的年轻人，她礼貌地朝他点了点头。陈烬眼神极冷地扫视了周围一圈，带着压迫感，吓得他们缩了缩脖子，不敢再看池姜。

"你还有多久结束？"池姜开口问。

陈烬还坐在凳子上，抬眼看着她。池姜走得急，脑后的长发用一支铅笔随意地绾成一个髻，垂下一绺栗色鬈发，露出颀长光洁的脖颈。陈烬朝她勾了勾手指，池姜一脸疑问，但还是俯下身去，他长臂一伸抽走了她的铅笔，栗色的鬈发自后背倾泻而下。

"你们自个儿先训练着，王教练还有五分钟就过来，我有事先走了。"陈烬起身，说完就打算和池姜并肩离开。

谁知，陈克然一下冲到两人面前，看着陈烬："我觉得你不够格指导我们。"

陈烬并没有被激怒，他笑了一下："够不够格不是你说了算。"

他正欲和池姜离开，陈克然却挡着他们，盯着池姜："你上次不肯给我微信就是因为陈指导？那我和他比一场，赢了你就给我微信。”

池姜神色讶然，当时采访时拒绝给这个年轻人微信，是因为这种事遇多了，而且她骨子里比较冷淡，怎么就把理由安到陈烬身上去了？

她以为陈烬不会理会这个幼稚的举动，哪知陈烬利索地脱了外套递给她，他抻了一下脖子，微昂着头：“比吧。”

陈烬换上了训练服，手中的剑在他手中像条灵活的鱼，一招一式都收放自如。前几个回合，他平静地防守，看起来不敌陈克然，可也没让对方拿到一个点。

到了后面，陈烬持剑，手臂往前伸直，向内旋转，剑尖降低，交叉步前进，趁其不备采用角度刺的方法砍向陈克然的肩膀。

陈克然被激怒，直接冲着他劈，陈烬不停地向后退，待剑尖逼向他时，他一个侧身用剑劈向陈克然，再拿点数。

场内响起异常激动的口哨声，陈烬像逗猫一样逗了陈克然几个回合再拿点。比赛结束后，显而易见的是陈烬赢了。

“果然是宝刀未老，烬神不显山也不露水啊。”

池姜看着眼前的陈烬，眼眶酸涩，有多久没有看到他站在剑道上用力去拼搏了？多年前，那场比赛的意外失败和弟弟的死，大众的谩骂声也随之而来，这些几乎击垮了他。一个人，能走到现在，无论输赢，都已经活得很了不起了。

陈克然精疲力竭地躺在剑道上，声音闷闷的：“我输了，烬哥，以前是我冒犯了，对不起。”

陈烬接过旁人递来的毛巾随意地擦了一下脸，没什么情绪地看了他一眼：“好好练。”

两人离开了体育馆，外面天光慢慢暗下来，淡红的霞光像是宣纸上的山水画，被墨水一点一点浸染，渐渐变暗。

两人并肩走着，陈烬伸手扯住她后背的一绺长发。头皮传来轻微的痛感，池姜停下来看了他一眼。

“不冷吗？”陈烬扬了扬下巴。

夜晚温度降低许多，一阵冷风吹来，池姜不自觉地瑟缩了一下，她咬牙说：“不……”冷字还没吐出来，陈烬就脱下了身上的黑色羽绒服扔到她身上。

池姜刚想推辞，偏头一看他那不容置喙的眼神还是咽了回去，低声道了句谢。走了有一会儿，陈烬发现两人不自觉地走到了C大附属中学附近，操场上暖色的灯光氤氲一地。

陈烬像是想到了什么，薄唇微启：“进去吧。”

池姜望着他的眼神也想起了什么，一时间心绪难明，最终还是点了点头。陈烬从保安那儿借了两张小板凳，让她坐下后又扔下一句话：“在这儿等我。”

五分钟后，陈烬拎了一袋东西递给池姜。池姜打开一看，是冒着热气的烤红薯、一杯芋圆奶茶，还有几串丸子。这些都是她以前爱吃的。

“你吃吗？”池姜分给他一半红薯。

陈烬接了过来，咬了一口，红薯的热气烫人，甘甜的味道在唇齿间蔓延开来。池姜安静地吃着东西，嘴巴一鼓一鼓的，让人想到了小金鱼。

“上次你说的我们谈谈，现在谈谈吧。”池姜把垃圾装进袋子里放在脚边。

“上次陈克然找你要微信了？”陈烬伸出一条长腿，从侧兜里拿出一颗糖。

池姜皱眉，看着他：“击剑世界杯的事，你……”

“昨天那个帖子里那条写得最多的评论是不是你发的？”陈烬垂眸撕掉糖纸。

“陈烬，这个不是重点，重点是你即将面临下一个比赛，我想知道你现在的困难都有哪些？”池姜认真地看着他。

“你现在还关心我，是不是……表示我们还有可能？”陈烬把糖放进嘴里，咬得嘎嘣响。

话题中止，池姜抬头看向篮球场。篮板下是一对情侣在玩球，男生负责教，女生正在认真地学，猝不及防地被男生偷亲一口。

“你好烦啊。”女生嘟囔道。

池姜看着这一幕，不自觉地扬起嘴角。年少时的喜欢，一个偷偷亲吻都能让心跳加快一整天。

“我们都向前看吧。”池姜不去看他，轻轻地说。

“很抱歉，在你最需要我的时候离开了你。”池姜不自觉地绞紧衣服。

陈烬沉默下来，用脚尖轻踢地板。他能怪池姜什么？那个时候的他潦倒又失意，沉浸在自己的世界里悲伤不已，还拉池姜一起受罪。

那次发现池姜走了后，陈烬发了疯似的找她，然后喝酒把自己喝到住院。他那个时候在想：为什么会有这样的女人，在你心底占据牢牢的一角后潇洒离去？

出了院之后，他依然颓废又失意，直到孙好高和廖靖希来看他。廖靖希提着一篮水果来看他，骂了他一通后就离开了。

他这才知道，池姜是被她妈妈派的人给强行带走的。他也这才知道，在这段感情里，自己一直心安理得地享受池姜对自己的付出，却从来不知道池姜害怕什么，想要什么。

那时，陈烬在赛场上输得一干二净，失去了安全感的他对池姜产生猜忌，控制欲变得越来越强，却不知道她被许晚晴陷害甚至在业界失去了信誉。她什么都没有了，还要额外遭受来自双方父母对她的施压。

他什么都没有做，没给她安全感，没能陪她一起面对。

“我一开始到美国的时候很难受，但是一直强忍着，因为我跟妈妈约定好，若以后想要回来找你，在那之前，我要变成一个优秀的人。

“我拼了命地学习，几乎不参加任何社交活动。有一年国内过春节的时候，我还在学校上课，下完课的时候天色已经很晚了，外面下着大雪，这个时候我想起了那年我们在奶奶家吃的那碗饺子，就打算跑到超市里买一袋速冻饺子回去煮。在路上看见一个背影很像你的男生，穿着黑色羽绒服、黑裤子，短寸头，高高瘦瘦，我追上去却在雪地里摔了一跤，那个男生听到声响回头，看清他的脸之后，我忽然觉得挨不下去了。”池姜的睫毛轻轻颤抖。

这次回国之后，池姜幻想过无数次见到陈烬时，自己一副云淡风轻的表情，然而现实却不是这样，有的只是惊慌失措。看见他身边有别的女人会吃味，会因为他的靠近而再次心跳加快。

但两人错过的那五年能补回来吗？喜欢之于年少，是怦然心动；爱情之于成年，是心跳下的那份理智，是能够被祝福的感情。

“陈烬，我不想再努力向你走了，很累。”

陈烬双手托起她的脑袋将她按进怀里，沉声说：“我会向你走过去，我们慢慢来，好吗？”

池姜犹豫了很久，最终在他的注视下轻轻地点了点头。

陈烬知道她说的那份很累是什么，是许晚晴，更是他的母亲。自从陈烬知道许晚晴陷害池姜假新闻一事，便再也没有和她联系过了。

那时，许晚晴以为池姜出国了自己就有机可乘了，可陈烬态度冷淡地拒绝了她：“我一向欣赏的是坦然又磊落的人，你不是。”

当时许晚晴一脸土色地离开了。

自从那次谈话之后，两人联系紧密了许多，虽然两人经常因为话题中断而冷却气氛，但还是尽量在向对方靠近。

尽管这样，两人还是发生了争执。关于击剑世界杯比赛的问题，池姜希望他重新站在剑道上，拿回属于自己的荣誉。

陈烬一直没吱声，良久他开口：“我可能不准备参加这次比赛了，过段时间会选择退役。你也知道，竞技场上一向很残酷，十年磨一剑，有些人剑还未出鞘就已经败了。我输过，知道那种全世界都在质疑你的感觉，竞技场上也不缺有天赋与勤恳的运动员，只需要一场雨，他们便能争相冒出来，我有点想做那场雨或者去做些别的事了。”

“陈烬，你骗不了你自己，如果不是对那份荣耀的渴望，你为什么不早点退役？这五年来，无论外界的声音怎么样，无论你的成绩再怎么平淡，你还是一直参加训练和比赛。你敢说不是为这场比赛一直在时刻准备着，为什么不给自己一个机会？”

“再说吧，我累了。”陈烬淡淡地说。

重逢后，这是两人的第一次冷战，都没有联系彼此。教练强行把陈烬那份技术指导的工作给停了，让他投入到紧张的训练中去。池姜这会儿又接到了出差的任务——冬季运动会，领导特意表示不是让她跑一线的，而是社里缺人手，这次希望她能带一下手底的新人，将其尽快培养出来。

陈烬一直受到教练魔鬼式训练的对待，好不容易熬到了假期。陈烬回了一趟家，这些年，他很少回去，仅有的几次都是过节时例行回家吃饭。自从陈川现死后，陈家父母苍老了很多，陈江耀没了之前逼陈烬放弃体育事业的力气。至于母亲林歌蓝，一直变着法儿地给陈烬相亲。

这天，陈烬回家的时候陪老爷子下了一盘棋，又陪林歌蓝看了一晚上的肥皂剧。林歌蓝在等陈烬开口，没想到他很沉得住气，一直没有开口。

“说吧，一直不回家是有什么事？”林歌蓝问。

“妈——”陈烬话还未说完，林歌蓝眼睛已经发酸。因为陈川现，陈烬与他们关系一直比较冷淡，与陈父更甚。

陈川现走后，陈烬更是与他们少有来往，但是一直做着尽责的儿子本分。这声“妈”林歌蓝听出了真切之意，不再是那种公式化般的叫喊。

“妈，池姜回来了，之前是我愚钝，让她受了委屈。”陈烬给她泡了一杯茶。

林歌蓝接过茶轻啜了一口：“我知道她回来了，你还去找她了。”

“我今天来就是告诉你一声，我想重新和池姜在一起，希望能有你的祝福，没有的话我也会和她走下去。”陈烬语气坚定。

林歌蓝看着陈烬，他的下颌线紧绷，语气坚决。这些年，两人间的感情一直很平淡，陈烬也尊重她，这也是头一次，陈烬为了池姜不肯让步。她叹了一口气。

陈烬从家里出来的时候一身轻松，他摸出手机给池姜发了条信息：等你什么时候觉得可以了，我带你回趟家。

不到两秒，池姜回：再看吧，我现在在收拾衣服。

陈烬心里一紧，有一种喷涌而出的慌张感，他马上回拨了个电话过去。接通后，电话那头传来收拾东西的声音，池姜语气中带着些许冷淡：“喂？”

“你要去哪儿？”陈烬的喉结滚动了一下。

“出差，冬季运动会，要去北城那边。”池姜回答。

提着的一口气终于松了下来，陈烬语气放缓让她注意安全之类的，两人随便聊了几句就挂了电话。

陈烬知道，池姜还在生气，气他不能真正地面对自己。

池姜到了北城给陈烬发了一条信息后，两人就没再联系了。她负责的是户外运动项目，零下几十度的天气，她的手机已经被冻关机了。

比赛持续了一个星期之久，采访也进行得顺利。池姜手底下带的小姑娘叫江小心，做事肯吃苦，身上又有股机灵劲，学什么都上手很快，加上嘴巴又甜，池姜与她还算比较亲近。

采访结束后，还剩两天出差时间，江小心不打算直接从北城飞回枫市，她说北城往南的眉城有座金顶山，风景奇特。她拉着池姜一同前去。

池姜望着地上的积雪有些担忧地说："还是算了吧。"

可后来架不住江小心的软磨硬泡，她嘴里又叨念着，金顶一开，好风景难得一见。池姜有点心动，就与她一路坐高铁来到了眉城。

眉城是座旅游城市，以好山好水而闻名，又以金顶山上的金顶大佛著称，这些年逐渐发展起来。因为今年冬天眉城下起了罕见大雪，游客减少了一大半。

江小心与池姜在金顶山脚下的客栈住下，池姜摸出手机给陈烬发消息。江小心在准备第二天上山的装备，问道："池姜姐，你说我怎么还是单身？"

"慢慢来，总会等到那个对的人的。"

"希望吧，不求遇到潇洒的杨过大侠或者风姿翩翩的持剑的三少爷谢晓峰，只求遇到个合适的人。我不管，反正我今年是要脱单的。"江小心一双鹿眼写满固执。

"是是是，行了吧。"池姜应道。

枫市，陈烬训练完后在食堂吃饭，头顶上方的电视正在播报新闻。播到一半，陈烬眼神一凛，直接摔了筷子。

新闻上说华北大部分地区连续强降雪，眉城那一带的通信已中断，道路多遭封锁，今日雪量达到最高，导致金顶山发生几处雪崩，上山的游客已有九人失踪。

陈烬当即买了飞去眉城的机票。一到眉城，他便马不停蹄地赶到金顶山。陈烬跟客栈老板打听池姜的消息，老板皱眉：“按你形容的这两个姑娘，怕是已经上去好久了。雪量是后半段增多的，我们这边已经中断了通信，不过你放心，搜查队已经在搜寻了。”

“小伙子，这个时候就不要上去冒险了。”老板好心劝道。

陈烬颔首向老板道谢，还顺便向老板借了一支手电筒。他脸色沉沉地走出客栈，盯着山脚下封锁的横条思考良久。他最后问了当地人，抄小道偷偷上去了。

山路越来越陡峭，陈烬望着看不到尽头的茫茫大雪一颗心往下沉得厉害。风声越来越迅疾，陈烬的喘气声越来越重。

临近半山腰，陈烬看见一个站在原地神色焦急的人，他走上前去询问。原来她是上山参观的游客，因为大雪迷了路，路过这个地方听到微弱的求救声，发现有人掉进猎人设的雪坑里，雪越下越大，怕是……

陈烬安慰语无伦次的女孩，凝神间看见地上的那条米色围巾，眸中骤然涌起风暴，池姜有条一模一样的！

雪越下越大，陈烬跪在雪地上双手不停地挖。冷风像头困兽不停地呜咽着，陈烬的双手青筋暴起，机械地挖着积雪。女孩看他神色严峻也动手帮忙。

陈烬不停地呢喃着：“池姜，不要是你。”

雪花飞扬，陈烬宛若一座冰雕，身影高大而凝重，他的瞳孔紧缩，透露着一种惊慌的情绪。直到两人将姑娘扒拉出半个身体，陈烬看她的身形才发现不是池姜，心稍微平静下来。

恰逢搜救队听到这边的动静赶来，一道熟悉的声音裹挟着风雪从身后传来：“陈烬。”陈烬蓦地回头，看见池姜完好无损地站在那里，立马大步向她走去。

陈烬站定在她面前，因为来得匆匆，他只穿了一件单薄的黑色夹克，嘴唇泛白，雪花落在他长睫毛上。池姜看他的眼睛湿漉漉的，夹着难明的情绪。

她还没来得及说话，陈烬就一把将她扯进怀里，风呜呜地吹，他的气息不稳："没事就好。"那颗飘荡多年的心，见过风花雪月，领略过刀光剑影的战场，在听到他这句话之后，终于落了下来，好似找到了一捧合适的泥土。

倏忽，池姜感觉眼前这个高大的人一晃，直直地挂在她身上，险些把她撞倒。池姜不停地晃动着他的肩膀，声音焦急："陈烬！"

灰雀随着这一声喊叫从低处扑腾翅膀飞掠而过，空留积雪压弯松枝的清脆声音。

池姜和一位搜救队的人一起将陈烬弄回客栈时，天色已经很晚了。池姜摸了一把他的额头，发现烫得不行，此刻正逢雪灾，停水停电。好在池姜出差的时候带了一些退烧药，至于水，是隔壁旅人看她的情况好心分给她的。

天气湿冷，又逢停电，池姜点了一盏煤油灯，忙上忙下地照顾陈烬。她向老板借了一床被子，两床被子加上几件大衣，把陈烬盖了个严实。

陈烬吃了药高烧一直退不下，嘴里不停地喃道："冷，冷……"

池姜俯身轻轻地碰了碰那张倦容，心里好气又感动。今天她和江小心准备上金顶山的时候，她看地上的积雪感觉不对劲，就没有上山了。之后果真发生雪崩，搜救人员也赶来救援。

池姜在金顶山的另一边做志愿者，她看过的东西基本过目不忘又加上职业敏感，就负责核对人员出入状况和疏散人员。

哪知陈烬上山跑去找她，关心则乱，以为遇到危难的人是她。

寒风从窗缝间漏进来，池姜折了几张硬纸壳去塞缝隙。透明的窗户蒙了一层雾气，渐渐结成一朵霜花。外面风雪怒号，室内一盏昏暗的煤油灯，一片温情。

池姜看着不停发抖的陈烬，只能用最原始的取暖方法，她脱掉了衣服，钻进被窝里。迷糊之中，陈烬感觉身边有一个热源，不自觉地向那个方向靠近。

陈烬感觉自己做了一些片段式的梦，梦见自己走在一个没有尽头的迷雾森林里，有一个年轻男子在前方等他。陈烬看他手里握着一个魔方不自觉地跟上去，眼看快要看到他的脸庞了。风一吹，那个年轻男子纵身跳进悬崖里。

陈烬一下子从梦中惊醒，额头蒙了一层汗。随即，一只有温度的手探到他额头上，似舒了一口气："总算退烧了。"

他一个翻身与池姜四目相对，漆黑的眸子勾出一道清浅的弧度："我没事。"

"为什么现在才来？"池姜抬手捂住眼睛，声音无力。

气氛沉寂下来，只有外面扑簌簌落雪的声音。池姜说的这句话意有所指，她在国外五年，总幻想着陈烬来找她，但是一次也没有。

陈烬扳开池姜的手，让她直视自己的眼睛，喉结动了动："我有找过。"

陈烬花了一年的时间去调整状态和休养身体。第二年，陈烬一脸忐忑地跑去找池姜，结果发现她和一位外表俊朗的男生有说有笑地进了图书馆，他黯然离去。

从此以后，陈烬会时不时地去偷偷看池姜。她研究生毕业那年，陈烬托一位小女孩送了一束冬青给她。

池姜拿到第一份 offer 的时候，她家窗外的那场烟花是陈烬放的。

池姜拿到第一个新媒体大奖的时候，她再次收到一束无署名的木棉花。

……

两人未相见的这些年，陈烬一直在背后见证她的成长，有时像一阵风，又似天边陪着她的那颗星星，也可能是她渴时手边的那杯白开水，行踪不定却又无处不在。

池姜眼眶发红，一直看着陈烬。

陈烬喉咙发苦，他不知道该怎么解释自己的行为，开口："我只是想看看你。"

剩下的话被池姜封在嘴里，一个深情又小心翼翼的吻随之而来。池姜很少在这方面主动，一个深吻点燃了彼此间的情欲。

陈烬反客为主，将她压在身下，亲了亲她的眼睛，随即在她脖颈那块慢慢地舔舐起来。这一夜，漫长又充满温情。

两人再一次彼此交付，无比赤诚。

在陈烬终于进去的一刹那，一阵又一阵的快感如浪潮般涌上来，男人餍足地趴在她肩头。池姜被抛上云端的那一刹那，偏头望了望遥远的天空。

天边挂着一颗星星，渺小却散发着微弱的光芒。

两人在眉城逗留了两天后返回枫市，江小心则因为家里出了点事请假提前走了。没想到，一下飞机，冤家路窄，陈烬碰上了来中国做活动的郑宪华。

此时的郑宪华已经不是当年的千年老二了，前两年他跟开了挂一样四处拿冠军，近两年积攒了些名气后，反倒疏于训练，四处接代言，参加各种商演。因为长相不错，加上冠军傍身，圈了一大拨粉。

郑宪华刚下飞机就有一大批记者候着争相采访他，记者们七嘴八舌地把话筒递过去，跟竹筒倒豆子似的抛出许多问题。

一丝厌恶从郑宪华的眼睛里一闪而过，但被他隐藏得极好。陈烬平淡地看了一眼被人群簇拥着的郑宪华，揽着池姜的肩膀打算从另一个出口走。

郑宪华眼尖地看到了陈烬，声音里夹着得意："喂，陈烬，老朋友见面不打一声招呼就走？"

陈烬朝他走去，随意地松了两粒衬衫扣子，语气稀松平常："好久不见。"

刚好这时记者插话过来："请问郑选手，对于大半年后的击剑世界杯您准备得怎么样，有信心拿下冠军吗？"

郑宪华嘴角的笑意玩味，他干脆摘下墨镜，将它别在胸前骚包的粉衬衫上，昂着头："当然，可惜的是，不能在赛场与陈烬相遇，实在有点遗憾。"

"毕竟这种一招就能碾压的蠢对手不多了。"郑宪华笑意不减地看着陈烬。郑宪华话音刚落下，几个话筒一并对准了陈烬，闪光灯晃得眼睛生疼。

"请问陈选手确定不会参加击剑世界杯了吗？"

"请问陈选手是不是害怕败给郑选手，还是另有隐情？"

"传闻当年打人事件你是拿弟弟的去世当失败借口，还是实力稍弱呢？"

"……"

这些年来，陈烬受到过很多冷眼嘲笑，有质疑，有鼓励，有失望，有无奈，有叹息，但人们都默契地不会提他弟弟这件事。逝者已矣，应当安息。这个道理大家都懂，这应该是时隔多年，少有的被生生地揭开伤疤，像角落里患过的伤风，再一次席卷而来。

陈烬双眸里翻涌着愤怒的情绪，但被他生生压下去了，抿成一条直线的嘴唇正欲张开，已经有人先行一步。

"这位小姐，我给你科普下，《宪法》第二百四十六条第二款规定，捏造并散布虚构事实，构成贬损他人人格、破坏他人名誉的行为已经构成诽谤罪。”池姜抱着手臂，极快地扫了一眼她的工作牌，“都是同行，作为一个新闻人，我们要去发现并且报道事实的真相，而不是像你这样空穴来风，只为抢个风头。”

那个女记者讪讪地把话筒放下，脸上青一阵白一阵，在池姜强大的气场下憋不出一句反驳的话来。

陈烬朝池姜递过去一个安抚的眼神，转瞬面对这一群记者。他是单眼皮，偏偏眼尾内勾，仿佛随时能将人吸进去似的。他眼神凌厉地看着他们，声音不大不小：“谢谢大家这么关心我，心领了。关于击剑世界杯我是否会上场，会，除非天灾人祸。

“之前看过一部剧，大概讲的是人活着的一生，有意思的地方在于当你无法前进又不能后退时，只有正面突破。

“我们赛场上见。”

陈烬朝郑宪华颔首，在众人的吸气声中径直离开。有当年在世锦赛上采访过的记者看着他孤傲的背影，再一次觉得那个王者准备回来了。

郑宪华气急败坏地盯着他，眼睛里像淬了毒。

池姜细长的眉梢是压不住的高兴。上了出租车，她脑袋忍不住往陈烬怀里拱：“你刚才有点帅气。”

“你是不是真的会重回剑道上？”池姜仰头看他，瞳孔里带着一点渴盼。

陈烬揉了揉她的头发，看向窗外，话语简短：“会。”

其实陈烬在出发去找池姜的时候就有了大致的想法。陈思渺曾把池姜当年毕业时发言的视频给他看，小姑娘坚定地说道：“我永远在他身后，我想陪他赢，理想万岁。”

说实话，他不是没有触动的。再遇郑宪华，伤疤被他撕开才让陈烬意识到，逃避是没有什么用的。既然如此，那就正面突破，做那一千零一个挑战者吧。

陈烬准备参加击剑世界杯的消息，除了身边的亲人，最开心的当属他那个微胖界的教练了。教练激动得差点没捋直舌头：“好，好。”

距离大赛还有十个月，时间紧迫，教练给陈烬制定了魔鬼计划，陈烬也是玩命地训练。然而在这关键的时期，池姜坚持要陈烬每周抽出两个小时去看心理医生。

像池姜这种优秀与美貌并存的女人，身边自是不乏一大票追求者。有一个追了池姜很久的公子哥见池姜除了工作剩下的时间就是围着陈烬转，十分嗤之以鼻。

“池姜，你到时候别压错注了，一个临近三十岁的男人还谈什么梦想，也就你这种什么都不缺的女人追求这个。你去体验一下这种新奇感也可以，等他输了你自然会改变想法的，我永远等你。”张公子深情款款地说。

池姜将一本心理书合上，瞥了他一眼：“张公子，不好意思，你所看轻的在我眼里值千金，无关输赢，只因为他是陈烬。”

张公子再次受挫，开着他那大奔临走时说了一句话：“我不会放弃的。”

池姜懒得理他，继续等陈烬，没想到却等到了林歌蓝。显然，林歌蓝是听到了那番话，心里一阵触动。

“伯母，您怎么在这儿？”池姜开口问。

林歌蓝拉过她的手，语气真诚：“阿烬有点事过不来，他让我来接你回去吃饭。”

“你是个好孩子，以前是阿姨的不是，希望你别跟我这个老太婆计较。”林歌蓝开口。

“伯母，您别这么说……”

010

掌声响起来，我的爱与你同在

又一冬。

击剑世界杯大赛在一首歌描述的“在这迷人的晚上，小河静静流微微泛波浪，水面映着银色月光”的莫斯科举行。

枯椏成排，白雪皑皑。

世界杯各分站的击剑比赛正在如火如荼地举行，男子佩剑莫斯科分站中，陈烬不负众望一路杀进决赛。

决赛中，冥冥之中，陈烬与郑宪华再一次相遇。郑宪华趾高气扬，眼神轻蔑，显然不把陈烬放在眼里。

陈烬戴着护面罩站在剑道上，与郑宪华直面相对时，他的呼吸明显加重了许多，一闭上眼，嬉笑怒骂声仍在耳畔，往事历历在目。

裁判一声令下，比赛正式开始，全场观众屏住了呼吸。一开始，陈烬就如一头困兽般咬住郑宪华不放。

郑宪华直接冲向他，被陈烬侧身一躲扬剑来了个漂亮的左劈反击。之后，陈烬乘胜追击，手里的剑像把利扇扬了出去，直接刺中他的有效部分。

郑宪华乱了阵脚，暴躁地踱步，攻击的间距拉大，连连失分。第一回合，陈烬胜利。

中场休息的时候，教练跟他交流换战术的事。陈烬的眼神极短暂地与场下的池姜交流了一下，自家的小姑娘指了指左脸颊，上面是一颗爱心。

陈烬忽地想到第二次见面时，她在机场以粉丝的身份出现的场景。

现在的她，依然对他无比信任和笃定。

第二回合时，郑宪华明显是听了教练的，动作幅度没那么大，间距也缩小在一定的范围。这次郑宪华趋于防守中再进攻。

郑宪华渐渐追平，而陈烬弓着腰，他已经感觉汗水浸透了整件衣衫，准备伺机而动。陈烬的护手盘不停地翻动着，采用交叉步像支离弦的箭冲过去，然而郑宪华纵身一跃，两人正面交锋。

两人同时刺中了对方的无效部分，而郑宪华把剑劈在陈烬手臂上方的无效部分，因为用力过猛，一把弹簧剑如积雪压树枝，弯得变成椭圆，最后“嘣”的一声，剑断了，半把剑飞了出去，郑宪华手里只握着半把剑柄。

一股被电击的痛感从手臂上方蔓延至陈烬身体的各个部分，带着钻心刺骨的疼。

中场休息时间极短，郑宪华又换了一把剑上来，冲陈烬露出一个意味不明的笑容。陈烬大脑快速运转着，历史上重大赛事中，器材出现故障的统共就这么几次，这次是属于意外还是……

时间容不得陈烬细想，只有台下的教练发现端倪，眼神露出一股担忧。陈烬扯了扯嘴角，想活动一下手腕，右臂却无法动弹，稍微动一下都能听到骨头错位的声音。

若此刻叫停，青山沦落十年人，过往皆付之东流，你甘心吗？

池姜的视线是片刻未曾离开过陈烬的，她眼尖地发现了陈烬击剑服的右臂上被戳了一个窟窿，要流下来的眼泪又被她逼了回去。

她站在工作人员的位置上，至少是比观众离得近的。池姜看着他，开始唱《掌声响起来》，看向陈烬的目光近乎虔诚。

孤独站在这舞台
听到掌声响起来
我的心中有无限感慨
多少青春不在
多少情怀已更改
我还拥有你的爱
好像初次的舞台
听到第一声喝彩

我的眼泪忍不住掉下来
经过多少失败
经过多少等待
告诉自己要忍耐
掌声响起来我心更明白
你的爱将与我同在

陈烬咬着牙，他已经分不清周遭的血腥味是来自嘴里还是手臂上，他听到了池姜唱的歌：好像初次的舞台……经过多少失败，经过多少等待，告诉自己要忍耐，掌声响起来……

恍惚中，穿越时光，他好像看到了五年前的自己，就是唱这首歌鼓励一个残疾运动员的，为什么他自己不可以？

陈烬利用佩剑规则中讲究优先权，被攻击者必须做出有效反抗再进攻才有效这一点拼尽全力进攻。

郑宪华知道陈烬受伤后就过分轻敌，以为他不会做出什么动作，谁知他弓步发起进攻。猎豹这种动物，会和自己嘴边的食物玩游戏，稍微遭到食物的啃咬，它就会反噬。

陈烬就是猎豹，他沉着一双眼睛握着剑劈向郑宪华的腰侧，灯亮起，获得点数。之后，陈烬扬着剑虚晃了一下，来了个假动作，在郑宪华冲向他的时候，猛然跃起，砍向他的后背。

一声鸣响，裁判吹哨，比赛停止。现场响起如潮的掌声，陈思渺和孙好高他们直接站起来把手掌拍红，眼眶无一不是通红。

陈烬精疲力竭地躺在剑道上，眼前的人影似乎模糊成了一片。胖子教练冲上来，像个孩子一般呜呜地掉眼泪："陈烬，我就知道，我没挑错人。"

"后来很多人都怀疑你不行，说让你尽早退下，我就是不肯，想看你打最好的比赛……我没挑错人……”一个身材肥胖的教练半跪在一个躺在剑道上的运动员面前，脸上的肉因为激动而抖动，显得有些滑稽，但他的眼泪是真实的。这个场景颇有点像安西教练与樱木。

“樱木，我要跟你道歉。其实我早就发现你的状况，虽然发现到，但是却在挣扎要不要把你换下来……因为我太想看你越打越好的样子。我这个教练太失职了，再晚一步，我可能要犯一个会后悔一辈子的错误。”

“老爹，你最辉煌的时代是什么时候？是代表日本队参加国际比赛的时候吗？而我……我只有现在啊！！”

——《灌篮高手》

陈烬是带伤上台领奖的，当中国国歌奏响的那一刻，一面五星红旗迎风飘扬在异国上方，陈烬眼神平静，认真地仰头注视，在场的中国观众无一不感到光荣。

颁奖人把奖牌戴在陈烬脖子上的时候，陈烬笑了笑，双眼赤红，指了指胸前的国旗，与颁奖人击了个掌，然后手指握拳互相对碰了一下。

陈烬接受采访的时候，记者们早已等候多时。其中一名男记者提问：“比赛结束后，大部分人才知道您受伤了，有想过叫停吗？”

陈烬手臂上还负着伤，衣服破了几个窟窿，他感觉血肉和渗进汗水的衣服黏在一起了，他坦诚地说：“想到了，我当时想的是，又再一次失败了吗？好像天道酬勤这个词是个鬼把戏，直到听到我女朋友唱《掌声响起来》，那一刻我心里的感觉是——”

他换了副表情，正经又带点严肃，一字一顿地说：“我不能输。”

“请问您的获奖感言是什么？”又有记者提问。

陈烬在人群中扫了一圈，发现池姜站在一边，一直微笑地看着他，眼眶通红。池姜当记者这么多年，哪次遇到采访不是冲到第一位，而这次她站在一旁，没有提问，因为了解他心中所想。

陈烬思考了两秒，抬眼："正好借此机会，宣布一下我即将退役的事，过去的小半段人生里，体验了一把人生百态，那时觉得未来无限美好，被夸奖，被鼓励，之后几个浪头拍下来，被冷眼嘲笑过，被放弃过。参加这次比赛是在意料之外，感谢我的'安西教练'，感谢你们，还有我的小甜姜。在我即将迎来二十九岁生日的时候，有人用日薄西山形容我，可是有人告诉我说——

"理想今年几岁，理想永远年轻。"

在枫市，陈氏夫妇是熬夜在看这场比赛的，陈江耀叹了一口气，脸上尽是动容，而林歌蓝早已泣不成声。

倏忽，体育频道的两位女主持人突然情绪激动，话语断断续续起来："陈烬……陈烬……在比赛现场求婚了！"

在击剑世界杯的比赛现场，陈烬单膝跪地，不知道从哪里变出一枚戒指，微笑地看着池姜。他还没开口说话，池姜就已经哭出声，她捂住嘴，眼泪还是不停地从缝隙里掉下来。

"没遇到你之前，我的设想是退役之后干点自己喜欢的事，继续洒热血，做一个合格的纳税公民。遇到你的这些年，我忽然觉得做个闲时出门遛鸟，出门到巷子口下盘棋被你催着快点回家吃饭，看见你去跳广场舞时和别人亲近一点我都会乱发一通脾气的老头也不错。

"以后我们一起，打小怪兽。"陈烬一字一顿地说，敛去了惯有的散漫。

两位女主持人的嗓音哽咽："在这个特别的日子，恭喜陈烬收获……了冠军和一份真挚的爱情。"

陈烬那道漆黑凌厉的眉毛扬起，眼睛里噙着一丝痞气："公主殿下，你还需要我跪多久？"

"我愿意。"因为哭得太厉害，池姜的嗓子发哑。

陈烬将戒指戴进池姜手里时，闪光灯不停地冲着他们。陈烬用没受伤的左臂一把扣住池姜的脑袋，吮住她的唇瓣，热烈地亲吻起来。

现场的观众无一不爆发出热烈的掌声，还有人吹起了喝彩的口哨，两人的朋友们也跟着哭了。听，是谁在唱——

有生之年遇见你，竟花光我所有的运气。

陈思渺因为工作原因需要提前回国，就没和张加鹤他们一起。只是没想到，会在飞机上遇见梁见山。

她已经记不清多久没遇见梁见山了。自从她行走过尼泊尔、叙利亚这些战乱国家之后，对感情之事看得更开了，也明白有些东西强求不得。

梁见山极少穿除西装之外的衣服，没想到这次他却穿了件黑色的大衣，里面的白色高领毛衣越发衬托得他皮肤白皙，长睫毛垂下来，投下一道阴影。

陈思渺看了一眼两人紧挨着的座位，转念想找人换座位。谁知，一只手攥住了她的手腕，冰凉的感觉从他手中传来。

"渺渺。"梁见山开口叫她，声音低沉温润。为什么一个普通的名字由他喊出来，竟夹着一丝缱绻和令人怀有错觉的温情？

陈思渺一言不发地抽开手，妥协地在他身边坐下。梁见山敲了敲手腕处的表盘："我推辞了行程，一直在这儿等你。"

"我去了现场看陈烬的比赛，在观众席看见你了。"梁见山继续说道。

许多年不见，记忆中的那个花苞小姑娘长大了，一头黑瀑似的长鬈发，穿着越发成熟。她在现场自然没有看见他。可是为什么？梁见山看见她和别的男人有说有笑，心里有些发闷呢？好像再多看一眼，他都受不了这个场景，于是他早早地离开了现场。

“好久不见。”陈思渺礼貌地跟他说话。

“后来为什么没有再寄明信片了？”梁见山的双眸看向她。

以前陈思渺每到一个地方，无论情况多么紧急，她都会给梁见山寄一张明信片。有时是一望无际的皑皑白雪，有时是她穿着波西米亚风的长裙，皮肤晒成健康的小麦色与孩子们站在废旧的房子前，笑容灿烂。

“是啊，为什么？”陈思渺语气怅然，似乎不愿意提及这件事。

陈烬回国的第一件事就是带池姜去看了他弟弟陈川现。陈烬洒了一壶青梅酒到陈川现墓碑面前，伸手摸了摸陈川现的照片。

照片上的陈川现嘴角轻抿，眼神却是柔和的。

池姜拿了一把糖果放在他墓前，虔诚地鞠了两个躬。陈烬笑了笑：“阿现，哥这么久没来看你，不怪哥吧。”

“今天我带你嫂子来看你了，”陈烬语气顿了顿，“还有奖牌。”

陈烬蹲在陈川现墓前絮絮叨叨了一下午，池姜一直在旁边陪着他。晚霞洒落下来，陈烬告别弟弟，与池姜离开。

他抬头看了看天边的飞鸟，第一次觉得心里无比平静。

三个月后，陈烬正式退役。他做的第一件事，就是拉着这帮兄弟一起创办了一家游戏公司，至于之前投资的俱乐部，则交由专业人士来打理。

创业前期比较辛苦，整个团队没日没夜地加班，陈烬干脆喊人送了三张沙发床过来。孙好高一脸害羞：“老大，你也太拼了吧，至于在办公室睡吗？”

陈烬轻呵一声，伸手帮忙弄床：“这是给你们用的，我是个有家室的人，我媳妇儿还等我回家。”

“有意思吗？你这样有意思吗？”孙好高差点没被气死。

张加鹤把嘴里叼着的烟拿下来，随手把枕头扔到他脸上：“有多远滚多远。”

玩笑归玩笑，其实这些床是陈烬给兄弟们午休用的。

池姜闲时会过来送饭给他们吃，但她的厨艺实在不怎么样，每次孙好高都是在陈烬的注视下咬牙吃完的。

池姜看孙好高脸上一言难尽的表情后，改帮他们叫外卖了，但一般的饮品她只要有空就会给他们送去。

张加鹤看陈烬和池姜老借机腻在一起，被塞狗粮的他气得把鼠标给扔了。张加鹤低头拢火，给自己点了一根烟，瞥了他们一眼：“还让不让人活了？”

陈烬眉毛一挑，话语也越发地欠揍：“你的白月光呢？”

提及这个，张加鹤身形一顿，推开椅子，去外面抽烟去了。张加鹤掸了一下烟灰，手指与裤缝贴在一起不知道在想些什么。他有多久没想起那个人了？他脾气冲，一句话不对就爱骂人，可那位小姑娘脾气比他更臭，但是每次为了张加鹤硬生生地不生气，小心翼翼地讨好他。

小姑娘的嗓音又甜又软，一开口张加鹤就不舍得往下训了。

云城一别，有好多年没见了吧。再见时，她身边可能站着一位般配又英俊的男人，想到这儿，张加鹤心里一紧，接着恶狠狠地抽烟。

陈烬一连加了好几个月的班，眼底黛青，把自己熬得越来越瘦。池姜因为心疼他，不管多久都会等。

这天，陈烬加班比平时回得更晚，他快到家附近时，远远就瞧见了为他留着的一盏灯，心里涌起一阵温暖，加快了回家的步伐。

刚打开门，他便看见池姜躺在沙发上睡着了，桌子上摆着几本财经杂志。她穿着棉质吊带裙，带子滑落一侧，露出莹白光滑的香肩。

池姜双眼紧闭，睫毛如一把扇子轻轻盖下来，她抱着一个枕头，睡得正香。陈烬松了脖子上的领带，轻手轻脚走过去打算把池姜抱到卧室里去。

谁知道，他刚把池姜抱起，人就醒了。池姜揉了揉眼睛，一脸疲惫，声音软软的："你回来了啊？厨房里还有菜，我去给你热。"

池姜作势就要下来，陈烬收紧了搭在她腰上的手，他调笑道："你做的菜能吃吗？"

池姜闻言捶他胸膛，陈烬顺势拉住她的手，往她耳边吹了口气，痞笑道："我想吃你。"

还没有等池姜反应过来，陈烬已经把她压在床上，三下五除二把她身上的衣服扒了个干净。

随即，陈烬便坏心眼地撩她，他一只手捏住那对柔软，嘴唇往她的敏感处亲。池姜下意识地往后缩了缩，不料这个动作没有逃过陈烬的眼睛。

陈烬控制住她手脚，无所顾忌地舔舐她的肌肤，他的唇舌所到之处，皆能引起一股战栗。

室内无比暧昧，呼吸沉重，是爱人的沉沦，更是一份爱的热烈。

两人突然决定领结婚证的时候，没有通知任何人。

有天早上醒来，金色的阳光从窗户照进来，陈烬睁开眼就看到了池姜熟睡的脸庞，那一刻心脏盈满。他想了一会儿，公司已经步入正轨了，是时候娶她了。

陈烬凑上前去亲了亲她的眼角，他嗓音发哑："要不要和我结婚？"

"好啊。"池姜睁开眼，笑容灿烂。

两人兴冲冲地跑去民政局，发现天才刚亮，人家还没有开门，两人坐在长椅上笑得跟个傻子一样等开门。

等民政局开门之后，两人抢得了第一。登记的老头笑呵呵的，也由衷地替他们开心。

颁证员问："请问陈烬先生，你是自愿和池姜女士结婚吗？"

"是。"陈烬看了一眼池姜。

"请问池姜女士，你是自愿和陈烬先生结婚吗？"

"是。"池姜没有一秒犹豫。

颁证员笑着说："请二位面对庄严的国旗和国徽，一起宣读《结婚誓言》。"

五星红旗下，陈烬低头看了池姜一眼，揽着她的肩开始宣誓。

天光澄澈，微风徐徐，两颗脑袋凑在一起，全程嘴角带笑，并且声音越来越大，认真地宣誓。民政局的工作人员不自觉地被他们感染，朝他们投以祝福的眼神。

"我们自愿结为夫妻，从今天开始，我们将共同肩负起婚姻赋予我们的责任和义务：上孝父母，下教子女，互敬互爱，互信互勉，互谅互让，相濡以沫，钟爱一生。

"今后，无论顺境还是逆境，无论富有还是贫穷，无论健康还是疾病，无论青春还是年老，我们都风雨同舟，患难与共，同甘共苦，成为终生的伴侣！我们要坚守今天的誓言，我们一定能够坚守今天的誓言。"

"啪"的一声，钢印一戳，一对合法夫妻从此诞生。出大门的时候，池姜拿着两本红本本爱不释手，她还皮了一下："哇，我那么多桃花，从此都要谢了。"

陈烬不满地捏了捏她的脸，扬起眉毛："你是不是又欠收拾了？"

池姜嘿嘿笑了两声。阳光正好，桃红柳绿，微风轻柔，池姜玩心一起，冲陈烬软声说道："要抱。"

陈烬退后好几步，敞开双手，一脸的纵容。池姜今天穿的白衬衫搭条浅蓝色九分喇叭裤，头发扎成马尾，露出光洁的额头，好似一个清纯的大学生。她朝他扑来，陈烬长臂一捞，把她抱起，池姜顺势用腿勾住他的腰。

“媳妇儿，现在想去哪儿？”陈烬低头看着她。

池姜被这个称呼弄得小脸爆红，她捶了他的肩膀一下：“胡吃海喝庆祝一下？”

“好嘞，一切听媳妇儿的。”

池姜没想到的是，陈烬给了她一个惊喜。陈烬领她去酒店吃饭，池姜嘴角一直扬着，一推开包间的门，发现一家人都在等着她。

陈氏父母，还有池姜爸爸、妈妈……他们穿戴整齐微笑地看着池姜。池姜不知道陈烬用了什么法子把她父母叫来的，特别是池母，从国外赶回来见证她的幸福，父母心平气和地坐在一起，是池姜无法想象的。

池姜妈妈冲她招手：“姜姜，你还傻站着干吗，一起过来坐。”

“妈妈。”池姜走过去，拉住她妈妈的手不放。

两家人开始有说有笑地谈论之后如何操办小孩婚礼的事，池父坐在一旁，年纪渐长，明显不善言辞了，也插不进话。

陈烬起身给池父倒了一杯酒，语气尊重：“爸，我敬您。”

“媳妇儿，你跟我一起敬爸一杯。”陈烬偏头喊池姜。

池姜慢吞吞地站起来，拿着酒杯看着池父，反而不知道该说些什么。池父显得有些慌乱，摆手道：“没关系——”

“爸——”池姜忽然诚心诚意地喊出口。

池父鼻子泛酸，用手拭了拭眼角，低下头应了句：“哎——”听说要出席这场饭局时，池父准备了好久，太久没打领带手生了，他老婆在一旁骂骂咧咧的，因为太开心，池父破天荒没有反驳回去。

这么多年，他一直亏欠池姜，亏欠她们母女俩，有生之年，能见证女儿的幸福算是老天对他的眷顾。

饭局结束后，池姜与陈烬十指交握一起在街道上散步。池姜轻轻挠了挠他的掌心，说道："烬哥，今天谢谢。"

很多情侣是这样，他们亦是如此，彼此了解，把对方当作自己的一部分。陈烬知道她缺失的是什么，她想要祝福，他就把祝福送到池姜面前；她想要释怀，陈烬便陪她一起。

池姜生日的时候，陈烬陪她看完电影后，池姜嚷着要吃他做的西红柿鸡蛋面。陈烬却一脸神秘兮兮地驱车带她去了星穗湾那一带，他蒙着池姜的双眼一路领她走进院子大门，然后松开双手。

夜晚星光点点，院子里栽着一棵银杏树，树下的椅子刷上了柔软的姜黄色，西北角还特地圈开一个花圃，估计是让池姜以后闲时可以侍花弄草。房子的屋顶是天蓝色，大门口还贴了两个胖胖的吉娃娃。

推开门，里面的摆设是按照池姜的设想布置的，落地窗、窗帘要有厚重感、一地的书橱。

"你什么时候准备的？"池姜一脸的吃惊。很久之前，两人刚在一起的时候，池姜随口提了一下自己的设想，没想到他记在了心里。

"分手之后，那会儿我才知道很多事情你没有安全感。"陈烬轻启薄唇。

"池姜，你以后别钻衣橱，也不用去看恐怖电影，我什么都是你的。"陈烬亲了亲她的额头。

池姜眼底雾气弥漫，抱住他久久不说话。

陈烬打开冰箱门，拿出现有的食材给池姜下了碗西红柿鸡蛋面，鲜绿的蔬菜、红艳的西红柿片窝在面上。池姜往下一夹，里面藏了三个煎蛋，她转而破涕为笑。

"生日快乐，我的小甜姜。"

晚上回到他们原先住的那个地方时，池姜洗完澡抬起双腿不停地晃荡，她笑嘻嘻地问："烬哥，你是从什么时候开始喜欢我的？"

陈烬掐灭了手中的烟，看她不停晃荡的两条瓷白的长腿，眯了眯眼：“不记得了。”

池姜不满地嘟囔了一声，完全不知道此刻处于危险中。陈烬欺身压了上去，含混不清地说道：“要做了才知道。”

半夜，陈烬醒来小心翼翼地抽掉手臂，随便套了件衣服走到阳台处抽烟。他嘴里叼着一根烟，想起以前梁见山说的话，梁见山说他很幸运。

这小子没说错。

是什么时候喜欢上池姜的？十五岁遇见她，眼睛漆黑，里面透露着一股倔强，明明快要哭出来，却拼命忍住的样子让人有一丝心疼。

罗大佑在《恋曲1990》唱道：乌溜溜的黑眼珠和你的笑脸。乃至于在池姜离开的那五年，陈烬经常性地失眠，耳边再一次响起：黑漆漆的孤枕边，是你的温柔。醒来时的清晨里，是我的哀愁。

没有她的日子里，一分一秒都难过。

从此以后，真的会有人与你分担寒潮、风雷、霹雳，共享雾霭、流岚、红霓。无论寒霜雨雪，都有人与你风雨同舟，将剩下的人生好好过完。

（全文完）

后记

而热泪的崩坏，只是没抵达的存在

完稿的一刻，看了一眼时间，近晚上十一点，恰好在听陈鸿宇的《理想三旬》，就以里面的歌词取做题目吧。

我设想过很多次完稿的场景，开瓶酒对着瓶吹，宣泄一下完稿的心情。然而真正写完的时候，却是意外地平静，也松了一口气。

喝了一口白开水，我开始敲下这篇后记。

先说一下这个故事来源吧，很多稀奇古怪的想法，都是一些片段式的灵感。最开始这个男主的设定，受了两首歌和遇到一个男人的启发。黄伟文的《亲爱的玛嘉烈》，里面有句歌词是“惨绿青年，穿过平原，穿过街道。明天你将翻过天边地平线，诚心祝你挨到新天地”。

于是就有了这个故事，近三十岁又如何，理想永远年轻。

两个人的感情又挺有意思的，五年前，陈烬教她打游戏教她成长；五年后，池姜陪他站在剑道上，重新赢取那份荣光。

这是一个关于梦想、爱情、友情，相互陪伴、成长的故事。

至于女追男，说来可能觉得有点可笑，年少时我自卑又敏感，遇到暗恋的男生，从来没有鼓起勇气表白，一次也没有。那个时候真是又傻又单纯，眼睛里只有他，流行玩QQ空间，拼命刷他的动态，又害怕被看见。

那么我就写一个与我相反的女生吧，活得热烈，敢爱敢恨。昨天快写完的时候，在写到关键部分时，十分想哭。我的泪点很奇怪，两次想哭，一次是陈烬在弟弟墓前唱歌那次，另一次则是他和胖子教练。

这本书能够出，要感谢主编朵爷和我的责编叉叉，她们给了我许多十分有益的建议和鼓励。初高中时，从来没有想到能够出一本书，那个敏感的时期很喜欢看书，什么都看，总觉得那长长的青春会变得有意思一点。

那个时候一点小事都演变得惊天动地，总想着长大了就好，后来才发现，每一个阶段，都有它存在的困难。而青春时期，是最纯白无忧的日子。

虽然总有做不完的试卷，盼不到头的假期，但在校园里碰见学生时代风云的男生也会心跳加快，会产生他好像看了我一眼的想法。

到现在，孑然一身，又不善交际，所幸有文字相伴，一支笔，喜怒哀乐得以诉说。也成了一个树洞，微博上总会收到类似的私信，姐姐我有遇到喜欢的男生怎么办？我基本都是回复，不要怂，上，哈哈哈哈。

也有倾诉学业烦恼和友谊困惑的，无论哪一类的，我都庆幸，自己是个写作者，能够做你们的倾听者。

我在公众号说，从来不敢给自己打标签，很甜或者很虐，很燃或很热血。因为写作需保持一颗谦逊的心才能进步。当真正写完时，给自己加上一点点，一点点燃，一点点甜，希望你们会喜欢。出这本书也是今生第一次，用了十二万分的敬意，希望你们会喜欢。

活了二十多年，有所成就的事五根手指头都数得出来，写完这本书算一件。希望以后自己能更勇敢一点，去挑战更大的困难。

希望你们也是。即使热泪崩坏了，总有一天，能抵达我们想要的存在。

又及，祝君好，我们下一本书再见。

2018 年 2 月末

《甜心意意》

作者：酱子贝

宿艺懒洋洋地躺在大沙发上，一双大长腿往桌上一架，兴致缺缺地看着微博评论。

她两小时前发的一条微博现在评论已经六千多条了，不少评论都在恶言相向。

助理安璇从她的身后经过，把刚榨好的西瓜汁往她的跟前一放："艺姐，你怎么又在看评论呀？"

宿艺眼都不抬："粉丝的评论怎么能不看呢？"

安璇看她一脸悠哉样，有些佩服："我怕你看了心情不好……"

宿艺："他们是骂角色，又不是骂我。"

微博评论里骂的并非宿艺本人，而是最近正在热播的后宫争斗剧里的俞妃，她饰演的恶毒女配。

安璇一听就来气："是啊，明明只是电视剧里的一个角色，他们怎么能追到你微博来骂呢？不懂什么叫演戏吗？"

宿艺看了一眼这个任期还未到三个月的新助理，淡淡地道："别太较真，把这些评论当夸奖看就好。"

安璇："夸奖？"

宿艺："是啊，他们这么讨厌我，不是正说明我演得好吗。"

安璇："……"嗯？好像是这个理。

宿艺一笑，没再说话，拿起西瓜汁抿了一口。

宿艺这人，在娱乐圈是比较特殊的存在。说她不红吧，她的知名度和认知度可都比那些一线小花旦高；说她红吧，好像又不是那么一回事，毕竟她从未饰演过女一号。

那时她还是一个毫无经验的小新人，照理说，是没法参与这么大制作的一部电视剧的，但是，剧组的导演李敏，力排众议定下了她。

当时，李敏一看见她，就冲上来拍了拍她的肩膀，告诉她这个角色非她莫属。

宿艺一脸蒙，问："为什么？"

李敏朝她温柔一笑："你这张脸，看着就让人觉得又坏又毒。"

宿艺："……"

宿艺长得不丑，甚至可以说非常好看——睫毛长而密，眼型椭圆，眼角微微上翘，隐隐有些桃花眼的感觉，鼻子小巧又高挺，嘴唇不厚，却很饱满……完美的五官揉在一起，想丑也难。她的这个长相，就是传说中"带有攻击性的漂亮"。

而且，她的优势不只在脸，还有她姣好的身材。

宿艺裸身高足足有一米七六，也就比如今国内那位最火的超模矮那么两三厘米。她的身材比例很完美，腿长、腰细、脖子长，最重要的一点是她的胸还大。

平胸超模人设？不存在的。

不过，她自己不是很满意，如果胸小点，她的路还能再宽些，现在的设计师都喜欢平胸的模特，有个衣架子的样。

想到这，她低头看着自己胸前的波涛汹涌，叹气道："你知道你阻挡了妈妈的事业吗？"

安璇一惊，结巴道："艺姐……你……你怀孕了？"

宿艺："没，我在对我的胸说话。"

安璇："……"

安璇轻咳了一声，把平板电脑打开，调出行程表："艺姐，明晚有一个慈善晚会。"

宿艺已经放下手机，此时正在摆弄她的指甲："知道了，明天下午安排一个美甲师来，我想换个款式。"

第二天，安璇和经纪人吴雪两人带着化妆师和礼服匆匆赶到宿艺家。

宿艺还是躺在沙发上，脸上敷着一片面膜，美甲师戴着口罩坐在她的旁边认真地修着指甲。

吴雪把她脸上的面膜一掀："坐起来化妆！"

宿艺半眯着眼，艰难地坐起身："你怎么过来了。"

"拿剧本过来给你看。"宿艺刚出道的时候，吴雪就带着她了，一带就是五年多，两人的关系早就超越了工作伙伴，俨然成了闺密。

吴雪往她的身边一坐，丢了两本剧本给她："看看，想演哪本？"

宿艺随意扫了一眼，两部都是大导演执导啊……

"不能两部一起接吗？"

"不能。拍摄时间凑在一起了。"

宿艺笑眯眯的："没关系，我不怕辛苦。"

吴雪冷笑："你不怕辛苦，别人大导演可不答应让你串戏。而且，这两部电视剧，不光是拍摄时间凑在一起了……宣传期，甚至上映时间都差不多一致，跟哥俩似的……"

宿艺："……那我先看看剧本吧，决定了告诉你。"

"成，早点决定，试镜时间就在下个礼拜。"宿艺的指甲做好了，上面是一朵朵绚丽的玫瑰，与它的主人一样娇艳。

吴雪把她从沙发上拉起，催促着周围的工作人员给她上妆换衣服："今晚的慈善晚会比较厉害，不止很多圈内人会来，听说……那些有大背景的人也会来。你悠着点，别出什么乱子。"

宿艺乐了："小雪雪，你这是什么意思，一个慈善晚会，我能出什么乱子？"

吴雪："呵呵，上回你去参加的晚宴不是还上了头条吗，著名女星宿艺走红毯走光，春光大泄？"

宿艺纠正她："我没走光，那王八蛋记者乱写的，还给我露出一个角的安全裤打了马赛克，哇……你说他这招阴不阴险？"

吴雪："你不怼那记者，他能乱写吗？"

宿艺嗤笑道："他居然问我脸是不是整的，胸是不是隆的。说实在的，他说我整容可以，但是，他不能攻击我的胸。这是我自己想长这么大的吗？那得亏是在镜头前，要在私底下，我一定得跟他好好说道说道。"

吴雪："……"

化妆师一脸"我已经习惯了"的表情，脸色不变地帮宿艺化着妆。

过了一会儿，吴雪问："小曦，咱今天用什么唇色？"

宿艺一想："大红色吧，俞妃最近的戏份都是这个唇色，搭个景儿。"

吴雪从盒子里拿出公司赞助的礼服："先换衣服再化，不然一会沾衣服上了你可赔不起，公司说这次的慈善晚会是大场面，专门借了这一条，贵着呢。"

吴雪手中的礼服是一件镂空袖款式的长裙，颜色红艳，裙摆带一些皱褶设计。

换上礼裙，吴雪啧啧道："你果然比较适合大红色。"

宿艺生得白，白皮肤上盖着大红色的轻纱，怎么看怎么诱人。因为上次的走光事件，公司这回给的礼服布料倒是多了不少，袖子虽然是镂空，但也是长袖设计。

但偏偏就是布料太多，把宿艺牢牢包着，她那勾人的身段被勒得曲线分明，胸前那一大看点此时更显眼了。

宿艺也发现了，她凉凉道："公司怕质疑我隆胸的人还不够多？"

现在礼服也是没办法换了，吴雪只能安慰她："没事，我知道你那是土生土长的就行，别人嚼的舌根咱不放在心上，啊。"

宿艺："……"

到了晚会现场，宿艺下了车，在红毯处站着给记者们拍照。

红毯是最能看清楚一个明星红不红的地方，记者的镜头对着谁，谁的名气就高。一排长长的地毯上站着不少明星，大家都摆着姿势，想让记者多拍几张。

宿艺不太在意这些，说到底不过是一个慈善晚宴而已，能有多少话题？她站着数了十秒，就准备离开。

"宿艺！等等，再拍几张……"

"宿艺看这边！"

"宿艺……"

旁边的记者又叫了几声，宿艺没办法，只能再回过头笑着面对镜头。

"宿艺你这个坏女人！——"一个尖锐的声音突然在记者群中响起，嗓门嘹亮，几乎整个红毯上的人都能听得清楚。这一叫，不仅仅是宿艺本人，连周边的记者和明星都诧异地看向声源处。

声音再度响起："你居然陷害甄宓！她可是跟你一同入宫的好姐妹啊！"

宿艺还未反应过来，一个鸡蛋在空中滑过一条弧度，径直朝她飞了过来。

不是吧？要被砸鸡蛋了？？

这是宿艺的第一反应。

这群脑残到底是打哪来的？看个电视剧而已啊要不要这么认真啊？？？

这是宿艺的第二反应。

就算被砸鸡蛋，也不能溅进眼睛，怪恶心的……

这是宿艺的第三反应。

在众人的尖叫声中，她认命地闭上了眼——

一秒、两秒、三秒……

宿艺闭眼闭了大半天，却没有迎来想象中那黏稠的触感。

她眯开眼，发现周围光线变暗了许多。

一个身材高大的背影挡在她面前，眼前的人很高，宿艺仔细算了算，她今天穿了六厘米的高跟，那她现在得有一米八多，但眼前的男人还是比她高一些，背影壮实，看起来不胖，那套西装里面估计都是肌肉……

宿艺脑中闪过一条条不合时宜的想法。

直到男人转过身来。

浓眉，眼神锐利，鼻子高挺，薄唇，皮肤是古铜色。

他眉头微蹙，手里还残留着一点蛋清。

男人把她的视线遮了个严实，她无意识做了两次吞咽动作，然后小心翼翼地侧过身，看到那个丢鸡蛋的人已经被保安连拖带拽拉走了。

她在心里给那位脑残道了声谢。

然后抬起头，挂上她在镜子前练习过好多次的笑容，嘴角微勾，眼眸一弯，柔声道："谢谢。”

男人淡淡地点了下头，未作停留，迈开脚步就想走。

宿艺忙无视后面记者的叫喊，踩着高跟鞋跟上他。

“我叫宿艺。”

“你动作怎么这么快，连鸡蛋都能拦下来？”

“你叫什么？”

宿艺声音不大，但她保证音量绝对是在男人能听得到的范围内的，可是对方脸上毫无波动，一个字都没给她。

她也不气，直接伸过手，拉住男人的衣袖。

她当然是拉不动这么大个子的，但男人的脚步还是停下来了。

宿艺听见男人几不可闻地叹了口气。

他声音低沉：“褚鹰。”

说完后，他轻松地把衣袖从宿艺的小手中解救出来，大步离开了。

宿艺没再追，此刻她那张小脸上挂满了笑容，刚刚追着褚鹰走，她的脚后跟都快被鞋磨破皮了。

她放慢动作，心满意足地朝自己的座位走去。

如今时代在进步，人们素质观念上来了，连捐钱都换了一种高端的法子。

以前捐钱的时候，钞票支票大把大把地砸，现在不了，现在换成把自己的东西拿出来拍卖，卖的钱全当捐的。

慈善晚会不同于颁奖晚会，座位也有讲究，坐在前头的不是那些荧幕熟脸大咖，而是那些个有钱并愿意花钱的大老板。

宿艺的座位被安排在中后端，不算太后头，她款款落座，对旁边几位眼熟的明星笑着点头算是打过招呼。

——然后一把拿起了放在面前的拍卖单。

刚刚她的脚实在太疼了，估计磨掉了一层皮，实在没那力气再问男人，是哪个 chu，哪个 ying 啊？

宿艺攥着拍卖表单，上面有拍主姓名，她看了大半天，别说找 chu/ying 了，连个姓 chu 的都没找到。

失算了！

他居然没有拍卖东西！

“艺姐，你这身衣服真好看。”

宿艺侧头，坐在她旁边的是徐倩岚，跟她一样，也是长年女配，两人在试镜地撞上过好几回，宿艺对她的印象是……没有印象。

两人没什么交情，这是她们说的第一句话。

宿艺一笑，语气淡淡：“谢谢。”

徐倩岚：“艺姐今天是来拍的还是来捐的？”

宿艺：“捐。”

“巧了，我也是，一个家传的小坠子，我可舍不得了。”

宿艺哦了声。

恕她直言，在场明星百分之五十都是拿自己“家传”的小饰物来拍卖。至于到底是不是传的，那就不清楚了。

似乎终于感觉到了宿艺的冷漠，徐倩岚也不再热脸贴冷屁股，侧过身跟旁边其他几位姐姐说话去了，宿艺终于落了个清净。

晚会开始，主持人在上头废话了大半天，才慢悠悠的进入正题。

成功拍卖了几样东西后，会场气氛也热闹起来，主持人开始介绍下一个物件。

“徐倩岚女士本次慈善拍卖的物件，是这条白玉吊坠。坠子……雕刻精细，款式大方……据说是徐倩岚女士家传下来的宝物，起拍价五万元。”

难为主办方了，还得为这么一条坠子想大半天的形容词。

宿艺闲闲的抱着腰，看着大屏幕上的坠子，下了评价。这坠子，以她以往摆地摊的经验来看，三十块钱不能再多了。

直到坠子被叫价到二十万时，宿艺冷静地把碗拿起，好接住自己的下巴。

最后坠子三十五万被拍走，徐倩岚站起身，笑吟吟地朝四周挥手。

坐下后她突然朝宿艺举了举茶杯：“艺姐，听说《暗涌》的剧组也给你发了试镜邀请？”

宿艺不咸不淡的嗯了声。

“我也是，一起加油喔！要不我们合张影吧？”说完，她举起手机，在宿艺还未回神前就摆好 pose，按下了快门。

拍完后她开心道：“艺姐，你这张真好看。”

宿艺瞥了一眼，这张照片，勉强只能算她没有闭眼，她甚至连表情都是一脸的发蒙。

她心中冷笑，面上依旧风轻云淡。

“可我觉着这张你拍得不怎么好。”

徐倩岚听了，忙停下发微博的手：“真的吗？哪里？”

宿艺挑挑眉：“显得脸有些大。”

徐倩岚又看了两眼，听宿艺这么一说，她自个儿也觉得有那么一点，又不好意思在宿艺面前开 P 图软件：“……那咱们再拍一张！”

“行。”宿艺从容的整理了下额前的碎发，然后头往右轻弯，朝镜头甜甜一笑。

徐倩岚拍完，看了两眼照片，干笑道：“……这张还行。”

然后默默地关上了微博。

拍卖终于结束了，宿艺看了一晚上，都没有自己想拍回家的东西，瓷器嘛，嫌放家里占位置，“祖传”的东西她也没什么兴趣。

她施施然起身，准备去登记处自捐。

她几乎是一眼认出了褚鹰的背影。

他站在登记处，正在签名。

天助她也！

宿艺坐了大半天，脚疼已经缓了不少，她想都不想就快步走到男人身后，然后探出头偷看男人正在登记的表格。

褚鹰。

可以。

这男人，名字都这么带劲儿。

她偷窥完后满足的抬头，刚好对上褚鹰的眼。

她眼睛笑成月牙儿，唇红齿白：“嘿，又见面了。”

褚鹰放下笔，让开身：“嗯。”

应完回头又准备走。

宿艺再次伸出手——这回直接拉到了男人的手臂。

她笑笑：“红毯的事谢谢你。”

褚鹰的目光放在她的手上："你已经谢过了。"

"一句谢谢不能表达我的感激之情。"宿艺依然笑。

"举手之劳。"

"我请你吃顿饭。"

褚鹰终于对上她的眼："不用了。"

宿艺坚持："不行，你帮了我这么大一个忙，我一定得请你吃顿饭！"

褚鹰有些无语："我只是拦下一个鸡蛋。"

"如果那个鸡蛋砸到我，我满身蛋清的照片第二天就会登上新闻，我的粉丝们看到我这么丑的模样说不定一气之下就脱粉了，粉丝少了，导演投资商就会觉得我没名气了，我以后接到的戏就会越来越少，赚的钱也会越来越少，"宿艺一本正经的胡扯，有多惨说多惨，再说下去没准都要去街头行乞了，"……所以，我一定得请你吃顿饭。"

她直勾勾地看着褚鹰，今天化妆师给她涂的粉色眼影，把她一对媚眼衬得更显柔情蜜意。

褚鹰："我没有时间。"

可惜眼前的男人像块木头，拒绝都拒绝得硬邦邦的。

宿艺见他不松口，怕他甩手就走，手上的劲又大了点。

"……那你把电话号码给我，我们挑你有空的时间！"

褚鹰在部队多年，见惯了大老爷们，头一次遇见这么缠人的，半晌，他蹙眉，报出一串电话号码。

宿艺没松开他，解锁自己的手机，按着褚鹰说的号码打了过去。

"你好，你所拨打的号码是空号……"

褚鹰："……"

褚先生百年难得撒一次谎，没到一分钟就被无情戳破。

宿艺勾唇："褚鹰，有没有人跟你说过，你太不会撒谎了。"

四周看过来的眼神变多了，褚鹰叹了口气，又报了串号码。

这回宿艺松手的倒是很痛快，她满意地把号码输进手机："再联系。"

褚鹰挑眉，看了她一眼，头也不回地走了。

"这位女士，晚宴还没开完那会，您就已经上热搜了。"吴雪皮笑不肉不笑地翻看着微博。

宿艺闭眼任由安璇帮她卸妆："那别人砸我鸡蛋，是我能控制的事吗？"

吴雪气呼呼地删着宿艺微博下面的评论："你说哪来这么多脑残，全被你碰上了？"

"我怎么知道。"宿艺想到什么，"嗳，你看看，徐倩岚有没有发微博？"

吴雪搜了下："没啊，怎么了？"

宿艺嗤笑一声："没事。"

吴雪和安璇回去后，宿艺蜷缩着身子坐在沙发上。

她打开微信的通讯录翻了翻，一眼就看到了那个名字。

联系人：褚鹰（褚鹰）

微信头像是一只……鸡。

不是卡通动漫的鸡，就是一只正在奔跑的、活生生的大公鸡。

……

她点了添加后，把头发盘起来，就进浴室洗澡去了。

出来之后点亮屏幕，一条信息都没。

不知为何，宿艺就觉得对方一定看到了验证消息，只是没有通过。

她脑中甚至连褚鹰对着手机那冷淡的一瞥都描画出来了。

她趴在床上，攥着手机，又发了一条添加申请。

附加信息……她想了想，加上一个可怜兮兮的哭泣表情。

过了几分钟，“叮”的一声，褚鹰的好友出现在了她的微信里。

【宿艺娘娘：\(ˆoˆ)/~ 褚鹰！】

【褚鹰：。】

【宿艺娘娘：在干吗？】

【褚鹰：忙】

宿艺没回他，顺手点开了褚鹰的朋友圈。

他的朋友圈几乎干干净净，不知道是被他设置屏蔽了，还是真的不怎么发，里面只有一条动态，两张图片，上面是一只哈士奇，傻傻地对着镜头吐舌头，一只大手抚在它脸侧，手掌大又结实，看了就让人觉得有安全感。

宿艺用手撑着脑袋，把这张照片存在了自己手机里，并拿来当作和褚鹰的聊天背景。

一系列动作做完后，她才心满意足地关掉和褚鹰的对话框。

热气腾腾的夏日，没有空调，只有几台大风扇在墙顶上的大排档依旧热闹。

场子外架起了一张木桌，两个男人坐着，其中一个豪迈的声音连坐在内场的人都能听得清楚。

刘玺揽过褚鹰的肩膀，大笑道：“你穿上那身西装——简直了，帅到没天理！”

褚鹰笑骂：“滚你的。”

刘玺给他满上酒杯：“这都多久没见了，我要早知道你退伍了，一定提前回来找你喝酒。”

褚鹰轻哼一声，没说话。

他们俩是发小，后来褚鹰入了伍，刘玺从了商，虽然交流变少了，但两人关系依旧亲近。

“叮——”

轻快的手机提示声响起。

刘玺纳闷道：“鹰子，你手机怎么一直在响，响一晚上了都。”

褚鹰掏出来看了一眼，果然，又是宿艺发过来的无关痛痒的信息，他还没来得及把手机放回去，刘玺就先叫起来了。

“宿艺娘娘？”刘玺一愣，“那个女明星？”

褚鹰不说话，兀自喝了口酒。

“是不是啊？”刘玺见他一脸冷漠，笑容更大了，“哎，是的话，你把她电话给我呗，我看上她好久了。”

他边说边打开自己的手机，在相册里找出一张图，正是宿艺微博头像上的照片，上面的女人穿着一身修身的小西装，红唇微张，眼线上挑，又帅气又性感，“哎哟，拍卖会那会我本来打算去找她聊聊的，结果被我爸绊住了。”

褚鹰侧头，视线扫过刘玺手机上的照片，短短一瞬，就收回了视线。

他仰头又喝了口酒，然后站起来，拍了拍刘玺的脑袋，跟逗狗似的。

“你已经过了泡妞还需要爸爸帮忙的年纪了。”

直到褚鹰走出一段距离后，傻坐着的刘玺才回过神来，怒道：“不给就不给！为什么要人身攻击！！？”

《暗涌》试镜室外。

看完一遍剧本，宿艺又拿出手机，果然，没有任何信息提示，但她脸上没有失望的神情，反而勾着嘴角又给褚鹰发了一条信息。

发完后，她打开微博扫了一下热门，发现她被砸鸡蛋的那组新闻已经没了。

那组新闻热度非常高，当然不仅因为她被砸鸡蛋的事，更多人关注的是褚鹰，褚鹰挡鸡蛋的那一幕被媒体捕捉到，当成了新闻组图。

英雄救美的桥段任何时候都不会过时，何况这次的英雄还这么帅，下面的评论几乎都是打听男人个人信息的。

她点开搜索栏，打上“宿艺被砸鸡蛋”。

0 条相关信息。

她一愣，又打上“拦鸡蛋”。

0 条相关信息。

她侧头，对着吴雪惊叹道：“你最近公关能力满分啊，小雪雪。”

吴雪莫名道：“什么公关能力，你又惹什么祸了？”

“……不是，我是说砸鸡蛋那事。”

吴雪哦了声：“我也发现了，但那不是我公关的。”

宿艺挑眉：“那是谁？”

“还能是谁，照片里的男人呗。不过他够牛的，一条不剩，真想打听打听他找的哪家公关公司。”吴雪说完，看向她，“不过你闲着没事搜自己被砸鸡蛋的新闻干什么？”

宿艺一笑：“哦，我上次看到好几条评论，都说我跟他站在一起很配。”

“……”吴雪沉默片刻道，“别人赶着跟你撇清关系，你倒好，还想着看那几条破评论。”

她突然伸手摸了摸宿艺的额头：“你是不是被那男人下降头了？？”

“没。”宿艺拂开她的手，正经道，“他给我下毒了。”

宿艺又点开了褚鹰的朋友圈，打开那张狗的照片看了几眼后才关上。

吴雪看在眼里，叹了口气，终于忍不住劝道：“清醒点，你连人年龄性格都不知道，怎么可能会喜欢上他？你对他只是迷恋——并且只是迷恋那张脸。”

宿艺没回答。

吴雪：“真的，你没谈过恋爱，你不清楚，喜欢一个人不是你这样的……”

“就是我这样的，”宿艺的语气笃定。

被堵了两回，吴雪哑然，无奈道：“那就算是吧，可是你对他了解又有多少？别的我就不多说了，你有没有想过，他可能已经有女朋友或者老婆，甚至已经当了爹？我不是反对你谈恋爱，但我觉得你们才见过一面，对彼此都不了解……”

“他如果有女朋友或者老婆了，我当然不会打扰他，”宿艺打断她，嘴角微翘，“但是如果没有，我就一定要把他追到手。”

话音刚落，工作人员就走过来通知她准备进去试镜，宿艺点头应下，站起身，把剧本放到吴雪膝上，跟着工作人员进了试镜室。

宿艺走进试镜室的时候，徐倩岚刚好出来。

两人打上照面，徐倩岚笑道：“艺姐，又见面了，试镜加油。”

宿艺淡淡道：“谢谢。”

宿艺进去后，徐倩岚笑脸尽收，她从助理手中接过墨镜，语气不快：“摆什么脸色。”

小助理早就摸透了徐倩岚的脾气，忙附和道：“就是，都没演过一番，还真以为自己是大咖了。”

徐倩岚冷哼一声，这次《暗涌》的导演和班底都很豪华，投资方也非常豪气，绝对是她近半年来最好的资源了，她一定要拿下这个角色。

今天的试镜只有两个评审。 一个是编剧，据说这部电影的剧本是他用了三年时间才撰写出来的，所以他本人对这部电影也是极其的重视。

另一位就是电影的导演，李敏，去年拿下了导演界最高奖项，成为近十年夺下最佳导演奖里的唯一女导演，此外，她还是宿艺的伯乐，宿艺第一部电视剧起点很高，大热IP的女二，就是李敏力排众议定下的。

李敏见到她，笑着微不可见地点了点头。

宿艺嘴角轻扬以示回应，她试的是《暗涌》中的女二一角，本来应该按部就班演的第三镜，编剧临时让她演献舞敬酒那一段。

面对突如其来的要求，宿艺没有慌张，脸上甚至浮上了笑意。从容不迫地表演完后，她抬眼一瞥，清楚地看到男人在手边的本子上画了个圈圈。

宿艺边扎头发边走出试镜室，吴雪见她出来，起身迎上去，没问她发挥如何，而是丢了句："今晚吃什么？"

宿艺摇头："你和安璇去吃吧，我等一会李导。"

吴雪："成。"

两人走后，宿艺找了个角落坐下，戴上口罩，玩起了消消乐。

玩了不知多久，总之记录已经破了两回了，李敏的声音才响起："怎么还坐在这儿？"

宿艺抬头，戴着口罩看不出嘴角弧度，但眼睛已经弯成了月牙儿："请你吃饭呀。"

"你这是贿赂吗？"李敏今年已经四十三，常年奔波在各地拍戏，岁月在她脸上留下的痕迹格外苛刻，加上她本人又是节省的主，穿着上面也是普普通通，放在大街上谁会想到这女人是金库奖最佳导演奖的得主？

"是，李导是我遇见过最好贿赂的人了，一顿饭就能搞定，"宿艺笑眯眯地挽起她的手臂，"吃什么？"

李敏严肃道："这事……没有一顿川菜馆办不下来。"

两人去了一家在本地非常闻名的川菜馆，这家川菜馆是小本生意，胜在好吃。

刚坐下来，李敏就直接问："对这角色有什么想法，想好怎么演没？"

宿艺乐了，打趣道："真给我开后门啊？"

"我想开都没法开，别看刚刚我坐里头呢，这部剧现在的角色啊，全是那编剧决定，我一句话都插不上。"

宿艺吃下一口麻婆豆腐："投资方也愿意？"

"怎么不愿意，这剧本你知道多少家公司在抢吗，就我所知，就有这个数。"李敏比了个七，"还都是大公司。"

"剧本的确挺好的……"所以她看剧本的时候，想都没想就定下了《暗涌》。

"这部电影你要是拿下了，明年的最佳女配，没人抢得过你。"

宿艺笑了，露出一口整齐的白牙："我哪有这么大想法。"

李敏不赞同："做人没点目标怎么行？"

李敏刚摆出一副说教的架势，几盘重头菜就上来了，宿艺忙夹了一块肉进她碗里："快吃快吃，凉了就不好吃了。"

因为在片场时常赶点拍戏，两人吃饭都快，边吃边聊，没半小时面前的菜盘就少了大半。

宿艺擦了擦嘴："去逛逛？"

李敏答应得爽快："行。"

宿艺起身："等我会，我去上个厕所。"

宿艺回到包厢的时候，里面已经没有人了，服务员正在收拾盘子，告知她李敏提前结账离开了，她打开手机一看，果然有一条信息，李敏说是家里忽然有事得回去一趟。

宿艺边走，边给李敏发了条短信："谢谢老板招待，下回付款望勿抢。"

川菜馆的包厢在一条小走廊里，已经九点了，大厅依旧热热闹闹，这家川菜馆不仅管晚饭，到了夜里还有烧烤服务，所以现在外头差不多等于一家烧烤店。

宿艺正准备走出去，却听见大厅传来的电视机声。

"敢跟我争宠的女人就都得死！"

"想做本宫的人，得先把自个儿的后路断干净了，本宫才用得放心，你明白本宫的意思吗？"

……正是宿艺出演，最近正在热播的宫斗剧。

坐在靠包厢处的一个女生说："这宿艺好坏啊，每次都演这么恶心人的角色，活该被丢鸡蛋吧？"

宿艺闻言，把脸上的口罩又往上拉了几分，想了下，还是决定戴上帽子。

手刚伸进背包，就听见旁边包厢里的叫嚷声。

"喝，喝一口吧鹰队……"

"开车。"一个低沉又带些磁性的声音飘进宿艺的耳朵。

她瞪大眼，觉得自己的耳朵都快竖成兔子了。

包厢的窗户是玻璃窗，宿艺一侧头就看见了褚鹰。

他穿着简单的休闲服，跟身边一个个喝得红了脸的男人们形成了对比。

褚鹰刚退伍回来，之前在A市的老队友就鼓捣着要组一场饭局，缅怀一下曾经一起奋斗的日子。

说是老队员，这次来了的，却全都已经退伍了。

桌上的都是真男人，大老粗的性子，喝起酒来一点都不含糊，没一会就喝高了不少人。

旁边的男人还在劝酒："鹰、鹰队，你说你和我们出来还开什么车啊？这不……难得喝回酒都喝不痛快！"

另一个男人道："鹰队现在可是大老板了……你以为都、都跟咱一样儿，嗝！鹰队这么厉害，能和我们一样吗……我们退伍了，都……都只能混个保安当当……"男人明显喝多了，说起话来前言不搭后语，说着说着竟然还哽咽了。

这句话一出，桌上霎时安静了不少。

褚鹰瞥了一眼酒杯，心里琢磨着一会只能让刘玺来接他回去了。

正准备伸手接过，一只白皙的手臂先他一步，抢过男人手上的酒。

"褚鹰得开车送我回去，我替他喝吧。"声音又甜又柔软。

众人抬头，先入目的是一双大长腿，来人裤子短得连口袋内侧都露出来了。往上，一条简单的白短T。再往上，口罩被来人摘下了一边，松松地搭在脸侧，精致的小脸上挂着得体的笑容。

一桌人都傻愣愣地看着她，宿艺歪着脖子，晃了晃手中的酒杯："可以吗？"

递酒的男人最先反应过来，先是用一副"我懂的"眼神扫视了一遍褚鹰，再笑说："可以可以，当然可以！"

褚鹰眉头微蹙，想从宿艺手中拿过酒杯，但宿艺早有防范，先一步把酒杯举高。

褚鹰："你怎么在这？"

"不是跟你说了，我今天和朋友来吃川菜吗？"宿艺一笑，她确实说了，微信上碎碎念的时候顺手发的，但显然，男人并没有看她的信息。

"不用你喝。"褚鹰压低音量，准备起身把酒杯夺过来。

话还未说完，宿艺就快速把酒杯递到嘴边，一口就干了。

喝完，她侧头，笑眯眯道："晚了，我已经喝了。"

她的唇上沾了点酒，两片唇瓣在包房的灯光下显得波光粼粼，眼底还带着得逞的精光。

简直就像个女无赖。

事实证明他也没看错，这宿艺，还真就是个女无赖。

女无赖此时盘着腿，手里抓着酒瓶，笑嘻嘻地听那些退伍兵说着含有夸大成分的故事。

"那孙子倒霉，抢劫碰上了我，我上去啪啪两下就给他掀翻了！"

"哇，"宿艺非常捧场，"来，敬你一杯，人民英雄！"

"不敢当不敢当……"

酒杯碰撞的声音。

褚鹰就坐在她身边，冷眼看着马上跟桌上人混熟的宿艺。

这女人笑起来毫不扭捏，一口牙又白又亮，眼睛是月牙状，比那天咧给他看的标准笑容顺眼多了。

听到入神时，她会把湿漉漉的酒瓶架在自己大腿上，几缕冰水从她白皙的皮肤上滑过，褚鹰收回目光，把架在木椅后背的大衣扯下来，随手丢到了她的腿上。

宿艺一愣，转头对上他的眼神。

褚鹰挪开眼，把她手中的酒杯抢过来，然后起身："这么晚了，我先走了。"

桌上一片挽留声，褚鹰恍若未闻，他腿长，没几步就走出了门口。

有人问："哎，你不跟鹰队回去啊？"

"跟的，"宿艺拿起酒杯，一口饮尽，动作别提多熟练，然后站起身，把外套往自己腰间一绑，"那我们走了，你们慢慢吃。"

宿艺走出去后，才有人乐呵呵道："嘿，鹰队找的这姑娘够辣的。"

宿艺出来时，褚鹰刚好付完账，他转身准备离开，又被身后赶到的人抓住了手臂。

熟悉的力道。

"你走这么急，我，我跟不上。"宿艺喝了不少，说完，还忍不住小声地打了个酒嗝。

褚鹰扯回手："帮你叫了车，在这等会。"

说完，他头也不回地往前走。

"褚鹰！"

这回宿艺没跟上去，她站在原地，朝他吼了声。

褚鹰脚步不停。

"褚！鹰！"

看着男人越走越远，宿艺叹了口气。

这男人好难追啊。

她抓起绑在腰间的外套袖子，正准备追上去。

"宿艺？那是宿艺吗？"

餐厅里不知是谁说了句，把大家的视线都引了过来。

"哎，还真是她！"

"穿得好少，这腿长的……"

议论声不绝，还有人拿出手机，明目张胆地开着音效朝她拍。

宿艺啧了声，她刚被人丢下来，心情不爽得很，索性也不躲了。

她转过身，刚准备朝偷拍者的镜头笑笑，忽然觉得腰间一轻，低头看了眼，绑在腰间的外套不翼而飞，她还没来得及说什么，脸就被盖了个严实。

一只粗壮有力的大手隔着外套揽住她的腰，把她往外带。

"转身，低头。"

男人的语气隐隐带着些不耐烦。

黑色SUV里，宿艺抱着灰色外套，脸上笑盈盈的。
褚鹰发动车，面无表情道："家住哪？"
宿艺乖乖报出地址。
这段时间酒驾查得很严，街边都是警察。
宿艺修长的手曲起撑在窗户上，扶着自己的脑袋，道："你说一会我们要是被拦下了，打开窗，警察叔叔闻到一车的酒味，会不会二话不说把你给带走了？"
男人沉默不语。
"我看到你朋友圈里有一只狗，是你养的吗？"
依旧无应答。
"那狗真可爱，我一直也想养一只，但是工作太忙了。你看什么时候有空，把狗牵出来我遛遛？"
褚鹰还是没搭理她，宿艺噘起嘴，突然抽回靠在窗边的手，脑袋撞到车窗上，发出一声闷响。
这下撞得不轻，她嘶了声，揉了揉自己的脑袋。
刚好红灯，车停下来，褚鹰没想到还有人会这样撞到头的，蹙眉道："你是傻子吗？"
"你不能这么对我说话，"宿艺佯装严肃，"我帮你挡了这么多酒。"
褚鹰觉得好笑："不需要你挡。"
"……可我就是想帮你挡！"宿艺的语气颇有些不讲理。
褚鹰这才想起来，席间那酒后劲大，这会是沉淀了半天，终于发挥作用了。
他闭上嘴，不准备跟醉鬼论长短。
宿艺家不远，没多久就到了。
褚鹰："下车。"
身边的人没说话，他皱眉望去，这才发现副驾驶座上的女人已经偏头睡了过去。
真麻烦。
他伸出手，在她肩上拍了拍，叫她："宿艺。"
唤了几声，宿艺都没反应。
褚鹰是第一次遇到这种状况，见宿艺一时半会是清醒不过来了，他抿唇，把车子掉了头，才开出没多远，一阵欢乐的铃声响起。
是宿艺攥在手中的手机。
褚鹰挑眉，停靠在路边，掰开她的手，手机屏幕上显示的是"老巫婆"。
他犹豫片刻，滑到了接听键。
对面劈头盖脸就是一大串话："那个徐倩岚真的是够拼的，你们下午刚面试完，她转眼就让人联系上了褚氏集团的高管，她就不怕哪天那些高管太太们组成一个足球队，一人一脚把她踩死吗？"
褚鹰："……"
吴雪继续道："不过你放宽心，这次《暗涌》的选角好像是编剧做主。"
褚鹰："她睡着了。"
"睡这么早，不像她的作风……啊？"吴雪一下就愣住了，老半天才出声道，"你是谁？！"
褚鹰懒得多说，问："她喝醉了，她家的房门号是多少？"
吴雪爆了句粗口："你想做什么？！我告诉你别乱来啊！"
明明没喝酒，褚鹰却觉着自己有点头疼。

他道：“算了。”

“算了什么算了？她在你旁边？”吴雪急了，“你这个禽兽，该不会想把她带你家去吧！你到底是谁！我告诉你……”

“我把她送警局，”褚鹰道，“你去警局领她吧。”

他说完就准备发动车。

“咦，”副驾上的人突然抬起头，茫然地四处张望了一下，然后盯着褚鹰的脸，过了几秒，道，“这不是，到，到家了吗，还要去哪儿呀？”

她看到那个粉色手机壳，又咦了声，“你怎么拿着我的手机？”

褚鹰言简意赅：“你家门号是多少。”

“你，要去我家？”宿艺眼睛瞬间亮了，答得飞快，“十二楼，1210，房门密码是113111，电梯在入门，拐个弯……”

她越说越小声，然后又睡了过去。

“……”电话那头的吴雪听得清清楚楚，她抓起车钥匙就准备冲去宿艺家，“我警告你，可别乱来啊！”

啪嗒，电话挂了。

吴雪心想，完了完了，这臭丫头，之前喝醉的时候就是个老大爷，怎么这会跟个小白兔似的啥都往外吐？！

而此时，老大爷正趴在男人的肩上，嘴里流着哈喇子。

“褚鹰，褚鹰，右拐。”她像个指挥官，颇有股指哪打哪的气势，手不断乱晃。

宿艺怎么说也有一米七多的身高，这样晃着，要不是褚鹰身体素质好，这会肯定两人都得摔。

打开门，褚鹰没多看，径直走进卧室，把宿艺丢在了床上。

他从宿艺身下扯出自己的外套，顺手给她盖了个被子，转身就要走。

“嗳，别走，”宿艺突然出声叫住他。

褚鹰眉头微皱，停下了脚步。

只见她眯起眼，道，“再、再喝点？”

吴雪匆匆赶到宿艺家，手抖得密码都输错了好几遍。

她边按着密码，嘴里边喊：“宿艺！宿艺！你还活着没！”

无人应答。

门终于传来“滴”的解锁声，吴雪走进屋，从包里掏出了专门带来以防万一的小刀。

客厅没人，房子里安安静静的。

“……宿艺？”吴雪叫了一声。

“唔。”

小小的嘤咛声从卧室传来，吴雪想都没想就冲了进去。

房间齐齐整整，半分没乱，她要找的人正安安稳稳地躺在床上，盖着被子，只露出半张小脸蛋。

宿艺的手机就放在床头，上面有一屏幕未接提示。

满屋子的酒气，一闻就知道宿艺喝了不少，吴雪四处看了看，确定家里没有其他人。

还没等她发问，就听见“砰”的一声，外面半掩着的大门被推开，然后响起一连串的脚步声，听起来人数还不少，吴雪下意识转头，看到一个穿着警察制服的男人站在房门口。

男人见到吴雪也是一愣：“小雪，人呢？”

男人叫刘明昊，是吴雪的男朋友，刚准备下班回家时突然接到了吴雪的电话，说是宿艺出事了，让他赶紧带人过来一趟。

“……不知道，”吴雪轻拍了两下宿艺的脸蛋，“宿艺，你醒醒。”

宿艺顺着吴雪的手靠到了她腰上，迷迷糊糊睁眼，问：“你怎么来了？”

那些跟着刘明昊一块来的民警也跟到了卧室来，一看都惊了，床上躺着的人，非常眼熟……像一个女明星。

吴雪见她意识是清醒的，松了口气，然后对门口的人道：“她好像没事了，不好意思啊，我刚刚太着急了，麻烦大家跑一趟，改天我跟明昊一块请大家吃个饭。”

把刘明昊等人送走后，吴雪到床边把宿艺从被窝里拖了出来。

宿艺靠在她身上，问：“褚鹰呢？”

方才太急，吴雪这会才把事情捋顺了，这不正是宿艺以前念叨过的名字吗，她没好气道：“不知道，你自己能站起来不？”

宿艺闻言，扶着墙站直，还呆里呆气地应了句：“好像可以。”

吴雪翻了个白眼，跑到浴室给她放热水。

二十分钟后，宿艺躺进浴缸里，任由吴雪帮她扎头发。

吴雪想想还是不放心，又问了句：“你没被那个什么鹰的怎么样吧？”

“没有。”语气非常惋惜。

“那就好，”吴雪帮她扎好头发，然后全塞进了浴帽里，“你可减减肥吧，我刚刚扶都扶不住你。”

宿艺嘟囔：“我这是标准体重，是你承重力不行。”

吴雪正准备起身，宿艺又道，“小雪雪，帮我拿下手机。”

“不行，”吴雪一口拒绝，“赶紧洗完出来，喝醉后不能泡澡，要不是你明天还有通告，我非让你臭熏熏睡到天亮。”

宿艺喔了一声，她在热水的滋润下清醒了不少，这才想起来问：“你把刘明昊叫来做什么？”

“你还好意思问，”吴雪把刚刚的事说了一遍，“你在想什么？我跟你说多少次了，我不在的时候别喝酒，你是公众人物，知道在外面喝醉有多危险吗？”

宿艺头有些晕，乖乖闭嘴挨训。

吴雪帮她弄好头发，靠到墙边，确认道：“褚鹰是之前慈善晚会遇到的那个？”

宿艺好心情地笑笑，眼底一闪一闪的。

难得见宿艺这种表情，吴雪好奇心也上来了：“你这一见钟情得也太玄幻了吧，他给你灌迷魂药了？我怎么觉得他还没梁博帅。”

梁博是当今最火的流量男星，每发一条微博都能去热搜上逛几圈。

吴雪之所以会提他，是因为梁博之前明里暗里给宿艺示过好。

“别。”宿艺啧了声，“梁博可跟他没得比。”

伺候宿艺洗完澡，吴雪就走了。

被这么一折腾，宿艺反而睡不着了，她抓起手机，直接给褚鹰弹了条微信语音。

响了几声才被接起。

“嗯？”

男人像是被吵醒的，声音低低沉沉，还有些哑。

“你睡着了？”宿艺明知故问。

褚鹰的确刚睡着，他新换了电话号码，只有几个熟人知道，看到微信语音一时手快，当作电话接了，这回听到宿艺的声音才清醒过来，默了几秒就想挂。

“别挂！”宿艺像是猜到了，赶紧叫了声，然后随便掐了个话题，“你是不是把我大衣拿走了？”

褚鹰：“你没有穿大衣。”

“有。”宿艺语气肯定，“我明明把它绑在腰上了。”

褚鹰的声音有些无奈：“那是我的大衣。”

宿艺捂嘴憋笑，嘴上继续装醉：“你大衣怎么会绑到我腰上？”

啪嗒。电话挂了。

宿艺这才笑出声来。

这男人明明脸臭又死板，可她怎么觉得逗他这么好玩儿呢。

第二天，宿艺是被安璇叫醒的。

安璇把吴雪叮嘱带来的早餐放在桌上：“艺姐，您赶紧洗漱吃早餐吧，化妆师马上就要来了。”

宿艺躺在床上，闭着眼问：“今天……是要去干什么来着？”

“Pasion 分店的剪彩，”安璇说，“得坐半小时车呢。”

宿艺没有赖床的恶习，一个鲤鱼打挺就起来了，她拉下眼罩，利落地下了床。

吃完早餐，化妆师就到了，宿艺的化妆师是位三十岁的熟龄女人，她看着宿艺眼底浓重的乌青，语气夸张：“你最近不是没戏拍吗？怎么这黑眼圈又出来了？”

“什么叫没戏拍，我只是休息一段时间。”宿艺往后一躺，任她在脸上涂涂抹抹。

剪彩不需要穿得太隆重，宿艺穿了件连衣裙，搭上 Pasion 前段时间刚推出的热款高跟鞋就出了门。

化妆师和安璇跟在她身后，安璇正拿着小本本给宿艺念着几天后的行程，“叮”一声，电梯门打开。

里面站着昨晚她们刚提及的男星梁博和他的助理。

宿艺住的这套小区算是个明星区，小区里光她碰上的明星就不下十个，其中就包括梁博。

梁博见到她，眼底一亮，挂上迷人的笑容：“早，小艺。”

宿艺不咸不淡的嗯了声，算是打招呼了。

梁博问：“这是要去哪？”

宿艺答得简洁：“赶通告。”

“我也是。”梁博说，“对了，今晚我要在家里开派对，你要过来吗？”

梁博家在公寓顶层，一层楼都是他的，有泳池有健身房还有台球室，总之玩乐用具一应俱全。

至于宿艺怎么会知道——因为梁博已经不下三次邀请她去他家了，有一回还给她发了几段家里的视频，表示她如果来了一定不会失望。

宿艺：“不去。”

梁博闭了嘴，在几人面前被拒绝，他脸色有些难看。

其实之前宿艺对他的态度还是不错的，拒绝时也会说几句“不好意思”，“有点事”和“没空”，今天却连借口都不说，一口就拒了。

许是觉得没面子，电梯一到，梁博就快步走了出去。

到商场时，吴雪已经在那等着她了。

“先去拍几张游览照，一会发微博用。”吴雪迎上来，伸手帮她拨了拨头发。

宿艺环视商场一圈，问：“这商场什么时候开的？”

“前几天，褚氏旗下的，”说到这，吴雪忍不住感慨，“你说这褚氏是不是打算征服天下？房地产、影视圈、木材建筑……什么都掺和，偏偏还哪都混得开，他们下一步是不是要进军饮食业了？”

“不知道，”宿艺扬起嘴角，随口道，“姓褚就是牛逼。”

吴雪：“……毛病。”

剪彩进行得很顺利，活动结束后就没有别的工作了，前段时间刚拍完一部戏，这两个星期差不多等于宿艺的假期，只有几个像剪彩性质的不费力气的小通告，所以宿艺也不急着回家，非拉着吴雪逛商场。

从一家衣服店出来，宿艺想了想，问：“刚刚在 Pasion 拍的照片，你发微博了吗？”

吴雪：“没有，照片还在修。”

宿艺掏出手机：“发几张原图给我。”

“干吗？”吴雪嘴上问着，手边已经给宿艺发了过去。

宿艺发了一条微信朋友圈。

她不怎么发朋友圈，微信好友里都是圈里人，都玩微博，一张照片看两次，是谁都会烦，但现在不一样。

现在她微信上多了一个可能连微博都没有的老古板。

宿艺在心里腹诽的时候，褚鹰正坐在办公室里，手机放在一边，屏幕亮着，上面在下载微博 APP。

他问：“这项投资是谁定下来的？”

助理毕恭毕敬站在办公桌前，闻言探出身看了看，是一部电视剧投资：“应该是奇副总。”

褚鹰继续问：“角色定了？”

“还没有，”助理说，“不过明天就会出名单。”

“叮。”

桌面的手机响了一下。

褚鹰敛眼，抬手点开提示信息。

宿艺发来了一条语音。

他犹豫片刻，还是点开了。

“昨天我喝得有点多，谢谢你送我回家，”背景杂音很大，还能听到宿艺脚上的高跟鞋声，“作为感谢，我请你吃个饭吧，我现在在褚欣广场，你看你方不方便……喂！你干什么呢？！哎！”

语音戛然而止。

褚鹰皱起眉头，犹豫片刻，给对方打去一个微信电话。

语音半天无人接听，助理的手机倒是先响了。

只听了两句，助理就用掌心捂着话筒，道：“褚总，褚欣广场那边出了点小事儿。”

小事自然是不需要报备给老板的，让下面处理就是，但褚鹰刚刚听语音时直接点的外放，助理听了个全。

褚鹰没说话，径直抓起手机离开了办公室。

一到广场，马上就有负责人迎了上来，笑道：“哎呀！褚总，怎么劳烦您亲自过来了呀！”

褚鹰：“出什么事了？”

“小事，小事，”负责人摆摆手，“已经在处理了，您不用担心。”

褚鹰冷冷扫了他一眼。

“是，是这样，”负责人捏了把汗，“有位女顾客要来退掉前天在商场里购买的衣服，但那件衣服已经有了换洗的痕迹，而且也没其他质量上的问题，我们的售货员就拒绝了她的要求，可是那位女顾客态度很强硬，说着说着，就动了手。”

褚鹰："还有呢。"

负责人本来还想瞒，没想到新老板这么厉害，一听就知道还有后文，他只得继续全盘托出："然后……又出来一位女顾客，看不下去，替售货员还了手。"

褚鹰挑眉："也动手了？"

"是，"负责人说，"而且那位女顾客还是个女明星，这，所以，就有些棘手。"

"人在哪，"褚鹰走了几步，又问，"受伤没？"

"受伤了，那个女明星挺悍的，直接把那位女顾客打哭了。"

"……"褚鹰停下脚步，没忍住嘴角的笑意，"那个女明星，受伤没？"

负责人赶紧摇头："这没有，她要是受伤了，事情可就不得了了。"

刚走到办公室外，就听见里面的声响。

一个女人哽咽着："你别走！你有本事别走！我一定要告你！"

"我不走，你都没跟人小姑娘道歉，我走什么？"熟悉的声音，里面还带着几分嘲讽，张扬得很，就是声音有些闷重。

又是一个女声插进来："你少说点！"

褚鹰站到门口，总算看清了里面的情况。

左边沙发坐着一个女人，微胖，妆花了，头发也乱了，不过看上去没受什么重伤，正拿纸巾擦着眼泪。

右边沙发坐了三个人，一个穿着简单，干净利落；另一个是商场的售货员，身上穿着员工制服，脸上还有一个明显的手掌印。

剩下那个，自然就是宿艺了。

和左边的人截然相反，宿艺头发柔顺地披在胸前，一条贴身小裙子，脸上被扣了个与打扮不符的灰色口罩，一双媚眼露在外头，眼妆精致勾人，一点都看不出是刚打完架的人。

褚鹰眼往下。

嗯，就是鞋子少了一只。

负责人走在前头，双手握拳，笑道："那个，之前你们让我找来的上级……已经到了。"

他脸上笑眯眯，心底却在想，如果再给他一次机会，他就算被这两个女人骂死他都不会通知上级。

左边的女人先开口了，她眼泪一下就涌了出来："在哪里？！我告诉你，你今天不让这个售货员和这个女人跟我道歉，我连你们商场一起告！"

宿艺看都不看来人一眼，她冷嗤道："去啊，你去告，看看最后算谁错……哟！"

吴雪在背后狠狠捏了她一把。

吴雪站起身："既然负责人来了，那我们就走了，如果最终决定要报案的话，你们可以直接联系我，这是我的名片。"

负责人双手接过："好，好。"

女顾客一下就急了："干吗？打了人想走？！"

"我不走，"宿艺翘起二郎腿，一双好看的脚丫垂在小腿侧，"解决了我再走。"

吴雪皱眉，凑过来低声道："干什么，还想上次热搜？标题给你来个'宿艺打架斗殴进局子'？"

宿艺音量不减，态度强硬："不行，这女的叫人呢，一会她欺负这个售货员怎么办？"

"去调监控录像。"

低沉的声音从门外响起。

办公室里的人皆是一愣，下意识往门口看去——除了宿艺。

这声音！不是吧？不会吧？

……没这么巧吧？
她不自然地抬起左手，假装整理头发，趁机偷偷瞥了门口一眼。
说来也是神奇，光看到男人的额头，她就确认了。
真是褚鹰。
咦，他好像今天穿了西装？
于是宿艺又一次假装撩头发，再多看了一眼。
……真帅。
吴雪也认出来了，她回头看了眼，见到自家艺人羞的头都不敢抬。
“好，”负责人刚准备招呼保安去调，又折回来问，“褚总，调哪一部分的监控？”
“前边的，”褚鹰说，“找出先动手的那个人。”
女顾客拍了拍沙发的扶手：“你什么意思啊？”
褚鹰不理她，目光一转，挪到了宿艺身上。
吴雪马上挂上职业微笑：“褚总是吗？我们换个地方说？”
褚鹰收回视线：“嗯。”
宿艺不情不愿地挪到了隔壁办公室。
“是这样的，”吴雪道，“我和我艺人今天来贵商场新开的Pasion店铺剪彩，临走前看到有顾客在为难售货员，还动了手，我们没忍住，就掺和进去了。”
褚鹰坐姿端正，背脊很直，明明水平线比站着的几人矮，气势却生生高了一截。
宿艺自进来后就坐在最角落，一声没吭。
他看着沙发上头埋低，不吭声的女人：“动手了？”
敏锐地察觉到对方是在问自己，宿艺小幅度点点头，随即又马上摇头。
褚鹰觉得好笑：“嗯？”
“动了。”宿艺故意掐着嗓子，“但是就几下。”
“口罩摘了吧，”褚鹰道，“还是酒喝多了，酒精过敏了？”
得。宿艺酝酿了几秒感情，把眼睛憋红，才扯下口罩。
她转过头，声音一软：“……嗨。”
完全没有刚刚抓着高跟鞋跟人对打的气势。
吴雪觉得她手下这位艺人这辈子就是注定要吃演员这口饭的，这演技，不服不行。
褚鹰问：“那位女顾客认出你没？”
吴雪抢答道：“没有。”
宿艺冲上去帮忙的时候，女顾客的头发已经粘了她自己一脸，当时场面混乱，加上事后吴雪马上给宿艺戴了口罩，她可以肯定，对方一定没认出来。
想想也是，如果那个女顾客认出来了，这会就不是撒泼，而是发微博了。
褚鹰淡淡地嗯了声：“回去吧。”
宿艺：“啊？”
“怎么。”褚鹰道，“还想留着？”
宿艺这个“想”字都在嘴边了，被吴雪生生堵了回去：“谢谢褚总，那我就先带她回去了，如果有什么状况或是需要，您尽管打我电话。”
被拖着出了商城，宿艺才反应过来：“这就走了？”
吴雪快气晕了：“那要不你再回去跟那女人打一架？”
宿艺：“这不能怪我，是她太过分了。”
当时要不是宿艺上去，那售货员头发估计都得被扯下大半。
“我们可以去找保安，”吴雪说，“你上去有用吗？以暴制暴？”

宿艺不说话了。

吴雪刚责备完就有点后悔，其实宿艺性子是比较张扬，但她平日的张扬是冷静、沉着的，换作别的事，她绝不可能自个儿冲上去。

这次的事，估计戳到宿艺心窝子去了。

吴雪转了个话题：“对了，褚鹰到底是什么来头？”

“不知道。”宿艺有一下没一下地玩着手机壳。

其实在办公室时，宿艺就冷静下来了。

可是一看到褚鹰，她的心就跟连上了电线似的，滋遛滋遛，不得安宁。

她表情一阵欣喜一阵愁，最后转过头，问吴雪：“小雪雪，我的妆有没有花？”

吴雪瞄了一眼：“有点。”

宿艺更愁了。

手机传来一声叮咚。

褚鹰发来一张图片，上面是一只落单的红色高跟鞋。

宿艺看着自己右脚的拖鞋，只觉得眼前一黑。

又一条信息弹出来。

褚鹰：“下次见面时给你。”

宿艺看着这条信息，安静了近一分钟。

一边的吴雪偏过头来：“这几天你就在家休息吧，如果要出去记得叫安璇陪你。”

安璇在驾驶座上点头：“嗯，我随叫随到的！”

没得到回应。

吴雪：“发什么呆？”

宿艺回过神来，嘴角不可控制的上翘：“没有。”

“你嘴角都快咧到耳根了，”吴雪道，“收敛点。”

刚说完，吴雪的电话就响了。她看了眼来电显示，马上接起问：“小陈，怎么样，有消息了吗？”

“什么？！”

“那编剧怎么回事，他不是定下的宿艺吗？”

吴雪又说了几句，然后气愤地把电话挂了。

宿艺：“怎么了？”

吴雪爆了声粗口：“《暗涌》那个角色定下来了。”

宿艺给褚鹰发了个可爱的表情，凉凉道：“徐倩岚？”

吴雪：“恩，怎么回事儿啊，之前我打听了一下，那角色应该是你的啊。”

“算了，”宿艺倒不是很在意，“没事，另一个剧本角色找到人了吗？”

“好像还没，我待会打电话去问下，”吴雪双手抱胸，看起来比宿艺还气，“不行，安璇，你在前面路口放我下车，我得去公司看看什么情况。”

吴雪气势汹汹的下了车。

安璇重新发动车子，刚开了一小段路，后面的人就说话了。

“安璇，今天就到这，你回家吧。”宿艺把手机放回包包里，“我自己开车回去。”

安璇一愣：“没事没事，我送您吧。”

宿艺的手已经放到了车门把上：“停车。”

安璇下了车，站在路边看着那辆黑色捷豹再次启动，眼见就要离去。

结果还没开出几米，车就停了下来。

车门打开，宿艺拨弄了一下额前碎发，下车走到后备厢，利落地换上了车后座的平底鞋。

宿艺腿长，换个鞋都引来了不少目光，还有几个人认出她来，掏出手机就是一阵猛拍。

安璇还没走到公交车站，就接到吴雪的电话。

吴雪："……我就走了十分钟，怎么微博上就有宿艺街头换鞋的照片了？"

安璇："……"

宿艺不常开车，倒不是她懒，而是吴雪不让她开，说是明星开车麻烦多，一不小心蹭到刮到就是个小新闻。

她把空调关上，开了车窗，随手从旁边的置物盒里拿出墨镜，指尖跟着音响里的节拍轻敲着方向盘。

红灯，她停稳车子，曲起手倚着脑袋，眼睛盯着前面的红绿灯。

身边传来几声喇叭。

宿艺头微微往后仰，看清旁边车道，停的是一辆骚里骚气的大红色跑车。

跑车驾驶座上的男人朝她挑了挑他那对蜡笔小新般的粗眉毛。

宿艺没搭理他，转头点开手机，想看看褚鹰有没有回复。

屏幕空空荡荡。

绿灯，她拉上车窗，踩下油门离去。

没想到那辆跑车跟在她车屁股后面，还顺利地过了物业那关，一路开进了公寓的停车场，她停好车时才发现那辆跑车，就停在她斜对面的车位上。

男人叫吕杨，有点胖，他从车上下来，往车门旁一靠，笑眯眯地看着她。

宿艺摘下墨镜，从包里找出防狼电击棒，下车后还记着从后车厢拿出那只高跟鞋，用食指拎着，从容的向电梯入口走去。

吕杨嘿嘿笑了两声："一块上去？"

宿艺偏头一笑："好啊。"

上了电梯，她静静地站着，也不按电梯键。

吕杨催她："宿艺，按下电梯呀。"

果然，这个人认识她，宿艺皮笑肉不笑，抬起手，露出手里的电击棒。

吕杨眼都直了："哎哎哎，你这是干什么！"

"口袋全部掰出来。"宿艺语气凶狠。

这宿艺，难道是个女强盗吗！？

吕杨哭唧唧地把自己口袋里的手机和钱包全拿了出来，"你，你到底要干吗？"

"还有呢？"宿艺问。

"没，没了，"吕杨抖着手，"你全拿去，我，我不会告诉媒体的。"

什么鬼，这年头抢劫都不兴带凶器了？

宿艺正准备说什么，电梯外传来一道疑惑的声音："宿艺？"

站在电梯外的是梁博，身边没跟着人。

"梁博，你来得正好，"吕杨见到梁博，顿时就不怂了，他扯开嗓门："这女人在抢劫我！"

宿艺皱眉："你们认识？"

"废话，"吕杨往梁博身边挪，"我跟你一样，来参加他家的 Party 的！"

宿艺顿时明白过来了，她把电击棒往包里一丢："不好意思，误会了。"

吕杨："……"

她看着电梯外的两人，道："你们不上去吗，那我先走了。"

"上。"梁博赶紧伸手拦住门。

电梯刚开始上升，宿艺的包里就响起了微信提示声。

褚鹰："解决了。"

旁边女人脸上漾起笑，梁博看得心痒痒，还是忍不住道：“真不上来玩会？我们准备了很多好酒。”

“不了，”电梯门打开，宿艺腿长，一步就迈了出去，头也不回，好心情道，“Byebye。”

进门后，宿艺马上回了一条信息。

宿艺娘娘：“怎么解决的，你们没罚那个售货员吧？她没有动手。”

褚鹰：“没罚。”

有了这句话，这件事在她心里就算翻篇了。

宿艺娘娘：“明天有空吗，一起吃顿饭？”

发完后，她想了想，又补上一句，“那双鞋子我很喜欢，它流落在外，我不放心。”

褚鹰：“明天没空。”

宿艺娘娘：“那后天？大后天？”

褚鹰：“一会可以。”

他回的简短，但宿艺一下就看明白了。

一天见两回……这么刺激的吗！

宿艺想都不想：“你来接我？我想坐你的车。”

褚鹰的车是辆中档黑色路虎，不贵，算不上是豪车。

但宿艺觉得，这男人就得开这种车，高，大，有气势。

撩人得很。

褚鹰：“地址。”

刘玺找到办公室来时，褚鹰正在做俯卧撑。

刘玺：“……你这是在干啥。”

褚鹰不应他，数够一百个后才起身，动作利落：“有事？”

“没事不能找你啦？”刘玺坐到沙发上，说，“今晚梁博开派对，让我邀请您老人家一块去。”

褚鹰神色不变：“梁博是谁。”

“一男明星，最近挺火的，这你都不知道。”刘玺说，“听说妞挺多的，去看看？”

褚鹰：“不去。”

“哎，这么干脆？”刘玺今天是铁了心要拉褚鹰一块去，“我车都没开来，一块吧，刚好我坐你车。”

褚鹰嗤笑道：“皮痒了？让我给你当司机？”

“不不不，”刘玺秒怂，“我来开，我送您，我送您。”

“没空。”褚鹰说完，抓起外套就往外走。

刘玺：“我可是问过你秘书了，你晚上没工作行程。”

他说这话时，褚鹰刚好走到门口的秘书处，秘书见他们出来，赶紧起身打招呼。

褚鹰停下脚步，扫了女秘书一眼。

“以后再把我的行程往外说，就自己收拾东西走人。”

女秘书脸上的红晕霎时间全部消退：“……是，对不起。”

刘玺跟褚鹰关系好，一点脸皮都不要，硬是强行上了褚鹰的车：“你要去哪啊，真有事？”

褚鹰：“吃饭。”

刘玺问：“顶着这一身臭汗去吃饭？”

褚鹰把刘玺赶下了车。

然后掉头，回家洗了个澡。

没退伍前，做完一百个俯卧撑就能洗澡，可是想都不敢想的事儿。

洗完澡，宿艺刚好发了个定位过来。

宿艺娘娘："等你 [乖巧蹲坐 . jpg]"

褚鹰擦着头发，居高临下地看着那只蹲坐着的兔子表情，微不可见的勾了勾嘴角。

他随便套身衣服就出了门。

顺着导航驶进停车场，他把车停靠在一边，给宿艺发了条消息。

褚鹰："到了。"

宿艺娘娘："等我，现在下去。"

没坐一会，就有人敲了敲车窗。

褚鹰转过头，看到了刘玺的大脸。

"你怎么知道地址的，不是说不来吗？"刘玺问。

刘玺身边还站着个女人，她穿着十分暴露，一条白色背心，胸前撑得鼓鼓的。

女人正是徐倩岚，她柔声问："这位是……"

"我哥们，褚氏大老板，"刘玺摆手，"赶紧叫褚总。"

徐倩岚笑容更深："褚总好。"

刘玺见褚鹰车就停在道上，以为他是找不到停车位，朝右边指了指："那边有个停车位。"

刚说完，副驾驶座的车门突然被人拉开，三人齐齐侧头望去。

宿艺穿着一身简单的白衣短裤，素颜，一双白色运动鞋，像极了青春洋溢的大学生。

她兀自扣好安全带，然后才转头，笑道："没等久吧？"

她一转过脸，专门打扮出来的校园清新感就消了大半。

宿艺的特别之处就是在这，她上妆惊艳绝伦，素颜仍旧妩媚动人，嘴唇一勾眼眸一弯，就是风情。

"没有，"褚鹰踩下油门，"刚到。"

刘玺就这么愣愣地看着路虎的车屁股，半天才喃喃了句："……还真是这个宿艺！"

徐倩岚费了不少力气才把自己的厌恶从脸上收回，她扯扯嘴角，语气夸张："原来你还认识褚总，真厉害。"

"这有什么厉害的？"徐倩岚的马屁显然没拍对，刘玺皱眉看了她一眼。

徐倩岚闭了嘴。

开出停车场，褚鹰才问："去哪。"

"你想吃什么？"宿艺拿着手机，翻着 APP 上的餐厅。

"都行，"褚鹰说，"鞋子在你脚边。"

宿艺低头看了眼，红色的鞋子倚在车身上，被黑色的垫子衬得韵味十足。

"有没有忌口的？"

她边说边看着褚鹰的手臂，心底扑通扑通的。

褚鹰的手部肌肉线条很棒，不是那种太夸张的幅度，白色短袖堪堪包住他的手臂，浑身充满着力量感。

褚鹰睨了她一眼："没有。"

宿艺其实早就有了主意，她探出身子，在车子上输入地址，导航马上开始自动寻路。

她靠得近，身上的沐浴露香完全把褚鹰的肥皂味盖住。

香味钻进鼻腔，褚鹰不禁想，女人都是活得这么精致的吗？

宿艺挑的是一家麻辣烫。

铁门往上一拉就可以开门做生意的那种店面，几个大风扇在墙上呼啦啦地吹着，墙皮也脱落了不少，唯一可取之处，就是看起来还算干净。

褚鹰有些意外，他原以为宿艺会挑法式餐厅之类的，至少也应该是家带中央空调的。

“这家麻辣烫是我偶然发现的，别看它店面小，但味道超级棒，”宿艺走在前面，说完回过头朝他笑笑，“你不会介意吧？”

“不会。”以前出任务时，方便面对他来说都是美味。

宿艺斜挎着一个小挎包，挎包有多小——放一个眼镜盒就满了，手机都要拿在手上才行。

褚鹰看着面前戴了副黑框眼镜的女人，不太明白背这个包的用意在哪里。

宿艺拿出两个小篮子，把一个递给褚鹰：“走，先去挑食材。”

店里的规矩是先结账再下锅，结账时，宿艺的那份麻辣烫才十块钱。

“商场那件事，最后怎么处理了？”宿艺掰开筷子伸给他。

褚鹰：“让她退了衣服。”

“噢，”宿艺想了想，道，“其实我这人胆子挺小的，中午的事……只是一时冲动，我现在可后悔了。”

褚鹰忍笑，点了两下头。

宿艺看到他嘴角的弧度，突然停下手：“你是在笑吗？”

“怎么，”褚鹰抬头，一边嘴角的弧度更明显，“不能笑吗？”

“不是，”宿艺说，“只是第一次见你笑。”

褚鹰收回目光：“我们也没见几回。”

宿艺咽下嘴里的白菜：“你在褚氏上班？你也姓褚……难道是老板的亲戚？”

褚鹰点头：“算是吧。”

对话不冷不淡地进行着，宿艺心底都有些看不起自己了。

你怎么这么怂？！

直接问他有没有女朋友啊！

错过这次机会，下次岂不是还得想办法再丢只鞋！又不是辛德瑞拉！

褚鹰看着她的碗：“你吃这些，能饱？”

“不能，”宿艺说得老实，“我吃饱一顿，得去健身房待三天。”

褚鹰顺着她的话，多看了眼她的身材，然后下结论：“不胖。”

宿艺张嘴还打算说什么，搁在腿间的手机响了。

来电显示是老巫婆，宿艺赶紧起身：“我出去接个电话。”

在她走出去的路上，褚鹰还能隐隐约约听到几句话。

“我在家呢。”

“梁博在开 Party，所以吵点。”

“没吃，在控制，你放心……真没吃。”

褚鹰：“……”

宿艺挂了电话，舒了口气，下个礼拜有个杂志拍摄，里面有采访环节，是网络全程直播的，所以这几天吴雪在饮食方面管得很严。

刚走回店面，就听见两个女生的窃窃私语。

她们坐在最前边的座位上，其中一个道：“真的帅，不信你假装看菜单，走到前面去看看。”

另一个女生马上站起来，去前面晃悠了一圈，眼睛直直的黏在褚鹰身上。

宿艺这才挪动脚步，施施然的坐到了褚鹰对面。

这男人吸引力太大，她得先下手为强。

宿艺：“褚鹰，你……”

“贱人！”一道阴狠的声音由左上方传来，“天天装出那副楚楚可怜的姿态来博取皇上的怜惜，当本宫死了吗？！”
这句台词被说得咬牙切齿，褚鹰下意识侧头看了看。
架子上的小电视机里，那个妆容浓厚，表情狠毒的女人，正是坐在他对面啃着白菜的宿艺。
直到宿艺的镜头结束后，褚鹰才回头。
他说：“演得不错。”
“天啊，吃个饭都能看到宿艺，烦死了，”他们身边坐着的是一对情侣，女孩把筷子一放，“现在我看到她就烦。”
男孩道：“怎么了，她不是长得挺好看的吗？”
“好看什么呀好看？”女孩眼一瞪，“好看你跟她谈恋爱去啊！”
宿艺：“……”不了我拒绝。
男孩赶紧安抚她：“别气了别气了，反正播到最后她一定是炮灰，会死的。”
“死了我也不痛快，”女孩说，“不吃了！”
这对情侣就这么吵吵嚷嚷的离开了。
宿艺回过头，刚好捕捉到褚鹰那似笑非笑的表情。
褚鹰：“你刚刚要说什么？”
“……”宿艺狠狠咽下嘴里的菜，“没事，我忘记了。”
一顿麻辣烫吃完，回公寓的路上，宿艺都在发愁。
吃完这顿，以后想约他估计更难了。
她就这么靠在车窗上，肆无忌惮的盯了褚鹰半天。
褚鹰：“怎么了。”
“你之前怎么能这么准的接到那个鸡蛋啊。”宿艺想到什么问什么。
“没接到，”褚鹰说，“打到我手腕上，自己碎的。”
宿艺没忍住，笑出了声，音量不大，挠人。
褚鹰听得顺耳，没说话，眼底也有些笑意。
马上就快到公寓了，宿艺边偷看身边的人，边想下次还能用什么理由约他出来。
车子驶进地下停车场，什么东西轻轻撞到了她的白球鞋上，把她给敲回了神。
宿艺眸子瞬间就亮了。
褚鹰刚把车停好，身边的人就匆匆解开安全带：“那我回去了。”
“恩，”褚鹰道，“再……”
“砰！”
副驾驶的车门被紧紧拍上的声音。
宿艺走得很急，两手抓着她包包的背带，头也不回地进了电梯。
约的时候这么勤快，走的时候倒一点没犹豫。
褚鹰眸子微沉，敛眼，余光突然扫到副驾驶座的下方。
黑色垫子上，露出一角的红色鞋跟非常显眼。
他先是挑了挑眉，然后才扬起嘴角，徐徐驱车离开。

宿艺刚到家，就收到了吴雪发来的另一个剧本。
吴雪：“算了，没用你，是他们的损失，咱多的是戏演。”
剧本是电脑文档版本，宿艺看了前面几幕，有些兴致缺缺。
宿艺：“我看看后面的再决定吧。”
挂了电话，她把头发绑起来，转身进了浴室。
出门前洗过一次澡，但吃完麻辣烫回来，又沾了一身味道，她窸窸冲了下身子，裹上浴巾，把电脑搬到床上，开始仔细看剧本。

没看多久，手机设置的闹铃响了。

宿艺当下就没了看剧本的心思，翻到床头，笑盈盈地抓起手机。

宿艺娘娘：“我的鞋子忘了拿回来了［真让人摸不着头脑.jpg］”

等了几分钟，对方都没有回复。

等信息等得焦躁，剧本内容又实在乏善可陈，她看不下去了，索性关掉文档，随便开了本电影来看。

外面门铃响起。

宿艺的住址有不少媒体知道，但之前媒体蹲了半年都没拍到什么东西，就没再蹲她了，她家人也不在这边，这个时间点，除了吴雪，没人会来她家。

她起身，从猫眼处往外看了看。

梁博手里拿着两杯红酒，脸颊微红，见里面没有动静，又面色不耐烦地按了几下门铃。

宿艺啧了声，转身回了卧室，没有丝毫开门的念头。

也不知是酒劲上头还是怎么的，今天的梁博格外有耐心，在外头足足五分钟都没走。

门铃没人应答，他直接敲起门来，哐哐哐的，吵人。

宿艺下床，给自己披了一条大外套，遮得严严实实。

然后拉上防盗锁链，打开门，语气不善：“有事？”

“我就知道你在，”梁博笑了，“上去喝一杯吧，你都认识的。”

梁博好面子，换作平时，一定不会自降身份上门找宿艺。

刚刚在玩大冒险，他输了，被刘玺怂恿下来邀请宿艺，他喝了点酒，经不住激，就拿着酒下来了。

“不喝。”宿艺说完就准备关门。

“哎……哟，”梁博想都不想就伸手挡，他要是现在上去了，得多丢人？“不行，你怎么说也得上去露个脸。”

宿艺：“今天我们在电梯见过是吧？”

梁博点头：“是啊。”

“那样的电击棒，我家里还有三根。”

褚鹰看到宿艺发来的微信时已经是第二天，昨天有个战友回来探亲，他专程去机场接了人，还撸了个串，回家倒头就睡了。

他按下语音键：“看到了。”

打字什么的他不习惯，所以之前回宿艺的信息都比较简短。

对面很快也回了一条语音。

“嗯，那挑个时间，我去找你拿，可以吗。”

宿艺明显没睡醒，声音糯糯的。

褚鹰鬼使神差地点开语音又听了一遍，才动动手指，回了个嗯。

刚到公司，助理就拿了一份资料进来：“Boss，这是《暗涌》定下的演员名单。”

褚鹰刚刚上手公司事务，对这些不是太了解，助理很贴心的在每个名单后面都附了一张简单的介绍。

好剧本难求，这项投资是褚老爷子定下来的，投资金额对褚氏来说算九牛一毛，但跟其他剧组一对比，就显得豪气冲天了，资金足，所以请来的主演个个都是大牌，就连配角都是一些老戏骨。

翻到女二号时，褚鹰的动作停顿下来。

徐倩岚，昨天刘玺身边的人，他在宿艺手机里那位老巫婆口中也听到过这个名字。
“这个，”他把文件丢到桌上，用指尖点了点徐倩岚的资料，“是通过面试定下来的？”
助理一下就听懂了：“不是，是奇副总向那边提的要求。”
褚鹰：“这部剧的投资方是谁？”
助理被问蒙了，半天才道：“是我们公司。”
“不是我们，是我，”褚鹰语气淡淡，把资料往前一甩，“要提要求，也轮不上他。”
“……”助理小心翼翼道，“您的意思是？”
“这部剧里，不需要关系户。”
助理这下明白了，拿起文件：“我这就去办。”

难得的休假，宿艺直接一觉睡到了中午。
乏意消散后，她猛地睁开眼睛，拿起旁边的手机，点开和褚鹰的聊天框。
早上的聊天记录映入眼帘。
还好，不是做梦。
她闭眼弯唇，把那句两秒的语音点开，反复听了好几遍。
密码声响起，吴雪步履匆匆，在卧室找到人后，忍不住问道：“你怎么还没起床？”
“休假，”她声音慵懒，“让我多睡会儿，你怎么过来了，有事？”
“有，大喜事。”吴雪冷嗤一声，转身坐到沙发上，像个刚打完胜仗的将军。
宿艺慢悠悠起身，睡衣的吊带垂到一边，风光无限：“说来听听。”
吴雪：“《暗涌》的剧组刚才联系我，问我你的档期还空吗。”
“什么意思，”宿艺声明道，“我可不演其他角色。”
“不，”吴雪笑道，“莯姬那个角色是你的了。”
宿艺第一反应就是：“徐倩岚爆丑闻了？”
“很遗憾，还没有。”吴雪也不卖关子，“之前是褚氏那边把她顶上去的，谁知道今儿个褚氏变卦了，直接把她撤了。”
宿艺有些意外：“不是说编剧做主吗，说上就上，说撤就撤？”
“那也得顾及赞助商啊，资金不要了？”吴雪淡定的给自己倒了杯水，“徐倩岚团队之前还疯狂发通告，暗示媒体她们拿下了《暗涌》角色，呵，这下我倒要看看她们怎么收场。”
“……”宿艺想了想，只能憋出这么一句，“褚氏的高管居然还会翻脸不认人。”
一个靠枕迎面而来。
吴雪：“跟你说多少次了，说话小心点，赶紧起床洗漱，下午要去公司跟片方的人开会！”
宿艺的经纪公司规模不大，签的艺人也不多，好在公司对每位艺人的发展方向定位都很准确，带出不少混出头的艺人，在行业里算是小有名声。
像宿艺，演完那部处女作后，公司给的定位就是“恶女”。
她到公司时，公司负责人已经在和片方谈签约事宜了。
“不好意思，堵车。”
解释完迟到的原因，宿艺往椅子上一坐，再也没插过嘴。
她的手藏在桌子底下，给褚鹰发了条信息。
宿艺娘娘：“在忙？”
这次对方回得倒快。褚鹰：“没。”
宿艺娘娘：“我在开会呢，好无聊 [打哈欠 .gif]”
褚鹰：“那别玩手机了。”
这老古板！

宿艺娘娘："已经开完啦 :)"

在等回复时，会议室的门再次被打开。

"褚总。"片方代表看到来人，慌忙起身，"您怎么亲自过来了。"

宿艺背对着大门，没见着人，她跟其他人一块站了起来，眼神还偷瞟着屏幕，想看褚鹰有没有回复。

来人答得简洁："顺路。"

宿艺回过头，刚好对上男人的眼神。

褚鹰穿着一身西装，也在看着她，眼底满是揶揄。

这几天他为了熟悉公司事务，参加过不少大大小小的会议，就连公司最基层的日常周会他都去过，今天也是过来了解这类会议的。

没想到还逮了只撒谎精。

宿艺没来得及想男人怎么会出现在这里，她急忙转身，想把上一条消息撤回来，系统却提示信息已经超过两分钟，无法撤回。

会议室的人赶紧把主位让出来，褚鹰从容不迫的坐到位置上，颔首道："继续。"

会议全程，吴雪朝宿艺发射的目光分别可以命名为："好样的"，"咱家艺艺眼光真棒"和"徐倩岚算个屁"，赞美之情溢于言表。

可惜她完全高兴不起来。

"这是我们的拍摄时间，"片方代表把面前的文件往吴雪那推了推，"是这样，因为我们剧本小修了一下，戏份有点变化，所以入组的时间也提前了。"

吴雪接过来，匆匆扫了一眼，笑道："我们这边没问题。"

片方代表也笑："既然都没问题，就签约吧。"

合同被推到宿艺面前。宿艺手上摩挲着笔杆，笑盈盈道："我可以问一下，戏份变化在哪吗？"

虽然被抓包了很糗，但工作不能耽误，会议中该听的她还是都仔细听了。

"新戏份是编剧决定的，说是还有要改的地方，所以我这边也还没拿到完整版。"片方代表笑了笑，"似乎就属你的角色改动最大。"

宿艺听完后，心底有些迫不及待。

编剧能力她是认可的，这时忽然给角色加戏，绝对是锦上添花，她想都不想，哗哗在合同右下方签上自己的名字。

最后又谈了一下以后宣传方面的问题，这事就算定下来了。

会议结束后，片方负责人赶紧起身道："褚总，我送您回去吧，顺便跟您报告签约方面的事。"

"恩。"一直沉默的男人终于开口，他站起身，抬手拉了拉西装里头的衬衣衣袖，显然不是太习惯穿西装。

宿艺用手撑着脑袋，目光灼灼地盯着他，男人整完袖子后抬头，对上了她的眼神。

宿艺一脸"让我们当作无事发生过"的表情，朝他眨了眨眼睛。

褚鹰挑眉，他眉毛浓厚锋利，看得宿艺忍不住咽了咽口水。

男……男色诱人。

褚鹰很快收回视线，嘴边噙着一抹不明显的笑意，转身大步离开会议室。

"快收拾东西，"没人发现这两人的眉来眼去，吴雪看着手机屏幕，催道，"要去拍个封面。"

宿艺疑惑道："今天不是没工作？"

"临时的，本来请的是那位国内第一超模，结果被开天窗了。"吴雪说，"那家杂志和公司有点交情，上面联系我，说让你去救救场。”

在进入演艺圈之前，宿艺算是半个平面模特，有相关经验，再加上身材好、脸蛋俏，有点名气后，各个杂志都对她青睐有加。

宿艺心不在焉地应下，手上给褚鹰发了个哭唧唧的表情。

今天安璇请了假，吴雪亲自开车。

“这速度都没到四十迈吧？到那边都可以吃晚饭了，”宿艺攥着手机，道，“要不我来开。”

吴雪想都不想：“不了，我怕你给我开出一部《秋名山车神》，来，给我说说那褚鹰是怎么回事。”

宿艺问：“什么怎么回事？”

“你早就知道他是褚氏高管？”

“没有。”宿艺点亮屏幕，褚鹰还是没有回复，“我也是刚知道。”

吴雪瞟了她一眼，佯装好奇道：“你之前说的那个翻脸不认人的褚氏高管，会不会就是他？”

宿艺：“不可能。”之前在公寓停车场和徐倩岚碰见过，他们俩怎么看都不像是认识。

直到下车都没收到回复，到了摄影棚，上妆前，宿艺想了想，轻敲键盘。

宿艺娘娘：“尊敬的投资方，我一定会好好拍戏，努力给您赚钱的［今天也把我的小心心放在这里．jpg］”

这次杂志的主题是礼服。宿艺换上无袖设计的小礼裙，好看的锁骨线条一览无余。

服装师给她拿了一双鞋来。

一双红色镶钻高跟鞋，鞋跟又长又细，上脚非常好看。

摄影师跟她打完招呼后，马上就提上家伙开始工作了。

“手放到桌上，好，看镜头，”摄影师一边脚踩在木椅上，扭曲着自己的身子在找角度，“就这样，别动！”

宿艺费了很大力气，才没被摄影师的姿势逗笑。

“下巴往上抬一点，嘴唇开一点……好。”

“踩到这上面来。”摄影师指着工作人员搬上来的底座，底座类似芭比娃娃脚底的八音盒。

一声清脆的手机提示声响起，宿艺循声望去，声音来源正是吴雪手中，她的手机。

她忍着看信息的冲动，想都不想就踩上底座。

没想到伴随着“嗞”的一声，宿艺感觉自己踩了个空，身子不受控制的向右边歪去——底座不牢固，承载不住宿艺的重量，被高跟鞋跟戳破了。

脚以扭曲的姿势一崴，钻心的痛由脚腕子传到头顶，痛得宿艺头皮发麻。

工作人员急忙涌上来扶住她，吴雪跑得最快，一上来就先固定好她的脚踝“坐好，别动。”

“没事吧？”棚里的负责人匆匆从棚外赶进来，问。

吴雪：“你们的道具是怎么回事？！”

“不好意思不好意思，”道具组的人赶紧道歉，“好像是胶带松了，没固定好。”

“我们家宿艺特地来给你们救场，你们倒好，连拍前检查都不做，”吴雪冷笑一声，“要是耽误了她接下来的行程，你们就等着赔偿吧。”

吴雪发了一通火，才把宿艺扶上车，杂志那边派了个工作人员来帮忙开车。

崴脚是真的痛，尤其是宿艺这种高个子，连带着腰部都有些隐隐发疼。

但她脸上没有多余的表情，在棚里也没说什么话，这会上车后，她才开了口：“小雪。”

吴雪：“怎么了，很疼吗？”

“不是，”她指了指吴雪的包，“我的手机。”

终于拿到心心念念的手机，她迫不及待地点开屏幕——移动的话费提示。

“小雪雪，”宿艺转过脑袋，苦着脸道，“我感觉我的脚更疼了。”

这一下崴得不算重，韧带拉伤，按摩热敷几天就能好。

傍晚，吴雪看着按摩师给她做完按摩和热敷后才离开，走前还千叮咛万嘱咐，让她千万别乱走动。

宿艺无所事事地点开之前没看完的综艺，把腿往桌上一架，瘫坐的姿势像极了土豪家中的老太太。

桌上的手机屏幕亮起来。

宿艺视线不离电视，她艰难的弯下腰，把手机抓过来，趁广告的空档，不甚在意地瞟了一眼。

褚鹰：“之前在忙。”

宿艺眼睛瞬间亮了！

她手指敲得飞快，发出那句最土却保障一定能收到回复的问候语。

宿艺娘娘：“吃饭了吗？”

对面秒回了一条语音，居然足足有十秒。

“我是他朋友，褚鹰他上厕所去了，我们正在外头吃晚饭呢，你要不要过来？啊对了，我们在停车场见过的，你还记得吗？”是一个陌生的声音。

宿艺仔细想了想，没记起这人的模样。

宿艺娘娘：“当然记得，地址是？”

对面马上发来一个定位。

某家海鲜大排档。

褚鹰回到座位上，点开手机HOME键看了眼。

“鹰子,你怎么又看手机？”坐在对面的平头男笑得爽朗,正是他从部队回来探亲的战友。

褚鹰摇头：“没事。”

“现在手机里的花样多，谁吃饭都喜欢玩，”刘玺乐呵道，“你们之前在部队到底怎么过下来的啊？听说打个电话都磨磨唧唧的。”

平头男道：“还行，没那么夸张，训练这么累，睡觉的时间都不够，哪还顾得上别的。”

“话说我哥们以前是不是你们队里最牛的？”刘玺伸手，竖起大拇指问。

“不是，”平头男嘿嘿笑了几声，“不过再待久点就是了。”

褚鹰正准备让刘玺滚蛋，手机先响了。是宿艺弹过来的微信语音。

“褚鹰，我找不到那家店，”她背景音很大，和褚鹰身边的嘈杂声融合在了一起，“你能出来接下我吗？”

褚鹰出去的时候，宿艺就站在旁边那家沙县小吃门口，她穿着长裙，高挑的身形被衬得极好看。见到他，她手挥得像个雨刮器，脸上满是笑容，转身向他走来。

一瘸一拐的，好笑又可怜。

他抿唇，先几步走到她面前，往下一看，她的右脚踝被白纱布牢牢裹住，长裙遮了一半，不仔细看看不出来。

发现他的视线，宿艺解释道：“今天工作的时候，崴了一下。”

褚鹰：“走得动吗？”

宿艺顺杆而上，摇头，可怜兮兮道：“动了就疼。”

褚鹰伸出一只手臂。

宿艺终于摸到了他的手。

比想象中的触感还要好，硬，稳，光扶着就让人有安全感。

走了两步，褚鹰放慢脚步：“里面人很多，低头。”

宿艺乖乖低头，把脸往褚鹰肩上靠，褚鹰身上没有什么味道，只有西装干洗留下的清香。

座位上的人就这么目瞪口呆地看着两人勾肩搭背地走了进来。

宿艺对见褚鹰朋友这事也算是小有经验了，她笑眯眯地坐下来："你们好，我是褚鹰的朋友。"

小平头哟了一声："听说过，听说过，是不是酒量很好的那位？"

"其实我酒量挺差的，"宿艺说得谦虚，见这个小平头比较眼生，问，"那天你也在？"

"没有，我听他们说的，"小平头嘿嘿道，"他们说腿很长，很漂亮，我一看就知道是你了。"

宿艺笑得更甜了。

褚鹰这才问："你怎么知道我在这。"

宿艺看了刘玺一眼，对方给她使了个眼色。

她轻咳一声："缘，妙不可言。"

褚鹰："……"

话音刚落，服务员端了几只大龙虾上来。宿艺看着这几只比她脸还大的龙虾，馋得不行。

桌上的手机屏幕亮起来，褚鹰下意识扫了一眼，看完才发现这不是他的手机。

老巫婆："睡觉的时候别压到腿，记得禁口，明天我……"

后面的就看不到了。

宿艺咽咽口水，拿起筷子，夹起……一块胡萝卜。

正要放进嘴里，手上突然传来灼热的触感，一股力道把她的手按了回去。

宿艺一愣："怎么了？"

褚鹰看着胡萝卜周围的虾肉："别吃。"

"嘿，你怎么还不让别人吃饭，"对面的刘玺一脸莫名："宿艺别客气，尽管吃。对了，我们交换下联系方式呗？"

宿艺放下筷子："好。"也不知道是在应谁。

一顿饭下来，宿艺就喝了几口水，听小平头和刘玺聊一些无关痛痒的事，褚鹰偶尔也说几句，然后时不时瞥她一眼。

"昨天你怎么不上来一起玩？"刘玺眼神放到了宿艺身上。

宿艺："什么？"

"昨天，梁博的 party 啊，"刘玺说，"他不是下去邀请你了？他喝得有点多，没跟你瞎说什么吧。"

"没有，"宿艺道，"我和他不熟。"

刘玺："这样啊，我看他半天没上来，还以为你们光顾着聊天去了。"

宿艺看了看身边的褚鹰，对方面色如常，表情毫无波动。

她笑笑，没再说话。

一顿饭结束，褚鹰结了账，起身道："下次回来再联系。"

"好，"小平头道，"下回也不知道是什么时候了，不过一定联系你。"

两个大男人互拍了拍肩膀，算是告别。

刘玺站起来才发现宿艺腿上的伤："你这脚是怎么了？"

宿艺："崴到了，小伤。"

"都包成这样了，还跑来跟我们吃饭啊？那不行，我送你回去吧。"刘玺说着就要来扶她。

宿艺还没来得及往后躲，褚鹰先一步把刘玺的手拍掉："你怎么还不走。"

刘玺非常无辜："这不正要走吗，人姑娘家腿都伤成这样了，我送她一程。"

褚鹰不看他，转身问："过来之前，吃了吗？"

宿艺老实巴交的摇头。

就算是受了伤，她也没敢乱吃，前几天好不容易减下来的几斤，可不能前功尽弃。

褚鹰继续道：“对面有家粥店，要吃吗。”

宿艺想都不想：“吃。”

大夏天的，粥店里没什么人。

店主认出了宿艺，也没声张，要了个签名后就没打扰他们了，还给他们安排了个角落的位置。

褚鹰扫了眼她的脚踝：“有没有破皮？”

“一点点。”高跟鞋的边缘在她脚上蹭脱了几道皮。

“嗯，”褚鹰起身，“你先吃。”

褚鹰大步离开，宿艺看着他的背影，和面前热乎乎的粥，有些傻眼。

这，这就走了？

吴雪的电话催命似的响起来，宿艺吓了一跳，看了看周围，确定没有太吵后才小心接起来。

“怎么了？”

吴雪：“梁博大半夜去敲你家门干什么？”

宿艺想了半天，才记起是怎么回事：“你怎么知道？”

吴雪：“新闻都出来了，你说呢？”

“他喝醉了，跑来我家撒酒疯。”宿艺搅着面前的粥，心不在焉地应。

“神经病，”吴雪骂了声，“然后呢，没怎么你吧？”

“没有，他能怎么我？我还把他电了，媒体没拍到吧？”

宿艺刚说完，就看到一个高大的身影从门外进来，西装外套已经被男人脱了，他现在穿着一身白衬衫，手里还抓着一个不知名小瓶子。

吴雪声音都大了几分：“啥？你把他电了？！”

“嗯，”她的语气尾稍带上明显的愉悦，“放心，没太严重，我用的电量最低那档。”

“你在高兴什么……算了，反正是他先找上门的，他应该也不敢多说什么，下次还有这种事记得先跟我说，”吴雪语气无奈，“明天……”

宿艺赶紧打断：“小雪雪，我这有点事，先挂了。”

那头的吴雪看着被挂掉的电话一脸发蒙，她腿伤在家里，能有什么事？

褚鹰坐到她对面，把小瓶子放到桌上，宿艺这才看清里面的东西，黑红黑红的，还有沉淀物。

“药酒，”褚鹰言简意赅，“消肿的。”

宿艺没反应过来，傻兮兮的问了句：“哪来的？”

褚鹰：“车上。”

宿艺笑了：“谢谢。”

粥的味道不怎么样，她却吃得津津有味，大半碗全进了肚子里。

褚鹰问：“你经纪人知道你出门吗。”

宿艺老实道：“不知道，你得帮我保密。”

褚鹰觉得好笑，他自然不会告密，也没什么闲心去管这些，嘴上却逗她：“我为什么要帮你保密？”

“因为我是出来找你的，”宿艺语气严肃，“认真算来，你可是从犯。”

褚鹰不说话，径直拿出手机。

宿艺眨巴着眼，问：“你做什么？”

褚鹰挑眉：“自首。”

“别别别，”宿艺伸出双手，紧紧包住褚鹰的手，“让小雪知道了，我下个月连肉渣都没得吃了。”

褚鹰有一瞬间的失神。

她的手又白又软，指甲盖是粉色的，上面有一点点刻意留长的白色。

“开玩笑的，”他很快回神，把手抽了出来，催促道，“喝粥。”

“已经饱了，”宿艺笑盈盈道，“送佛送到西，不如你顺便把我送回家吧。”

褚鹰的副驾驶位，宿艺已经坐熟了，她挑了个舒服又不失礼貌的姿势，舒舒服服地半躺着。

她还没来得及开口说什么，身边的手机就响了，看到来电显示后，她接电话的动作僵在了半空。

然后按下锁屏键，放回包里。

直到电话第三次响起，她才接起来。

“有事？”

褚鹰没忍住睨了她一眼，自认识以来，他还是第一次听见宿艺这么冷漠的语气。

宿艺安静地听了半晌。

“知道了，我明天给你汇过去。”

车里没有开音乐，加上电话里的人声音不小，褚鹰隐隐约约听到了一些。

话听不清楚，但听声音，应该是个中年女人。

对面又一口气说了一大串话，并且声音越来越大，这回宿艺没再出声，反手直接啪嗒挂了电话。

末了，还把电话拉进了黑名单。

褚鹰没说什么，到了公寓停车场，他先一步下车，帮宿艺开了车门，顺便伸了只手臂过去，让对方抓着方便下车。

宿艺心情明显低落不少，她撑着男人的手下车，谁知车侧身的铁栏上不知道从哪沾上的泥土，宿艺踩上去后脚一滑，眼见着身子就要往下倒。

一天摔两次，真是衰到家了你。

宿艺心里这么说着，快速把受伤的右腿缩起来，免得二次受伤。

腰上突然被一只大手紧紧勾住，手的主人往后一拉，宿艺就这么腾在了半空。

她愣了一下，下意识转过头，对上褚鹰的眼神。

“你怎么冒冒失失的。”男人眉头微蹙。

“……我”宿艺后背紧紧贴在他身上，感受着男人的体温和身形，耳朵已经红透了，“……不怪我，这上面有泥。”

褚鹰把她放下来，手松了一点，仍旧半扶着她：“是你刚刚上车时蹭上去的。”

他关上车门，把宿艺扶到了电梯里，然后才退出去。

他站在电梯外，道：“记得擦药酒。”

宿艺喔了声：“知道了。”

电梯门缓缓阖上。

褚鹰看了眼自己的手，方才的触感似乎还留在上面，隐隐发烫。

他转身正准备离开，身后又传来电梯门打开的声音。

“褚鹰，”宿艺的声音清脆悦耳，语速极快，“你有女朋友吗？”

褚鹰一怔，回过头，道：“没有。”

里面的人明显松了口气。

她脸蛋红彤彤的，笑容妩媚，语气张狂：“那我要开始追你了。”

褚鹰只沉默了不到三秒，紧接着嘴唇勾起。

“好。”

直到路虎的车尾消失在停车场，宿艺都还傻站着。

“那个，你要上去吗？”一个妇女走进电梯，莫名其妙地看着一直按着开门键的人。

宿艺回过神来，按了好几下才按亮自己的楼层号：“不好意思。”

说完这句话，她低下头，把所有情绪都藏在头发后面。

然后抬手，紧紧捂住自己的嘴，以防自己叫出声来。

……怎么办，她简直要被这股涌上来的未知情绪憋炸了。

回到家，她赶紧去洗了个冷水澡，好让自己冷静一下。

把右腿架在浴缸外，她想了想，直接给吴雪拨了个视频电话。

对面接的很快，吴雪正在敷面膜，看到屏幕里女人的半个香肩，惊了半瞬：“……你这是在做什么？”

“泡澡。快给我说说，你之前是怎么追到刘明昊的？”宿艺把头靠在浴缸边缘，本来就有些弧度的眼梢更加往上了，像极了古时妖媚惑人的狐狸精。

不过现在的她似乎除了不害人，其他也跟狐狸精差不多，只不过对方不是柔弱书生，而是力大如牛一枚武夫。

“你是不是想吃拳头，脚都这样了，还泡浴缸？！”吴雪先是骂了一顿，才道，“谁跟你说我追的他？是他追的我好吗。”

于是宿艺换了一种问法：“那他怎么追到你的？”

“干吗？以前怎么不知道你这么八卦。”吴雪想了想，“也没怎么追，有一回我被人抢了包，他帮我抢回来了。然后吃了几顿饭，都有点好感，他告白，我就同意了。”

宿艺啧啧道：“你怎么这么好追。”

吴雪冷笑一声：“你说这话的时候先想想自己吧。”

宿艺道歉：“对不起。”

“对了，刚好，我有事要跟你说，”吴雪摸出一个小本子，“因为你的封面被上调了一期，所以直播提前了。”

“知道了。”

直播就定在周日，地点在某摄影棚，直播之前的拍摄进行得还算顺利，这几天她的脚已经好了大半，虽然走路还是有些不自然，但摆Pose之类的没什么问题。

这个杂志在某直播APP上有专门的直播房间，每期的封面人物都会有一段直播采访。

采访前，她边补妆，边反复打开手机的微信界面。

她早上发给褚鹰的几条信息到现在还没有收到回复。

那晚过后，两人的聊天非常……平静。

平静到什么地步——她每次发的信息，褚鹰一般都得过大半天才回复。

想到这，宿艺忍不住长舒一口气。

吴雪就站在她身后：“你现在怎么天天握着个手机。”

“嗳，”宿艺不答，反问道，“刘明昊一般多久回你信息啊？”

“我每天都忙昏头，哪有空给他发信息，”吴雪说，“他下班了自己会来找我。”

宿艺更丧了。

工作人员走过来：“艺姐，可以开始了，您好了吗？”

“好了。”她起身前，随手用眼线液在眼底点出一颗痣，然后跟在工作人员身后出了化妆间。

吴雪坐在台下，完全就是一副学校领导来班级后面听课的架势，今天其实是她和刘明昊交往七周年纪念日，但刘明昊说要值班，加上她也不放心宿艺，就跟着过来了。

主持人拿到台本，终于开始提问了。

“宿艺您好，非常感谢你能来参与我们的杂志封面拍摄。”

宿艺笑道：“是我的荣幸。”

主持人显然是想走谈心风，提问就像是在聊天：“最近有剧在播吗？”

宿艺答得官方十足：“有的……”

机场。

男人一身干净白色休闲装，黑色墨镜遮了大半张脸，高大的身姿引路人频频注目。

当然，还有一部分原因是，他身后跟着几个西装革履的男人，整体看上去异常拉风。

墨镜下的眼底布满血丝，褚鹰按按太阳穴：“这是最后一场？”

“是的，”助理上前道，“明早九点的会议。”

“恩，”褚鹰大步走出机场，“订明天下午回去的机票。”

助理赶紧应下，他们已经陀螺似的转了好几天，他飞机都快坐傻了，更别说褚鹰这位主事人，还要开各种会议，这几天怕是报告都听晕了吧。

没办法，褚氏各地的产业太多，他老板刚退伍就直接走马上任，自然是得忙一阵的，熬过这段时间就好了。

褚鹰边走边点下手机开机键，马上蹦出不少信息。

他从里面挑出宿艺的名字。

宿艺娘娘：“昨天睡着了，最近很忙吗？”

宿艺娘娘：“在吃早餐。”

宿艺娘娘：“出门工作了，今天天气真好。”

还有一条是刚刚才发来的。

宿艺娘娘：“准备拍瑰岚杂志的采访，还是直播，困死了，我得忍住不打哈欠，明天有空吗？我又想吃那家麻辣烫了。”

褚鹰动动手指，回了一条信息。

前几天，宿艺在电梯里向他……算是半告白吧。

她脸蛋红红的，他记得耳朵也是红的，偏偏还要摆出一副气势十足的样子，仿佛他说个不字，她就能潇洒地耸耸肩道别走人。

他轻咳一声，问副驾驶的人：“采访直播在哪里可以看？”

副驾驶的助理赶紧回头道：“用手机或者平板就可以看，您想看什么直播？我马上帮您调出来。”

褚鹰念出那个杂志的名字。

助理马上就找到了直播源，把平板电脑往后递去。

屏幕里，女人妆容精致，眼底还点上了一颗痣，添了不少美感，头上顶着个兔耳朵，笑的时候眼眸弯成一个好看的弧度，感染力十足。

进去的时候，主持人刚好在问：“小艺，听说你最近在感情方面有些动静，可以跟粉丝们说说吗？”

“网上所有关于我的恋情传闻都是子虚乌有的，我目前是单身。”

主持人问：“那有喜欢的人吗？”

宿艺应得干脆：“有的。”

主持人眼睛一亮：“可以透露给大家吗？”

“不太方便，”宿艺笑了笑，说，“因为他不是圈内人。”

她刚下了台，就被吴雪训了："问你，你就老老实实答没有不就行了吗？现在好了，大家都都在猜你在袒护梁博，故意强调是圈外人……"

"那群众的想象力还挺丰富的。"宿艺说完，打开手机，看到了微信的回复。

褚鹰："刚下飞机。"

褚鹰："[语音]"

宿艺把手机递到耳边，屏息听着。

"腿伤好了吗？"

男人的声音低低沉沉，有些微不可闻的嘶哑，听得出来里面的疲惫。

宿艺忙回："好了。"

褚鹰："我明天下午回去。"

没想到对方会主动这么说，宿艺的心怦怦跳，试探问："那，一起吃顿饭？还是你要休息？我听你声音，好像蛮累的。"

褚鹰算了下时间，一般韧带拉伤这会应该好了。

他按下语音键："明天我去接你。"

发出去后，他揉了揉两眼间的穴位，点开微信里一个叫"阿米跌打馆"的联系人。

褚鹰："明天下午我带个人过去。"

宿艺没想到在第二天，她的采访视频就无缘无故成了"示爱梁博"的证据。

"梁博那边因为被拍到来你家的照片，没法撇清，将错就错打算把你和他的恋爱绯闻继续继续下去。"吴雪在电话里道。

宿艺莫名其妙："他一流量男星，来贴我做什么？他的公关部门是不是傻了。"

"没那么简单，他的竞争对手也出了大价格，打算让他流失一堆女友粉。"

宿艺："……所以我就成了争斗中的炮灰？"

"差不多，谁让你非要在采访里搞事的？"吴雪道，"行了，我这还有事，你最近出门小心点，肯定又有狗仔去蹲你了。"

宿艺拉开窗帘，果然，窗户对面的房子又架起了摄像头。

但这并不影响她的心情，自昨天拍摄完后，她就开心得不得了。

旁边的手机扬声器里，吴雪还在劝着："你得小心点，别让那些狗仔拍到，不要成天穿条吊带就在家里乱晃。"

宿艺："那不然我在家穿个大棉袄？"

"少贫，"吴雪说，"我现在就盼天盼地盼你进组，省得天天给我找事做。"

得，好好的心情成功被吴雪搅没了五分之一。

约定的时间是四点，为了不让狗仔拍到褚鹰，她得先下去溜一圈，把他们甩掉。

她戴上墨镜和口罩就要出门，谁想一开门，就看到刚从电梯里出来的梁博。

梁博此时也后悔得要死，喝醉干什么不好，非来宿艺这碰钉子，偏偏被媒体拍到，同行还趁机黑他，逼得他不得不硬着头皮演一场深情戏。

跟宿艺打上照面，他有些尴尬。

"那个，我定了个餐厅，一起吃顿饭？"他说，"顺便聊聊最近的事。"

宿艺一听这说辞，就知道某个角落里一定藏着录音器。

她嗤笑一声，刚准备说什么，兜里的手机先响了，是微信电话。

"我在楼下了。"

宿艺一愣："这么快？"

“嗯，”褚鹰声音平稳，“你慢慢收拾，不急。”

梁博被晾在一边有些尴尬，又出声道：“小艺……”

宿艺理都不理他，对着电话道：“我马上下去，很快，等我十五……十分钟。”

梁博往前一步：“小艺，你先让我进去。”

宿艺捂着话筒问：“还想尝尝被电的滋味？”

梁博：“……”原来他是真被电了！起初他还以为是在做梦！

怎么会有这么粗鲁的女人！

梁博被粉丝捧多了，现在频频在宿艺这受挫，一时间也拉不下脸，脸青一阵白一阵，没多久就自己离开了。

宿艺正准备继续讲电话，说了两句没得到回应，才发现对方不知何时已经挂断了。

她把口罩拉紧，大摇大摆的走出家门，心里不断盘算着一会该怎么甩狗仔。

可不能让褚鹰等久了。

正想着，电梯已经下上一个来回。面前的电梯门缓缓打开，宿艺正准备进去，结果一抬头就愣住了。

电梯里的男人一身定制黑西装，头发全被盘到脑后，显然刚从工作里抽身。

宿艺饱了眼福后，才眨巴着眼问：“你怎么上来了？”

褚鹰面色不变：“刚刚有人在？”

“嗯，不过被我赶走了，”宿艺站在电梯外，紧张兮兮的左右看了看，然后小幅度地朝他挥挥手，“你先去停车场等我，我把狗仔甩掉就去找你……”

话还没说完，电梯里的男人大手一捞，把宿艺拉进了电梯。防止伤到她的脚，中途还在手臂上使了力，她简直有种被揽腰抱起的错觉。

电梯门阖上，男人按下1楼按钮，然后道：“纱布已经拆了？”

宿艺半天没应，脸蛋红扑扑的。

这、这四舍五入，就是亲亲抱抱举高高啊！

见她没反应，褚鹰又问了一遍。

宿艺这才回过神来：“嗯，拆掉了。”

说完，她像想起什么，从自己的小包里掏啊掏，掏出了一个黑色口罩。

“是新的，我还没用过。”她边说边给褚鹰戴上。

褚鹰抓住她的手腕：“做什么？”

宿艺：“最近有狗仔在蹲我，你可别给他们拍到了。”

褚鹰挑眉：“拍到又怎么样？”

“你会被狗仔黑……”话还没说完，宿艺自个儿就闭了嘴。

她怎么忘了，这男人能耐得很，之前的慈善晚会，他用一晚上就能把所有信息撤得干干净净。

褚鹰没说话。

他摘下口罩，非常自然的挂到了宿艺的脸蛋上，遮住她大半张脸，只露出一双波光流转的眸子。

电梯门打开，他不由分说地揽着宿艺的腰，半抱起式的把她拎起来。

“不会让你摔。”褚鹰目视前方，“怕的话就抓住我衣袖。”

宿艺先是吓了一跳，紧接着喔了声，毫不客气地勾住了男人的脖子。

她的手肘是冰的，男人的脖颈是热的。

褚鹰手放在宿艺的裤袢上，虽然隔着一层布料，宿艺还是觉得烫得慌。

腰烫，手肘也烫，就连口罩底下的唇都是烫的。

虽然只有短短一瞬，但这的确是褚鹰戴过的口罩。

这下她可不敢四舍五入了。

褚鹰上车后，扫了她一眼，提醒道："安全带。"

宿艺乖乖地系上："我们现在就去吃饭？"

现在才三点半，饭店几乎都还没开门。

褚鹰："晚点再去。"

"好。"宿艺往后垫一躺，也不问他要带自己去哪。

她觉得褚鹰现在就算把她拉去卖了，她都会笑眯眯的帮他把钱存进银行。

褚鹰当然没有卖她，车子左拐右绕，进了一条小街。

小街旁开了各式各样的店，吃的、玩的、逛的应有尽有，加上是周末，街上熙熙攘攘，几乎都是朝气蓬勃的年轻人。

宿艺从来没来过这条街，新奇得很，脸都快贴到窗户上了。

看了一路，她终于忍不住问："我们是来逛街的吗？"

褚鹰："不是。"

宿艺又从窗边缩了回来，快速打开自己的手机，给自己定了个位，然后截屏保存。

人多，加上车子的车身很大，他们几乎是龟速地在前进，她估计褚鹰的脚就没离开过刹车。

车子转了个弯，停进了某小区的停车场。

这种小区停车场的停车位几乎都是私人的，宿艺提醒道："这里好像是私人停车位。"

话音刚落，就看到有个男人站在停车位旁，笑眯眯地朝他们挥手。

看出她的疑惑，褚鹰解释道："跌打师傅。"

跌打馆店面不大，里面就两张床和一张长木凳。

跌打师傅站在药酒架前，问："是怎么崴到的呀？"

宿艺："穿高跟鞋的时候崴到的。"

其实她的脚已经好了个七七八八。只是在褚鹰问的时候，她忍不住卖了下惨。

没想到他会记在心上，还带她来跌打馆。

褚鹰就坐在她身边："你看着帮她按按，伤了挺久的，普通的韧带拉伤应该早就好了。"

宿艺乖乖闭嘴不吭声。

"行，现在这些年轻姑娘，就是太注重形象啦，"跌打师傅一副看多了的表情，想都不想就挑出架子上某瓶药酒，"爱美可以，没必要穿那么高的嘛，我都不知道接待过多少个这样崴伤的小姑娘喽。"

跌打师傅搬来一个小圆凳，在上面拍了两下："来，姑娘，把你脚丫子放上来。"

宿艺依言照办。

看到宿艺的脚，褚鹰算是确认了。

这个女人，全身都很白。她的脚白皙小巧，能看到皮肤内层的血管。

褚鹰只看了一眼，就挪开了目光。

跌打师傅把药酒抹在她脚上："姑娘，你这高跟鞋穿得挺频繁啊，再这样下去，脚可是会变形的。"

宿艺把脑袋撑在膝盖上，含混不清道："真的吗？可是我工作需要，没办法呀，会很丑吗？"

"当然丑啦，"跌打师傅按摩动作娴熟，"整个指头都会扭曲的。"

宿艺一惊："这么恐怖？有没有什么防止或者避免的办法？"

"有是有，这样，我教你个手法，你以后脱了高跟鞋，就照我说的做一遍。"

宿艺赶紧点头："好。"

褚鹰听着，忍不住发笑。

“奇怪，”按到一半，跌打师傅纳闷道，“我都按了这么久，你怎么一声也不吭的，平时那些崴了脚的姑娘到我这来，都得哭天喊地好一会。难道是我力道小了？”

宿艺赶紧扯开喉咙叫了几嗓子。

按摩结束后，跌打师傅把他们送到了门口：“下次小心点，别再崴着了。”

“好，谢谢您。”宿艺笑着应下，心里忙不迭叫苦。

她的腿本来是没怎么疼了，刚被师傅这么一按，又开始疼了……

跌打师傅进去后，褚鹰才出声：“怎么又撒谎。”

“嗯？？”宿艺瞪大眼睛，像只受惊的母狐狸。

褚鹰：“脚不是早就好了？”

宿艺脱口而出：“你怎么知道？”

她说完就后悔了，把自己的唇抿得紧紧的。

褚鹰出过这么多次任务，小伤小痛的多了去了，之前还不太确定，刚刚按摩过程中就全看出来了。

见他不说话，宿艺只能老实道：“本来是没怎么疼的，刚刚让师傅这么一按，现在是真的疼了。”

褚鹰忍笑道：“哦？”

“真的，”宿艺表情委屈，一边手扶着他的肩，抬起腿道，“不信你看，师傅力道很大，都红了。”

褚鹰点头：“痛的话就别逛了，回去吧。”说完，他转身就要走。

没走几步就被后面的人拉住。

宿艺眨巴着眼：“其实……也不是太痛。”

宿艺在车上的时候就存了这里的地址。

大多人都喜欢逛大商场，品牌多，东西好，但她不是，她反而更喜欢这些街头小巷。

而褚鹰是直接与逛街这两字绝缘的人。有那时间，他情愿多跑几圈，敛眼却看到宿艺眼底那点点光亮。

逛就逛吧。

宿艺左右转着脑袋，走出跌打馆，直接进了对面的杂货铺。

然后带回来两根可爱多。

她把两根举到褚鹰面前：“你喜欢吃巧克力的，还是草莓的？”

褚鹰眉头皱成一个不太明显的川字，脸上的拒绝显而易见。刚想开口，就见面前的人眼睛紧紧盯着右边的巧克力味，一副生怕被他选走的模样。

右手一空。

男人拿过那根巧克力味可爱多：“走吧。”

宿艺：“……”

冰淇淋已经是幼时的记忆，再吃时，味道已经精进了很多，褚鹰咬了一口，嘴里冰冰凉凉的。

想起宿艺吃麻辣烫时挑的那一篮子蔬菜，褚鹰道：“冰淇淋热量很高。”

宿艺下意识地噘起嘴：“我知道。”

她把冰淇淋的包装剥开，也不吃，拿着手机拍了一张照片。

有意无意地拍进了身边人的皮鞋。

拍完照，宿艺拿小勺子舀了满满一勺冰淇淋，然后把剩余的丢进了路边的垃圾桶里。

她把口罩拉到下巴，小心翼翼地，一口一口舔起勺子里的冰淇淋。

褚鹰看得想笑，看着她这副吃样，连带嘴里的冰淇淋都美味了不少。

宿艺问："刚刚那位跌打师傅是你朋友吗？"

褚鹰："嗯。"

"也是你的战友？"

"不是。"褚鹰说，"偶然间认识的。"

宿艺眼眸一转："出任务的时候认识的？"

她还真猜对了。

这位跌打师傅原先的店面，可算是他们那小镇的第一大店，学徒多，手艺好，很多城里人不远千里坐车去那边找他按按。结果小镇遭遇了一场泥石流，不仅把店弄没了，还把人困在里面了。

好在没困多久就被救援人员救出来了，褚鹰就是当时那支救援队的队长。

褚鹰没答，宿艺也没再问，吃完冰淇淋后她就马上把口罩拉起来了。

他们俩个子高，加上褚鹰穿着一身格格不入的西装，在人群中极为显眼。

路过一家装修粉嫩的饰品店。宿艺先转了弯进去，褚鹰顿了半晌，也跟了进去。

店面很小，过道里停一个人就占了大半位置，得侧着身子才能通畅，两人距离太近，店内空气也不通畅，褚鹰能清楚闻到宿艺身上淡淡的清香，什么味道他说不上来，但是很好闻。

宿艺拿起一个发箍，对着镜子带上，然后转过身问："好看吗？"

发箍是兔耳设计，褚鹰反应过来时，已经在脑中把昨天直播里的她回想了一遍。

他点头："好看。"

宿艺笑着又带上另一个款式的熊耳朵，问："哪个好看一点？"

褚鹰安静了一会儿："不知道，"他拿起被放回去的兔耳朵，放到刚刚服务员塞到他手中的小篮子里，"都买。"

结账时，褚鹰举动自然的结了账。

宿艺当下就把兔子发箍戴上了。

收到两个十二块钱的发箍，比她拿到第一个代言时还要开心。

刚走出店铺没多久，褚鹰的手机响起。

"接个电话。"

宿艺点头："好。"

褚鹰拿着手机去了较为安静的地方，宿艺在原地等他，也掏出手机，果然，上面已经有几个吴雪的未接电话了，还有许多条微信。

吴雪："你不在家？"

吴雪："OK，你很棒棒，梁博的事还没处理，又冒出一个神秘男子。"

吴雪："回我电话。"

正想着要回什么，就发现有几个人停在了自己身前。

她抬头一看，是三个男人。

还是三个杀马特，紧身裤，一排耳钉，格子外套，没一个人头上是黑色的，还都比宿艺矮，一点堵人的气势都没有。

"小兔子，"最中间，黄头男笑嘻嘻叫她，"一个人？"

这年头，还有人敢大白天的，当街耍流氓？

宿艺面色不变："不是。"

"哦，是不是都无所谓。"黄头男朝身边的绿头小弟勾了勾手指，绿头小弟得到指示，马上低头，在自己包里使劲掏着什么。

褚鹰回来的时候，见到的就是宿艺被几个男人围住的模样。

他敛下眉头，快步上前。才走近他们，黄头男的声音就传了过来。

“真的吗姐，那样真的可以进大店？”

因为戴着口罩，女人的声音闷闷的：“爱信不信。”说完，她转身就想走，被后面旁边的人虚拦住了。

“别别别，姐，我们听您的，您再给我们说说。”

宿艺哼笑一声，转身继续道：“去了美发学院出来，一开始当然是当不上理发师的，先给别人洗头，拿外快，过了半年一年，资历够了，就会让你跟在理发师身边当学徒……”

她说得流畅自然。几个男人乖乖听着，时不时来几句“原来是这样”“姐你真厉害”。

“叫谁姐呢？”宿艺挥挥手，“说完了，你们走吧。对了，把这个宣传单也拿走。”

拿回理发店宣传单，几个男人千恩万谢的转身走了。

褚鹰目睹完全程后，才抬腿慢悠悠地走过去。

见到他，宿艺又是一脸笑，已经完全没了刚刚那副女大佬的姿态。

她只字未提刚刚的事，褚鹰走了几步，问她：“你是多大开始接触拍戏的？”

“二十。”宿艺听见这个问题，也想起来某件事，转过头问，“你今年多少岁？”

褚鹰：“二十八。”

宿艺放慢脚步，掰着手指算了一下。

褚鹰侧过头：“怎么？”

算出数字，宿艺笑眯眯的摇头：“没有。”

逛了不到一个小时，褚鹰的电话响了七八回。

两人从点心店两手空空地出来时，他的手机再次响起。

褚鹰也没再避着宿艺，他径直接起，语气不是太好：“一个项目需要给我打这么多次电话，让我非常怀疑你们的工作能力。”

他做惯了发号施令的事，说这种话时，语气里不自觉就严厉许多。

电话里的员工听得想哭，身边的宿艺简直都要被他这语气迷晕了。

熟悉的语调，跟当年如出一辙。

她扬着嘴角，四处望着，想看看还有没有能逛的店铺。

街上虽然铺子多，但都是有店面的店家。

现在管得严，地摊已经几乎灭绝，要出现也得在深更半夜了。

所以不远处的一家地摊，在这条街上显得非常突兀。也不能算是地摊，一个老奶奶，和一台手推车，上面摆着很多饰品，旁边有个“一个 3 元”的小牌子。

车前围着两个城管。

宿艺敛下嘴角，毫不犹豫地大步走了过去，头上的兔耳朵随着她的步子一抖一抖的，从背后看可爱得紧。

电话里的人急切道：“喂，喂？Boss，您还在听吗？”

褚鹰直接挂了电话，紧跟上前面的女人。

老奶奶两手并拢，作出祈求的姿势，嘴里念念有词在说着什么。

宿艺走近就听清了。

“没办法啊，我真的没办法，”她头发凌乱，眼边湿意明显，“我孙子要上学，家里没人了，就我了，我每个月拿的钱只够我们吃饭的，不上学，他以后可怎么办呐？”

城管是两个小伙子，他们表情为难，其中一个道：“奶奶，我们也没办法，这规定了不能这样摆摊子的。”

“我不走。”老奶奶说话声音很小，“我不能走的，小伙子。”

两个城管哑然，他们低声商量了一下，两人凑出了五百块。

“奶奶，你拿着这钱，赶紧收摊子吧。”

“奶奶，你孙子多大了？”一个闷重的声音自身后响起。

三人望去，是个高挑的女人，戴着个大口罩，打扮随意却精致。

老奶奶愣愣道：“我孙儿二年级了。”

宿艺从城管手中拿过不知记录什么的小本子，撕下一页白纸，又夺过笔，唰唰在上面写上什么。

“老奶奶，这是地址和电话号码，”宿艺走上前，把白纸递到老人手中，“您联系上面的人，说是我让您来的，这是我的名字，”她指着下面的两个字，道，“她会给您孙子安排学校，免费的，不用钱。”

老奶奶一愣：“免费的啊？”

“对。”宿艺帮她把牌子收好，“您现在就赶紧回家，把孙子上学要准备的东西都收拾好。”

老奶奶惊讶又犹疑：“小姑娘，你不是故意想把我骗回去吧？”

“不是，老奶奶，她是个明星，”其中一位城管认出她来，“很厉害的，她说可以，就一定可以。”

老奶奶眼泪流得更凶了：“真的？谢谢你啊小姑娘，真的谢谢你，我给你磕个头吧……”

宿艺吓住了，她还没来得及伸手拦，身边的人先一步把老奶奶扶了起来。

“您家住哪？”褚鹰把挂在车头的饰品一个一个收到推车里，道，“我们送您回去。”

老奶奶路上还在千恩万谢。

褚鹰在前头推着车，宿艺站在老奶奶身边，道：“您不用谢我，现在国内是义务制教育，本来就不需要交学费。”

“我知道，”老奶奶叹口气，“但他们说我没本地户口什么的，我也听不懂，说来说去，就是不让我孙子读。”

老奶奶的孙子长得比同龄人都要瘦小，见到他们，怯生生地叫了声哥哥姐姐，然后跑到老奶奶身边，道：“奶奶，明天我推车去卖，我推得动的。”

老人是好长辈，小孩也是孝顺孙子，一老一小，成了彼此的支撑。

宿艺没多说什么，道别后就出了老奶奶家。

她记下地址，褚鹰刚好出来，他道：“回去吧。”

上了车，宿艺点开车里的音响。

她发现褚鹰开车不喜欢听歌，也从来没见过他按喇叭，开车习惯好到不行。

她把老奶奶的事跟吴雪说了一下，然后把地址发了上去。

宿艺娘娘：“还有天冷的时候，帮我送点棉被和吃食过去。”

吴雪：“直接给钱不就行了，哪那么麻烦？”

宿艺娘娘：“不行。给物资。”

吴雪：“知道了，你想好回来的时候要怎么跟我交代了吗？”

宿艺不回她了，偏过头，跟着音乐哼起小调来。

刚才的事其实没怎么影响到她，世界上可怜的人太多了，见一桩难过一回，日子还要不要过了？

红灯，褚鹰停下车，道：“送你回家？”

“你到底有没有存我的号码？”宿艺转过脸，对上他眼神，没头没尾地说了句，“总是微信通话，多不方便。”

搞得像他们在网恋似的。

她不想跟褚鹰网恋，她想跟褚鹰谈正经恋爱，一言不合就可以亲个嘴之类的。

褚鹰已经习惯了眼前人的不按常理，他之前的确忘了存，这会解锁手机，直接递了过去："存吧。"

宿艺眼睛噌的就亮了，也不计较对方之前没存电话的事。

她舔舔唇，开开心心地接过手机。

他们的手机是同款！！！

忽略掉自己手机是某果大众机的宿艺满足得不行，输入号码后，在备注那边犹豫了一会儿，然后飞快地按下几个字，保存。

她没乱翻褚鹰的手机，存好后，她把手机攥在手中，直到到了公寓停车场，才恋恋不舍地放到中间的置物箱。

正准备下车，发现车子的轻微震动突然停了——男人熄了火。

褚鹰解下安全带，先一步下车。

"我送你上去。"

宿艺恨不得把一步分成三步走。

等电梯时，她倚在旁边的墙上，微微仰头看他："你最近很忙？"

她还带着兔耳发箍，两手在身后交错，蓝白相间的衬衣跟着往后拉扯，最上边的纽扣没扣，白皙的皮肤和好看的锁骨曲线落入男人眼中。

褚鹰道："不忙。"

马上要入剧组的宿艺笑盈盈道："我也不忙。"

吴雪听了想打人。

上了电梯，宿艺正想着怎么开口约下一次，叮的一声，到家了。

……电视剧里那些男女主一进去就不会到终点的电梯，全都是骗人的。

褚鹰出了电梯，站在原地，准备等宿艺进了家门就离开。

宿艺按下密码，边拉开门边转过头问："要不要进来喝杯蜂蜜水？"

门内传来回答："不了，谢谢。"

宿艺："……"

吴雪站在玄关，她双手抱胸，走到门口来，朝褚鹰挥挥手道："褚总，辛苦您照看她了。"

褚鹰挑眉，没说什么，转身进了电梯。

宿艺倚在门上，眼巴巴地看着电梯门缓缓关闭。

吴雪道："你还不进来，杵在大门干啥？"

宿艺问："你听说过望夫石吗？"

"……我现在恨不得把你这块破石拿去补天。"吴雪道，"你知道公司这半天里给我打了多少个电话吗？！"

宿艺进屋，换上拖鞋："我又不是清纯玉女人设，想谈个恋爱怎么了？公司这都操心？"

"不管你是什么人设都不能两天内跟两个男人传绯闻啊？"吴雪痛心疾首，"一个明星，一个老板，网上都传多少个版本了你知道吗？梁博粉丝都快攻陷你微博了！"

"嘿，这就是他们的不对了，"宿艺坐到沙发上，"是梁博来贴我欸，他们攻击我干吗？这时候不是应该理智脱粉说拜拜吗？"

吴雪："……"

宿艺打开小号去自己微博底下看了看，几乎都是恶评。

她看得乏味："这届粉丝火力不行啊，还没平时来我微博那些厉害。"

吴雪起身，轻敲了一下她的脑袋："你和褚鹰现在是什么情况？"

听到那两个字，宿艺方才的冷漠脸消得干干净净，她横躺在沙发上，两条长腿往扶手上一架，两眼闭着，笑出了一排白牙。

“……”吴雪把蜂蜜水往她跟前一放，“行了，别傻笑了。”

宿艺睁眼，道：“对了，你怎么过来了？”

吴雪撑着下巴：“告诉你个好消息。”

“嗯？”

“我不止人来了。”吴雪道，“行李也来了。”

宿艺腾地一下就坐直了。

“我向公司交了申请，除了你，其他艺人全分给别人了。”吴雪继续道，“刘明昊向我求婚了，我就重新装修了一下房子，刘明昊跟他爸妈住，我就来你这了，到时跟你一块去片场，顺便把你盯紧些。”

宿艺原是沮丧的，吴雪一来，她以后能成功偷跑的概率直接降到了百分之一。

但听到后面，喜悦瞬间把失落淹没。

“真的？”宿艺起身坐到她身边，道，“他怎么求的婚？什么时候扯证？几月办婚礼？不行，我一定得当伴娘。”

“你能不能一个一个问？”吴雪失笑道，“就是给我打了个电话，说是他爸妈催他了，问我结婚吗。”

宿艺抬头，一脸不满：“就这么简单？戒指呢？”

“他说过后再补，都在一起这么多久了，哪还在乎那些形式。”

宿艺眉头皱得死紧。

她张嘴想说什么，一声轻快的手机提示音响起，低头扫了眼，是李敏发来的微信。

李敏：“拿到角色了，恭喜。”

宿艺娘娘：“谢谢导儿，什么时候入组？”

李敏：“就是来通知你的，下周三开机。”

今天都周六了，宿艺一愣，回道：“这么快？”

李敏：“器械场地方面早就准备好了，就是你这角色一直没定下来，还临时加了个角色，不然进组时间更早。”

宿艺娘娘：“加了什么角色？”

李敏：“女配，剧里你的姐妹，不过你放心，也就给你当当背景板。”

宿艺哂笑一声，怪不得是李敏来找她。

吴雪察觉到她的表情变化，问：“怎么了？”

“《暗涌》下周三开机，”宿艺道，“剧里多了个女配。”

吴雪坐直了：“什么女配？”

宿艺：“也是个青楼角色。”

“哎不是，他们什么意思啊？”吴雪音量变大。

是的，别看李敏说是什么背景板，说到底，还不是要分宿艺的戏份，而且如果有两个相同定位的角色，萩姬这个角色的特别感也会少一大半。

宿艺娘娘：“找了哪位演员？新剧本什么时候可以发到我手上？”

李敏：“明天就拿给你，其实你的戏份跟原先差不多，之前加的戏份挪到新添角色上了，刚好减轻你的台词负担。新角色是徐倩岚演。”

“这个徐倩岚，是真有本事，”吴雪看到聊天内容，啧道，“此路不通，她能自拓一条小道，佩服。你先别回，我现在就给公司打电话，让公司找片方谈，咱签约的时候他们没说这个，是他们理亏。”

宿艺拦下她打电话的手。

“不用，她想演，就让她演，”宿艺毫不掩饰语气里的不屑，“她是铁了心要进，拦怕是拦不住。”

吴雪道：“拦不住也得膈应她几天。”

“逞一时之快没意思，”宿艺起身，把头发扎起，往浴室走去，“圈子里这些事情又不是见得少了，放宽心，再说了，她也抢不走我的戏份。”

褚鹰回到车里，手机屏幕刚好是亮着的，显示有几个未接。

他拿起看了眼来电显示，发动车子，没急着离开，先回拨了一个。

“你怎么现在才接我电话！”那头的女生娇蛮道。

褚鹰：“做什么。”

“听妈说你前段时间到处去开会了，”女生笑嘻嘻的，“有没有给我带礼物回来呀？”

“没有。”

“好的，那我在此通知您，您失去了一个活泼可爱的妹妹。”

褚鹰面不改色：“太好了。”

“……”褚溪觉得无趣，“妈让我告诉你，明天回家来吃饭。”

挂了电话，褚鹰顺手点开通讯录，翻到了刚刚被加进去的号码。

他都不用多找，往下一滑就能看到那一大串字。

“一只每天都在等你联系的兔子”

男人嘴边扬起微不可见的弧度，把手机锁屏后，驱车驶离了停车场。

第二天，褚鹰回了老宅。

到家时，家里两位女性正坐在沙发上，嗑着瓜子不知在聊什么，褚父则坐在侧边的沙发上看报纸。

褚溪见到他，爱搭不理的，语气散漫：“哥。”

褚母闻言回头：“回来了？再等会，先坐，菜还没做好。”

褚鹰坐到褚父对面的沙发上，也随手拿起一张报纸。

两人古板的模样，说不是父子都没人信。

一阵广告后，两母女等着的电视剧终于开播了。

褚鹰看报纸的习惯已经被搁置了许久，现在面对这密密麻麻的字，反而不想看了。

“我没关系的，你不用管我……”电视里的女声似低喃，隐隐带着点哽咽，“她一定是误会我们了，我明天就去跟她道歉。”

这个声音非常耳熟。

昨天还在他身边，说要跟他交换电话号码。

放下报纸，宿艺的脸出现在眼前。

她一头乌黑长发乖巧地披散在肩头，嘴里说着服软认错的话，白嫩的小脸上有一个鲜明的掌印，衬上眼角的红粉，把楚楚可怜这四个字诠释得异常完美。

“你要好好对她，我只要远远看着你，就已经很幸福了。”她说完，忽而抬头，嫣红的双唇漾一个牵强的笑，“我们还是朋友，就够了。”

褚鹰正饶有兴致的看着，一个抱枕被丢到电视屏幕上，险些把屏幕撞倒。

“啊！”褚溪尖叫道，“她为什么这么坏！好讨厌她啊！”

“你小心点，别把电视撞倒了，”褚母不满地看了女儿一眼，继而赞同道，“这个人真的是太坏了，昨天还看她在别的台给别人赐毒酒，今天又跑来演小三。”

身边传来一阵短促的轻笑。

“哥，你笑什么，”褚溪瘪着嘴，指着电视里的宿艺问，“你们男人是不是就喜欢这种类型的？”

褚鹰头都没回：“失恋了？”

被戳中心事的褚溪像是泄了气的皮球：“别提，烦！”

说完，她捧起手机，用力戳了两下。

“我点开个微博小时榜都能看到她！果然，妈，您看，她现实里也是脚踏两条船！”褚溪把手机递到褚母面前。

褚母接过来看了看：“哎哟，哎哟，还真是……”

褚鹰挑眉，打开下载完后从未开过的微博。

他翻了一会才翻到褚溪说的小时榜，宿艺的新闻就在前边，上面还配了整整九张图。

第一张是她直播时的截图，下边的字幕是“他不是圈内人”，还能看到顶端礼物排行榜上的梁博。

后面八张……是宿艺在停车场的照片。

照片里，她穿着蓝白的宽大衬衣，半倚在男人身上，男人身材高大，宽肩长腿，就是脸上打了个大大的马赛克，一个箭头——“商界大亨之子”。

“大亨之子？”褚溪讥笑道，“这男的我看也不怎么样，去掉马赛克没准一脸皱纹。还有这称号，媒体以为现在是八十年代那会，流行嫁入豪门？”

褚鹰忽然道：“你前阵子说想开家酒吧？”

褚溪眼睛瞬间就亮了，声音捏得嗲嗲的：“是呀，哥，您资助下我？我一定给您赴汤蹈火、做牛做马。”

褚鹰：“想都别想。”

褚溪：“？”

不管褚溪的叫嚷，褚鹰起身到外头，给助理打了个电话。

助理接得极快：“褚总。”

“微博账号申请好了？”

助理道：“申请好了，我马上把账号密码发到您手机上。”

“还有。”褚鹰语气淡淡，“把微博上那些照片都处理了。”

宿艺咽下一口苦菜，味道恶心得简直让她想吐。

“小雪雪，我可能快晕过去了。”

“别。”吴雪换上一身运动服，“去健身房待两小时再晕。”

宿艺觉得自己简直是自作孽不可活。

她昨天再三保证不会在微博乱说话，就差没发毒誓了，才好不容易把微博拿回来。

然后吴雪说，刚好很久没发博了，要不趁开着顺手发一条吧。

于是宿艺就打开相册开始挑自拍。

她几乎是毫不犹豫地就选了那张拿着可爱多的照片，被吴雪看到后，拎着她进行了近半个小时的思想教育，然后再次开启了她节食健身房的日子。

马上要进剧组了，她仔细想想，这段时间好像的确是太过于放飞自我了，又冰淇淋又麻辣烫的，是一个女明星该有的伙食吗？

所以她乖乖地啃起了蔬菜，消化了一会儿后，就跟着吴雪来了健身房。

健身房是公寓自带的，因为小区里明星多，管理比较严格，除了小区的住户外，其他人是进不去的，花钱也不行。所以她们去时，里面只有一两个人在。

在跑步机上跑了小半小时，汗水出来得不多，吴雪往她脖子上又添了一张毛巾。

“累了？怎么兴致不太高的样子。”

宿艺摇摇头，累倒是不累，但她今天的确心情不怎么好。

刚刚她看了一堆评论，那群人骂她就算了，居然连带着还骂起了褚鹰。

当然，那些人不知道男人的真实身份，但无一不是“眼瞎”“老男人”，这些字眼被安在褚鹰身上，宿艺怎么想怎么烦躁。

天知道她在心里背了多少遍三字经才忍了下来。

吴雪坐在地上，不知在手机里看到了什么，忽然站起来，拍拍跑步机的铁栏杆子：“哎，快别跑了，你先停会。”

宿艺按下暂停键，抹了一把汗：“怎么了？”

“快开微博。”吴雪催道，“回关一下褚鹰。”

宿艺一愣，问：“他有微博？”她记得之前搜索的时候，没有搜到呀。

吴雪道：“嗯，好像是刚开的。”

宿艺这下是没心思健身了。

她匆忙打开微博，在搜索栏输入褚鹰两个字。

排名第一的人没有头像，一个小小的黄V在默认头像的右下角，关注人只有她，二十分钟前还赞了她一条微博。

宿艺美滋滋的点完关注后，跑到私信里给褚鹰发了一大串熊猫表情。

没想到对方回得很快。

褚鹰：“嗯？”

她简直可以脑补到褚鹰的声音。

低音炮，能把她心脏震得发麻。

没救，没救。

“小雪。”她虚弱地朝吴雪伸出一只手。

吴雪抓住她的手：“干吗？”

“快扶我起来。”她道，“我觉得我还能跑十个小时。”

吴雪：“……”

宿艺在健身房足足待了一个下午。

回去时，吴雪边帮她擦汗边道：“褚氏出手就是不一样。”

原本累得说不出话的宿艺，生生从嘴里挤出句：“怎么了？”

吴雪啧啧道：“公司公关了大半天都没解决的问题，褚氏几个电话，照片就全撤了。”

到家后，宿艺躺在浴缸里，享受着身后的水柱按摩，手机就放在耳边，一目十行地看着眼前的新剧本。

李敏没骗她，萩姬的角色是没删改，但新加的角色，戏份还真不少。

萩姬在的镜头里，她占了一半，虽说大多数都是做背景板，但总会有那么一句两句、无关痛痒的台词对话。

简直是累赘。

李敏把剧本发过来时，两人聊了好一会天。

手机叮了声，宿艺几乎是马上就没了看剧本的心情，她把剧本丢到一边，抓起手机。

褚鹰：“在外面。”

宿艺看了眼时间，都已经晚上十点半了。

她还没来得及回复，浴室的门就被打开了。

吴雪抓着门把站在外头，身上衣装整齐：“我出门一趟。”

宿艺叫住她：“这么晚了，你去哪？”

吴雪："刘明昊喝醉了，这会在酒吧，我得过去看看。"
宿艺毫不犹豫道："我跟你一起去。"
吴雪摆手："别了，不是什么大事，你今天跑了一天不累？"
"不行，太晚了，我不放心。"宿艺说完，径直起身，擦净身子后到屋里换了一套便装。
她戴上口罩墨镜和帽子出来："走。"
吴雪负责开车到楼下，宿艺整个人裹成粽子，钻上了车。
吴雪还是担心："最近跟你的狗仔这么多，干脆你别去了，我一个人也行。"
"别说话，快开车。"宿艺玩着手机，催她，"赶紧处理完，好回去睡觉。"
到了某家酒吧，宿艺下车后啧啧道："你这小男友够有钱的。"
这里宿艺没来过，但听说过。据说一个卡座都要提前两星期预约才能定到位子，有酒水最低消费，别说是领着民警那微薄工资的刘明昊，吴雪来一趟估计都得心疼。
吴雪没说话，两人一块进了酒吧。
十一点，正是酒吧最嗨的时刻，里面的灯光又昏又暗，打在人们脸上，有种迷离的颓废感。
喧嚣的DJ歌曲震得宿艺脑瓜疼。
吴雪打了好几个电话，表情难看："他不接。"
"你去那边找，"宿艺随便分了两个方向，"我去这边。"
"不行，"吴雪道，"这人多，我们还是走一块吧。"
宿艺挣脱她的手："都多大了，难道我还会走散不成。"
宿艺先去的是厕所。
很多人喝晕都是倒在厕所里的，宿艺步子快，还没走到厕所，就迎面撞上一个人。
是一个女生，她身材娇小，冷不防被这么一撞，直接坐到了地上。
宿艺伸手想扶："你没事吧？不好意思，我走路急了。"
"……没事，你走吧，"女生脸颊红红的，拍开她的手，自己站了起来，"以后走路小心点……你怎么这么高？"
宿艺不想浪费时间，道完歉后就准备离开。
结果被身后的人一把拉住："等等等等，你这就走了？"
宿艺停下脚步，有些莫名其妙："不是你说可以走的？"
女生道："要不你给我传授一点长高秘诀？"
整个酒吧里都弥漫着酒味，她一下分不清酒味是从旁边的座位传来的，还是眼前的女生身上传来的。
她皱眉，抬腿就走。
没走几步，回过头时，见几个男生笑眯眯地围着那女孩，把她往厕所里带。

男厕。
女孩一脸的不耐烦，推搡间伸手打了最前面男生两耳光。
男生一下被打愣了，反应过来后，拖拽的动作更大。
这什么破酒吧，价格这么高，安保这么差？
宿艺把身上的挎包解下来，拿在手上，然后走上前。
"你们在干什么？"
男生们听见声音，齐齐转过头来。
其中一位问："在跟我们朋友玩啊，你有什么意见，阿姨？"
阿姨？？？
宿艺不可置信地看了眼自己的打扮。

出来的时候太匆忙，又怕被认出来，大夏天的，她套了一条黑长袖和牛仔裤，遮得严严实实。

OK，算你们瞎。

“我是她姐。”宿艺语气极其自然，走上前就要扶她，“她怎么没跟我说有你们这几个朋友？”

那几人互看了一眼，没有上当，他们刚刚就问过了，她是一个人来的，失恋买醉。

“阿姨，让让，别挡路。”男生摆摆手。

被围着的女孩像是被碰到哪了，脚上一阵乱踹，可惜喝醉了，没什么力道：“你们干什么？！滚滚滚！”

宿艺这下二话不说，拿起包包就往其中一个男生身上砸。

男生愣住了：“我去！你有病啊！”

他们正准备还手，后脑勺又挨了一阵乱锤。

宿艺往后一看，正是刚赶到的吴雪，身后还站着一脸茫然的刘明昊。

她张口，还没说话，一道熟悉的身影强势地闯入她的视线。

一米九的身高，在哪都是瞩目。

男人穿过人群走过来，灯光打在他脸上，原本就立体的五官被衬得极为英俊。

他脸色紧绷，上前抓起最前头男生的衣领，猛地就是一拳——

宿艺一愣，这回她相信“我这一拳下去你可能会死”这种话了，因为那挨打的男生直接躺地上起不来了，还掉了一颗牙，在黑色的地板上尤其显眼。

她赶紧在男人准备挥第二拳的时候冲了上去。

“别！”她扯着他的手臂，道，“别打了！”

褚鹰眉头皱得死紧，抓住他的那双手又小又凉，让他的怒火稍稍平息了一点点。

他走到那个女孩面前，正颜厉色，语气很沉。

“你站起来。”

跪坐在地上的女生不知是被吓得还是摔的，看起来已经清醒了大半，这会才开始哗哗流眼泪。

褚鹰身后的人上前来，直接制住了那几个男孩。

这阵势整的跟黑社会老大似的，他们马上噤声不敢动了。

“哭什么？”褚鹰道，“起来。”

女生腿已经软了，抓着他的裤腿站起来，委屈地叫了声：“哥……”